90年代中国文学备忘录

王干 著

人民出版社

责任编辑：曹　春
封面设计：汪　莹

图书在版编目（CIP）数据

90 年代中国文学备忘录 / 王干 著 . — 北京：人民出版社，2024.1
ISBN 978－7－01－026063－1

I. ① 9… 　II. ①王… 　III. ①中国文学－当代文学－文学研究 　IV. ① I206.7

中国国家版本馆 CIP 数据核字（2023）第 204677 号

90 年代中国文学备忘录

90 NIANDAI ZHONGGUO WENXUE BEIWANGLU

王 干 著

人 民 出 版 社 出版发行
（100706　北京市东城区隆福寺街 99 号）

北京新华印刷有限公司印刷　新华书店经销

2024 年 1 月第 1 版　2024 年 1 月北京第 1 次印刷
开本：710 毫米 × 1000 毫米 1/16　印张：25.25
字数：306 千字

ISBN 978－7－01－026063－1　定价：128.00 元

邮购地址 100706　北京市东城区隆福寺街 99 号
人民东方图书销售中心　电话（010）65250042　65289539

王干肖像速写，毛焰绘

20 世纪 80 年代发表王干文章的刊物

目　录

前言：在场、散装、现象学　　　　　　　　　　　　　　001

第一辑　专　论

90 年代文学论纲　　　　　　　　　　　　　　　　　003

世纪末的风景　　　　　　　　　　　　　　　　　　028
　　——90 年代文化心理描述

新写实：近期小说的后现实主义倾向　　　　　　　　041

"新写实"与新时期文学的终结　　　　　　　　　　056

诗性的复活　　　　　　　　　　　　　　　　　　　061
　　——论"新状态"

"新状态"是各种文学关系的总和　　　　　　　　　118
　　——答记者问

老游女金　　　　　　　　　　　　　　　　　　　　123
　　——90 年代城市文学的四种叙述形态

成长的烦恼　　　　　　　　　　　　　　　　　　　140
　　——90 年代女性文学的一个情结

话说"小女人散文"   143

边缘与暧昧：诗性的剩余与溢涨   150

    ——近年来文体实验研究报告之一

孤岛，非卖品，乌托邦   163

    ——90 年代文学走向刍议

平面人与精神侏儒   173

作者死了　读者也死了   179

仪式的完成   188

    ——对"联网四重奏"有关问题的说明

第二辑　个　案

历史的碎片与状态之流   197

    ——评王蒙的长篇小说《失态的季节》

苏童意象   206

王朔的新京味小说   226

    ——《玩的就是心跳》及其他

路上　船上　马上   230

    ——朱文的游走美学

枪毙小说   239

    ——鲁羊存在的可能

寻找叙事的缝隙　　　　　　　　　　　　　　　250
　　——陈染小说谈片

在风中言语　在风中倾诉　　　　　　　　　　256
　　——关于《桃色嘴唇》这部奇作的一些札记

为了文本而放逐历史　　　　　　　　　　　　264
　　——评叶兆言的中篇小说《夜来香》

为了历史而放逐文本　　　　　　　　　　　　272
　　——评格非的《相遇》

海上三巫　　　　　　　　　　　　　　　　　280

难忘《长恨歌》　　　　　　　　　　　　　　283

冰洁：透明的流动和凝化　　　　　　　　　　290
　　——评迟子建的散文集《伤怀之美》

诗的生命　　　　　　　　　　　　　　　　　299

第三辑　声　音

"东方"的没落　　　　　　　　　　　　　　305
　　——与哈斯顿教授一席谈

小说问题　　　　　　　　　　　　　　　　　314
　　——与韩东、朱文、鲁羊的对话录

第三次浪潮：解构与拯救 325

　　——关于世纪末中国当代文学的谈话录

90 年代文学的现状与展望 336

　　——《长江文艺》'95 三峡笔会上的对话

女性文学与个人化写作 350

　　——与戴锦华教授对话

没有预设的三人谈 368

　　——与苏童、叶兆言对话

离我们身体最近的 382

　　——关于"城市与城市文学"的对话

后　记 394

前言：在场、散装、现象学

　　早在 2000 年，90 年代文学刚刚完结的时候，北京大学出版社的高秀芹博士就建议我写一本关于 90 年代的文学史。她说，你是 90 年代文学的参与者，也是见证者，还要成为记录者。当时觉得她的建议很有道理，也做了一些写作的准备，陆续发表了一批文章。但后来工作调动，从南京迁徙到北京，生活的节奏和方式都有了变化，这本书的写作不知不觉就搁置了。一晃 23 年过去了，现在 90 年代文学成为学界研究的一个热点，我的一些文章也被学者引用，我参与策划和经历的文学活动、事件，有的也被学界作为研究的题目。有朋友说，你的那些文章重新结集出版，就是一个散装的文学史。于是，有了这本《90 年代中国文学备忘录》的编辑出版。

　　90 年代的文学可谓现象迭出，话题众多，先锋派、新写实、女性写作、新生代、城市文学、王朔现象、后现代、人文精神讨论等等，在当时都引起了强烈的反响和激烈的争论，我参与了其中，有些还是深度介入，比如新写实、新状态的策划、城市文学研讨、"后现代"在中国最早的学术启动等。这是历史赐予的良机，作为一个始终在前沿活动的评论家，我对这些话题和活动有表达自己想法的可能，另外，作为《钟山》杂志的编辑，必须为刊物多做工作，《钟山》当时需要"制造"话题、吸引作家、引领潮流，我生逢其时，可以尽力地为刊物"效劳"，也可以满足自己的文学理想，为文学潮流的出现和发展舒展身手。

十年前，我曾出版过一本《在场——王干 30 年文论选》，选择《在场》这个书名，是这些年来一直在文学生产的第一线，一直与作家、编辑、批评家共同参与见证文学的进程。在 20 世纪 80 年代中期出来的青年评论家当中，有的转向领导岗位，有的成为学院教授，而我因为不才也因为热爱，一直留守在现场。这种现场感的写作，也成为我文学批评的一种方式，及时写作，及时传递当代文学的最新动向，也保留了文学现场诸多的原生态和动态感。作为 90 年代文学始终在场的"运动员"，我写下的一些文章也成为一种"日记式"的资料，超近距离地记录了当时的文学氛围、文学事件、文学花絮，现在看来似乎有一种"备忘录"的价值，也许对今天文学史的写作和研究能提供一点点个人化的素材。

相对于常规文学史的写作，我的这种方式的记载，显然不免散装而不齐整，但带着当时的气息，带着当时的文化腔调，虽然不能像后来者那样纵览全局、条分缕析，但散装的好处是自然如初，会保存更多原始的信息和资料以及由这些资料延伸出来的信息，从而增加现场感和真实感。自古以来，建筑就有两种类型，一种是设计出来的，一种是自然生长出来的。设计出来的建筑大如故宫、古罗马格斗场，小如拙政园、个园和陈从周先生为美国大都会博物馆设计的明轩。自然生长出来的建筑，小如村庄，大如布达拉宫那样宏伟的建筑，都是未经设计而自然成型的，是时间为它们塑形造势。我想，我的写作更多的时候像生活在村里的农夫，随季耕耘，春耕冬藏，只问耕耘，不问收获，但对我来说，写作过程中发现和言说的快乐，也是"在场"的最大快乐。应该说，这本书中的文章，很多出于工作的需要，当然也出于自己的热爱，因为热爱而工作，现在读来还是能感到当时的热情与欢乐，甚至能触及到当时的体温，闻到当时的气息。这是一种有温度的写作，而文学史在更多人的印象中是高度理性的，理性到有些冷冰冰的，那是后人写史必须秉持的一种态度。

我关注的是现象本身，当然关注现象本身也会成为现象，这或许就是文学批评的一种现象学。作为哲学的现象学博大精深，从开山祖师胡塞尔到海德格尔，都高深奥秘，我是高山仰止，顶礼膜拜，不得其门。作为文学的现象研究，能否成为一种文学现象学，期待更多的大学者、大手笔去创立、去开辟，我连一块铺路的石子都不够格。

我的这些文字显然不够光滑，颗粒感明显甚至粗粝。再伟大的建筑，也是由一块块建材建构而成，而再光滑的建材，如果放到放大镜和显微镜里进行观察，都会显出它的颗粒状来，而那些遥远的宇宙天体在我们眼中也是呈现出颗粒般的形态。或许"现象"本就是一种颗粒，世界就是由颗粒构成的，不是由"本质"构成的，我不知道这是不是一种现象学的说法？

2023 年儿童节于晋江南苑酒店

第一辑

专　论

90 年代文学论纲

一、90 年代文学的背景

90 年代是纪年的自然时序，但又不尽然，因为在 90 年代来临之前，出现了很多终结 80 年代的标志性事件，如 90 年代初的"苏东波"等，意味着 90 年代是一个不同寻常、难以言传的时期。20 世纪最后的 10 年，是在一个前所未有的新状态之中度过的。

冷战结束之后，世界格局由原来的两极向多极发展，社会主义阵营和资本主义阵营的公开对抗走向了缓和，东方世界与西方世界的水火不相容，在经济利益的驱动下出现了冰释，无产阶级与资产阶级不共戴天的劳资矛盾，在新经济模式下转化为蓝领与白领的差异，而当白领数量大于蓝领人数之后，原本属于无产阶级的人数优势也已经丧失。和平、发展成为后冷战时代的主旋律，经济利益和政治利益并重，国家主权民族尊严高于主义之争。90 年代的巨大事件都表现了在多极格局下的暧昧政治色彩，90 年代欧美列强发动的海湾战争和轰炸南联盟，在极短的时间内便匆匆收场，与 50 年代的朝鲜战争和 60 年代的越南战争相比，实在更像一场军事演习和一次军事行动。当年不可一世的美军在朝鲜和越南碰到最顽强的阻击，战争的惨烈与漫长变成了一场旷日持久的马拉松，因为那是与西方阵营在交锋，那是社会主义与资本主义两个巨人在打仗。而伊拉克入侵科威特以及美军攻击伊拉克都算不上社会主义与资本主义的阶级斗争，至于北约轰炸南联盟倒有点东西（东欧、西欧）之战的意味，但东欧诸国的旁观冷眼使原本可以成为意识形态再度交锋的世纪之战，变成了北约单方面的屠戮和扫荡。

90 年代世界格局的变化，无疑对中国社会产生了巨大影响。影响 90 年代中国的另一个巨大文本，便是邓小平的南方谈话。南方谈话符合邓小平的一贯作风，非高头讲章，谈的都是一些有针对性的话，比很多结构严谨、措辞精确的报告和文件都有现实意义。邓小平南方谈话的一个核心问题，就是解决了判断姓"社"姓"资"的问题，这就是他从整个世界格局的现实出发，决定用市场经济这只看不见的手来推动中国的改革发展，使中国从非资即无的对立思维中挣脱出来，中国社会也由此真正进入了以经济建设为中心的年代。80 年代初实际上并不能真正做到以经济建设为中心，80 年代的主要工作还是要为以经济建设为中心的实施清除外围的障碍，还是要用以经济建设为中心的思想去征服、去消灭"以阶级斗争为纲"的错误思想。90 年代世界格局的多极发展为中国实施以经济建设为中心的纲领提供了很好的外在条件和国际环境。中国可以省出更多的精力和财力来专心致志地发展生产、发展经济，加快市场经济的步伐。由于市场经济的合法性在中国得到确认，90 年代的中国经济体制发生了一场历史性的变更，这就是在中国社会横亘四十多年的计划经济体系的唯一性受到了挑战，市场经济崭露头角，并与之抗衡，原先的一体化经济转化为多向发展的杂体经济，国营与民营，集体与个人，合资与独资，外企与国企，都能够包容进社会主义市场经济的大框架之中。股票市场的开放，意味着 90 年代经济进入了新的转型期。

多向发展的杂体经济与暧昧的世界形势慢慢消解了强大的意识形

态话语，在文化上便表现为占绝对主流的话语不在场，多种话语对峙、冲撞乃至消解。传媒成为 90 年代文化的"主频道"，因为所有的话语、所有的论争都要通过传媒来表达，而 90 年代的传媒已非意识形态的传声筒，很多传媒肩负经济的使命，甚至已经企业化。传媒的商业化使得话语之争渐趋庸俗，话语经传媒的过滤也开始变味了，文化人、文化名流和文化明星几乎无不成为传媒的"刀下鬼""下酒菜"，传媒人在 90 年代便扮演了新一代文化人的角色，他们操纵着媒体，实际也操纵着部分话语权，他们在不断建立新的神话，又在不断瓦解神话，而文学经传媒化之后很快被还原成世俗角色，昔日的文化英雄降格为文化艺人，王朔便是这一降格的符号，因为王朔的名字不是与王蒙、王安忆、王小波联系在一起，而是和冯小刚、葛优、徐静蕾这些演艺圈的明星作为大众偶像一起出场的。文学在这样的情景下，自然不可能像 80 年代那般站在有人喝彩的舞台上高蹈，也不可能"躲进小楼成一统"，在脱离了意识形态的羁绊之后也失去了意识形态的光晕，在获得商业文化的滋润的同时又尝到了商业文化的苦涩甚至铜臭。局部的短暂的文化真空，让作家产生了自由与失控的幻觉，而对多元化、多样化、多极化的呼唤首先被多元、多样、多极的文化泡沫所掩盖。历史就是这样无情和嘲弄人的。

二、90 年代文学的特点

90 年代文坛是一个口号林立、旗帜飘扬的年代，本人参与策划并鼓吹的就有"新写实"和"新状态"两面"酷旗"，类似的还有"新体验""新市民""人文关怀小说""60 年代出生的作家"等等，应该说这是一种社会的进步。这种情况只能出现在 90 年代文学特定条件下，这种特定条件主要表现在这三个方面：

（1）文学的个体化和个人化与文学的集团化并存，一大批自由撰稿人的出现。如果90年代不出现大量的非体制内的年轻作家，没有一批人以自由撰稿人身份进入文坛的话，所有的旗帜都可能落空，因为这些个性化的提法往往是非作家协会化的，而另一类作家往往都是被体制化了，他们一般不会越轨操作的。而自由撰稿人的出现，为多种口号和旗帜的树立提供了极大的可能性。"新状态"和"70年代出生的女作家"两面旗帜下"云集"了一批自由撰稿者。

（2）民间策划与政府口号井水不犯河水。由于文学的个性化出现，写作者不必唯政府的马首是瞻，但是他们对政府的号召并不反感。比如"断裂"问答卷里，对"五个一工程""主旋律作品"没有丝毫的不满和亵渎之意，他们抨击的只是他们认为出了故障的文学程序。他们公开表白他们对文学秩序的不满，就像很多人对中国足球充满愤怒一样。

（3）文学载体由原来的刊物的一枝独秀到多头进展。出版社的畅销书、报纸副刊上的随笔、网络文学都对文学期刊产生了很大的冲击，文学期刊策划出一些"旗帜"来也是为了招徕作家和读者，这实际上是期刊市场意识的觉醒。《钟山》是全国文学刊物率先打出旗号的，当时打出旗号的目的，首先是为了让这个在文学中心之外的刊物能够引起人们的注意，其次是想对全国文学潮流走向作一些分析和梳理，因而推出了"新写实小说大联展"，由于适逢90年代初期文坛的寂静，"新写实"极为活跃，因而后来触发了一连串的事件。刊物的这种策划实际是由于刊物自身的危机产生的。

90年代多元共存、多极发展的文化格局形成。在80年代，当文学刊物替代所有刊物时，文学是新闻，也是时尚；是娱乐，也是思想；是故事，也是艺术。这时的文学刊物已处于前媒体时代，90 年代的文学进入媒体时代之后，不得不采用媒体时代的手法，对自己的刊物包装一下、策划一下，给刊物和作家贴标签等于为自己打品牌，在媒体上进行炒作实际接近于广告宣传。这些在当时引起一些人的反感，被批作商业行为，甚至视为批评的堕落。而在今天，这些批评轻如鸿毛，掉在地上，批评者自己也不好拾起来了。

有趣的是，很多命名的流传带有很大的偶然性，比如我对"新写实"最初的命名（1988 年）是"后现实主义"（据有关研究者考查，这是最早以"后"命名的概念），但广为传播的却是"新写实"。1994年我将一批新生代的作家作品命名为"新状态文学"，但后来流行的却是"新生代"这个概念。更为有趣的是，"新写实"作家的作品受到了读者的欢迎，而"新写实"理论却不断受到质疑和批判，我提出的"情感零度""还原生活""与读者对话"作为"新写实"三项"基本原则"，到现在还受到质疑和反驳。"新状态"和"新生代"的关系是一脉相承，我在"新状态"文学论纲《诗性的复活》中有详细的论述，里面论及的一些问题对今天的"新新人类作家"也有某种预见性，但很多人视而不见。理论总是灰色的，而生命之树常青。

三、90 年代文学的性质

言说阐释一个时代的文学的前提，脱离不了对这个时代文学的整体把握，又是对这个时代文学本质的认识。但本质这一概念过于古典哲学化，90 年代诸多的文学现象和文化现象正是通过非本质、反本质的方式出现的，但所有的事物都不可能是无源之水，无本之木，所谓冤有头债有主，正说明事物产生的某种关联性。90 年代文学是在新时期文学的巨大基础上发展的，因而在 90 年代初期有几位年轻的学者曾试图把 90 年代的文学称之为"后新时期文学"，当时北大的谢冕教授曾经组织过几次讨论。"后新时期文学"的命名虽然没有广为流传，没有得到普遍的认同，但是在这场学术意味很浓的讨论与探讨中，却产生了一个对文学进程有影响的观念，这就是宣布新时期文学的"终结"。毋庸置疑，这种宣布显然受到后现代主义文化思潮的影响，是一种模仿与套用。但在 90 年代结束之后，就发现当时宣布"终结"是历史性的，因为已经有人意识到"新时期文学"的巨大影响以及我们对这巨大影响抵触的必要。

尽管如此，90 年代文学的发展还是离不开 80 年代文学这个怪圈，因为新时期文学面对的是 10 年封闭的"文革"文学，"文革"文学的简单化不止在于"三突出"之类的镣铐，还在于它使整个中国的文学与世界隔绝了。中国现代文学的产生是与苏俄文学、日本文学以及西方文学的交流分不开的，白话文运动和东西方的文化交流是密切相关的。十年"文革"让文学陷入了死胡同，也为新时期文学提供了更为广阔的空间，为文学的发展提供了多种发展的可能性。新时期文学以其快捷的速度和繁密的方式追赶西方文学，就像评论家常说的那样，十年走了西方文学一百年的进程。这倒不是什么夸张之言，你只要打开新时期文学的各种文本就能找到西方近百年文学的影子。这是封闭的结果，因为与西方文学的隔绝等于储备了大量的文学资源，一朝国门打开，这些资源便滚滚而来。因而新时期文学资源的过度开发和盲目模仿，也给 90 年代文学带来意想不到的副作用，这就是资源的枯竭。80 年代文学就像好多篇文章都开了很多的头，但大都没有继续下去，而西方及其他国家的文学也没有及时地为中国文学再提供新的资源和可能性。膨胀的饱和的不消化的新时期文学成了 90 年代文学的唯一酵母，90 年代文学也势必呈现某种过剩性甚至分泌物的特征来。

说 90 年代的文学是"过剩文化"的产物，由于"过剩文化"是主导文化派生出来的，或者是主导文化内部分裂出来的碎片，所以美国当代著名理论家弗雷德里克·詹姆逊认为，"它意味着一个体系的普遍过剩文化的生产过剩正以新的也是传统的方式从它自身产生它的异己和它的否定成分。"（《快感：文化与政治》）90 年代的文学是 80 年代文学这个主导文化分离出来的，它有很强的沿袭性，这种沿袭性便是对"新时期文学"这个巨型叙事的发展和延伸，当然也包括反叛，虽然在 1992 年就有人提出"新时期文学的终结"和"后新时期"的概念，但整个 90 年代的文学几乎是 80 年代的剩余和分裂，这不仅是 80 年代一些重要的作家进入 90 年代的写作，更重要的是，80 年代那些重要作家的作品依然是 90 年代的重要文本，王蒙、贾平凹、铁凝、王安忆、莫言、余华、苏童、刘恒、刘震云、张抗抗等人都完成了他们的重要作品，他们都拿出了令人信服的长篇力作，而这些力作都是他们在 80 年代写作的一种凝聚或裂变。90 年代新出现的韩东、朱文等新生代作家则是马原、徐星这些 80 年代"先锋派"在新的历史情境的滋生和繁衍，像陈染、林白、卫慧、棉棉等女性实际上扩展扩大了 80 年代张辛欣、刘索拉那种极端的情绪。作为 90 年代文学代表人物的王朔的"思想"在 80 年代亦已形成，并没有什么发展，只不过在 90 年代有了传播的空间和更多的受众。

这并不是说 90 年代的文学全盘继承了 80 年代的文化传统，而是因为主导文化（"新时期文学"）生产过剩势必要将 90 年代这一特定历史时期文学陷入某种困境。90 年代文学中出现了许多的困境，也出现了许多的闪亮的碎片，都是主导文化的"异己"和否定，事实上，文学本身也成为整个社会文化的过剩部分，这种过剩是因为文学与整个意识形态脐带的脱落，而整个 90 年代的意识形态因为冷战的结束也日渐淡化。

将过剩的 90 年代文学比喻成泡沫文化或许有点过分，但比较一下就发现 90 年代文学确实过剩得厉害。90 年代涌现的作品数量和作家人数，远远超过 80 年代，甚至超过了新中国成立以来的总数，但是它能留下来的、有分量的东西绝不会超过 80 年代，而能被视作大师级的人物也在 80 年代都崭露头角，奠定了位置。但 90 年代并不是没有意义的，因为过剩的文化中往往崛起着新的文化力量和文化形态，特别是 90 年代通过对 80 年代文学进行梳理，对西方文学的神话有了清醒的认识，中国作家会更加坚定中国文学走向世界的信心。

四、90 年代文学的几次重要论争

90 年代文学充满了纷争与论战，几乎每过两三年就要爆发一次大的论争和风波。虽然每次论争都以较大的声势和庄严的名义展开，但每次论争几乎都不了了之，并没有出现"不是东风压倒西风，就是西风压倒东风"的局面。论争不仅成为现象，论争甚至成为本质，为了论争而论争，为了出名而论争，为了不被遗忘而论争。有为了显示学术力而论争的（以学人和知识分子的名义），有为了显示没有学术而论争的（所谓"无知者无畏"），有为了加入某个山头而论争的，也有为了背叛某个山头而论争的，有为了哥儿们姐儿们义气而论争的，也有为了自己的一己利益和生存困境而论争的。总之，90 年代的文学论争虽然表面上仍有大义凛然、大气磅礴、大江东去的架子，虽然与国际时尚更加接近甚至同步，但是论争本身并没有产生价值，

只是 90 年代文学泡沫里的搅拌机，论争再激烈、再红火哪怕闹上法庭，也只是一种表演和作秀。或者说 90 年代的作家们和评论家们缺少足够的沉稳和耐心来面对突如其来的一系列重要文化问题和学术问题，因为当我们回过头来审视这些论争时，发现 90 年代爆发的种种论争，都是带有历史性或全球性的话题，比如对后现代文化的价值判断和应对策略，比如全球背景下文学的模仿与创新的关系，再比如传统的人文价值观念在新的历史情景中的存在意义等，是需要长期研究、认真对待的思想命题。而文学界的人士在对待这些重要话题时，往往都匆匆地抛出来，又匆匆地收场，仿佛不是在研讨这些问题，而是在"演"这些问题，是在抢占学术的制高点和文化的话语权。如果说 80 年代的中国 10 年"走"了西方文学 100 年的历程的话，那么 90 年代的文学则是以"脱口秀"的方式将中国、西方乃至全球一些重要的理论命题和文化思想，从头到尾地"演"了一遍，"演"完了就"演"完了，至于能留下多少思想和学术的丰碑，那或许不是这一代关心的事。90 年代关注的是是否"在场"，恐惧的是"缺席"，不在乎的是嘴脸。

1. 人文精神之争

关于"人文精神"的讨论，是 90 年代中期时间最长的一次文学事件。这场争论缘起于上海，是 80 年代的青年评论家王晓明教授和几个研究生发起的，他们率先在《上海文学》1993 年第 6 期上发表了题为《旷野上的废墟——文学和人文精神的危机》对话，揭开了人文精神大讨论的序幕。这篇对话主要批判的对象是王朔和张艺谋，由王朔和张艺谋的走红联想到整个文学、文化的危机——人文精神的失落。虽然对文坛棒喝危机之前早有刘晓波等"黑马"在先，但刘晓波 1986 年的"危言"和愤怒并没有引起文坛的真正论争，而这一次的危机真有点让文坛"危机四伏"了，1993 年底借全国文艺理论学会年会之际，对人文精神展开了全方位的大讨论，张汝伦、朱学勤、陈思和、许纪霖等沪上学者们也竞相参与对话，附和或补充"人文精神"的话题。《读书》1994 年第 3 期起，连续刊登了这些对话。一时间，"人文精神"成为"关键词"，也成为使用频率最高的流行语。

"人文精神"的说法很快受到了来自北京方面和作家方面的质疑。王蒙的《沪上思絮录》《人文精神问题偶感》，雷达的《人文精神质疑》，陈晓明的《人文关怀：一种知识与叙事》，张颐武的《人文精神：最后的神化》都陆续从不同的角度提出了自己的看法，王朔、吴滨、杨争光等北京作家在白烨的召集下也以对话的方式对王晓明、张汝伦、陈思和等人的观点提出了针锋相对的看法，他们对话的题目是：《选择的自由与文化态势》。以"选择"对"失落"，以"自由"对"人文精神"，或许正是这场论战的基本焦点。遗憾的是本来颇有声势的一场文化论争却很快沦为地域之争、老少之争、唾沫之争，一些传媒不适当的介入和起哄，让原本可以平静讨论的学术问题、文化问题变成了文坛花边、人事问题，以至一些起初非常投入的青年学者宣布退出这场论争，进行反思。正如郜元宝所说，这场论争"不是厚积而发的一次学术成果的展示，而是当代学术在不断下滑的过程中一次诚实的自责与坦白"。人文精神讨论的"成果"显然不在学术上，而是隆重塑造了几位人文精神"楷模作家"，"抵抗投降书系"的六位应是得到普遍认可的，史铁生、张承志、余秋雨、张炜、韩少功、李锐六人一时备受关注，被视为抵抗贾平凹、王朔等"废墟"的人文英雄。最为有趣的是余秋雨，依照"人文精神"

最初的标准，他也属于"以笔为旗"的拯救者，但或许"文革"中没有下放当知青的苦难历程使他出身不清白，随着人文精神讨论的深入，余秋雨的文章不断受到质疑、批判，余秋雨的"历史"，也遭到了追究，当有人喝令他"忏悔"时，人文精神的论争也就自我消解了。

2.《废都》事件

贾平凹在 90 年代的际遇和 80 年代形成了鲜明对照，在 80 年代贾平凹堪称是文学界的"劳模"，不仅作品的数量大水平高，而且兢兢业业、勤勤恳恳，很少有什么"行为艺术"，他的小说先后拿过全国各种类型的大奖。记得有一年新华社为纪念《讲话》发表还专门发了一篇通稿，颂扬的便是贾平凹深入生活、关注现实的现实主义精神。他的长篇小说《浮躁》也获得了"美孚文学奖"，当时的奖额在国内算不上是小数。但到了 90 年代以后，贾平凹的声名大起来了，动静也多了，先是与三毛的故事，接着当了《美文》的主编，再后来便是有《废都》这样惊世骇俗之作的出炉。

自从有了《废都》之后，贾平凹的名字便与《废都》画上了等号，可谓成也《废都》，败也《废都》。《废都》在十月文艺出版社发行 40 万册，盗版的更是几倍于这个数字。《废都》通过庄之蝶这个独特形象的塑造，展示了特定时代人物特定的文化心态，具有较强的价值，但由于性描写处理的问题，酿成了著名的"《废都》事件"。文学界对《废都》的看法也是众说纷纭，愤怒、讨伐，赞扬、称道，都有不少的数量，当时连出版《废都》的评论集都成为畅销书，可见《废都》的影响力和杀伤力远远超过一般文学作品。虽然对《废都》的讨论在当时没有得到充分的展开，但并不会削减《废都》的内涵，像历史上那些让后人永远争论不休的小说一样,《废都》也不会是三言两语就可以盖棺论定的。

与《废都》类似的事件还有《白鹿原》《丰乳肥臀》,陈忠实、莫言这两位描写中国乡村生活的高手,都因为小说不够"干净"遭到非议。有趣的是《白鹿原》因为要得奖产生了论争,最终非要以"修改本"的名义方可荣膺茅盾文学奖,而《丰乳肥臀》是因为得到了十万元的"大家文学奖"之后才引发了一连串的质疑和批评。这三部长篇小说都惹出了程度不同的麻烦,在90年代文学史上都是不可忽略的作品。三部长篇小说引起争议的几乎都是同一个文学常识问题,即形式是洁净的透明体还是混沌的自然体的问题。

虽然《废都》被废,莫言被退,但《白鹿原》还是拿了奖,而且用历史的眼光来看,这三部小说只有在90年代才能写出,也只有90年代才能出版,在80年代不用说不能发表,就是能发表也没人能写出。在今天尚没有人能拿出写于80年代而不能发表的小说可以与之匹敌。能否写性、写性高低并不是衡量作家和作品的某种标准,但如果一个时代的文学禁止写性肯定是非文学的。

3. 马桥之讼

1997年3月28日,海南省作协主席韩少功将评论家张颐武、王干等六人告上了海口中级人民法院,该法院于3月31日正式受理此案。新中国成立以来第一起作家状告批评家的案例成为90年代文学的一个颇有意味的花絮和插曲。

马桥诉讼起源于张颐武的一篇千字文,他指责韩少功的长篇小说《马桥词典》,全盘照搬了《哈扎尔词典》,但《文汇报》在转载时将"全盘照搬"换成了"抄袭",一时文坛哗然。

　　和贾平凹、陈忠实、莫言的命运不太一样，韩少功在自己的作品遭到激烈批评时，可以动用法律手段将批评家送上海口法庭进行审判。韩少功肯定觉得自己受了委屈，可受到的委屈肯定没有贾平凹、莫言那么大，但韩少功的能量又要比他的委屈大得多，他敢于开起诉批评家的禁，说明他的委屈必须迅速洗刷掉，要不然犯不着用法官来证明自己的小说是"独创"。而贾平凹、莫言则不担心自己的作品成为历史上的一个污点，他们也没有如此的行政能力。

　　围绕《马桥词典》的争论，本是可以上升到一个理性的层次的。因为模仿是 80 年代文学留下的一个"后遗症"，模仿的极限和模仿的价值都是可以讨论的，但由于传媒的误导和韩少功急于表白自己的"清白"，《马桥词典》在不到 15 天内就被炒成了"马桥事件"，在不到 100 天内又升格为"马桥诉讼"，这期间由"马桥之争"为圆心又产生了许许多多的论争和辩论，比如作家与批评家的关系、创新与模仿的关系、文学批评与作品名誉权的关系、中国当代文学与西方当代文学的关系等，都或深或浅地涉及一些问题的实质，由于诉讼的利剑高悬着，这些源于 80 年代显于 90 年代的文学话题，未能得到充分而理性的展开，发言者因怕卷入某方某派或愿入某方某派影响了文章的锋芒、立场的客观，诉讼本身迫使双方的带有强烈的表演性，凑热闹与看热闹的心态让马桥之争的学术性成为负数，并在一度时间内让不少批评家缄默。

　　作为马桥诉讼的当事人之一，我觉得这件事是传媒成功操纵文坛的一个经典。因为马桥之争的获利者恰恰是传媒本身，《羊城晚报》是在娱乐版上对此事进行跟踪报道的，而《文汇报》将"照搬"改为"抄袭"，《中华读书报》人为制造"杀马事件"，《为您服务报》在我的文章上擅自添加与《马桥词典》有关的内容，都是人为制造事端，限于详细内容，我将另外撰文详述，但"马桥事件"由论争上升为诉讼，却是文学论争的一个特例，它能折射出 90 年代文学许多有趣和无聊的侧面，要不，很多的研究者就很难明白《马桥词典》有如此高的知名度的原因。

4.王朔现象

90 年代的文学最不能忽视的便是王朔现象。或许 90 年代的许多文学现象、文化现象都能从王朔身上找到某种联系。王朔是自由撰稿人的代表人物，王朔是作家占领影视的"大腕"，王朔开了"痞子"文学的先河，王朔高举"黑色幽默"的大旗，王朔是"知识分子"的死敌，是横扫鲁迅大师们的杀手……王朔能够贯串 90 年代文学始终，就在于他是一个不断被争议的人物，从 90 年代初的"痞子文学"的争论一直到 1999 年底突然对金庸、鲁迅发难，王朔不论要脸还是不要脸都把自己放在风口浪尖上"烤"或"炒"。王朔改变了人们对作家的一贯成见，王朔摧毁了文学的神圣性和作家头上的光环，文学在获得更多大众的同时，失去了以往的尊严和圣洁。

王朔对文学的最大影响可能不是小说的"痞"性，也不是对文学世俗化、作家世俗化的还原，不是充当批评杀手"灭"了几个名家，王朔的贡献（或者说是罪过）是对汉语文学语言的丰富和改进，他大胆地引进当下流行的口语，让老舍开创的京味小说在延续了半个世纪以后灌输了新的内涵。王朔体的语言迅速被人们接受，甚至成为传媒语言和网络交际的"宝典"，这是一般文学大师也难企及的。某种程度上，王朔引起的争论，是在于他发动了"语言革命"，但对王朔来说，他只是"玩"了一把，或者"过把瘾"，这是 90 年代文学最尴尬的一个历史问题。

五、90 年代文学的几大思潮

1. 新写实

应该说"新写实"的出现，是文学期刊介入当代文学的一次成功的范例。"新写实"小说思潮的涌起，用今天的话说是"炒作"本身带有商业性行为，而《钟山》在推出"新写实小说大联展"时并没有考虑到商业性的因素，只是在南京办刊物缺少"天时地利"的外在环境，想通过一些行为来引起文坛的关注，来吸引作家的好作品。"新写实"的成功反映了文学刊物编辑的一种特殊的敏锐和较高的理论概括能力，虽然对"新写实"的理解众说纷纭，但对这样两个特征无论是作家还是评论家都是认可的，一是"还原生活的原生态"，二是"从情感的零度开始写作"。应该说，这些从一些写实作品中概括出来的新的文学因子，反过来影响了写实型作家的创作。1996 年和 1997 年轰动一时的"三驾马车"也在这两点上汲取了"新写实"的营养，只不过从"一地鸡毛""烦恼人生"的"小我"视点转向了"大厂"和"社群"的"大我"而已。

"新写实"能够成为 90 年代文学的主要思潮与下列重要因素有关：一是 1989 年之后，文学界出现了短暂的真空，喧嚣于 80 年代的诸多西方文艺思潮戛然而止，人们本身对外来的思潮就有抵触情绪，这时候带有中国特色的"土产"应运而生，填补了某种空白。二是写实作品在中国文坛始终占据主导地位，人们在目睹了"寻根"和"现代派"的高蹈表演之后，很自然地把目光投注到现实性强的写实风格之中，这也是由 80 年代的理想主义向 90 年代务实主义过渡的一种文化坡度。三是"新写实"的旗帜下集积了一大批优秀的中青年作家，在 80 年代末 90 年代初期还带有"新生代"性质，"新写实"的旗号适时地将他们推向 90 年代文学的中心地带，仅《钟山》当时在"新写实"名目下发表作品的作家就有这样一些人：王朔、刘恒、刘震云、方方、池莉、朱苏进、赵本夫、苏童、叶兆言、周梅生、李晓等人，这些作家后来成为 90 年代文学标志性的符号。

"新写实"就文学思潮的发展而言是某种回归，在 80 年代现实主义和写实风格有些"古老"和"陈旧"的大背景下，"新写实"让写实主义出"新"，就更说明"历史螺旋式上升"这样的道理千真万确。

2. 新状态

"新状态"也是由《钟山》推出来的，与"新写实"不同的是，这一次行为有充分的理论主张，与评论刊物《文艺争鸣》联手共推，有点理论先行的味道，其次是媒体介入了这一文学行为，刊物本身的主导性加强，并带有强烈的前瞻性和预见性。"新状态"在推出之后，也引起了文坛的争论，和"人文精神"讨论不同的是，对"新状态"持否定态度的话语大多来自上海，在"新状态"文学尚未正式和读者见面之前，上海的一家报纸便在头版头条的位置以报道的方式对此提出批评意见，而北方的报刊则相对要宽容一些平和一些，北京的作家出版社还出版了"新状态小说文库"。有关"新状态"的讨论本还可以继续深入下去，但由于上海的一家晚报发表署名"简平"的文章，指责朱文的《我爱美元》是流氓文学，继之又有论者断定整个"新状态"是"性状态"，是"流氓文学"，对"新状态"的严肃讨论便难以继续而告一段落。

"新状态"作为刊物编辑和研究者对当前文学思潮的一种界定与前瞻，能够引起巨大的反响，说明 90 年代文坛具有较强的活力和反弹力，这种尝试和探索，使文学刊物与评论由过去的跟踪转向同步甚至前瞻，说明文学思潮的发动机制发生了变化。"新状态"作为一种文学尝试和理论探索，它的最大特点便是率先从理论上解决了"个人化"写作的前提，"新状态"要求作家从国家民族寓言的象征之塔走出来，回到个人的生存状态之中，并且希望作家放弃代言人的角色，回到作家的自身状态，讲述自己的故事，甚至提出自传写作（互文）的命题，为以后的更年轻一代的出现作了某种暗示和铺垫。"新状态"还率先提出了跨文体的概念，《钟山》在"新状态文学特辑"下有意识地混淆小说与散文的区别，并在理论上予以肯定。在新状态文学中涌现的韩东、朱文、鲁羊、邱华栋、述平、刁斗、何顿、张梅、吴晨骏、楚尘、张旻、东西、李冯以及陈染、林白、海男等女性作家都成为 90 年代中后期的生力军，他们和"新写实"作家成为 90 年代文学的两翼。

3. 女性潮

女性写作并不是 90 年代的产物，女性写作 80 年代已经与男性作家瓜分半壁江山，但在 80 年代女性写作更多的还是"木兰从军"方式，按照男性话语的方式与男性作家一拼高低。90 年代以后，女性主义成为很多女性作家的自觉意识，另一方面女性写作人数的增加也为女性主义写作提供了足够的社会基础，尤其是"70 年代女作家"这样的招牌打出之后，女性写作更以集团化和群体化的方式向文坛进军，她们成为 90 年代文坛一道奇异的风景线。90 年代的女性写作可分为这样三种类型：

一是社会复合型。这以张抗抗、铁凝、王安忆为代表，她们在 80 年代是佼佼者，到了 90 年代以后进入黄金期，张抗抗的《情爱画廊》、铁凝的《大浴女》、王安忆的《长恨歌》都是她们的代表作，她们在强化女性性别意识和自我意识的同时，仍然在小说中综合了诸多的社会因素，这使得她们的作品有了较为厚实的历史内涵和人性内涵。

二是个人秘史型。这以陈染、林白、海男为代表。陈染的《私人生活》、林白的《一个人的战争》、海男的《女人传》都是这种类型小说的代表作。她们的小说也被称为"私小说"。她们的作品里不难见到她们自己的影子，她们的小说大多带有回忆和揭秘的自传性质，强烈的女性意识和扩大的女性欲望让她们的小说具有真正的女性主义特征，是女性主义的某种范本。

三是都市宠儿型。这以卫慧、棉棉、魏微等一批70年代出生的女作家为代表。虽然她们当中许多人长相并不特别靓丽，但一概被称为"美女作家"，而且心态也都是宠儿（宝贝）心态，她们是都市里新人类的代言人，和陈染、林白、海男相比，甜蜜得没有记忆的一代，她们很少去回忆（因为过去好回忆），她们以轻（包括轻薄）、以快（包括提速），以尖（包括带刺）来应对当下都市生活的五光十色和纷乱繁杂，她们以时尚的面目、另类的装扮让90年代的文学一下子失重。

90年代文学的思潮可谓形形色色，以上三种只是诸多思潮中比较引人注目的，如果按旗号分的话，还可以分出"新历史""新体验""文化关怀""新都市""新乡土"等思潮来，但这一系列思潮都与90年代的后现代文化思潮息息相关。如果说80年代后现代对文学的影响还是法国新小说这类文学性的理论的辐射，到了90年代后现代文化无孔不入，音乐、美术、影视特别是大众传媒尤其是电子传媒（CD、VCD、网络）的大面积辐射，90年代写作者们尤其是新一代的作家已不可避免地触及现代文化的浸淫，韩少功反复撰文批评后现代文化，但《马桥词典》这一小说文体（且不论是否模仿）本身恰恰是后现代的思维方式。因而，90 年代文学思潮有个源，那便是众说纷纭、千变万化的后现代主义思潮。

六、90 年代作家三分天下

90 年代的文学虽是"乱花已迷人眼"，但"浅草难没马蹄"，"乱花"是指社会的多元化、经济多元化、文化多元化之后"一花独放"的局面没落，颇有些五色缭乱迷人目光，但这些"乱花"终是"浅"，并不能真正淹没实力雄厚、风格独特的作家。严格意义上讲，90 年代文学自身并不"乱"，它的分化、分流、分野正是文学发展自身的必然，"乱"在于衡量的标准并没有随之改变和调整，用同一个标准去看待不同层次、不同类型的文学自然会造成混乱的局面。最近的两件事很能说明"乱"之故。一是王朔评点金庸，引起一场哗然，不能说没有道理，但王朔是有点关公战秦琼了，金庸的武侠小说与我们当代文学里的现代小说本不是一回事，王朔将它一锅煮了，貌似有理，其实是歪批。再就是上海方面评选的"90 年代最有影响的 10 部作品"，虽是民主投票选出，但也引起了诸多非议，原因也在于标准的设立参照的仍是 80 年代的规则，因为投票者大半是 80 年代文学评论的佼佼者，80 年代走红作家的"印象分"自然高。90 年代虽然呈战国诸雄分割之势，但这三类作家基本成鼎立之势。

1. 主流作家重新崛起

所谓主流作家一定与意识形态血肉相连，很多畅销作家可以赚得可观的版税，但与主流毫不相干。80 年代刘再复等曾将文学的主流归结为人道主义,虽然不免偏颇,但仍是意识形态化的。90年代的主流作家是真正的主流,因为他们得到了国家意识形态的绿卡,并且享受政府的诸多恩惠,有人对此颇为反感,我觉得正常、自然。90年代的主流作家像张平等"人民作家",都写出了较高水平的作品,他们为政府代言、为人民代言,都是至高无上的道理,并没有逆历史潮流,也没有损害一般作家的利益,他们成为主流是无可厚非的。主流作家的重新崛起与中央文艺政策的调整有关,"五个一工程奖"的设立,实际说明文学的分档、分类、分野已不可阻遏。

2.知青作家风韵犹存

90年代以降,80年代的那些中年作家大多进入了老年,除个别人外,创作的水平相对停滞,而原先的以知青为主体的青年作家也变成为中年,从哪个角度讲,他们都应该成为90年代文学的中坚力量,写出令人信服的作品。可由于准备不足或知识结构缺陷,知青作家们并没有达到人们期待的要求,不少人仍靠80年代的辉煌吃老本。比如才情超凡的张承志90年代热衷于写随笔杂感,而以《古船》这种大手笔闻名的张炜写于90年代的几部长篇小说也不尽如人意,梁晓声虽然作品数量有足够的影响,但艺术上裹足不前,史铁生的《务虚笔记》也不如《我与地坛》这样的随笔更震撼人心。倒是张抗抗、王安忆、铁凝、方方、池莉这样一些女作家,在90年代对自己的创作成功地进行了超越。《长恨歌》《大浴女》这样一些长篇小说无论对她们个人,还是对她们同龄段的作家,都超然其上。像刘恒、刘震云、余华、苏童、叶兆言、格非、毕淑敏、徐坤、北村这样一些非知青出身的作家,反而在90年代写出了像《故乡天下黄花》《贫嘴张大民的幸福生活》《许三观卖血记》《米》这样的"扛鼎之作"。

3. 自由作家浮出地面

前面说到知青作家，但如果我们说王小波是知青作家，会觉得很荒诞，虽然王小波的的确确是知青，而且小说写的不少也是知青生活，但我们恐怕说他是知青文学的另类都很牵强。王小波与韩东、朱文、吴晨骏、李冯、李大卫、夏商、卫慧、棉棉、尹丽川等人一样都是自由撰稿人，是体制之外的作家，因不受作家协会的管束，又称为自由作家，以示区别于拿国家工资的专业作家。这样一些自由作家的出现，得力于 90 年代的经济改革和社会进步，不用说投稿需要盖单位公章的年代，光是 80 年代的户籍管理制度就不能容忍这些自由作家的存在。自由作家常常以边缘人的身份出现，到 90 年代末期又被传媒标上"另类"的标签，他们当中大都靠稿费生存，生存不是很轻松，但酷爱的便是文学的本质——自由。这些文学边缘人出现之后，时不时会对正宗的文坛来一次小小的敲打，比如"断裂"问卷，便是一个信号：作家协会、作家、文学究竟是"圈养"好还是"放养"好？

自由作家的出现，可能是 90 年代文学最大的收获，因为这意味着我们经营多年的文学队伍，文学营盘存在的真实性被击穿。

七、90 年代作家的心理类型

探讨一个时代作家的文化心理，是以往文学史忽略的内容。一个时代作家的文化心理往往是理解这个时代文学的秘密档案，作家的文化心理决定这个时代文学的文化质地和灵魂基因，作家的文化心理又是其作品的人格模式和思想血液。在论纲化的行文方式中来描述论述诸多作家的心理类型，难免粗疏武断，但作为 90 年代文学的重要内容却不能忽略，初步考察这些作家大约可分五种类型。

1. 自卑自慰型

这以"新写实"小说以及由"新写实"而延伸出来的"新历史小说"为代表。由于"新写实"采取低调叙述，作家主体的隐匿并不是一种谦虚，而是一种对现实无从把握的逃避与自卑，这种无奈与自卑是作家既定的价值观念在现实面前找不到对应元素之后而被迫放弃的精神状态。刘震云的《一地鸡毛》和刘恒的《贫嘴张大民的幸福生活》出现在90年代的初期和末期正好表明这种谦虚的叙述状态至今没有消失。

而"新历史小说"基本仍由"新写实"的主将操刀，他们在现实中找不到更多的价值理想，便把笔触伸向悠远的历史时空，民国风味的小说一时成为阅读热点，余华的《活着》、苏童的《妻妾成群》、叶兆言的《半边营》以及王安忆的《长恨歌》都减慢了他们"先锋"时的叙事节奏和语词锋芒，在舒缓的叙述中来展现历史的苍茫和诗意，把玩历史遗迹和民间轶事，在美丽而腐朽的历史中寻找心理慰藉。

2. 自救自圣型

这以张承志作为代表最合适。张承志在90年代扮演了一个拯救大众、拯救灵魂、拯救文学乃至拯救中华民族的壮士，以笔为旗就是要重塑文学的载道功能。这是以宗教情绪进入文坛的一种激烈的方式，小说家北村曾以基督教的思想对当下生活发出了刺耳的警告，但近期的小说似乎又恢复了平静。这种类型的作家基本上秉承了启蒙思想家的写作方式，但由于90年代没有产生真正的思想家，也没有产生伟大的思想，用张承志的话说便是"小时代"，因而拯救族的作家在赢得人们虔诚的目光之后并没有创造真正的神话，但自圣的心理让一些人找到老子最牛和天下第一的良好感觉。

3. 自恋自得型

这种类型在 90 年代初是以汪国真为代表，到 90 年代末则以"新人类"和"美女作家"为代表，90 年代中期的散文热特别是"小女人散文"是典型的自恋自得心理类型。在 80 年代接近穷途末路的散文到 90 年代以后突然暴红起来，几乎所有的诗人、小说家、评论家甚至学者、教授都写起了散文，散文刊物在其他文学刊物订数下滑时反而悄然上涨，散文集也印数走高，以至于有人认为 90 年代是散文的年代。这与人们自恋自爱的心理有关，在经历了 80 年代急风暴雨式的文化突击之后，人们想梳理一下自己的羽毛，摸一摸自己的脉动，怀怀旧，卖弄卖弄自己的阅历和学识，也是顺理成章。以"70 年代出生的女作家"为名号的"美女作家"们的自恋倾向是另一种方式，她们炫耀自己的身体和天赋，愿做宝贝，争当宠儿，是时尚文化使之然，也是"被看"的男性文化使之然。

4. 自嘲自省型

这以王朔、王蒙、王小波为代表。王朔的自嘲不仅在于"我是流氓我怕谁"，还把整个作家、知识分子都统统"涮"个遍，他在消解许多糟粕时也消解了许多精华，就像列宁说的那样，倒洗澡水将婴儿也倒掉了。王朔恶劣的时候是专倒婴儿而不倒洗澡水。王小波的自嘲是充分的小说化，他自己和小说中的王二互文之后，便出现一种奇异的叙述效果，他在调侃小说时，小说也在调侃他，与王朔不同的是，王小波小说背后支撑的是理性，而王朔则全然是恶性。王蒙的多卷本小说"季节"系列显然是带有自省性质的,他把自己的革命生涯当作小说资源来开掘,本身就需要一种鲁迅说的自我解剖精神,要不然只能是老干部回忆录。

5. 自虐自戕型

贾平凹的《废都》是以自虐的文化态度写就的,王朔是站在局外毁作家,而贾平凹通过庄之蝶这么一个实在的形象将文学的制造者推上了"老虎凳",当然写完《废都》之后贾平凹的心理得到了平衡,他自己说"出了口恶气",这种自我虐待的方式反映了90年代作家一种甘愿毁灭的非常态心理。已近中年的贾平凹的自戕尚是精神性的心理性的,而海子、骆一禾、顾城、戈麦等青年诗人的自杀与卒亡则在肉体上把"诗人之死"这么一个哲学命题世俗化了,这样一批才华横溢的诗人在一段时间内相继以死来撞击文坛,成为90年代文学史上最血腥最惨烈的悲剧。诗人的自杀是否与所谓的强调文学的纯洁、文学的崇高、文学的伟大和文学的不食人间烟火有关,尚难断言,但这些纯洁诗人们的死,肯定因为心中有一个理想的诗国,而现实与理想愈距愈远,使他们失去了活下去的理由。在一连串的诗人自杀之后,90年代中叶便没有再发生类似事件,诗人们在免疫力加强的同时,精神敏感度也在下降,这是90年代文学最无奈的风景。90年代文学在海子在山海关卧轨那一刹那间,就意味着精神和肉体的碎片将飘浮在尘埃之中。

八、结语

90年代文学可论及的内容很多,比如文学刊物在90年代文学进程中的作用、影视传媒如何制约作家的创作、文学奖空前增多但权威性日益下降的原因、民间刊物的命运、书商、出版社对文学的影响等等，都是 80 年代文学没有出现过的新现象，都是 90 年代文学的重要组成部分，都值得认真研究和探讨。

写作这样一个论纲，并不是突然的心血来潮，也不是遵命之作，而是十年来跟踪、观察、记录、介入的结果，很多观点和材料我在过去的文论中都做过较为详尽的论述，现在重新整合起来，算是一个小结，也算是一个开始，假如条件许可的话，我将把论纲化为论文或论著，作为 90 年代文学当事人和见证人的一份近距离的记录和备忘。

是一家之言，是一种视角。

2001 年 1 月 28 日凌晨于碧树园

（原载《南方文坛》2001 年第 1 期、第 2 期）

世纪末的风景

——90 年代文化心理描述

引言　告别 80 年代的光荣与梦想

90 年代是一个陌生的年代，90 年代是一个变化的年代。告别了 80 年代才有 90 年代，我们必须善待 90 年代，我们必须正视 90 年代，因为我们正处于 90 年代，我们是 90 年代的当代人。90 年代的当代文学不可能依照 80 年代的标准去建设去评判。80 年代是一个光荣与梦想的年代，80 年代的光荣是启蒙的光荣，80 年代的梦想是启蒙的梦想。启蒙总是富有理想的，启蒙总是充满激情的，启蒙总是激动人心的，启蒙总是一副真理在握志在必得的胜利者姿态，所以启蒙的日子是让人热血沸腾让人难忘的。但由于启蒙者以圣贤的姿态或代圣贤宣谕的姿态出现，而今天的现实是民众并不需要代言人这样的角色，80 年代的再度启蒙就比五四时期碰到的矛盾复杂得多，启蒙的艰难常常会超出启蒙者的想象。因而 80 年代的极度亢奋最终转为 90 年代初期的平稳和平淡，也意味着启蒙的又一次受阻。

80 年代的文学虽然不能简单称之为启蒙的文学，可无疑是受到 80 年代启蒙文化重大影响的文学，虽然在 80 年代中后期出现了一些与启蒙文化相悖的作品，但整个 80 年代文学的底蕴是以启蒙为基调的，作家是借助启蒙的力量来展现文学的辉煌的。80 年代末期，文学的轰动也随着启蒙的消隐而陷于沉寂，作家原先理想的文化心理结构受到了重创。如何面对 90 年代新的人文环境，在市场经济这一前所未有的挑战面前，如何调整心态重新进行写作，是 90 年代文学的重要问题。近六年来作家队伍的分化，文学情态的动荡，文化心理的变异，成为 21 世纪前夕奇诡的文化风景。

一、从自卑到自慰：低调感伤中的历史逃遁

进入 90 年代以后，作家原先的那种自豪感虽不是荡然无存，也所剩无几。80 年代作家的自豪感来自他们肩负的使命感，这种使命感又是启蒙文化派生出来的，是启蒙者假大众之手赋予作家的。可在 90 年代初期启蒙成为人们恐惧的名词，文学在巨大的经济浪潮胁迫下丧失了庄严的使命，从社会文化的中心走向了边缘。这种震动让很多作家产生了晕眩，迫切需要一个缓释的阶梯来实现新的平衡。

于是在 1990 年至 1991 年这一阶段的小说创作中，出现了低调叙述的高潮。这就是后来人们极为关注的"新写实"现象。新写实的出现是 80 年代后期的事件，新写实的一些代表作品《风景》（方方）、《烦恼人生》（池莉）、《伏羲伏羲》（刘恒）、《单位》（刘震云）都不是 90 年代的新作品，而是 80 年代的产物。《钟山》的"新写实小说大联展"首期是 1989 年 5 月出刊的，而筹划显然要更早。但新写实的说法和作品本身在当时引起的反应是极其平淡的，新写实的"热"却是新写实的理论和作品已经接近尾声时兴起的，这正印证了富科所说的"重要的不是历史讲述的年代，而是讲述历史的年代"。新写实的最初动机是一些作家对实验小说那种浮躁、激烈、

亢奋情绪和叙事方式的调整，是对纷纭复杂现实情状无从把握的一种逃避。到了 90 年代以后，新写实的那种逃避和无奈一方面被强化，另一方面则被放大了。这种强化和放大是由作家和读者共同完成的，由于新写实的灰色背景、低调叙述和感情零度，吻合了 90 年代初期人们对各种价值观念的厌倦心态，回到现实回到尘世的原生状态，反而容易产生一种亲近感。最明显的例证是刘震云的《一地鸡毛》，作为《单位》的续篇，它突出了主人公小林的无奈和自卑，这种无奈和自卑是人物的既定的价值观念在现实生活面前找不到对应之后被迫放弃的精神状态。有人把这种情形称为"日常生活的诗性消解"，是有一定道理的，诗性的消解是启蒙受挫在小说中的间接表现形态。

新写实的世俗面貌和低调叙述，在 90 年代伊始一度被作家本人和"盗版"者大量复制和模仿，它的冷漠居然被视作一种新的叙事规范受到了评论界和读者的青睐。那些小说中的人物往往自卑而忙碌，显然是生活的奴隶，而不是改造生活的强者。弱者和平庸在 90 年代初期受到宽容和理解，显然与知识分子的自卑心理相关。这种自卑是当时心态从亢奋转为疲惫的必然。

在低调叙事潮的同时期还出现了一股感伤主义叙事的风气，这便是一些原先先锋意味特别强烈的青年作家的转型。这以苏童、叶兆言、余华等人为代表，他们在 80 年代的创作实践是以语言实验为重要特征的，像《1934 年的逃亡》（苏童）、《五月的黄昏》（叶兆言）、《世事如烟》（余华）都显出了作家驾驭语言的不凡才华，而苏童的《妻妾成群》《红粉》《我的帝王生涯》《紫檀木球》，叶兆言的《半边营》《花煞》《花影》，余华的《活着》《一个地主的死》，都突然回到了我们所陌生的民国初年乃至更久远的发霉岁月，在叙事上那种锐利的语感和奔腾的气势一下子钝化了，叙事的节奏明显放慢，语言的速度明显求缓，语词的密度明显变疏，朴素简洁的白描成为他们叙事的理想，并隐隐约约闻到话本小说的腐烂气息。在这些被称为新历史小说其实是新话本故事的作品中，作家原先在实验作品中的那种自信荡然无存，而那种把玩历史遗迹和民间轶事的自慰心理溢于言表。这种从美丽而腐朽的历史之中寻找慰藉的方式，也是先锋派们从 80 年代那种紧张而焦灼的实验状态中自我调整的一种方式，他们把 80 年代文体实验的激进转化为对历史伤感和悲凉的咀嚼。这种感伤的叙事风潮风行一时，形成了小小的怀旧的审美思潮。以至于一直以写当代生活见长的王安忆也在 1995 年抛出了《长恨歌》这样感伤的力作了。或许王安忆的《长恨歌》的出现该为这股叙事思潮画上一个句号了。

低调感伤的叙事小说风气形成了"他者"的小说，是作家企图摆脱生活干系的某种叙事策略，这些小说提供了大量市民的生存图景，也虚构了众多奢华糜丽的历史遗迹，实际都是为知识分子精神不在场寻找现实依据。时代精神的消失，造成了小说家叙事的彷徨，这是一个从呐喊到彷徨的时期。

二、从自嘲到自省：京式幽默与解构长矛

近几年来，王朔小说潮席卷大江南北，王朔小说的题目和王朔小说里那些人物的对话，被广泛流传，"千万别把我当人""一点正经也没有""玩的就是心跳"，当然最著名的还是那句"我是流氓我怕谁"的自白。王朔这种充满自我解嘲的做法，对多年沿袭不变的文人传统是一个巨大的亵渎和颠覆。多年以来，虽然作家曾被作为"牛鬼蛇

神"，甚至是不齿于人类的狗屎堆，但作家自己从未鄙视过自己。王朔这种自轻自贱的恶作剧除了吸引读者的商业性需要外，还是由于进入90年代以后知识分子找不到说话的方式，他们处于文化的边缘、话语的边缘，而"顽主"们的痞子腔便趁机四处飞扬。王朔小说中，除了对知识分子的调侃以外，更多是对价值、理想、崇高、信仰这样一些曾经让人肃然起敬的事物和语词的亵渎。王朔和"海马"们这种对所有存在的（当然也包括他们自己）嘲弄和消解，也让他们陷入巨大的困境。由于信仰、理想、崇高、价值本身有真假之辨，而假的理想、假的崇高、假的信仰、假的价值往往比真的还要有激情和煽动力。他们在嘲讽一些伪崇高、伪理想、伪价值、伪信仰的同时也亵渎了真的崇高、理想、价值、信仰，本意是打"假"，结果连真也一锅煮了，这就像列宁说的倒洗澡水连婴儿也倒掉了，王朔们有时甚至会洗澡水没倒掉，婴儿反而倒掉了。加之他们以知识分子的对立面的方式出现，"卑贱者最聪明，高贵者最愚蠢"，本是知识分子最忌讳的一句语录，他们却作为小说的母题，王朔甚至公开在《文汇报》撰文说有些知识分子是"灵魂的扒手"，这就给人一种专倒婴儿的感觉。或许启蒙这个婴儿有诸多的先天不足，可即令是畸形儿，我们也不能轻易将它倒掉，弃婴的行为总是受到世人谴责的。王朔的亵渎显然不值得仿效，更不能作为一种文学规范去要求其他作家，就像不能以张承志的姿态作为一项原则来衡量所有的作家一样。嬉笑怒骂的王朔和悲壮自豪的张承志都是文坛不可缺少的人物，有了他们的存在，90年代的文坛才更加丰富多彩。

王朔式的亵渎基本上是感性的，他的小说与他的言论也不尽吻合，这种以京式幽默为特征的小说，在继承老舍小说传统的基础上融进新鲜的当下状态，是新京味小说。王朔更大的影响还由于他的新京味电视剧造成的,《编辑部的故事》是整个 90 年代文化心理的一个活的侧面。与王朔的小说具有某种同构关系的是一批年轻的学者和批评家,这就是被称为"后派"的学术新人,他们的理论基础主要来自近年来在西方影响较大的后现代主义文化思潮,他们运用解构主义的长矛对传统的文学神话、文化神话进行了犀利的消解,他们对启蒙主义话语冷眼视之,对现代主义文化也采取批判的姿态。他们被视为文化界的浪子、叛逆,他们的理论受到更年轻一代的青睐,但由于理论根源于西方,他们有时也陷入两难,比如他们在批判陈凯歌、张艺谋后殖民倾向时,运用的恰是西方的理论,他们自己也掉入了后殖民的陷阱,这不能不影响了他们理论的力度和说服力。

王蒙以《躲避崇高》一文评说王朔,引起了种种纷争。王蒙对王朔的评说并不是一般的评价,而是以解构的方式最终将王朔这一现象消而解之。王蒙虽然在 1988 年就提出重建理想的问题,但他整体上对简单粗暴的启蒙主义和血腥的文化专制主义是深恶痛绝的。近年来他已从文化的反思和语言的消解转为对自我的自省,这在他的长篇小说《恋爱的季节》《失态的季节》里表现得极为明显。他在 80 年代创作的《活动变人形》是以审父的方式出现的,是对文化和历史的反思。而 90 年代写作的"季节"多卷本长篇小说,倪藻对父辈倪吾诚的反思转为对自身的反省和诘问,虽然在"季节"里出现的人物叫秦文,但只要阅读小说不难发现他是倪藻的延伸。这种自省的文化态度在新状态小说里已成为叙事的重要支点,像韩东的《西安故事》《三人行》,鲁羊的《黄金夜色》,朱文的《食指》都以自省的方式展开叙述的。这种新的文化心理状态在 90 年代或许是最接近知识分子本体的一种选择。

三、从自救到自圣：拯救的悲壮和困乏

90 年代的到来，伴随着市场经济的脚步声和金钱的喧嚣声。90 年代是一个物欲空前膨胀的年代，由于多年压抑，人的物欲一旦释放出来就如洪水一般气势汹汹，无所顾忌，一下子显出思想的贬值与信仰的空缺。这是非常有趣的文化现象，事实上我们仔细回顾一下，我们有哪些美好的思想和美好的信仰是给商品大潮冲击掉毁灭掉的呢？是不是原先我们的思想和信仰本来就是一片空白，只是由于有一种绝对的统一的观念笼罩住，这种空白被遮蔽了呢？现在"以阶级斗争为纲"的思想被经济大潮击溃了，人们才发现思想的平庸、信仰的危机。这应了中国一句古老的成语：水落石出。

在这种社会文化转型的时刻，知识分子（作家）的存在还无疑受到了遮蔽。这种遮蔽是由于社会的文化结构发生了变动，在 80 年代里，启蒙的价值是作为阶级斗争为纲的对立面而存在的，可到了 90 年代启蒙者的对立力量萎缩了甚或消隐了，启蒙者虽以清高的姿态与世俗生活保持必要的距离，但他们很快发现启蒙当初的位置被新的偶像取代了，它不是以政治权力话语来主宰大众，而是昆德拉所说的"意象形态"（泛指大众传媒）。在文坛则有不少作家公开和大众传媒联姻，和大众一起"铲除深度""填平鸿沟"。在这样的情形下，一些作家和评论家发现四周都是精神废墟，到处都是滚滚红尘，他们发出了拯救大众、拯救灵魂、拯救作家的呼声，文学的社会功能在急遽升值。

当何士光在《如是我闻》的扉页上写上"文以载道"这样的古训时，说明在 80 年代一度作为旧观念的载道说在新的历史条件下又重新生长起来。拯救族可分为两大类型，一类是作家的呼喊和实

践，这些作家大多数借助某类宗教的教义来对文化现实进行批判和裁决，像张承志通过《心灵史》这样的混合文体，表达了他对一支名叫"血脖子教"的肯定和向往，并明确提出"以笔为旗"这种在抗战时期和"文革"期间极为流行的文学主张，以"抵抗""滚滚红尘"。曾是先锋小说家阵营中的北村，则高举基督的旗帜，希望自己的写作能照亮主的存在，或者是主的光辉照亮他的写作世界。北村对基督教的信仰没有像张承志那样采取"辅导员"的方式，而是接受了洗礼，并严格按照教义的规定安排自己的生活。只是北村还在写小说，写那些与教义相关和不相关的小说，在小说家和信徒之间徘徊。作家何士光在沉寂一阵之后以新的面貌出现在文坛，他以"走火入魔"这样一种异样的姿态发出了心灵的独白。何士光的著述虽然斑驳，但他的理论"背景"是佛教哲学的框架，且是中国那样一种儒释道三位一体的佛学。还有一位以写作改革题材出名的青年作家也放弃了改革的文学，放弃了《三千万》《新星》《京都》里那样的改革激情，而将激情投放到"气功"这样的"神秘文化"的宣谕和创作之中，要普度众生。这种把气功当作亚宗教的拯救者，因其健身康体的实用性更为引人关注。张炜对大地的膜拜和崇爱，也是一种亚宗教的情绪，他把大地、母爱、乡村这样一些富有煽情的内容混合在一起，以一种传道的激情和痛苦娓娓道来，强化了拯救的力度。

拯救族的另一支由一些青年学人组成，他们当中的中坚是80年代"重写文学史"的倡导者，他们在90年代的口号是"重建人文精神"。从"重写"到"重建"，其间的历史沧桑可见一斑。虽然"人文精神"的说法引起了种种质疑，但其内核还是离不开"拯救"二字。他们通过对王朔的批判和对拯救类作家的肯定，要在"精神的废墟"上重建价值的规范和理想的王国。不知是他们的这些评论对拯救族作家产生了影响，还是拯救族作家影响了他们的评论，在一段时间内几位被他们肯定的作家的言论居然与"人文精神"论者如出一辙。拯救族以"自圣"的姿态"君临"文化现实，由于他们真理在握（这在那些皈依宗教和亚宗教的作家的文章中最为明显），有了一种判断事物的绝对尺度，他们的声音往往高亢而昂扬，一些年轻的追随者难免带有一些火药味。张承志那种自我的扩张欲和征服欲，带有明显的侵犯性，已有有识之士指出是一种红卫兵情结在文坛作祟。而张炜则公开提出"拒绝宽容"来张扬某种个人的好恶，要对现实按他心中的价值进行取舍。现代社会的人文精神首先是尊重对方的存在，"我不同意你的观点，但我要捍卫你说话的权利"，假如人文精神有什么原则的话，这是做人作文必须具备的最基本的原则。拯救族的最大困惑在于他们把人文精神这样带有自律的个人守则当作一种真理向大众推广，甚至不惜以一种强制性话语（比如张承志）进行推销，也就难怪有人说这是一种"以反媚俗的方式获取媚俗"。或许是处于文化边缘的缘故，或许是年龄的缘故，在拯救族当中，何士光的声音没有集团操作的痕迹，也没有大旗一挥占山为王的霸气，显得温和而自然，他虽明确宣称要"载道"，可他的道理并没有血腥气和火药味，他对现实的描述也不像有的激进的作家那么肮脏而不堪入目，这可能是佛的大度，"大肚能容天下难容之事"。

拯救族的声音虽然慷慨激昂，但今日之中国已经不能简单回到由一种"真理"独步天下的时代，特别是日本奥姆真理教在地铁车站制造的沙林事件，给拯救者的言论无形中蒙上了一层阴影，虽然麻原彰晃已经被捕，奥姆真理教亦已覆灭，但人们对以拯救的面貌出现的言论和人物，还是存有几分戒心。

四、从自虐到自杀：虚无主义还是凤凰涅槃

从 80 年代末期就有一部分作家和诗人以近乎自虐的方式来面对商业氛围日益浓厚的都市现代生活，他们有的到深山荒漠去寻找血迹斑斑的心灵史，张承志放浪西海固加盟"哲合忍耶"（俗称"血脖子教"），有的则重返田园和野地，以抵抗科学技术和现代化，张炜在一篇《文学是生命的呼吸》的随笔中写道："有时我甚至想，与其这样，不如再贫穷一点，那样大家也不会被坏人气成这样。大家都没有安全感，拥挤、掠夺、盗窃、坏人横行无阻……大多数人被人欺负得奄奄一息的那一天'现代化'来了也白来，我不愿这样等待。"朦胧诗的代表诗人顾城虽旅居新西兰，但他却要在一个名叫激流岛的孤岛上过着男耕女织的封建式的田园生活。这种寓生活于文学、寓文学于生活的自虐式的文化心理，一般不可能持续长久，"不是在沉默中爆发，就是在沉默中死亡"，他们或者在这种准封闭的状态中走向自圣，因为"世人皆醉我独醒"，必然要产生救世拯民的愿望，或者因精神的自虐而不能解脱，最终到上帝那里寻问终极的意义——自杀。自圣者以拯救族的出现为标志，自杀的典型则是顾城、谢烨之死。

顾城的悲剧并不是诗坛的特例，诗人之死曾是 90 年代文学界的重要事件。早在 1989 年春天，青年诗人海子在山海关卧轨自杀。之后，诗人之死便成为诗坛挥之不去的不祥之兆。在海子自杀以后，又有骆一禾的卒亡，戈麦的投水，顾城的杀妻和自戕，还有具有诗人气质的青年文学理论家胡河清（上海华东师大文学博士）的跳楼。这些青年的血模糊了我们的眼睛，我们不禁要问为什么？美好的生命怎会这般脆弱？

这些年轻的朋友几乎都选择了 80 年代和 90 年代之交这样的时刻

结束生命，显然不是一种巧合，而是某种必然。陀思妥耶夫斯基在《卡拉玛佐夫兄弟》中写道："因为人类存在的秘密并不在于仅仅单纯地活着，而在于为什么活着。当对自己为什么活着缺乏坚定的信念时，人是不愿意活着的，宁可自杀，也不愿留在世上，尽管他的四周全是面包。"这些英年早逝的诗人之所以过早地告别人世，有一个重要的原因是他们觉得丧失了生存的意义，所以"不愿留在世上"。这是不难理解的，问题在于他们怎会觉得丧失了意义，原来的意义是什么，原来的意义又是从何而来，这是一个非常复杂的哲学问题，限于篇幅和时间，笔者不可能在这里作充分的陈述，只想指出一点，就是他们将人生价值简单地等同于文学价值和诗学价值。80 年代的文学虽然也不是一个十分洁净的文学，可终究是充满启蒙充满幻想的载体，80 年代的诗在某些诗评家那里是纯而又纯的天国里的产物（海子去世后，一些诗评家仍这般评价海子），而到了 90 年代文学真正失去了轰动效应，诗也成为边缘的边缘，即使这边缘的边缘当中还夹杂着大量的宣传诗、广告诗、仿古诗，诗已死去，诗人活着还有什么意义。再加之诗坛有人拉帮结派，排除异己，比如通过模仿诺贝尔授奖词的方式为某诗人加冕来贬抑其他诗人，更加重了海子们的失望，他们怎么也没想到原先在心目中圣洁的诗界竟也会这般污浊黑暗。

90 年代的诗人之死实际宣告了文学神圣化这一神话的终结。当 80 年代有作家惊世骇俗地宣称"文学是大便""诗是精虫"来剥去文学过于神圣的面具时，人们还不以为然，人们还有可能以启蒙的庄严来捍卫文学的纯洁和崇高，可 90 年代这些年轻的诗人相继以血肉之躯表达了对诗的绝望，我们岂能熟视无睹，还要让更多的诗人之死来验证诗人自杀的意义？片面地强调文学的纯洁、文学的崇高、文学的伟大和不食人间烟火的反世俗性，导致了青年作家特别是青年诗人的

"免疫力"下降，在面对纷纭复杂的社会现实文化转型时，就找不到为什么活着的"信念"，或自恋自圣，或自虐自戕。顾城曾是一个受到诗坛百般赞誉的童话诗人，他在诗里追求童话般的境界，在日常生活中也生活得像童话一样，可谓一尘不染的洁净，可谓"抵抗投降"的真君子（不像那些口是心非的文化冒险者），然而正是这种近乎完美的洁净和理想化将顾城和谢烨送上黄泉路。过分的理想主义和过分的意义追寻必然走向虚无主义而不能自拔。

贾平凹也曾经以自虐的文化态度面对文坛，他把自己的居所取名为"静虚村"，与后来张炜的"融入野地"之说大同小异。不过贾平凹没有走向自圣的神谕境界，而是以一种自戕的方式来摆脱心灵的困境。《废都》的写作，对贾平凹来说，不论从哪个角度来看，都是一次自杀性行为，只不过这种自杀是精神的自杀，心灵的自戕，而不像顾城们身心俱焚。淤积在贾平凹心里的种种污浊之气和黑暗尘埃，显然是 80 年代的文化后遗症与 90 年代文化新病毒并发的分泌物。贾平凹采取以毒攻毒的方式，来释放胸中的那股恶气，代价是沉重的，某种程度上亦是文学的一次自杀。它的负面影响亦是巨大的，由于以恶对恶，贾氏这一"恶之花"让人猝不及防，熏迷了一些人的眼睛，也让作家本人成为拯救族辞典中"堕落"的代名词。文学的面貌在世俗的眼里更加显得百孔千疮。作家这一灵魂工程师的神话化为泥沙。

这种不顾一切自我毁灭的做法，到底意味着虚无的无边还是凤凰式的自焚以求涅槃中再生呢？或许我们看不到新生的宁馨儿，或许贾平凹式的自毁是为后人蹚出了一条道路，至少可为后来者立上一块"事故多发地段"的路牌，一切都有待于时间。只是那些死去的诗人无法创造出新的诗章，愿他们的亡灵安息。愿所有的诗人不再自杀，愿怂恿诗人自杀的理论早日消亡。

结语　迎接新世纪的曙光

笔者对 90 年代纷纭复杂的文化心理描述和梳理，并不能穷尽其可能性和多样性，对一些作家的概括和归类也是以当下状态为参照的，并不是对作家的全面把握和评判，即是一个作家当下的心理状态也不是一言一词就能全面表述的，只能以其主要倾向来进行描述，这是所有描述性文字、概括性文字固有的不足。好在没有哪一个读者会把笔者的描述当作心理诊断书看待，本文只是对当下文坛多种情状的一种个人化描述方式。

雅斯贝尔斯曾这样说过：第一次世界大战后，不仅欧洲到了日薄西山之时，而且地球上的一切文化均已在暮霭沉沉之中，任何一个民族和任何一个人均不能逃脱一次重新铸造。这一文化重新铸造的过程将是漫长的，它不是哪个人的伟人意识能决定得了，主宰得了的，上帝死了之后，谁再站出来扮演上帝只是闹剧。中国作家在转型时期产生的复杂文化心理，导致了文坛各种思想和各种观念的碰撞，也形成了"乱花渐欲迷人眼"的多元景观，现代 / 传统、东方 / 西方、媚俗 / 反媚俗、拯救 / 解构、道德 / 个性等多种话语错综复杂纠缠在一起，甚至一元专制的文化霸权主义也以批判大众传媒文化的"英雄形象"出现，因而吁求宽容共存，呼唤平等对话，倡导费厄泼赖，应成为世纪末种种文化论争必须遵循的规则。"唯我独革"的心态终将被阴暗所吞没，新世纪的太阳将照耀每一棵树木、每一片绿叶、每一朵浪花、每一张面孔。

（原载《山花》1995 年第 10 期）

新写实：近期小说的后现实主义倾向

　　1985 年以来，中国当代文学出现了下列小说：王安忆的《小鲍庄》①，李锐的《厚土》②，刘恒的《伏羲伏羲》、《虚证》③，余华的《河边的错误》、《现实一种》以及朱晓平的《桑树坪纪事》、《私刑》，周梅森的《军歌》，方方的《风景》④，刘震云的《塔铺》⑤、《新兵连》⑥、《单位》⑦，朱苏进的《第三只眼》⑧、《欲飞》⑨，叶兆言的《悬挂的绿苹果》⑩、《枣树的故事》⑪，池莉的《烦恼人生》⑫ 等。这些小说为中国文学增添了一股新的色调和新的声响，我认为它们充分体现了一种后现实主义倾向。后现实主义实际超越了现实主义和现代主义的既有范畴，开拓

---

① 《小鲍庄》刊《中国作家》1985 年第 2 期。

② 《厚土》刊《小说选刊》1987 年第 2 期。

③ 《虚证》刊《开拓》1988 年第 2 期。

④ 《风景》刊《当代作家》1987 年第 5 期。

⑤ 《塔铺》刊《人民文学》1987 年第 7 期。

⑥ 《新兵连》刊《青年文学》1988 年第 1 期。

⑦ 《现实一种》《伏羲伏羲》《私刑》《单位》刊《北京文学》1988 年 1 期、3 期，1986 年 12 期，1989 年第 2 期。

⑧ 《第三只眼》刊《青春丛刊》1986 年第 1 期。

⑨ 《欲飞》刊《雨花》1987 年第 11 期。

⑩ 《河边的错误》《军歌》《桑树坪纪事》《悬挂的绿苹果》刊《钟山》1988 年 1 期，1986 年 6 期，1985 年第 1 期、第 5 期。

⑪ 《枣树的故事》刊《收获》1988 年第 3 期。

⑫ 《烦恼人生》刊《上海文学》1987 年第 8 期。

了新的文学空间，代表一种新的价值取向。虽然目前未能构成完整的体系，但在作品中所体现出的一些共同审美意向和阅读指向，已值得我们进行阐释和解析。

还原：诉诸生活本身

现实主义和后现实主义都强调表现生活的真实性，但采取了相异的方式。后实现主义不像现实主义那样通过"再现典型环境中的典型人物"来表现生活的真实面貌，它反对这种理念概括与归纳的"典型"方式，而注重对生活原始面貌和原发生态的"还原"。

"还原"在其现象学意义上正好是与"典型"相对立的。因为"典型"的方式是依照一种思想观念去塑造人物，剪取生活，而"还原"则要求像胡塞尔说的那样，"终止判断"，把现实事物"加上括号"，以最大可能地呈现生活的真实状态。这实际上涉及两种真实观的问题。前者是理念的真实，后者则是现象的真实。

"典型"理论要求作品显示出一种对社会关系和它的未来发展的深刻洞察，也就是说，它要求作家根据某种思想观念去塑造人物，按照图纸进行施工，不是让人物存在于生活里，而是让人物存在于观念中。其结果便是人物成了观念的化身（亦即所谓典型人物），由人物去显示生活的面貌和本质。这也可以算是一种真实，因为它符合作家和时代需要的某种理念真实和情感真实，但它却损害了生活的原生形态，过滤了生活中那些具体可感的事实，这并不是完整的真实的生活，而只是作家理念中的现实和真实。

在我们见到的现实主义的小说中便常常出现这样两类主题，一是悲剧性的，一是喜剧性的，前者以昭扬某种进步的历史观念为特征，后者则更多地对生活持批判和否定的态度，刻意嘲讽不合时宜的生活现象。尽管其审美方式和审美效果并不相同，但在思维形态上却是同一的，遵循着同一逻辑顺序。它们都是按照既有的理念或原则来截取生活，都是让人物去负载某种历史的哲学的使命。悲剧人物所产生的那种崇高、悲壮、震颤心灵的力量，往往并不是来自生活本体，而是作者把一种理想赋予给人物，让人物与不可能实现理想的现实发生冲突，最后走向灭亡，从而闪烁出崇高的光彩。实际上人物的命运早被安排好了，并没有发自自身的声音和行为。喜剧人物同样如此。无论是喜剧模式，还是悲剧模式，它们都不尊重生活的尊严，任意宰割生活的完整的形态来表达抽象的观念。对于这种真实性，人们自然可以进行怀疑和批判。

现代主义虽然在很多方面对现实主义进行了反动，但在认为生活存有本质这一点上，却与现实主义不谋而合，只不过现代主义认为它的理解才是生活的本质。现实主义更多的是以一种历史的眼光来看待生活现象，而现代主义则用个体的内视角来抷取生活组合生活涂抹生活。它们都是在一种理性（反理性也是一种理性）的支配下演绎诠释生活的本质，都没有表现出生活的全部真实性内涵。

后现实主义要求作家消解对生活的种种主观臆想和理念构造，纯粹客观地对生活本态进行还原。在还原的过程中，作家要逃避自己的意识判断、理性侵犯。作家写作的过程，不是论述分析，而只是被动地接受生活给予的种种现象，生活现象才是现实的本体，叙述只是努力回到这个本体。作家叙述时是一片真空，一片透明，不带丝毫偏见，不掺入半点属于自己的杂质，只原原本本把生活的具象原始地还原出来，以达到一种完整的而不是支离破碎的、现象的而不是理念的真实。

虽然后现实主义不像现实主义那样去分析生活、用理性笼罩生活，但它并不否认生活现象的存在价值，但这种价值不是作家赋予的，而是阅读者通过阅读才得以实现的。价值作为事物意义的一部分，不是事物本身的性质而是理解活动的产物。作家在叙述时封闭所有的价值通道，是为了只提供事实本身，能最客观再现生活现象的全部内蕴。"还原"的目的意在消解"典型"对生活的肢解和歪曲，消解捆缚在生活现象之上种种理性的绳索，让以往被肢解被掩饰被扭曲的生活还其本来面貌，不再遭受观念的粗暴蹂躏。为了躲避理性的制约与异化以保持还原的实现，意识流小说企图通过人的意识活动（包括潜意识、无意识）全过程的记述来实现感性形态的还原，丰富了小说世界的心理空间和情感空间，这也是现代主义文学最有成效的一面。只是这种还原带着很强的个体体验和情绪独白，并不能够实现对生活现象的完整还原。而后现实主义则舍弃了个人性的情感、观念，用生活本态来替代自我的情感体验和意识流动。

　　这种"还原"倾向在近期上述小说创作中主要表现为两个特征。第一，从个体形象的精心刻画转为对生态群落、生态群体的描写，通过对"类"的表现，来还原生活的整体面貌。王安忆的中篇小说《小鲍庄》可称得上这种"还原"的力作。在这部小说里，王安忆一改以往那种主观意向明显的小说叙述语调，而以一种客观的貌似无序的结构主义写法叙述小鲍庄的风物、人情，将小鲍庄这样一个淮北小村庄的生活原生状态进行了还原，因而，以往现实主义小说所含有的崇高感与卑劣感的二元对立消失，小鲍庄的人们，像捞渣，像鲍仁文，像大姑，既不崇高，也不卑贱，他们只是像生活本色一样活着，存在着。如果说《小鲍庄》是以一种块面状的结构方式来展现生活原生形态的本相，那么李锐的《厚土》则巧妙地切取生活的一角，通过这一生活横断面的叙述还原，较为深切地呈现出吕梁山那种封闭文化格局之中的土地面貌和山民面貌。《眼石》虽然要比《小鲍庄》要多一点情节性，但那种混沌未开的叙述本色却使得生活的事实本相还原在读者面前，《小鲍庄》、《厚土》都摒弃了那种典型概括的做法，而通过对生态群落的整体描写来呈现生活的"共相"状态，让意义全部下沉到事实的背后去，而让生活的本来面貌浮现出来。

另一个特点便是这些小说开始冷静地描写生活的丑恶乃至龌龊的一面，冷静地描写人性中那些动物性的一面。由于后现实主义不依照某种理论逻辑尤其不依照某种理想来选取生活现象，也就无须在小说中凸出什么，回避什么，掩饰什么，而客观地面对一个完整的生活现状。因此在《风景》《军歌》《现实一种》《桑树坪纪事》《私刑》《第三只眼》等小说中便出现数量不小的"丑"和"恶"的事实，与其他生活现象一起构成了生活善恶共存美丑同生的混沌状态，从而开始迫近真正的生活本色，虽然"丑"和"恶"在现代主义文学中早已出现，但那主要是作为一种主题（对生活本质的一种理解）出现的，而后现实主义对这些现象的描述并不采取某种肯定或否定的态度，它只是把它们作为生活的组成部分，并赋予它以某种意义，因为后现实主义小说不应具备某种明晰的审美色调和情绪类型，用悲剧或喜剧这样单纯的字眼是不能进行概括的，它也不交给读者某种明确的阅读秩序。说上述小说是"审丑"，实际是从阅读者的角度而言的。

总之，后现实主义小说是通过对意义（主题观念）的消解，从而对生活进行纯粹的客观还原，以最大程度地接近生活的真实性。后现实主义并不是要取消生活意义，而是要获得生活蕴有的全部意义。用一种意义作为框架去套取生活就不可能圆满地呈现生活的全部内涵，而以一种反意义或无意义的非判断的方式来面对生活，倒可能还原出生活的最大信息量。由于非判断的叙述方式是以不肯定的态度出现的，这就对那种确定性的真实（作家逻辑理念上的真实）提出了最有力的挑战。在巴尔扎克、托尔斯泰的叙述态度中，现实世界已经完成，已经可以解释，真实也已经存在，生活自然也有了意义。而在后现实主义的小说中，真实性则是一种游移的、偶发的、散发的生活现象，世界正在不断形成，意义存在于每一个事实的还原过程中。因此，真实性只能诉诸生活本身，真实性在作家叙述和读者阅读的过程中不断增殖和衍生。

从情感的零度开始写作

近十年的文学一直在呼唤人的主体精神和主体力量，这是对以往那种扼杀人性、扼杀个性的"左"的思潮的一种反拨。这是时代的进步、历史的必然。但是，在强调主体性的过程中，也出现了一些混乱的情况，这便是人本主体和文本主体的混淆。不少人往往把作家（社会生活中的活动者）与叙述者（作品中的语言操作者）的主体性等同起来，因而出现了不少以独白为主体特征的小说作品。其实，二者存在于两个迥然不同的范畴，强调作家的主体性，是作为一种哲学的精神的建设，也是人的建设，这无疑要发展的，鼓吹的，但这种主体性的实现主要在作品之外。而叙述者的主体性则必须加以节制和消解，因为作品中叙述主体的高度膨胀，往往容易使作品染上更多的个人情绪或公共的理性原则，从而简化生活的原始形态。

在现代主义的文学作品中，那种个人主体情绪的膨胀与表现是显而易见的，那种个人对世界秩序的反抗和重构的主体意识是相当强烈的。但是，在现实主义的作品中，作家这种建构世界控制世界的主体意识也同样顽强有力。人们一直以为现实主义文学缺少作家的主体性，这实在是极大的误解。假如作家对生活丧失了主体的思考力和行动力，并不等于他在作品中就缺乏主体能力，他在作品中哪怕传达的是别人的原话或原封不动抄袭文件、社论的精神，对小说文本而言，都体现着一种主体性。因为现实主义要求作家处于主导的"上帝"地位，有着充分的主观能动性和自由支配力。在我们以往所司空见惯的现实主义作品中，无论是巴尔扎克这些大师的经典作品，还是柳青《创业史》这样的改良品种，甚至那些概念化、公式化的所谓"两结合"的小说中，作家的主体性始终没有消失，始终制约着人物性格和故事情节的发展。作家在小说文本中体现极大的主体能动性，有着强悍的主体力量，人物的命运和世界的构成全部按照作家的主体逻辑进行。

后现实主义要求逃避作家的主体情绪和主体意向，消解作家主体对作品文本进行干扰、控制的种种可能，以保证生活形态的真正还原，"从情感的零度开始写作"，便是后现实主义所遵循的写作原则和采取的写作态度。后现实主义反对作家人格对小说的侵犯，因为作家的情感愈是真诚，愈是热烈，愈是在作品中倾泻灌输他的主体情绪和思想观念，而这种人格的真诚倾泻恰恰破坏了生活本相还原的所有可能性。在这种"真诚"孵化下生活就会变质而丧失原生的存在形态。只有将主体人格的思想、观念、情绪、意识冷冻处理，进入一种透明无瑕的真实状态，才能保持生活本态在小说中绝对的客观呈现。所以称后现实主义为客观主义并非贬意，骂它的小说叙述者是冷血动物也许正是褒词。

也许有人认为这种绝对冷静是不可能的，因为文学作品一经叙述（文学的组合）就势必要染上作家的主观情调。这在作品发生的哲学意义上是成立的。但我们所言的冷静与"零度",只局限在文本内结构之中,是就小说叙述而言,而不是要求作家成为生活中的"冷血动物"。

这种客观还原的要求,自然需要作家冷却感情的热度,进行一种无调性无色彩的冷面叙述。余华和刘恒可能是近年中把握这种叙述方式最好的两位。余华的《现实一种》和《河边的错误》都以杀人为其主要故事框架,按照现实主义的叙事要求,无疑要对这种残忍的人性负面持一种批判态度。但余华不是一位现实主义作家。因此我们看到小说的叙述者的态度更为残忍,他在叙述人间惨状的过程中始终板着面孔,决不显出勃然大怒和痛苦不堪的表情,他若无其事甚至还有点兴趣地仔细详述杀人过程的每个动作,每个细节,像复述一场并不精彩的球赛一样,公允得让人可怕,冷静得令人战栗。刘恒的《伏羲伏羲》虽不如余华那么残酷,但亦是无调性叙述的范例。这部小说中的叙述主体可谓消失了,小说每出现的任何一处场景,都像一架机器人所操作的摄影机所提供出来的,洗刷净了作家的主观色彩,叙述主体进入了真正的透明状态。《伏羲伏羲》呈现出的是一出畸形的爱情婚姻悲剧,在杨天青与王菊豆这种非伦理非道德非理性的结合过程当中,本有许多可供作家进行"煽情"的机会,因为这出悲剧中,人性的生命冲动与文化伦理的遏制构成了不可调和的冲突。但作者那种无声无色的叙述将它冷处理了。因为,在余华和刘恒的小说中,以往那种随作者而来的主观好恶、价值判断、情感评价在叙述过程中被完全消解了,呈现出来的是不受作家"精神污染"的生活现象和生活事实的原始面貌、原始发生状态,从而达到了一种客观的真实。

当然,要保证这种客观的纯洁性,作家和人物都不能以自我的名义去侵犯客观世界的自由与和谐,"他看见了黑色的太阳"这类出自作家主观臆想而带有强迫性的语法关系也应该从作家的笔下逃遁。这将是一个新的文本天地，是一个民主的、自由的、平等的世界。在这个天地中，人物与人物是平等的，叙述者与被叙述者没有主雇关系，人与物也是平等的，总之，人与世界构成平等的对话关系。就像作家不能用他的理性去操纵人物一样，人物也不能用他的主观意念、情绪去侵犯别人和世界，自然风景、风俗民情、环境存在已不再是人物情绪象征体或衬托物，它们也有自身的存在位置和主体价值，它们也有生命力和功能性，它们并非为了"什么"而存在，它们的存在就是意义。因此，后现实主义小说的人物必须置身于一种"关系"之中，他不像现实主义中的人物老处于主动、控制的地位，他往往在世界面前表现出一种无所事事和无可奈何，他也控制世界但更多的是受控于世界，他不那么崇高也不那么卑微，不伟岸也不渺小，他只是存在着，很难说为什么而存在，至于他存在的意义只能从他的背景和阅读过程中才能有所理解，或者根本无解。

之所以觉得池莉的《烦恼人生》具有一种后现实主义倾向，就在于小说中的人物始终处于非自我的状态，他的身份在复杂的生活关系之中反复变化着，"一会儿是父亲，一会儿是丈夫，一会儿是情人，一会儿是儿子，一会儿是女婿，一会儿是工人，一会儿是师傅，一会儿是乘客，一会儿是邻居，一会儿是拆迁户……"在他的身份的变化过程中，生活那种复杂的难以言状的"毛边"状态也客观地端现出来。李锐的《厚土·看山》则体现出后现实主义小说中人与外在世界的那样一种自然、平等、和谐的关系。"山们"和"牛们"冷静而亲切地伴随着放牛老人度过平凡的一生，放牛老人老是将孤独的情绪注射到山和牛的身上，但山们牛们依然木然地沉默，牛们如老人一样具有了主体的活力，这是一种较为新颖的物我关系：没有山和牛，焉有老人的存在？朱苏进的《欲飞》也是一篇比较注重生活"关系"的小说，以至于给人以一种"物化感"。这种物化感与小说中大段大段出现的"公文"有着密切的关系，在"公文"的来往过程中，人物的形象和行动往往失去自身的主体效力，而完全为这些"公文"左右，这些物化的"公文"本身也具备了一种主体独立存在的价值。当然，略微有些感到遗憾的是，与《烦恼人生》隐约流露出作者的感伤情绪相近，《欲飞》在叙述的过程中仍沾有那么一种不易察觉的反讽情绪，并未完全达到情感的零点。

因此，真正做到叙述者的无声无色无调性，完全以一个与己无关的"局外人"态度来平允地对待笔下的人和事，冻结所有的参与意识冷却作家以往经常流露的喜怒哀乐，而使整个语言的操作进入纯粹的客观境地，这看起来并不是一件十分困难的事情，但真正做到不动声色而声色俱在，远远比操作那些有声有色的叙述动作要艰苦得多，麻烦得多。"大象无形"、"大音希声"并不意味着不言语不行动，而是需要一种超越正常形态的语言方式和行动方式。尽管我对时下那些具有后现实主义语言倾向的作家持肯定态度，但他们今后能不能保持这样一种脱离情感的叙述状态并达到更高的境界，却未敢持充分的坚定的信心。因为传统的审美要求和语言方式与此是相背反的，而它们又有着强大的磁性张力和同化力，这就需要顽强的叛逆精神和超常的语言能力。也是对作家能否战胜自我、超越自我的痛苦折磨。

作家和读者"共同作业"

李陀最近在谈论余华小说时，认为这类小说"使读者在阅读中不能不产生在以往的阅读未曾经历过的迷惑和混乱"①，他把这种"阅读的颠覆"看作是对中国读者那种伦理道德"期待视野"的一种破坏。无独有偶，有人也愤愤不平地称刘恒的小说是"耍读者"。

二者敏锐地道出了后现实主义与现实主义在阅读关系上的差异。在现实主义和现代主义的小说中，由于作家把整个世界已经营造得完完整整，读者的阅读实际上没有任何"阅读"的意义，读者只是在"导游"的带领下对作家精心建构的空间进行一番游览而已。读者处于一种被迫视听、被迫灌输的境地，不断接受作家赋予给他的种种"教谕训导"，没有参与创造的自由与可能。而后现实主义作家则要从根本上改变这样一种古老的阅读关系，要让读者参与小说世界的构成过程，来与作家共同完成对生活的还原。人们感到余华的"颠覆"和刘恒的"戏弄"，是由于读者的阅读结构还不适应一种新的"文本"，便自然会产生一种错位感乃至颠覆感。阿兰·罗布-格里耶说过："如果读者自己认为世界是固定不变的，认为当今世界只有一个固定的意义，人的责任只不过是试图如何理解和再现这个世界，这将是新小说的一个坏读者，也必然是当代的坏读者，即当代的其他形式的文学艺术的坏读者。与此相反，新小说要求读者的是把自己看作创造世界的主人"②。在这一点上，新小说倒是体现出充分的后现实主义倾向。现实主义要求读者接受，而后现实主义则要求与读者一起来完成小说。很显然，后现实主义要求与读者保持一种"对话"关系，而反对那种带有专制性质的"独白"。

早在三十年代，布莱希特便开始反对亚里士多德以来就盛行的把

---

① 详见《阅读的颠覆》一文，《文艺报》1988 年 9 月 23 日。

② 转引自《"冰山"理论：对话与潜对话》中《新小说与现实主义》一文。

观众或读者引入幻觉的理论和创作，提出"间隔说"增加陌生化效果，要读者（观众）和作者一起进行感知，他认为"对真理的认识是作家和读者的共同过程，甚至是共同作业"①。由于布莱希特把创作当作是作家和读者"共同作业"过程，这就从根本上背离了现实主义的阅读关系，但由于他的出发点仍基于"对真理的认识"这样一种现实主义的原则，依旧认为生活存在某种固定不变的本质（真理）影响了他对现实主义的认识和发展。

由单向的灌输到双向的沟通，后现实主义对现实主义的阅读关系进行了根本性的调整。在这种调整的背后，暗示着支撑以往小说的那种中心的崩塌。因为作家在通过作品对读者进行种种道德的、伦理的、政治的、审美的灌输时，灌输者始终处于一种高人一等的讲坛上，他是整个世界的中心，世界按照他的意志构成；而强调读者的阅读机制则无疑取消了灌输者，迫使作家从讲坛上走下来，与读者持同样平等的态度进行"对话"。这样，"中心"没有了，那个全知全觉的传道士消失了，取而代之的是双方平等的交流和共同的作业。后现实主义的阅读关系实际是民主思想的产物，作家不再牵着读者的"鼻子"走，不再去侵犯读者的阅读自由来满足自我的表现欲，而是通过对自我的限制来争取读者的自由，在小说中留下"空间"和"门户"，为读者提供更多的创造契机和可能。读者在后现实主义小说中，不再是作家的奴隶，而是作家的朋友，并且和作家同样是小说的主人。这是一种新型的叙述与阅读的关系。为了使这种双向沟通的对话关系实现，后现实主义必须耐心寻找小说的"叙事人"。用一个与作家脱离血缘关系的"叙事人"来叙述小说，可以像绝缘体一样阻止作家主观

---

① 转引自乐黛云《关于现实主交的两场论战》，《文艺报》1988 年 8 月 13 日。

意念和情感的导入。这个叙事人已经不是那个全知全能的上帝，而是脱离作者之外的新的讲述者。尽管在这类作品中经常使用第一人称"我"来叙述故事，但这个"我"已不再是作家思想和眼光的化身，"我"出入其内而不能出乎其外，这样便能充分保持生活的原生状态而不遭理念的污染。虽然方方的《风景》并未完全进入"情感的零度"，但《风景》里独特的叙事人却强化了小说的客观性和真实性。在《风景》里，叙述整个小说的是一位出生十天便夭折的亡灵。作者选择这样奇怪的"叙事人"，很大程度上限制了作家自我情绪的任意进入，而让一位"局中人"来转述他们家族的种种生活事态，便取得了叙述的客观化和事实的真实还原。在后现实主义小说中，作家常常用一个满腹狐疑的叙述者来转述生活故事，以至于对小说中发生的一切以及即将发生的一切无所适从。叶兆言的《枣树的故事》里，叙述者便表现出一种不可名状的茫然感，主人公岫云的真实身世缺乏一种确定性的流程，糊里糊涂，以至于叙述者对自己所叙述的真实性都发生了怀疑。读者对这类"叙事人"所叙述的一切，可以进行多重的阅读选择和创造性的解构，而不可能只顺从一种既定的价值判断（作家的理性观念）。

　　作家的迷失与读者的觉醒，是后现实主义的主要特征，作家只提供生活现象本身，分析与判断留给读者自己去完成。刘恒的《虚证》便是这样一篇与读者共同作业才能完成的代表作。小说里显然借鉴了侦探推理小说的做法，主人公郭普英神秘地自我毁灭了，为了探究郭普英的死因，"我"开始了漫长的人生追踪，企图揭开郭普英的死亡之谜。从人生迷惘到愤世疾俗，从性的困惑到精神紊乱，叙述者对此一一进行"侦破"，但总没有能够得到明确的答案。由于"我"这样的"叙述者"始终以一种疑惑不解的叙述态度来进行这种人性世界的精神探幽，迫使读者调动自己的生活经验和情感经验对郭普英的死因进行解读，参与小说的叙述创造，当"我"感到"对郭普英的拙劣模仿宣告失败"时，读者却获得了一种参与的喜悦和解构的成功，最终完成了对这个小说世界的营建。

这种对阅读的注重可能会引起某种误解，因为有人简单地认为阅读的价值就在于读"懂"，这种"懂"也就是理解了作家在小说中所赋予的意义，而作家将意义消解时，就会读不懂。其实阅读在今天实际是读者不断参与创造的过程，那种宣泄独白式的小说，读者固然可以逐字逐句地明白它的语义，但并没有创造的可能。这里所说的阅读实际要求读者是一个积极的读者，他要不断参与创造世界，要在作品的空白、变化处投入自己的情感和经验。既然后现实主义小说已丧失了现实主义那样明确的价值指向路标，它不能像传统小说那样可以跳过去几页继续读下去，读者必须始终保持清醒、随时参与的精神状态，才不致于迷失在叙述的假山中。如果不采取这样警惕、清醒的积极的阅读态度，只能读不懂或读不下去，从而丧失真正的阅读意义。

后现实主义在充分尊重读者的主体自由的同时，实际也向读者提出了挑战。长期以来那种单向灌输的阅读观念已经培养了读者的惰性，不少人已经甘心接受作家的"教导"，愿意承受作家对他们的精神奴役，当作家把这种主体创造的权力交给他们的时候，读者反而倒手足无措了。这是因为长期的被动接受已使他们主体参与的创造能动性萎缩了，他们反会视这种阅读的自由是一场灾难。

在这样的意义上，确乎可以这样说，虽然后现实主义是解放读者的文学，但这种解放，有时在读者看来难免觉得是戏弄。

这是一个文学时代转换过程中必然出现的悖反现象。

（原载《北京文学》1989年第6期）

　　本文完成于 1988 年 9—10 月份，题目是《近期小说的后现实主义倾向》。文章完稿后，交给了《文学评论》，因该刊 1988 年已经发表了我的文章《时空的切合：意象的蒙太奇与瞬间隐喻——论朦胧诗的内在构造》等原因，未能及时刊出，但也没有退稿。当年 10 月，《文学评论》《钟山》在太湖联合举办"现实主义与先锋派文学"研讨会，该文的主要观点曾在会上发言交流，发言要点载入《文学评论》1989 年第 1 期关于本次研讨会的纪要；文章的主要观点浓缩后发表于 1989 年第 2 期《钟山》的《现实主义与先锋派笔谈》。1989 年 2—3 月间，《北京文学》向笔者约稿，并在 1989 年第 6 期全文发表本文。《钟山》1988 年第 6 期预告将于 1989 年开辟"新写实小说大联展"栏目，1989 年第 3 期正式推出，编辑部开栏《卷首语》，由我参与定稿。1989 年笔者出版专著《世纪末的突围》，该文作为第二章《方法的新生》收入，内容略有补充。现用《新写实：近期小说的后现实主义倾向》的篇名，收入本书。

——王干注

2021 年 10 月 13 日

"新写实"与新时期文学的终结

出现在 80 年代末期 90 年代初期的"新写实"小说,与 70 年代末期 80 年代初期的那种锐意进取不断实验的文学精神相比,委实是一种软弱乃至消沉,对人、人格、人道的执着追求被生活的烦冗细节取代,对艺术、形式、语言的顽强探索被贫乏没有新意的场景实录冲淡,新时期文学所特有的理想主义、人道主义、英雄主义、启蒙意识渐渐消逝在庸常之辈的"烦恼人生""一地鸡毛"当中,历史的庄严与肃穆被涂上了一层胭脂"红粉"。"新写实"作为新时期文学的尾声实在不那么嘹亮。

一、"人"不再被放大

发源于 1976 年的中国新时期文学以人的旗帜为标志,展开了一系列文学思潮、文学运动,涌现了一批优秀作家和优秀作品,呼唤人性、恢复人的尊严、对人的重新发现在很长的一段时间内是伴随着对历史的反思共同进行的。新时期文学诞生于"文革"的废墟上,因而恢复人的位置、张扬人的主体效能,便成为批判"文革"思想观念的最为强劲的战斗武器。

无可否认,在新时期文学"人"的潮流中,"人"的意义和价值也在无形之中被夸张和有意识地放大了,一些理论家和小说家企图脱离现实去虚构人的神话，从而导致了文学的某种倾斜。"暴风雪"中的知青英雄与上任伊始的改革精英，身上都闪烁着动人的崇高的英雄主义光辉，而在张承志的《绿夜》《北方的河》《黄泥小屋》《金牧场》当中，"人"字被不断地"大写"，"我"字则反复地被涂抹重彩，虽然悲剧在不断地发生，但"人"犹如普罗米修斯的火种并没有停止燃烧。无论是与"四人帮"、"左"倾思潮斗争的英雄还是改革年代脱颖而出的"乔厂长"，无论是迷迷糊糊的谢惠敏，还是清清醒醒的章永璘，他们都是整个社会人文思潮神话的一部分。

然而这种人的神话不久就破产了。这不单是经济浪潮、政治变更、文化失范这些外因的作用，也是由于人的神话自身的先天性的脆弱。作为思想武器的人文主义本身已是"昨日黄花"，它在接触到80年代中国社会的现实时难免无以实施。过于迷信人的力量并不能真正促进人的发展。作家们的美好理想破灭之后，把对人的形而上价值的执着探究转向了对人的形而下生存状态的观照描写。刘恒的《伏羲伏羲》《虚证》，刘震云的《单位》《一地鸡毛》，叶兆言的《艳歌》，池莉的《烦恼人生》《你是一条河》，方方的《风景》《桃花灿烂》，范小青的《顾氏传人》《光圈》，几乎全都丧失了人的激情和人的力量，充满了人面对生存的烦恼和无奈。早在1988年时我曾把这种做法称为生活本相的还原，是一种对"原生态"的追求，可现在发现这其实是作家对人的本相的还原。这是作家在人的神话破灭之后一种不由自主的选择，一种自然反弹的结果。从精神的极度亢奋到相对疲软，到相对平实是作家的心理轨迹，也是中国普通百姓大致的状态。从这样的意义上说，新时期文学的终结，不是作家的终结，也不是文学的终结，而是时代的终结和社会的终结，是社会转型期的必然产物，"新写实"只是充当了一个终结者的角色而已。

二、适逢其时

"新写实"的出现与喧闹，是以实验文学的中止为代价的。

实验文学的困顿，为"新写实"让出了一片广阔的背景。"新写实"的一些被人关注的小说没有在当时产生强大的影响，而是在实验文学困顿之后。比如刘恒新写实倾向明显的小说《黑的雪》，受到人们青睐不是在出版的 1988 年，而是在 1990 年。池莉、方方、刘震云这样一些作家的《烦恼人生》《风景》《新兵连》很早就发表，但他们是在"新写实"这样的旗幡出现之后才格外受到人们重视的。由于"人的自觉"和"文的自觉"，这样宏大的理想受到嘲讽，作家和读者叙事与阅读的幻觉被亵渎之后，他们需要一种实在的填充物来填补这种空白，"新写实"适逢其时。

很显然，"新写实"并不是最理想的文学规范，人们对它的指责乃至鄙夷不是不可以理解的，它有点像中年丧失了爱妻之后的续弦，更多的是一种无可奈何。它是一种精神坡度，它是让人们从理想的峰谷中退出的一个缓冲地带，它在现实面前是一个弱者，但能够适应生存的需要，所以有人称新写实是生存状态小说。"新时期文学"固然是强者，但因为不能妥协，只能终结。

刘震云、方方、池莉、范小青等小说里充满了一种被迫的认同感，而这种妥协正好与高扬"人的自觉"与"文的自觉"的新时期精神背道而驰。范小青的近作更是以没有"光圈"（她小说的一篇题名）见长，在《光圈》《清唱》等小说里，索性让意义下沉，不厌其烦地让社会各色人等的原生态浮泛其上，甚至有意回避情趣。张洁、张辛欣等女作家那种愤世嫉俗的情绪在范小青那里变成了一种认同和宽容，"日脚就这么过来的"。

还有一些作家则回避对现实的认同，他们把对现实的幻想移植到对历史的读解上。苏童的《我的帝王生涯》、叶兆言的《枣树的故事》《夜泊秦淮》系列，都是对历史的一次主观性的重构，这种主观性的重构实际是对已有历史形态的消解。在苏童的新作《我的帝王生涯》中，"历史"里开明、昏庸、残忍、仁慈、愚昧、智慧的帝王，被还原为一个任性的少不更事的顽童，历史所有的庄严与神圣，被粉碎得无影无踪。虽然苏童们的这种消解有很多杰出的妙手，但仍然让人感到这种智力被挥霍或者浪费的感觉，他们在历史的迷宫中游戏实际是躲避一种对世俗的反抗。

三、寻找读者

中国当代作家真正意识到读者的价值，大概是在 80 年代中期以后。作家从寻找"真理"（表现各种各样的新观念）以及"真理"的外壳（所谓形式主义小说）慢慢转向寻找"读者"。这也正是"新写实"产生的一个缘由。

新时期文学诞生于十年"文革"的废墟，在思想解放运动中，文学势必要"春江水暖鸭先知"，作家有必要也有可能担当启蒙者的角色。但是，进入 80 年代中期以后，人们开始厌倦作家滔滔不绝的"启蒙"，读者主体意识的萌发开始拒绝作家的"布道"。加之急剧的政治经济变革，作家的地位已从"灵魂工程师"复归为普通平民，作家已无力再去扮演传播真理的角色。

重新调整与读者的关系，是"新写实"小说的一个共同宗旨。所有具有"新写实"倾向的小说作家，无论他们各自的艺术风格有多大的差别，但无一例外对读者的态度是谦和而小心，都无意去侵犯读者的"主权"，即便反讽，也以启嘲为主。

当然，如何给读者"定位"，与读者保持怎样的"关系"，很多作家的做法不尽相同，有的通过叙述的"降调"处理来缩小与读者的心理距离，有的则通过叙述角色的替换来淡化叙述的一元绝对性，而有的则谋求"零度"叙述的可能性，以给予读者最大的阅读空间。一种冷色调的叙述语调消解了那种"北方的河"的强劲和执着，而迟疑、温和、暧昧甚至低沉的叙述态度成为一种时尚。

新时期文学从唤醒读者、引导读者转向寻找读者、认同读者，这是新时期文学的悲剧。这种悲剧是由新时期文学自身的特性所规定的，可以说是无可避免。

新时期文学伊始，作家鼓吹、宣扬解放思想，但解放思想首先要解放自我，把别人强行纳入到自己设置好的"思想"和"观念"的樊篱之中去，这不是真正的解放思想，解放思想除了摒弃教条的、陈腐的观念和方法外，还应给予被解放者更多的思想自由和交流自由。"新写实"在整个中国当代文学的进程中也许并没有留下什么震撼世界的经典巨著，甚至也产生不出五四时期那样的优秀作家，但它在解放读者同时也解放作家进程中，所起的历史性的过渡作用是会引起后人注意的。

新时期文学的终结，意味着读者的胜利。在今天的文化消费过程中，"读者是皇帝"的原则日益被越来越多的出版家、作家和评论家所公认。但是今天的作家、评论家、出版家面对读者的需求，是采取被动的、媚俗的方式单纯去适应社会的需要，还是主动地、清醒地在社会文化的消费过程重新建立新的文化价值规范，保持精神信仰的尊严，这实在是两难的悖反。这也正是新时期文学终结之后带给所有文化人的巨大困惑。

（原载《文汇报》1993 年 3 月 20 日）

诗性的复活

——论"新状态"

引言　优美地告别新时期文学

1. 何谓"新状态"，倒计时的方式

"新状态"的提出，是 1994 年的文学事件。1994 年是人们步出 80 年代的第五个年头，又是迈向 21 世纪的重要时刻。在远古的岁月里，时间并不包含具体的历史内容和文化内涵，它只是一堆空洞枯燥的数字。可进入现代社会以后，时间的概念被扩张被"增容"，它不再是一堆冷冰冰的机械的数字，它开始变得有血有肉，变得有声有色，它是我们生活中不可缺少的活泼元素了。更重要的是时间不仅有原先纵向排列自然流动构成的史的效果，而且有了空间性的含义。这是一次耐人寻味的裂变，现代社会要求时间增值，要求时间衍生出新的含金量来。我们可以说这是对时间的一次巧取豪夺，也是对生命的强暴榨取，然而，没有办法，这是商品经济、市场经济赋予社会文化转型期的思维方式。

从 1987 年开始，面临 1990 年北京亚运会召开日期的迫近，北京各大体育场馆建筑工地纷纷挂出"离北京亚运会"还有"×××天"的广告宣传牌，接着《中国体育报》也在报眼的位置每天打出同样的字眼。"倒计时"，改变了原有时间线性流动的秩序，"倒计时"，它在

提醒人们时间的数量在日渐减少，它在要求人们在有限的时间做出更高的效率和更大的价值。"倒计时"显然是工业社会的产物，它说明我们的国家在告别小农经济农业社会。到 1993 年"奥申委"也同样采取了"倒计时"的方式，又同样拨动了全国人民的心弦。虽然"奥申"最后以微弱的差距未能梦想成真，可在"倒计时"这段时间内民众情绪的高涨，民族情绪的高扬，让我们再一次看到民族的希望。

提出"新状态"实际是一种隐性的"倒计时"的思维方式。"新"，本身是一个时间概念，是以计时来区分不同事物的一种方式，"新时期""新写实""新古典"都是参照原有的历史的政治、文化、审美和叙事方式提出的概念，都有很强的相对性、针对性，是一种普通的"计时"方式。"新状态"的"倒计时"特性在于"状态"本身带有很强的飘浮性，因而"新状态"不可简单拆析为"新的状态"，更不可确立一个莫须有的"旧状态"去与之对立，"新状态"本身是不可拆解的一个词，不是以"新"为词头或词根的一个词组，它是一个完整的不可分割的语词。"新状态"是文学的一次"倒计时"，这种"倒计时"缺少具体的实在的指向，它并不是为了奔向文学奥运会——诺贝尔文学奖的领奖台（它甚至有一种"反诺贝尔情结"），它也不是为了快速走进 21 世纪——21 世纪并不意味文学的再度辉煌（说不准 21 世纪是文学消亡的坟墓）。"新状态"的"倒计时"表现为对过去时代的一次悲剧性的告别，因为这种告别是缓慢而缠绵的，缠绵中的痛苦更增强了这种缓慢，"新时期"作为作家和整个人文学科工作者的温暖巢穴实在是太诱惑人，太让人迷恋，它是人文乌托邦在 80 年代中国的现实化的实现。然而告别"新时期"则是无可挽回的历史格局，90年代中国社会政治、经济、文化的转型则使原先的乌托邦产生了覆巢之劫，"卵"们"拣尽寒枝不肯栖"势必成为那个乌托邦的殉葬品。"新状态"在这个时候是对"卵"们的一个提醒，一个忠告。因而"新状态"的"倒计时"主要特性不急于要进入什么得到什么，而在告别，告别新时期之日就是新状态的诞生之时。

因而，"新状态"的完整概念与确切定义自然需要时间的投资，它的魅力也在于目前的边缘状态与非完整化。不过在未来的文学史和文艺思潮史中，人们肯定能清晰而明了地阅读"新状态"理论和"新状态"作品。那时，或许才是"倒计时"真正结束之日。

2.寻找临界点：走出"实验文学"的语义场

新时期文学虽不是"实验文学"的同义语，但"实验文学"无疑包含新时期文学的全部特点。告别新时期在某种意义上就是告别"实验文学"。"实验文学"与"先锋派""新潮文学""探索文学"虽然有种种细微的差异，但在逼近世界文学潮流，谋求中国文学迅速与国际"接轨""同步"这一伟大目标上是一致的，这也构成了80年代文学"赶潮""逐浪"的实验性特征。

1981年，花城出版社出版了高行健的一本小册子，书名也相当学究化，叫《现代小说技巧初探》，没想到在作家中居然引起了强烈的反响，以致引发了一场关于"现代派"的论争，这便是所谓的"四只风筝"事件。当时的青年新秀冯骥才在给友人的信中这样写道："我急急渴渴地要告诉你，我像喝了一大杯味醇的通化葡萄酒那样，刚刚读过高行健的小册子《现代小说技巧初探》。如果你还没见到，就赶紧去找行健要一本看。我听说这是一本畅销书。在目前'现代小说'这块园地还很少有人涉足的情况下，好像在空旷寂寞的天空，忽然放上去一只漂漂亮亮的风筝，多么叫人高兴。"冯骥才这封发在《上海文学》1982年第8期的书信，今天看来可以称之为80年代文学经典性的文本之一，我们由此可以窥见新时期实验文学的某种情态，它所提供的信息是非常耐人寻味的。第一，追赶的迫切，"我急急渴渴地要告诉你"，这"急急渴渴"四个字太逼真了，80 年代的作家的心态可以概括为"急急渴渴"的写作心态，80 年代风起云涌的文学浪潮亦可视为"急急渴渴"地走过场。第二，作家的自信，这从"急急渴渴"的表达当中自然溢出，"急"是有感于中国文学与世界文学的不协调有落伍之感，"渴"，则是一种自信，"'现代小说'这块园地还很少有人涉足"，冯骥才成功地运用概念的模糊性来掩饰自己跃跃欲试的心情，从书信的上下文语境关系来看，"很少有人涉足"是指现代小说理论技巧的探索，但实际上意指现代小说的创作还很少有人涉足，因而文坛显得"空旷寂寞"。如今的作家已经很少有人这么自信这么"急渴"了。另外，在这段话里还折射出文学在社会的地位以及作家的消费水准。"这是一本畅销书"，在我们今天看来简直是天方夜谭，一本论述现代小说技巧的小册子居然会畅销，可见文学的读者是何等之多，文学的图书市场是何等之坚挺。这与文学在新时期的功能超值放大有关，直到 1986 年，刘再复的《性格组合论》还被排在畅销书之首，高行健的小册子在 1982 年畅销就是正常又正常的事情了。我还注意到这段话里的一个比喻，冯骥才用"喝了一大杯味醇的通化葡萄酒"来形容读书的感受，这自然是 80 年代的比喻，今天再用这样土气的比喻肯定是出自农民业余作者之手。因为，今天中国社会生活中有了各种各样的洋酒，在一些作家、评论家的作品中，经常出现 XO、人头马、路易十三这类五星级的字眼。可在 1982 年，喝葡萄酒本身（非用餐需要）就是一种西化的表示，一种享受现代生活的标志。

有的朋友将这样一种情形归结为"现代性的焦虑"，当时就有一位青年评论家在评论《北方的河》时这样概括道：

　　"是的，这是一个科学和神话相互交织的时代：五光十色的外界信息的编入，重新唤起了我们对生活的热情。这是一个思辨的时代：它满足了我们对于所要委身的各种价值的简直不顾一切的追求。这是一个行动的时代：它冲破一切障碍，势不可当。这些行动有的得到了肯定，有的则受到了应有的否决。但是，在这巨大的热情迸发中所产生的行动总是显得那么生气勃勃，即使因此而导致的一些错误，也往往充满青春的魅力"。一种价值观念刚刚破土而出，另一种价值观念又在悄悄地萌动：当一些人终于在生活中找到自己的归宿，又有一些人起锚开航，开始对生命进行新的探索……①

　　尽管当时文学界还没有出现"实验文学"的概念，可这一描述准确地勾勒了后来实验文学大潮的面貌，十年之后，我们读来异常感到亲切而准确。新时期十余年中，观念更新频繁，小说思潮递嬗奇速，从"伤痕文学""反思文学""改革文学"到后来的"寻根文学""现代派运动""新写实思潮"都以进化的观点和进化的方式向世界显示中国文学"现代化"的过程。这种显示是"实验性"作为巨大的理论前提，而"实验"对一个正在走向现代化社会的古老国度来说总是具有强大的诱惑力的，虽然"实验文学"一度受到善意的劝阻和批评，但实验文学的神话激动着作家，兴奋着作家。到1985年，实验文学已经成为人心所向、不可阻遏的历史潮流了。"五七族""知青族"两代作家竞相向社会奉献自己的实验性力作，而另外一些后来被视为先锋的作家在暗暗磨砺自己的小说之剑，同样在实验室里准备一鸣惊人之作。

---

① 蔡翔：《一个理想主义者的精神漫游》，《读书》1984年第9期。

十年之后，人们开始发现了实验文学的困境，这种困境源于实验文学的自身。实验文学一度被有些尖刻的批评家称之为"伪现代派"，这一方面说明实验文学对西方现代小说借鉴的生硬与不成熟，另一方面则说明新时期文学的价值判断是确立在"他者"的基础上。实验文学的发展是以对西方文艺思潮以及代表作家的移植、借鉴、模仿作为第一推动力的，海明威、福克纳、塞林格、马尔克斯、博尔赫斯、纳波科夫、昆德拉这些西方现代派或后现代的经典作家的文风（汉译语体）被那些自称为先锋的作家用所谓的实验方式重新演绎了一遍，意识流，黑色幽默，"新小说派"，迷宫文体成为文坛的热门话题，在这第一推动力的启动下，确实释放了一部分作家的艺术创造潜能，也出现了一些优秀的小说，他们与这些西方文艺思潮、流派以及技法找到了天然的契合点，就焕发出他们的内心创造欲望和能量，形成了艺术创造的第二动力，就有了《杂色》《红高粱》《小鲍庄》这样的传世之作。但实验文学并没有处理好第一推动力与第二推动力的关系，很多青年作家的第二推动力是靠第一推动力去启动运转的，因而当西方现代思潮陆续介绍完之后，异域文学的新鲜度就丧失了。在一个信息爆炸的年代，中国文学也确乎赶了上来，外国文学拥有的流派、模式在中国都可以找到"进口组装"的"国货"，最新诺贝尔文学奖得主的作品在当年就能读到他（她）的中文译本，更重要的是外国文学在"新小说"之后，尤其在昆德拉之后似乎并没有出现像以往那般激动人心的大作家、大作品，实验文学的第一推动力丧失了，实验文学走进死胡同，也走到了尽头。"新潮文学"随着"新"的消失，"潮"自然也就不存在了，更重要的是不少新潮作家发现自己握的竟是人家作废了的过期粮票，几乎所有的新时期的实验之作，都不难从国外的大师作品中找到相应的"对称"，这种残酷的"对称"让新潮作家陷于失语的尴尬境地，每一次进行实验，就可能意味着重复他人的话语，而这对于从事个体性、创造性劳动的人来说无疑是一页死刑通知单。残酷的现实让作家重新寻找新的突破点：放弃实验，面向小说。

朱苏进把这种状态称为"临界面"，他在一篇题为《心境若干》的短文中这样写道："当鱼在水中窒息时，就会冲向水面，此刻它的唇吻已经戳破了水皮，进入不属于它的空间，而身体还浸泡在如旧的水里。就在水与空气的临界面上，就在那非法的瞬间，鱼儿进入了创作。创作是被迫的、伟大的、失常的窃取。一个人必须进入某种程度的非人状态，才能将自己像子弹那样打出去，在创造的空间中飞行。那种飞行没有什么具体目的，只有一个遥遥的指向。同时，如果它被击落，也不该被什么具体目的击落，宁肯被一缕光击落。真的，也只有光才配击落它。"① 朱苏进并没有被列入先锋作家、新潮小说家之列，他关于"临界面"的认识显然是目睹了实验文学种种壮举之后独自参悟出的甘苦之言，他渴望"在创造的空间中飞行。那种飞行没有什么具体目的，只有一个遥遥的指向"。这就摆脱了实验文学那种现代性的焦虑，而在"水与空气的临界面"这样新状态之上重新确立小说的方位、文学的方位。事实上，有很多作家都已经意识到这种"临界面"的存在，像王蒙、刘心武、张洁、王安忆、史铁生都已脱去实验的外衣，进入到心灵的内部、记忆的内部、情感的内部去寻找叙述的新状态，一些新起的作家为了摆脱所谓先锋作家的话语阴影，逃避实验文学的囚笼，也在开辟新的语义场，像韩东、陈染、张旻、海男、马建、述平、鲁羊、何顿、大仙等晚生代作家的作品都逐渐剥离了先锋实验文学的文体意识与语言意识，不再将外国作家的探索之作

---

① 朱苏进：《心境若干》，《文艺争鸣》1993 年第 6 期。

视为某种绝对参照，而将自我内心的叙述激情作为小说创作的第一推动力，在另一个弧度上与王蒙、刘心武、史铁生等新时期文学的宿将不期而遇，共同获得了新状态。新时期文学的辉煌随着实验文学的终结慢慢向地平线远遁而去。

实验文学的终结，意味着中国作家在进行创作时第一推动力的改变。小说家书写的激情不再是缘于对外国前卫性艺术的追逐，个人的体验、个人的"隐痛"、个人的智识、个人的欲念的无目的的"飞行"成为小说创作的第一推动力。这好像是一种回归，但不是那种"写自我"的简单回归，它是主体意识在经历了诸多磨难之后一种螺旋式的上升，它是知识分子面对文化失语症时一种自我保护式的选择，一种别无选择的选择。

3. 浮出地表：知识分子叙事人的诞生

新时期文学最初发轫并不注重文体的实验、语言的实验，它承袭的是五四新文学运动被视为主流的优秀传统：为民族代言，为国家代言，为民众代言。因而在"伤痕文学""反思文学""改革文学"中作家扮演的社会角色都是"代言人"，并不是作家真正的自我。在"启蒙""人道主义"的大旗下，作家实际充任意识形态的传声筒或反意识形态的急先锋，作家的叙事是一种"伟大的叙事"（张颐武语，此处不妨借用），作家的写作往往是一种寓言的营造，通过一个人的命运来象征民族的命运（比如《伤痕》），或通过一种现象来唤起民族的警醒（比如《班主任》"救救孩子"的提出）。1985年出现的"文学寻根"运动表现了新一代作家不满足于直接代言的现状，对十年浩劫的反思在他们的作品中延伸为对民族历史与文化的反思，"但文化反思运动本身包含着的内在矛盾：一方面成为五四精神的承接，成为对中国历史文化的彻底否定，以期为现代化进程扫清障碍；一方面成为'寻根'行为，力图穿越文化裂谷，重返民族文化本源，发现并表述被权力话语所遮蔽的民族历史"①。这种内在的矛盾决定了韩少功和他的朋友们的写作更加寓言化，《爸爸爸》成为阿Q寓言在80年代中国的再度扩写与增容自不待说，《女女女》的抽象性更加突兀地表现出这种现代性与民族性在内心的纠缠。这种自然的表现，本身就有了文学史、文化史和心灵史的价值，它反映一代知识分子顽强的抗争与真诚的投入。

以后出现的一些激进的青年小说家虽然主动放弃了做民族代言人的权利，虽然竭力在小说中淡化意识形态，强化语言形态，但由于以"实验""探索"这样的旗帜、这样的方式急于向西方现代文学去寻求认同，他们亦在某种意义充任另一种隐形的代言人，中国文学与世界文学对话的代言人。历史很快证明他们不可能代表中国文学与世界对话，"走向世界文学"只是一厢情愿的单相思，可是"走向世界经济""走向世界市场"却成为明明白白确确切切的事实，"复关"则意味着中国市场真正成为经济地球村的一个村民。而中国文学则依然处于世界文学的边缘，反而倒是一些海外的华文书刊在向中国大陆倾销或企图倾销。1989年以后，稳定压倒一切，市场经济压倒一切，意识形态的功能被还原到应有的位置之后，人文工作者特别是作家开始感到无所适从，开始发现：在这个社会上原来没有自己的角色，没有自己独立的地位。王朔说："我觉得咱中国的知识分子可能是现在最找不着自己位置的一群人。商品大潮兴起后危机感最强的就是他们，比任何社会阶层都失落。""我的作品的主题用英达的一句话来概括

---

① 戴锦华：《电影理论与批评手册》，北京大学出版社2007年版，第916页。

比较准确。英达说，王朔要表现的就是：卑贱者最聪明，高贵者最愚蠢。因为我没念过什么大书，走上革命的漫漫道路受够了知识分子的气，这口气难以下咽。像我这种粗人，头上始终压着一座知识分子的大山。他们那无孔不入的优越感，他们控制着全部社会价值系统，以他们的价值观为标准，使我们这些粗人挣扎起来非常困难。只有给他们打掉了，才有我们的翻身之日。"①

　　说实在的，王朔的聪明有点用在"乘人之危"上，他敏锐地将他的顽主之剑击在知识分子最脆弱的地方。王朔潮的泛滥，宣告了知识分子神话、启蒙神话、人道主义神话、蓝色文明神话这些"新时期"表象与灵魂的死亡。有意思的是，王朔作为一个作家也在客串着社会角色——我是流氓我是谁，他充当的也是一种代言人的角色，代痞子之言，代雅痞子之言，代伪流氓之言，他扮演的并不是他自己，他扮演的只不过是他喜欢和熟悉的角色而已。但王朔们的"翻身之日"，比市场经济对知识分子的损害还要明显，顽主们对作家、对知识分子的亵渎、调侃将文人逼近死亡的悬崖，跳下去或许会新生，但站着也等于活着而已，而活着在形而上的层次上也等于死亡（"有的人活着，他已经死了"，这里用得上这样的警句），于是出现一批在小说边缘处游走的小说家，他们这种游走已不像80年代具有探险的先锋性实验意味，他们在边缘处的自由漫游只是为了证实自己的身份——在脱离意识形态怀抱，在脱离大众消费文化广场，在走出书斋，走出图书馆之后的独立存在的价值，这便有了知识分子叙事人独立叙事的可能与必要。

　　1993年12月24日，王蒙在台北的一次讲演中可谓道出了知识分

---

① 《王朔自白》，《文艺争鸣》1993年第1期。

子叙事人的真谛："文学除了为人民宣言，为历史竖纪念碑这些功能外，文学还是个人的精神活动，在个人的精神活动中充满了各种各样的可能性，我可以写这个世界，也可以是自己的内心；我可以为大家讲故事，也可以是自己的独白；我可以有明确的时间和空间的规定性，也可以没有规定性，也可以没有明确的社会政治的指向（一定要反映什么，批评谁或赞扬谁）。"[①] 王蒙对文学"个人的精神活动"的强调在某种程度上便是对知识分子叙事人的肯定与认可。事实上，王蒙从 1988 年的《一嚏千娇》起，便开始放逐人们惯以见常的那样一种叙事者，而将叙事者与作家自身进行重合，小说家即真正成为小说的叙事者。在他的新作《恋爱的季节》里，我们发现小说的叙事者就是王蒙自己，虽然小说并没有用第一人称"我"进行叙述，但比以往那种受委托的"我"还要更贴近小说家自身。小说中的很多真切感受显然源于王蒙自身的精神体验和生活实录，可王蒙既不想将那样一段异乎光明的历史当作功勋来炫耀，也不想做廉价的忏悔文字来衬出自己的超历史才能，《恋爱的季节》描写的是 50 年代青年的情状，一种无须遮蔽的精神状态。不难看出，王蒙在《恋爱的季节》里唤醒记忆的激情与写作记忆的怅惘所形成的那样的一种状态的纠缠，超越了 80 年代文学的象征／深度模式，也摆脱了语言游戏／反讽的后现代方式，在一个纯粹个人精神活动的新的层面组建了新的话语之流，在这样的状态之流中，时间之流、空间之流、语言之流复合于小说家的生命之流、精神之流，文学在被影视声响等大众传媒轰击之后有了一种新生的可能。

王蒙的长篇力作《活动变人形》是新时期文学几块不可或缺的碑

---

① 　王蒙：《杂感》，《文艺争鸣》1994 年第 2 期。

石与标识，这部小说反思历史的深度不仅超出同时代作家的同类小说，也超出了王蒙自己所有的作品。然而不难看出，王蒙对倪吾诚的审视依然是站在某种明确的立场上做出的，小说的叙事者是清醒的逻辑的理想主义者，而这种理想主义者代表的时代的民族文化的建设、理想价值观念以及难免的困惑，有痛苦的精神家族的自传因素，是在审父的过程中来完成对历史文化的反思的。而在《恋爱的季节》里，王蒙则陷入了一种自审，在小说里出现的与他相仿的同龄人在历史中的种种天真荒唐的表现，让王蒙无力去像审父那般去判断倪吾诚的存在价值，"明确的社会政治的指向"显然已经丧失，因为王蒙明白，在《恋爱的季节》他所射出的炮弹最后都会落到他的历史同龄人身上，落到钱文身上，落到他自己身上。这种消解，在语词的戏拟与谋杀上是一种淋漓尽致的狂欢，可狂欢之后的碎片只能导致作家和小说的同时消失。因而在《恋爱的季节》里，自审不再是单纯对价值的疑问与消解，也不再是单纯对历史的语言颠覆与戏拟，自审升华为个人精神活动范围，它是沉思的，但不是哲理的，它是叙述的，但不是定点的，非定点的叙述便可以排除任何功利价值的主导性（包括消解这样反价值主义的价值观），小说家可以自由行走在语言的边缘处、情节的边缘处、价值的边缘处，在多空间的非规定性中确立自我的存在。

在"新时期"的阵营中，有一个与王蒙相似的晚辈作家，她就是王蒙的同龄人茹志鹃的女儿王安忆。说她与王蒙相似，其实只有一点，就是不断地变换自己的叙述风格和小说格局。因而我们在谈论任何一种小说思潮和叙述流变，都可以提到这两位作家，一方面说明他们小说的包容性与丰富性超出常人，另一方面则说明这两位小说家能及时调整自己的小说方位，更新自己的小说观念，王蒙靠的是男性的智慧，王安忆则是靠的女性的敏感。1989 年以后，文学从喧嚣走向冷落，王安忆则慢慢地找到状态，她说："书写真是一件快事；它使一张白纸改变了虚空的面貌同时也充实了我们空洞的心灵。它是使我们人生具备意义的最简便又有效的方式。它可使我们人走在冷清的街道，内心却熙熙攘攘，或者人走在熙攘的街道，内心却旷远辽阔。"① 这与王蒙的"精神活动说"可谓异曲同工。其实，无论是"精神活动说"还是"心灵说"都不是什么新鲜高明的见解，都是被前人陈述过的普通道理，但"重要的不是话语讲述的年代，而是讲述讲话的年代"，"精神活动说"与"心灵说"在20世纪90年代文化转型、作家队伍重新构成、文学贬值的情境下便有了新的可读性，它是作家穿越80年代进入新状态的一种标志，也是作家重新在小说中确立自身位置——知识分子叙事人——的一种自信。王安忆的长篇小说《纪实与虚构——创造世界方法之一种》从标题便可看出她的反媚俗倾向，这标题仿佛是一部哲学著作，也仿佛是一部人类学的著作，至少也是一部文艺理论著作。把它作为一部长篇的标题显然是故意反畅销，说得严重些甚至有拒绝读者阅读的嫌疑。这与那些把自己的小说标题定为某影片导演喜欢的字眼以取悦于大众传媒的价值显然是针锋相对的，她要借此来张扬小说家的独立性和小说的纯粹性。令人欣慰的是，《纪实与虚构——创造世界方法之一种》不仅摆脱时下那些青年作家流行的话本写作倾向（有意无意与影视隐喻性的接轨），而且对王安忆自身的书写历史也进行了一次伟大的超越，从而成为新状态小说最初的经典文本之一。如果将王安忆在新时期的另一经典文本《小鲍庄》与之对照，就会发现这种书写式的巨大差异，《小鲍庄》的开端虽然以良好的语言之流发轫，

---

① 王安忆：《纪实与虚构——创造世界方法之一种》第九章，《收获》1993年第2期。

但很快便堕入寓言之瓮的程式中去，小鲍庄作为一种象征，寓意自然是深长的。而《纪实与虚构——创造世界方法之一种》则是反象征的，非寓言性的，小说的另一支虽然在顽强进行姓氏的寻根，但这种寻根已非文化寓言式的探究，亦非历史事实象征性的隐喻，小说家对寻根的兴趣完全是为了满足虚构的热情与语言的快乐，而关于作家"我"的自传的叙述也不是为了解剖这个麻雀去映射时代和社会的变迁（客观上可以从语词的变化发现生活更变的痕迹）。这种自叙为了说明一个小说家的诞生和小说的诞生，从这种意义上，我们可以说，小说家有了属于自己的小说。这是一个不可忽略的信息，作家（知识分子的委托叙述者）有了自己的叙事权和叙事能力。我们要为此而欢呼。

还不可忽略"晚生代"作家在新状态小说形成中的历史性功绩。这样一些年轻作家与前几年走红的"先锋派们"在年龄上并没有"代沟"和"时差"，可视为同龄人，但由于各种各样的原因，"晚生代"作家并没有为社会认同，他们被淹没在先锋派的阴影之中，事实上，他们亦曾真挚而忠诚地尾随过先锋派，崇拜过先锋派的偶像——马原和残雪，但先锋派的走红与衰落让他们认清了先锋的策略——反抗是为了更圆满地皈依。于是"晚生代"在被先锋派遗弃的语词废墟，重新寻找与世俗对抗、与妥协了的先锋派划清界限的武器，本来文学和道路是很宽广的，面对日渐沉沦的大众化读物，对影视对文学肆无忌惮地亵渎，"晚生代"的出路却只有一条，捍卫文学的纯粹性和个人性。在"新时期"的语境里，文学的纯粹性和个人性或许是一种自作多情的奢侈品，是一种脱离大众的不良行为，而今天，它成为小说家保护自身声誉的唯一方舟。因而，在陈染、张旻、韩东、海男、何顿那里，他们对个人性的表现远比王蒙、王安忆来得尖厉而彻底，他们的精神性活动范围也比王蒙、王安忆显得更加锐角化（尖锐、脆弱、狭窄），这种锐角化的结果让他们的叙事更加摆脱社会性的遮蔽，世俗性的遮蔽，在个人性的语言之流中沉浮。陈染是一个颇有写作历史的小说家，她在1985年文学寻根思潮之中便有些脱颖而出的味道，但她的声音很快被淹没在实验的浪涛之中，在那样一个急遽动荡而又变化的年代里，她的小说肌理还是显得纤弱单薄。奇怪的是1991年她居然写出了《与往事干杯》这样的刷新纪录之作，成功地告别了屏弱的小说"见习期"，一步跨入新状态的门槛；《与往事干杯》作为"新状态文本"，除了具备叙事充分的自我指涉化外，还显露出叙述的性别意识，探索女性作为叙事人的可能性。二十世纪人文科学的发展，认识到女作家的个人性、精神性这些话语还容易为男性话语所遮蔽，挖掘"第二性"话语的潜能，则是知识分子叙事的新的天地。不难看出，陈染的小说曾受过玛格丽特·杜拉斯的熏陶，她从杜拉斯那里找到了女性的视角，但小说中所有的体验、所有的情绪、所有的状态都源于她个人生活的描述与虚构，都是当代中国青年女知识分子的心灵回旋曲。陈染的小说虽然充满了浓郁的女性气息，但陈染无意于图解某种女权主义的思想观念，也无意以女性话语去向男性话语进行强烈的抗争，去夺取话语的制高点，她游走在男性话语与女性话语的边缘处，她展现的只是一个90年代中国青年女知识分子的生存状态、精神状态、叙事状态。用《与往事干杯》的姐妹篇《无处告别》的话便是：

　　独自在雨街走着，她把自己几年来积蓄的各种毁灭感一件一件细细数来。……她没有哀伤，也没有悲叹。她知道自己永远处在与世告别的恍惚之中。然而却永远无处告别，她知道自己在与世界告别的时候，世界其实才真正诞生。

"无处"与"告别"构成的缝隙，构成了陈染的状态，也构成了

新状态游走者的边缘地域；在不断游走、不断告别中，新状态诞生着
又消逝着，消逝着又诞生着。

4.逃避无奈：穿越"新写实"的灰色背景

在"新时期"与"新状态"之间，小说曾经有过"新写实"的沉闷期，
事实上这种沉闷与灰色仍在一部分作家那里延续着展衍着。谁也没
有想到，"各领风骚三五载"的新时期文学浪潮最终会陷在沉闷、琐
碎、低调的"新写实"泥淖之中不能自拔苦苦挣扎，直至终结。"新
写实"的出现，表面上看来是由一家刊物（《钟山》文学双月刊）牵
头诸多作家介入的"人造"思潮，但持续了五六年之久仍未衰退而亡，
成为1989年以来小说界唯一的话题，说明有它的必然性。我在《新
时期文学的晚钟暮鼓——"新写实"小说漫论之一》（《天津社会科学》
1993年第4期）一文中曾就"主体的终结""实验的中止""读者的诞生"
诸方面来论述"新写实"的"坡度"功能，人们的精神从80年代的
极度亢奋，到90年代初期的极度疲软，中间需要一个缓冲的精神坡
度，"新写实"可谓正逢其时，它的灰色叙述背景成为人们精神遮阳
的凉棚。

这种灰色的背景迫使作家通过叙述的"降调"来减弱淡化小说的
理想音响，有的则通过叙述角色的替换来消解叙述的一元绝对性，有
的则谋求"零度"叙述的可能性，冷色调的叙述语流混合迟疑、暧昧、
冗繁和低沉的叙述态度成为一种时尚。这以刘震云和池莉的小说最为
明显，在《烦恼人生》《不谈爱情》《太阳出世》《单位》《一地鸡毛》
等"新写实"的代表作中，灰色的生活背景和不明亮的叙述者构成中
国普通百姓司空见惯的生活"原生态"。对细节细部的刻意追求、渲
染和铺陈，无意之中冲淡了对典型的塑造，而将感性的、局部的、零

碎的生活场景与冗琐的生活感受错杂重合于一体，影响了理性的犀利与强烈。这种低调叙述首先改变了作家布道者的形象，消除了作家对读者进行意义"施暴"的可能，同时也还原读者的本来面貌——与作家平等对话的权利。在"新写实"小说中，另一种隐匿作家主体的办法，便是"委托叙述"。比如方方的《风景》便是通过一个亡婴的叙述展现了七哥一家顽强生存的生活场景，在小说里"亡婴"并不具有生命意义，他只是作家委托的叙述人而已。苏童的《妻妾成群》便把叙述的任务委托给陈佐千的四姨太颂莲，以颂莲的视角来窥探陈家大屋子里的腐败和罪恶。"新写实"小说以一个客观的全息摄影的方式来反映社会平民的生存状态，让文学从放大了的"人"的神话释放了出来。

　　"新写实"的功不可没，除了缓冲着人们精神下滑的速度外，在小说技法史的发展过程中也有着"补课"的意义。虽然五四新文化运动以来，作家一直呼吁坚持现实主义，一度曾以现实主义作为判断价值的标准和尺度，但现实主义与写实主义一字之差，在中国的文学概念里却有着说不尽的区别。因而在很长一段时间内，强调现实主义者往往忽略写实功夫，稍一写实便会犯自然主义之忌。"新写实"对以往的那种观念化的现实主义是一种强有力的反拨，促进了中国作家写实功力的提高，而且写实也得到了正名，并不是只有实验性的文学才是文学，好的写实作品亦是好文学。由于"新写实"后来成为承受着负载人们疲惫心理的特殊载体的功能，它并没有在健康的文学轨道上正常运行下去，它后来由银灰转向深灰甚至灰暗，由平实转向琐碎转向啰唆，在选材上也由现实慢慢偏向历史，这是先锋派向"新写实"认同的"曲线救国"方式。再加之商品大潮的冲击，文学图书市场的疲软，大众传媒的诱惑，"新写实"逐渐蜕化为一种

"新话本"，《菊豆》《大红灯笼高高挂》《秋菊打官司》《活着》这些张艺谋用来获得国际大奖（《活着》亦直奔着国际大奖的目标）的影片无一不是根据"新写实"小说原著改编的，这样也从另外一重意义上摧毁了"新写实"作家们保持个人话语的企图。"新写实"便成为《大红灯笼高高挂》里的颂莲，她被锁在灰色的深深大院里，她只能窥视陈家的丑恶和罪恶，却无力改变别人当然也包括她自己的命运。

"新写实"在关注普通人生存状态方面，可谓摆脱了"新时期"那种"伟大的叙事"模式，从客观性的层面上进入了"状态之流"，但"新写实"在展示生存状态时往往过多地阻遏人的情感状态的表现，特别容易造成作家这样一个知识分子叙述主体的不在场，因而造成精神的空缺。像"新写实"的低调叙述、委托叙述往往是小说家的精神缺席抑或精神阳痿作为前提来得以实现，这种低就读者阅读的小说策略，亦是街头地摊文学惯用的伎俩，这就在本质上混淆了小说家与畅销书之间的差异，让知识分子仅有的人文精神在语言之流中自我泯灭。造成这种作家的自嘲与自戕，"新写实"只是表象而已，它是"新时期"知识分子神话破灭的见证。而"新状态"则是要在神话之镜破灭的碎片上寻找并使之闪烁出知识分子的精神亮度，一种对"被遗忘的存在"的心灵勘探。"新写实"只是对社会生存状态的客观呈现，但生存并不意味着"存在"，更不意味着知识分子叙事人的存在，"新写实"正是通过"空缺"来逃避存在的勘探的。

"新状态"注重复现生存状态的同时更注重表现作家的精神状态，通过作家自身存在的反复多侧面的边缘性的游动性的展示，在神话与都市的废墟上去洞开存在的虚无之光。所以朱苏进说："将自己像子弹那样打出去，在创造的空间中飞行，如果它被击落，也不该被什么具体目的击落，宁肯被一缕光击落。真的，也只有光才配击落它。"
（出处见前）因而在朱苏进带有强烈自传色彩的中篇小说《接近于无限透明》当中，李觉与李言之的分裂与重合便构成存在的悲剧，智商超常的李觉被人们视为"失常"，可精神"正常"之后的李觉变成了李言之，但"李言之不再是李觉了。李觉是唯一的，而李言之和李言之们，则挤满了这个世界"。这种对"唯一的"推崇，是对失落个人精神的李言之们的轻视，也是对知识分子话语（在《接近无限透明》的小说里，李觉是以高智商的青年教师出现的，李言之则是世故的敏锐的军官面貌出现）被毁坏的抗议。不难看出，李言之是"新写实"化了的，而李觉则是"新状态"中人，李言之是灰色的，李觉是透明的。显然，正常的世俗的社会是容不下"透明"的，"透明"只存在于精神，高蹈于世俗之外、价值之外。对平庸的拒绝，迫使朱苏进将个人的极大值的显现置放到一个脆弱的"幻境"之中，使存在本相渐趋透明。

这种透明的新状态美学追求在史铁生的近作中也表现较为突出，他的《第一人称》便是将个人的内心体验充分地空灵化，在一个如梦似幻的个人性的写实故事中充分地展现"第一人称"的心灵价值与语言价值。阅读这篇小说很容易被表面那种类似写实的语象所迷惑，因为"我"在叙述新的楼房居室空间时甚至有点"悬念"的意味，但我们很快发现，史铁生意在对"第一人称"这样一个激动人心而又朴素无比的新的对象进行审美考察，这种考察之中甚至带有拷问的味道，但"第一人称"最终归入神圣的透明之中。"第一人称"的出现，也意味着与以第三人称（即令像《风景》等以"我"进行叙述的作品也是变体的第三人称，前文已指出这是一种委托叙述）为特征的"新写实"小说撕开了一道清晰的界线。

上篇　文化断桥之畔的书写

1."文化断桥"：双重裂谷之间

"断桥"在中国既有的语言秩序里意味着一种悲剧性，脍炙人口的白蛇娘娘与许仙的故事便起源于杭州西湖的断桥。1980 年我去杭州旅游去观赏西湖十景之一的"断桥残雪"，我固执地寻找断裂的痕迹，发现断桥未断依然一体，只好猜想桥的内部必有一条隐形的分裂之线，要不，怎会有"断桥"一说。"文化断桥"的提出也是源于悲剧性的人文现实，在经历了 80 年代的种种人文主义思潮涌动之后，90 年代的中国社会现实在市场经济这一非人文性的魔棒的驱使下出现了无法回避的文化断裂，这一断裂是在转型的合理理论作用下完成的。无须掩饰，市场商品经济热潮对意识形态功能的淡化，社会价值观念更新对人的金钱意识的强化，给人文学科的刺激无疑是一场破坏性极强的地震，文化的裂谷豁然醒目，虽然往昔文化的表象依旧存在，但断桥在深层结构已经形成。在一些方面断桥已经浮出地表呈两极对峙之势，比如图书市场上地摊与国营书店的冷战，便是 80 年代向 90 年代过渡的一种写照。文化断桥已经横亘在 90 年代中国知识分子的心头，不管你视它为一处风景也好，还是把它看作不顺眼的障碍也好，反正它已经进入了人们的视野而且不会轻易消失。

"文化断桥"的提法最早出自戴锦华女士对第五代导演的阐释，她在《电影理论与批评手册》一书中有一节《断桥：子一代的艺术》中这样写道："第五代的艺术是子一代艺术，'文革'的历史规定他们痛苦地挣扎在无法撼动的父子秩序与无父的事实之间。于是 80 年代，中国第五代的艺术便成了一种超越历史／文化裂谷而终于陷落的断桥式的艺术，使他们创造一种全新的语言与历史表述的努力成了子一代的精神流浪的传记。"① 这种断桥是由文化反思运动本身包含着的内在矛盾决定的，"一方面成为五四精神的承接，成为对中国历史文化的彻底否定，以期为现代化进程扫清障碍；一方面成为'寻根'行为，力图穿越文化裂谷，重返民族文化本源，发现并表述被权力话语所遮蔽的民族的历史"②。戴锦华的概括与描述异常准确，可谓把握住了第五代的脉搏。

很显然，"新状态"所陈述的"文化断桥"已超越了原有的内涵与外延，其实是一次重新命名的结果。我们今日面临的"文化断桥"已远非文化反思的内在矛盾所能概括，我们面临的不仅仅是传统文化的断裂，还同样面临着另一重的断裂——启蒙神话的破灭。启蒙神话的特点用戴锦华的话说，便是"完成一个深入的文化内省与历史批判，永远地放逐并埋葬五千年的历史幽灵，为将临的、已至的现代化进程拓清道路"，一个世纪的历史事实表明，中国社会从未放弃过这种现代化的努力，即使在十年动乱之间也有开明的声音排除重重障碍向世界发出"实现四个现代化"的响声。然而，80 年代后期急剧加速的现代化进程与猝然而至的商品化大潮，90 年代的文化转型使之陷入现代化的迷惘，对西方现代化文化的无条件认同并不能真正解决中国文化精神的困顿，反而会导致一种新的精神流放。

在这样一种双重断裂的社会背景映照之下，文学也迅速从原先中心位置被抛落到边缘。当 1993 年下半年贾平凹的《废都》这样一部文学奇书被地摊文学广泛销售时，人们看到的不是多少年前万人空巷传诵天安门广场诗歌的文学的辉煌，而是文学的破落与灰暗，它有点

---

① 戴锦华：《电影理论与批评手册》，科学技术文献出版社 1993 年版，第 17 页。
② 戴锦华：《电影理论与批评手册》，科学技术文献出版社 1993 年版，第 16 页。

像余华《活着》中的那个破落户福贵——活着而已。文学面临的双重断裂同样不可弥补，一方面是作家从启蒙的神坛上走下之后悚惶地流落到民间艺人的地位，文学与意识形态的脐带戛然斩断，作家与庙堂的隐形通道亦轰然崩塌，文学失去社会意识形态的庇护与控制之后，犹如丧失了地球引力的月亮，茫然不知如何使用这份奢侈的自由。另一重断裂则是风起云涌的大众读物掠夺了文学的读者，作家面对越来越多越来越精的大众文化消费品种，手中的语言之剑如锈了的青铜古器闪耀古典的光辉，却难以重施旧日的魔力。丧失了读者的作家已很难宣称为下一个世纪写作或者为子孙们写作了，没有发行量的文学作品从经济上打击了往日作家的优越感，在往日一份文学期刊发行超百万的日子里，作家满可以骄傲地以版税来炫耀文学的价值，但今日的文学期刊大多数不盈利，靠国家和创收来维持，像《收获》等"四大名刊"（韩小蕙语）的稿费标准远远低于《风流一代》《家庭》《××纪实》一类亚文化期刊，在文化市场上，文学成为滞销的产品，作家与读者往日鱼水关系断裂了，文学成为商品浪潮沙滩干涸的鱼，与"海"无缘。于是一度时间内文人下海成为中国不可不看的风景，不可不听的奇谈，一些作家也以富以钱多来重新表明自己没有被时代抛弃，并声称宁可被文学抛弃。一些执着于文学的作家虽然能够忍受经济上的贫困，但不能容忍精神上的贫困地位，既不能投身商海挣钱，又不能静心写作，这一群丧失了"终极关怀"（他们在灵魂深处是皈依国家意识形态启蒙神话的）被我们传媒视为"人类灵魂工程师"的人开始为自己的灵魂发愁了。与可爱的意识形态启蒙神话和原先淡漠视之的大众读者的双重断裂，形成了作家的"文化断桥"，小说这种被法国利奥塔视为"伟大的叙事"陷入了尴尬不能自救的处境。呼唤新状态，超越文化断桥的裂谷，便成为90年代文学自我救赎的重要方式。《国际歌》里早就唱过：

> 从来就没有什么救世主，
>
> 全靠自己救自己。

2."孤岛"上的叙事人：作家之死与小说家之生

1993 年 2 月，我到海口去参加了一次笔会，在会上见到了很多作家老朋新友，乍看起来颇有重温旧梦的感觉，后来发现这次笔会正好宣布了旧梦的终结，迫使我们寻找新状态。这里可要感谢这次会议提供给我的种种感触，虽然会议只有短短半天谈论文学，而且谈及的还是文学与下海经商的关联，但海口之行让我深切地感到文学和作家在 90 年代由辉煌走向没落颓势难挽。学者风范很足的韩少功事（不是"私"之误）下交谈说，海口是真正的文化沙漠，没有一个人可以进行对话的。现在我才意识到少功的悲哀是真诚的悲哀，是一个作家的真正悲哀。离开海口那天，飞机升至空中，我鸟瞰下去，海南岛在茫茫的大海上状如椰子般孤苦伶仃，仔细品味少功的话，我脑子里跳出了"孤岛"二字，便一下子将我进入 90 年代以后一些零散的观念和想法整合起来，好，孤岛。回来以后立即写作一篇题为《孤岛、非卖品、乌托邦——90 年代文学走向刍议》的文章，我感觉重新找到了状态。这种概括只是缘于我个人经验的角度，有不可躲避的遮蔽性阴影，但它毕竟有了一种新的阐释的可能性。

"孤岛"其实是就作家与社会的关系而言，在新时期的语义场中，作家与整个社会的文化意识形态亲密无间，作家对社会政治现实认同与某种看似拒绝的否定，都表明文学自身的运转来源于社会政治文化的巨大吸力，作家有理由也有可能为国家代言，为民族代言，为民众代言，大则可以成为启蒙的精神领袖，小亦可做一个比新闻记者高级得多的宣传人（时代精神的传声筒或政策文件的图解者）。张颐武将之称为"现代性"的整体性的话语，认为"这种话语是以 18 世纪西方的启蒙话语为开端的。它包含着以'主体'为中心的一整套意识形态，它创造了'理性'的合法性的神话，它构筑了灵／肉的二元论的知识体系和文化立场。它提供了两大支撑现代文化的神话，一是人文独立解放的思考模式，二是对整个知识系统作纯思辨式的思考。'现代性'并不仅仅指向一种历史的分期概念，而且指向一种对传统对立的新文明。这种'现代性'的话语带来了'个人主体'和'民族国家'的观念。这些来自西方的话语自'五四'以来就已经深刻地影响了中国文化，它已成为中国人文话语的中心。同时，'现代性'也意味着新的时间的开始，它标识着在传统／现代、旧／新、黑暗／光明等一系列的二元对立中的肯定性的方面。'现代性'不是文学中的'现代主义'，而是现代西方文明的价值化与认识论的总体，而知识分子则始终处于话语的中心。"（详见《天津社会科学》1994 年第 4 期《对"现代性"的追问》一文）张颐武在指出"现代性"话语其实是来自西方话语的过程，实际也在运用西方当下的话语（如法国理论家利奥塔的后现代理论阐述）解释中国的人文状况。事实上，在中国"现代性"的状况远没有张颐武文中所说的那么充分，它是一个始终未能正常发育的孩子。虽然未能发育健全，并不影响这个孩子的成熟与死亡，中国"现代化"神话的破产，也就如同一个发育不健全的人同样要面对死亡一样，或许由于其不健全，死亡也比发育正常的人来得要迅疾——这就是后现代在中国迅速繁衍的土壤。张颐武在文中抓住了一个要害："知识分子则始终处于话语的中心"，作家虽然讲述的并不是自己的故事，他虽然处于代言人的位置，然而这个位置却是话语的中心，作家的作品可以是"投枪""匕首"，还可以成为"革命机器上的螺丝钉"，作家本人往往也被等同于"人类灵魂的工程师""社会的良知""历史的见证人"，事实上，文学和作家的这一特殊的功能还是在历史的进程中起过一些意想不到的作用，比如1976年天安门广场诗歌对"四人帮"的毁灭应该是功德无量的。问题是文学的这些特殊功能离开了特定的历史时期和文化背景，如果滥用或者一定要随时随地让它生效，反而使文学失去了本性，就像使用抗生素只在疾病炎症状态时才能发挥作用一样。

文学在过去的日子无疑是"话语中心"的中心，作家也充任重要的社会角色，他对社会拥有话语的发布权、代言权，他是站在时代之塔上的宣谕者。到了90年代，作家从原先的时代骄子变成了"码字的"（王朔语），在王朔的《顽主》里，作家成了流氓的代名词，作家与街头的阿混已经没有太多的区别。作家社会地位的前后反差之大，表明社会文化价值观念发生了变化，作家原先与社会的联系被日益高涨的商业浪潮和实用精神割断，被闲置到一个非常尴尬的边缘地位。文学几乎在一夜之间成为无人问津的"孤岛"，"朝去暮来颜色故"，又死死守住贞节不肯"嫁作商人妇"，只有靠追忆往昔的好梦来慰藉。作家队伍亦迅速分化，①下海经商；②制造畅销书；③投靠影视；④报刊专栏作家；⑤苦坐书斋；⑥做官。这些身份宣告了在"新时期"语义场中存在的作家已经死亡，文学已经不能够由他们来肩负，需要一种新的角色，以新的姿态来重新君临文学。

在新状态的小说里，我们可以读到"作家之死"这样的意味，马建在其新作《拉面者》中通过专业献血者与专业作家的对话无情宣告作家之死，当专业作家痛斥专业献血者是"虚伪的奉献者"时，血客毫不客气地指斥作家："我比你们更真实"，"你也是个献血者。我比你高明的是血流出来救了人。我得到食品和人格。而你的脑浆消耗之后，没得到任何安慰。你得到的物质仅够你苟延残喘，靠闻邻居的香味过活。你根本还没体会到一个完整的生命。你常说要接近什么真谛，你的上帝帮了你吗？""我不是谁的牺牲品。改革开放给了我生存机会。我能自己创造自己。我从第一次拿到血钱就不再绝望了。我要的东西都有了。而你，为了登上中国作家大辞典，还要苦苦熬着。因为你不愿意写你不想写的东西，你在惩罚自己。你把生活故作神秘，使自己的不实际变得合理。你竟忘了人是靠谋实利生存的，而不是靠意义。"马建小说中血客对作家的警觉，可以说是整个社会对作家和文学的一种反诘，甚至我在前面提到的海口笔会上也听到类似的反诘。王安忆的《叔叔的故事》则通过叔叔这样的一个漂浮不定甚至有点抽象的作家的描写，彻底瓦解了"作家"这样一度被夸张了的神话。当大宝用那把切西瓜的大刀劈向父亲时，曾经屹立在读者心中的"人类灵魂工程师"便颓然倒在血泊之中——作家死了。血客用语言现实将专业作家置于死地，大宝用的则是明晃晃的菜刀，而王安忆则是以小说作为武器，他们不约而同谋杀了作家这样伟大而渺小的历史人物，新状态便由此诞生。

"作家之死"在新写实小说中是通过精神的缺席来得以实现的，应该说新写实的小说家已经敏锐地意识到作家这个伟大的神话的破产，面对 80 年代末 90 年代初急遽变化的社会文化现实，作家已无力像新时期之初那么做出坚定的价值判断，只能采取客观化的叙事策略来逃避精神的惘然。委托叙述便成为"新写实"在文本内部的一个重要特征，所谓委托叙述便是作家将叙事的责任委托给一个与己不关联的作者，这个作者往往是小说中的一个人物或潜在的平行的人物，作家抑制住自己的叙事欲望潜入到小说中人物的视野来进行小说操作。这种叙事人的出现，本是现代小说发展过程中的一种进步，它避免了作家单声道的平面输入，而去追求一种立体辐射的效果。但由于"新写实"专以小人物、灰色人生来展现底层平民的生存状态,委托叙述则意味着小说的"视点下沉",而这种下视造成了小说与叙事人价值观念的重合,导致了作家的不在场,知识分子的不在场。刘震云的《单位》《一地鸡毛》便是以小林的视角来进行的叙事,在小林叙事的过程中,作家多次无意识介入小林的叙述,附和小林的叙述,阐释小林的叙述。在池莉的《不谈爱情》中,我们看到了一个类似"世故老人"型的人物——梅莹,在梅莹和生活的双重教导下,庄建非才真正地"成熟",认识到只有"不谈爱情",才能"圆满解决了一切问题","他相信往后就有经验了",这是一种大彻大悟后的感慨。正是在"身边的日常琐事"中,知识分子与大众达成了某种"共识",也正是在这个意义上,他们成了大众的"转述人",而不是"代言人",现代文学对大众的"哀其不幸,怒其不争"在这种"转述"中被消解了。蔡翔将这种现象称之为"日常生活的诗性消解",认为这种消解背后,"是对浪漫主义的排斥,对乌托邦的怀疑,对知识分子传统的人文目的的消解,是对'解放人类'与'解放自己'的双重拒绝,并且不自觉与公共性的日常生活准则达成'妥协',个人只剩下了自己的'日子','活着'就是目的,它成了一个不可逃避的存在符号"[1]。

"新写实"虽然也宣布了作家之死,但却是在妥协与认同的姿态下进行的,对"解放人类"与"解放自己"都采取逃避的姿态,最终丧失了作家自身,也丧失了知识分子在新的历史时期叙事的可能。新状态的意义并不在于宣布作家的符号性死亡,而在于宣告小说家的新生。小说家与作家之间在一般的语词逻辑意义上有一种隶属关系,不是两个相对应的概念。但由于作家这个符号在以往的语义场被灌输了

---

[1] 参见《花城》1993 年第 4 期《日常生活的诗性消解》一文。

过多的角色内涵，作家的最初语义已经被肢解，已经填充进新的含义，作家的概念发生了质的变化，已经在非文学的范畴内存在，重提"小说家"是为了让作家这一书写者重新回归到文学状态中，因为小说家所具有的那种职业性寓意恰恰可以抵消那种非文学状态对写作者生存的干扰与辐射，在一个新的历史文化断面重现诗性的尊严与智性的光芒。

这种重现便是让小说家重返精神不在之场，让知识分子借助书写（不是创作）来"解放自己"，从"讲述老百姓的故事"（中央电视台《东方时空》的栏目定位语）转向讲述自己的故事。这便在小说里出现知识分子叙事人这一全新话语，结束以往"代言人"与"精神缺席"的悲剧命运。

3. 新体验：象征之塔的倒掉

在上述的论述中，我谈论了小说家作为新状态的书写者的可能性，这种知识分子叙事人的诞生意味着"解放自己"在文化转型时期具有一种涅槃性的意义，新的个人性话语与精神性话语在大众消费文化的包围圈突围出来，让诗性的阳光重新照耀那些被各种阴影遮蔽太久的心灵——孤岛上的文化守望者，促使他们在没有家园的语言之流中寻找一种不在之在，在文化的边缘处自由地游走，以一种新的生命形态改变"守灵人"的被动之势，在若即若离的社会状态中真正地"解放自己"。

王安忆在《叔叔的故事》的创作札记中写道："《叔叔的故事》重新地包含了我的经验，它容纳了我许久以来最最饱满的情感与思想。它使我发现，我重新又回到了我的个人的经验世界里，这个经验世界是比以前更深层的，所以，其中有一些疼痛。疼痛源于何处？它和我们最要害的地方相关联。我剖到了身心深处的一点不忍卒睹的东西。我所以将它奉献出来，是为了让人们与我共同承担，从而减轻我的孤独与寂寞。"① 王安忆在这里强调了"我的经验""个人的经验""身心深处"这样纯属于个人性话语、精神性话语的重要性，并强调这与"我们最要害的地方有关联"，这与王蒙所说的"文学还是个人的精神活动，在个人的精神活动中充满了各种各样的可能性"② 可谓异曲同工。

　　个人性、精神性这并不是什么新鲜的概念，它在十年前连续不断的"现代派"论争中就被人反复提及过，也被人反复否定过，后来虽未形成某种共识（文学无须求得共识），但已无法排斥，倒是有一些更年轻的评论家、小说家主动放弃这一话语以更新颖的理论指出其局限性。事实上，个人性、精神性在过去的文学进程中几经沉浮，亦曾放射出迷人的光辉。但由于在整个"新时期"的语义场，文学和作家在解放思想拨乱反正产生的巨大历史影响，小说始终被嵌定在"民族寓言"这样一个高高矗立的象征之塔之上，它的"个人性""精神性"往往扩大为某种价值观念和思想观念的隐喻，最终削弱个人性、精神性的功能。在新时期文学的经典作家中，张承志可以说是个人性、精神性最为强烈的一位，他小说中的"我"总是以大写的方式出现，他的代表作品《北方的河》《黑骏马》在以其充分个人化抒情化的叙事过程之中，最终仍归结为一种象征的板块结构，北方的河成为民族精神的一种象征，黑骏马则成为博大母爱的隐喻，大写的"我"最终成为大地之子、文化之子、历史之子，个人性以及由个人性而生发出来的精

①　朱苏进等：《上海首届（1990—1991）长中篇小说优秀作品大奖获奖作品集》，上海文艺出版社 1993 年版，第 309 页。
②　朱苏进等：《上海首届（1990—1991）长中篇小说优秀作品大奖获奖作品集》，上海文艺出版社 1993 年版，第 309 页。

神性最终消失在茫茫草原的尽头，融合在民族历史寓言之中。早在 70 年代末期，刘心武就曾写过一篇小说叫《我爱每一片绿叶》，实际上提出了在现代社会里，个人性存在的合法性，但刘心武发出的呼吁本身带有寓言性质，他关心的是所有人的隐私自由。80 年代，王蒙、高行健、李陀、张辛欣等人曾以"意识流"为依托来展示个人性、情绪性、精神性的诗学价值，但不久便被更年轻一代倡导的"文学寻根"运动所冲淡。王安忆将这段"寻根"历史称为"游离的时期"，"在这个时期里，我与我个人的经验保持了距离，我将注意力放在别人的经验上，以我在成长中的认识去解释经验"。① 在对别人的经验的猜想与虚构中，韩少功的《爸爸爸》与鲁迅的《阿 Q 正传》"接轨"，对民族劣根性的批判使小说的象征化不断升温。个人性的话语虽然曾以变体的方式出现过一阵（比如刘索拉的《你别无选择》），但很快就被"新写实"这种更加客观化的他者的经验所取代，主观的自己的个人的话语一直被放逐在象征之塔的视线之外。

有人曾以"深度模式"来概括新时期文学的特点，但恰恰忽略到新时期话语里缺少个人性的深度，对个人性的贬抑来源多于对民族性的几近唯一肯定，新时期无疑是一种深度模式，但它往往以民族性的深度遮蔽了个人性的深度，以文化的深度来取代精神的深度。当有人移植新小说派的理论概念对中国当代文学进行"拆除深度模式"这样的后现代工程时，在消解中国传统文学载道观念的同时也给本来就异常苍白的文学中的个人性深度、精神性深度以毁灭性的打击。因为文以载道的文学观念有着深厚的文化传统作为支撑，并不是使用一两次

---

① 　朱苏进等：《上海首届（1990—1991）长中篇小说优秀作品大奖获奖作品集》，上海文艺出版社 1993 年版，第 309—310 页。

涂改液就能轻易抹掉的，而在中国文学里先天发育不良、后天营养不足的脆弱个人性话语、精神性话语则很容易被打翻在地再踏上一只脚，事实上，王朔"我是流氓我怕谁""千万别把我当人"这样一种调侃的话广泛流行，便表明我们担心的事实已经发生，平面化的文化思潮中死去的并不是那些业已物化了的传统价值观念，"个人之死""精神之死"则是惨痛的现实。我曾在《平面人与精神侏儒》（载《作家》1994 年第 1 期）对这种"精神之死""个人之死"表示极大的愤慨和悲哀："一个作家，一个文化人，一个知识分子，可以不做民众的代言人，也可以不做真理的传教士，也可以不做文化的守灵人，但作家却不可以一个平面人自居，平面人是后现代社会生成的畸形怪胎，没有思想的负荷，没有价值的规范，没有灵魂，没有灵智，不追求意义，不相信永恒，是平面人的文化消费指向。总之，它是文化失范之后出现的精神侏儒。"① 很显然，要求每个作家都成为文化巨人和思想巨人是天方夜谭，但如果丧失了这种个人性、精神性的执着追求，文学至少是跛足的。事实上，即便法国的"新小说派"也从未放弃过个人性的、精神性的追求，法国"新小说派"的一些作家像罗伯·格里耶、克洛德·西蒙、娜塔丽·萨洛特、米歇尔·布托尔的话语充满着鲜明的个人性，怀疑精神则使他们"不得不尽他的最高责任；不断发现新的领域，并防止他犯下最严重的错误：重复前人已发现的东西"。②

在新状态小说里，小说家放弃的并不是深度，而是一种高度，站在象征之塔之上的那样一种理性观念的高度，一种民族寓言的高度，一种不顾自身存在而拼命攀附的高度。而新状态小说则努力表现的是

---

① 王干：《平面人与精神侏儒》，《作家》1994 年第 1 期。
② [法] 娜塔丽·萨洛特：《怀疑的时代》，柳鸣九编选：《新小说派研究》，中国社会科学出版社 1986 年版。

个人性的精神深度和凹度，从而取代象征模式的高度脚手架。青年作家韩东在谈到美国作家卡佛时说："这是一个为标准写作的人，也达到了目的。只是，他没有把某种精神的果实带给文学。没有，或者因为标准的目的而压抑了。他长成了一棵很好看的树，但从不结实。和我喜爱的作家相比，他是次一等的。卡佛的写作是保守的写作。或者说，他的目的设置在自身以外。他从外部描画这个世界，他的内部一直沉默着。没有那种精神的洪流从中洞穿，然后流泻在大地上、世界中。精神的源流或许不从他的身上发端，但必须借助写作者的身体。卡佛拒绝这一'借道'。他的写作是不伤皮肉的。由于缺乏根本性的循环，他的写作是停留于外部的。甚至是没有必要的。"① 韩东对卡佛的不满同样可以用到以新写实为特质的那样一些作家身上，"他的写作是不伤皮肉的"，"他的目的设置在自身以外"。这还不是最主要的，最重要的是他对那种"精神的洪流"的推崇，认为这是"根本性的循环"。这种"根本性的循环"在朱苏进的作品里则表现为一种"隐痛"："隐痛有时接近于幸福，因为只在看得太多相得太透之后才会产生隐痛，他于大贯通之后对一切都理解都宽容都绝望，只好默然地享受隐痛。隐痛不是生命力萎缩而是凝聚，它直接表现为一个人的内在质量。隐痛是异样的沉默，是太深的敏感，是无边的期待，是心底的巨雷，是无形的累积……隐痛者只有两条出路：要么力竭而亡，要么在一个瞬间辉煌地爆炸。"② 并由此推断创作是"为了把自己与别人区别开，他牢牢守定了那一份渺小，把自己钉在神圣的隐私上"。③

王安忆的"深层疼痛"，朱苏进的"隐痛""神圣的隐私"，韩东

① 韩东：《重拾卡佛》，《晶报》2009 年 2 月 19 日。
② 朱苏进：《心境若干》，《文艺争鸣》1993 年第 6 期。
③ 朱苏进：《心境若干》，《文艺争鸣》1993 年第 6 期。

的"伤皮肉"的"精神洪流",都在强调一种"新体验"——与个体生命相关的经历、经验、情感、情愫,它必须唤起记忆深处的深层隐痛,或许它并不能与人分享,或许也激不起人们的强烈的共鸣,它只是一根孤独的琴弦在颤动,但它不是肤浅的、被观念冲溅起来的感情泥沙,它是个人存在的幸福和痛苦的源泉。《北京文学》发起的"新体验小说"应该说较为敏锐捕捉到这一重要的动向,它强调作家"亲历性"无疑是对个人性、精神性的写作方式的一种推动。"新体验"的自传化与纪实性为"新状态"提供了一个重要的切口,这个切口或许不如"民族性"的切口那么宽阔,但它构成的锐角却异常尖深,是放弃历史高度之后造成的心理凹陷,在这种凹陷里灵魂会达到一种前所未有的深层颤动。王蒙的《恋爱的季节》可谓触及到这种深层的"隐痛",这部长篇小说作为作家早期长篇《青春万岁》在 90 年代的"重写",无疑带有强烈的纪实性与自传色彩,这是一次对"50 年代情结"的痛苦告别。王蒙这一代人对青春岁月有一种近乎宗教般的迷恋与固守,但站在 90 年代历经沧桑的王蒙发现感情的投入与历史的回应之间所存在的巨大反差,这种反差便成为作家心灵中难以解散的"隐痛",否定某段历史的价值观念是必然的,而欲去彻底消解自己在青春时代全部投入的美好的纯洁的感情却又是难以自已的。纯洁的感情、美好的青春是无辜的,她又让人有再度投入的可能。在这样矛盾复杂的心理状态下,王蒙不再躲闪回避这种心灵的隐痛,而是着重展现这种难以言清的感情状态,而不是简单抽取几条理念的筋骨而舍去血肉。王蒙写于 1985 年的长篇小说《活动变人形》,据他说"是我写得最痛苦的作品,有时候写起来要发疯了",① 这部长篇在很多地

---

① 《王蒙王干对话录》,漓江出版社 1992 年版,第 230 页。

方也触及作家个体的家族的"隐痛",但80年代的文学是站在象征之塔上面瞭望民族历史文化结构的文本,《活动变人形》最终也将"隐痛"升华为一种历史的高度:中西文化冲突之下中国人的尴尬处境。小说的主人公倪吾诚成为继吕纬甫(鲁迅小说中的知识分子形象)之后又一个重要的"典型",具有深刻、宽广的历史概括力。而在《恋爱的季节》中这种典型的概括方法便消失得无影无踪,没有占据中心的主人公,"主人公"是作家自我流动的心灵状态。

王蒙从"审父"到"自审",是小说螺旋式发展的必然结果,也是"新时期"转向新状态的一种方式。王安忆的《叔叔的故事》虽然充满了对当下知识分子自身状态的描画,但由于以"叔叔"作为叙事的视角,依然具有"审父"的意味,而近作《纪实与虚构》则完全地"自审",虽然这部以复调结构组成的长篇有一半是关于家族的寻根史,但这种寻根已丧失了象征的历史感与民族感,完全是小说家自身智力冒险与语言游戏的载体,而另一半关于小说家自身的成长史,"我们交头接耳,唧唧哝哝,我们以无穷的废话来结合我们的关系","我就是在那时候变得饶舌,我的上海话也在那时锻炼得一泻千里","搬弄是非的下场总是很悲惨,真相大白的一日是我最孤独的一日"。这些关于童年、少年的记述已完全进入"没遮拦"的状态,完全进入小说家自身的当下状态,是对《小鲍庄》那种"民族寓言""文化寓言"的自我反拨。王蒙、王安忆的这两部长篇同样芜杂而斑驳,他们都以自身个体的当下情感形态来进行小说这种文体的书写,不再是那种隐喻性文学思维的产物。

由于忽略了小说的隐喻的确指性,象征之塔的高度性便被新状态的凹陷度和透明度所瓦解,个人性的话语之流越来越倾向于自身的拟传记的书写方式。朱苏进的《接近于无限透明》与他的自传体散文《想到便说》可以说是互涉性的文本,《接近于无限透明》中的"我"的故事与《想到便说》中朱苏进少年的记忆几乎是重合的,连关于人体标本、瘸腿狗的细节也没有差异。在《接近于无限透明》里,朱苏进丝毫也不避言少年时代住院期间的经历,给予他后来文学创作以某种"病态"的影响,"在你现在年龄段,可塑性最高,挥发性最强,心灵嫩得跟一团奶油似的,谁要是不当心碰一下你的灵魂,他的指纹就会永久留在你的灵魂上",这种对"灵魂指纹"形成的描述必须在一种"接近于无限透明"的状态才能够坦然地书写,"对呀,你敢说你毕生当中从来没有心理失常的时刻么?敢么?假如真的没有失常,那么你正常的时候在哪里?"很显然,这种反诘看似为小说中的李觉辩护,其实是为自己心理的某种"失常"而争取正当存在的权利,因为这种"失常"恰恰正是李觉留在朱苏进童年心理上的一个巨大的精神指纹。在这篇充满茨威格气息的中篇小说里,朱苏进亦从《第三只眼》那样一种对"他者"的审视转为自审自视,对自身的书写代替了对他人的猜度与描摹。

韩东的《西安故事》、张旻的《情幻》、何顿的《生活无罪》、朱文的《飞行的大爷》都是这种自审自视个人经验的书写。韩东成功地将他在诗歌中的审美经验移植到小说之中,在《西安故事》里他写道:"不久后有一个机会使我调回了家乡,即是小说开始时我和何飞在一起喝加饭酒的那个城市。我的工作仍然是教书,上班之余写作。正如读者朋友所了解的,我开始是写诗,逐渐有了一点名气。但诗歌写作并不能维持我的生活,相反的倒是越写越穷,人越来越灰——灰溜溜。于是近年来我转向小说,于是才有了这篇关于西安的小说。对于那些关心我诗歌写作的朋友,我想告诉他们:我并未如外界认为的那样已放弃了诗歌。只是我不再让诗歌承担我的生活抱负,让它们从不堪重负的境况下解脱出来吧"。这种自白式书信式的句式在晚生代的小说时常可以读到，人们已经可以借助小说去阅读小说家个人生活的状态（过去的、现在的）以及动向，小说家不再是躲在幕后的导演或魔术师，小说与小说家在这种新体验的状态下几乎可以画上了等号。青年小说家张旻在谈到他《为什么写作》一文时说得好："照理我不应该将这种私人性的、隐秘的状态呈现。但是我还是这么做了。在虚构的名义下，我感到忐忑，但不害羞。"小说与小说家这种公然的重合是在"虚构的名义"掩护下实现的。

这种对私人性的、隐秘性话语的认可诱发了女性话语在小说中产生的可能。王安忆的小说无疑充满了状态感，但她的小说并不刻意呈现女性性别的含义。她有些像奥运会冠军四川姑娘张山，是依照男性的竞赛规则进行小说叙事的，因而在《叔叔的故事》里的青年作家"我"便是一个性别模糊的叙述者，这种无性别的叙述到《纪实与虚构——创造世界方法之一种》中并没有自审自视而强化其女性色泽，反而有一种逃避性别写作的倾向，因为王安忆的小说力量无须借用性别来为其增值。晚生代的女性作家如陈染、海男、林白等则需要动用女性的天然资源来强化她们小说的个人性力量，因为在实验性话语被所谓"先锋派"作家尝试过多种可能之后，寻找叙事的缝隙、寻找小说的新空间才有可能获得新状态，历史证明，她们不可能像王安忆那般坦然地写作，她们需要一种爆发力来张扬她们小说的活性。于是，私人性与隐秘性便成为她们鲜明的唯一的选择，"对艺术家来说，这种意识到她自己就是本文的感觉意味着在她的生活和她的艺术之间几乎没有什么距离可言。妇女作家之所以那么偏好个人抒情的形式如书信、自传、自白诗、日记以及游记等，恰是生活被体验为一种艺术或是说艺术被体验为一种生活的结果，就像妇女对化妆品、时装和室内装饰那种世代相传的爱好一样"①。这种生活与艺术的相互体验使她们去洞现女性以往被遮掩的"异国风光",在传统文学观念视为禁区的艺术世界里狂舞。这在男性话语里被视作"裸露"与"窥淫"的两种变态性格,经女性话语的整合而化作一种新体验:逃离实验文学,就是逃离男性话语中心。这些女作家都带有不同程度的"私小说"的性质,陈染的《与往事干杯》是对自己海外冒险的一次纪实与虚构的混合性书写,而《潜性逸事》则是对两个同心相爱者的细腻描绘,落笔之处不难看出她自身生活的影子被投射到小说之中。海男的小说更趋于那种艺术家的体验,她的小说是苏珊·格巴所说互为体验的结果,在更多的时候,她诗的洪流淹没着小说的堤岸,这妨碍着人们对她的了解。而林白的小说可以说是她们当中最勇敢的陈述者,她的长篇小说《一个人的战争》也是关于她个人的成长史,她不可能像王安忆那么平静,"一个人的战争意味着一个巴掌自己拍自己,一面墙自己挡住自己,一朵花自己毁灭自己。一个人的战争意味着一个女人自己嫁给自己"。这种自恋而又自戕的情绪在这部长篇里被一种回忆录性的语调抒写得张弛得法,那种矛盾复杂而难以言状的私人性、隐秘性被释放在体验的河流之中,"写到这里我大笑不已,这实在是一个滑稽的场面,不像现实生活,倒像是一出拙劣而不真实的戏"。"多米十九岁时因为剽窃,三十岁时因为嫁人,她也曾两次遭到社会的拒绝",长篇以这样的叙述结尾,表明她内心有一种难以解开的情结,是朱苏进所称的"隐痛",有意思的是她敢于刺入当下的心理状态,在痛未定则思痛,颇有外科手术不用麻醉药之意,表示自己对疼痛的承受能

---

① 苏珊·格巴:《"空白之页"与女性创造力的问题》,转引自张京媛主编的《当代女性主义文学批评》,北京大学出版社 1992 年版。

力，写得似悔非悔，似忘非忘，"男人和女人没有共同的目标"，林白将社会的拒绝简化为一个性别的拒绝，只有这样简化，她叙事的激情才能从状态之河中涌动而出，忘记孤独和寂寞。与多年前遇罗锦的《冬天的童话》相比，《一个人的战争》所蕴含的个人经历中显然难以找出"象征""抽象""典型"这些泛意义的历史感和社会性，"人"与"冬天"置换，说明个人性、隐秘性的强化造成社会性、历史性的淡化，"战争"与"童话"的区别在于，"童话"是经过过滤的、明净的、公众享用的静态审美物，而"战争"则是纠缠的、丑陋的、血肉横飞的流动之势。而且是"一个人"的"战争"，这就把小说的体验性推向了极致："它是拒绝与人同享的快感，它是一个人与整个世界的私语。"①

需要指出的是，上述所谓的小说中的女性话语并不是一种价值判断，更没有说女性话语优于男性话语之意，事实上性别的差异从不会影响文学自身的质量。就像任何一种话语都可以产生经典之作一样，面对新时期的诸多"经典"，新状态只是在文化转型时期根据文学现状、作家现状所进行的一种调整的姿势，对新的话语的可能性的尝试。而女性作家以一种鲜明突出的性别意识来展示她们深层的甚至隐秘的心理凹度，以"解放自己"而不"出卖别人"的方式写作，更能接近文学的状态与自身的状态。这既不是新状态的最好方式亦不是唯一的方式，但她们的介入，无疑为新状态增添了一只迷人的毛茸茸的小说触角，丰富了新状态小说的层次感和可能性，在另一个层面上强化了小说的精神、情感、个性、诗性的深度。

塔的崩塌或许正意味着井的诞生，塔的高度是为历史架设的，井

---

① 朱苏进：《心境若干》，《文艺争鸣》1993 年第 6 期。

的深度则隐埋在心灵的洞穴之中，一旦找到出口，便是"精神的洪流"，状态的洪流，任何的阻隔，都只能是抽刀断水水更流。

下篇　逃避畅销的自我阅读

1. 小说之死：边缘处叙述的可能

在 1993 年我曾写过一篇题为《枪毙小说》的文章，很多朋友读了觉得我用语古怪，我当时觉得只有使用这样的语言暴力才足以警醒人们。现在看来，小说之死已经成为 90 年代文学的一个重大事故，造成这个事故的不是来自哪一方面的力量，而是多种合力的结果。我们曾经熟悉的小说在一夜之间变得不伦不类，在睡眠中被大众传媒和伪精英文化共同谋杀，小说之死表明作为代言人的作家已经找不到说话的方位，失去了为之奋斗为之呐喊的指向，在这一转型时期很多的小说家转向了散文随笔的写作，一方面是散文的需求量随着时代的文化市场的初步发育加大了；另一方面则由于不少的小说家面临小说的圭臬之崩，已找不准新的小说定位，先在散文的暖巢中栖身。

因而在一些被我们称为新状态的小说中，会发现这些小说的非小说因素以一种漫不经心的方式向四周漫溢扩散，这种无序的漫溢并不像实验小说家们那样有明确的实验目标和实验方案，它们的指向含混而暧昧，这些作家不是为了非小说而非小说，这种无序的漫溢是作家心灵状态的自由漫漶，并非对某种小说规范的有意涂改和刻意颠覆。王蒙在长篇小说《失态的季节》开头这样写道：

据说曾经有过这样的"科学幻想"，当人们移动的速度超过了光速的时候，人们会走——不，冲到光线的前边，会追上已经散失过去的光线，追上昨日的、月前的、年前的、往昔岁月的光，回首，看到往昔岁月图景，如追上时间，如回到了往昔的岁月；正如我们在地球上看到的星星，与我们距离几万光年、几十（？）万光年，我们所能见到的是几万年或者更长更久以前的它们发射的光，我们永远不可能感知它们的现在，我们只能生活在它们的古老的过往的微光里。然而，同样栩栩如生，如光的今日，如亲切的遥远，如正在做着的闪耀的梦。

我们互为历史，互为博物馆的展览，互为寻找和追怀、欣赏和叹息的缘起。

我们互为长篇小说。

这样空谷来风的文字是对著名物理学家爱因斯坦相对论一次富有想象力的文学性创作和发挥，这样的价值预设是为了寻找一种跨越时空的史诗氛围，站在这样的叙述视点上的小说将会是在一种恢宏的场景中展开，可谁也没想到，王蒙的笔锋轻轻一转，便转到一个小人物的命运上来："整整二十年间，钱文常常想起那个最后的夏天，那个'夏天最后的一朵玫瑰'。那个昙花一现的日子，那个日子布满了他的从此以后的生活，却永远不可能再出现一次就是说出现第二次。他的遐想一进入这一天，一进入那寂寞的奢华的自由的享受的——却又流露着青年人的一种难言的脆弱和惆怅的一天，他就会想起苏联彩色电影《苦难的历程》来"。小说便从钱文个人的视野来展开那种漫忆的回叙，而这种漫忆性的回录式的个人视角与开篇那种爱因斯坦式的跨越时空超越具象的史诗式的荷马视角之间没有任何的过渡，你弄不清作者是站在爱因斯坦那样的大视角上"说话"还是站在钱文那个小人物的微观视角上"说话"。或许这两个大小视角之间的边缘地带正是作者得以进行叙事的存在区域。这种寻找叙事缝隙的非小说定位方式，已成为"新状态"小说的一个重要表征。王安忆的长篇小说《纪实与虚构——创造世界方法之一种》则将两类截然不同的文体以复调的形式组合到一部文本当中，从小说的题目就体现出它的非小说性，其"创造世界方法之一种"的副题似乎是一部理论著作的框架，小说中那大段大段对"茹"姓历史的漫长的追逐与破译，是一种带有考古文献和论文性质的文字，可以说是与小说水火不相容的，它们占据了小说的一半篇幅。小说的另一半内容是作者个人的成长史——如何成为一个小说家的过程，这个过程又穿插了作家的对文学的一些想法甚至她对同辈作家及作品的看法和评价，属于比较规范的文学评论文字，叙述和评论的交织在两大板块形成的边缘之外又构成新的边缘状态。小说家游走在如此切割的边缘状态进行叙事，而不是固守在某种特定的视野进行单一的价值模拟，这种游移多变的叙事行为宣告了一元叙事观念的破产，也意味着传统的小说正在死去，一种接近"元小说"的诸多叙事可能正在悄悄滋生。

如果说王安忆的"纪实与虚构"是通过文本内部的文体分裂的缝隙来体现这种边缘叙事的张力的话，那么在张旻的小说中叙事的边缘化则是非分裂性的，他的《情幻》《校园情结》《艺术摄影》都体现为一种和谐的叙事状态。这种和谐是通过混合了作者、叙事人、人物视角这样在小说叙事学里界限分明的角色才得以实现的，也就是说小说的叙事游离在作家、叙事人、人物之间，作家无须扮演多种角色来区别人物和叙事人以及作者的身份特征和语言方式，整个小说便在一种稳定的话语状态下向前推进。张旻小说经常出现的是师／生与男／女这样一对稳定人物关系，可小说的叙事的"话筒"无论"握"在谁的"手"中，不论是师的视角还是生的视角，不论是男的独白还是女的自语，他和她的叙述语言乃至语调、语气都是惊人地一致，以至于《校园情结》里出现的"小说中的小说"也与整个小说的格局氛围完全一致，丝毫显示不出复调结构所应有的反差。张旻这种抹消小说叙事所应有种种距离的做法，显然不是他缺少从事小说写作应具有的基本能力，而是他故意为之。这一方面与他追求的和谐的叙事美学形态有关，另一方面则与他的边缘化的小说价值观密切相关，张旻的小说在叙事上是统一的非分裂的，可他的叙事的指向却要制造真实与虚幻的分裂，有意消弭真实与虚幻的界限，因而在他的小说里心理想象与生活存在的边境是不那么清晰的，过去、现在、未来的时间痕迹也是淡淡的若有若无的，这种在边缘处进行叙事的方式张旻称之为"第三种状态"。他在题为《一种状态》的创作谈的短文里写道："在我的感觉上，除了现实和梦幻，我们的生活中还存在着第三种状态，这是一种不能用任何标准去衡量、用任何概念去阐释的非真非假的状态，是一种不确定的、不可知的、若隐若现、随机应变的状态。""我不能简单地把它们剥离开来，它不像我的朋友所相信的那么虚幻，也不像我妻子所疑心的那般真实。它是一种可能得太逼真的状态，又是一种我只能以虚构（编故事）的方式让你信以为真的状态，一种简单、自然、合理的事实。"张旻把叙述的边缘性从那种外在语体断裂转为小说叙述本体内所指和能指的复合，小说真实与虚构的那种对应不再是创作书写这一过程与现实生活的对应，小说书写本身亦充满了这一对应。

我把新状态的这一特征称为"游走美学"，以在路上的姿态作为小说的姿态，以心灵的方位作为小说的方位，放逐某种具体不变的价值规范，包括带有终极关怀意义的人文主义理想。他们小说的个人性和精神性在自由流动中实现，因而他们的小说中经常出现游走者的形象，像韩东的《三人行》、鲁羊的《九三年的后半夜》、朱文的《食指》都不约而同地描写了一群丧失家园的精神流浪汉的"流浪"过程。在这个过程中，都通过对价值的游走和放逐来完成小说的叙述，消解不只是对人为价值体系的一种意义行为，也是小说的叙述行为。在《三人行》中，三位城市的漫游者并没有强烈的焦灼感和失落感，他们毫无目的地行走，并不是去寻找什么，而是企图在现实中能证明一下自己的存在，结果证明他们只能在游走中证明自己。《九三年的后半夜》则是知识分子从守望转向游走的一种过渡性文体，主人公想回到故乡家园去栖息自己的灵魂，可记忆中的家园只能存活在记忆中，无枝可栖的诗人们已无灵可守，他们只有在路上游走。《食指》的诗人之死与《九三年的后半夜》的家园之废一样都暗示着文化守灵人游走的必然。放弃象征化的寓言模式，以个体的精神凹度取代主题的高度和理念的深度。这是新状态对"后现代"文学模式最有力的突破。"后现代"主张铲除深度——象征模式，从而以平面化的语言游戏消解之，但由于忽略了人的存在、精神的存在，并不能彻底解决人的危机、精神的危机，在游戏的狂欢之后弄不好反而会加剧这种危机。新状态的游走者则从游戏转向游离，他们要在游走的过程中表现个体的精神凹度。这种精神凹度与我们经常使用的精神深度有明显的区别，深度来自于挖掘，这种挖掘是非自然的"采伐"，因而必然会损害状态的完整和心灵的真实，而凹度则是自然形成的，是未经理念的加工和磨洗的。凹度是游走者在游走过程中与种种价值碰撞相遇形成的精神印痕，它是个体生命在当代生活转型时期的独特标志。它不是简单的"解构"和"拯救"，而是人的自由状态在面临商业、政治、历史、文化多重压抑之下的一种抗争和解放。有人把这种自由状态统统归之为"欲望"，是对游走者小说的平面化处理，事实上在游走者的小说中虽然感性的触角敏锐异常，欲望的表现并不遮掩，但最终这些感性的欲望也消解在精神的凹度之谷。

　　俄国著名佛教学者舍尔巴茨基在《小乘佛学原理》一书中对状态

作过这样的描述，他说状态"则是由尊敬的世友所倡导的。我们知道，他的主张是：当某一构成元素在不同的时间显示它自身时，它的状态有所改变，并随它所达到的状态，而获得不同的名称，但其实体却未改变。（称友注：当一构成元素处于一种它尚未产生其功能的状态时，它称为未来；当其功能已发出，则为现在；当已结束其功能，停止任何作用时，它便是过去，但它的实体始终是一样的。）这如同一个算盘，同样的一颗珠子因处在不同的位置而获得不同的意义。当它在表'个'的单位上时，它是'一'；当在'百'的位置时，它是'一百'；当它处在'千'的位置时，它是'一千'。"舍氏及他引用的世友、称友对状态的阐释显然有一种深奥的佛理蕴含其中，笔者在这里则想说明状态存在的重要性以及对状态进行多种表现、多重叙述的可能性。当新状态小说的作者们努力在新的边缘视角来显示自身的生存状态和精神状态时，他们可能在"个"的位置上活动，也可能在"十""百""千"的位置上活动，但他们不愿意在原有的小说支点上展开他们的叙事行为，在这种意义上我们才把这一现象比喻为小说之死。

2.读者之死：逃避畅销的自我阅读

这里所说的读者之死是新状态话语中比较重要的一个命题，作者与读者的关系，作者采取什么态度面对读者是所有文学思潮和作家都无法回避的。这里将从三个层面上去阐释描述"读者之死"的必然性。

第一类读者是指作家为之代言的民众，这些读者与作家有良好的默契关系，因为作家老是以他们的代言人身份自居，他们也乐意有这样忠实为他们服务的知识分子。因而这些读者的期待视野是经作家训练好的胃口，他们期望小说有认识功能、教育功能和审美功能，他们希望作家替他们说出心里话，能够在文学作品中发出他们的吁请和呐喊，或者表现他们的生存境遇和理想追求，这类读者在很长一段时间内是文学作品的爱戴者和忠实拥趸，我们的文学也确实是为他们提供了诸多的需要，特别是新时期文学发轫之初的 70 年代末期和 80 年代初期，文学的功能因其他文化传播功能的不健全和匮乏被极大地扩张和夸大了，它在揭露、解决"文革"后期遗留下来社会问题方面，在呼唤改革开放方面有着不可磨灭的功绩。作家和读者共同度过了文学最辉煌的阶段，作家也享有"无冕之王"的美誉。然而这种辉煌是特定历史时期的产物，当社会生活逐步稳定正常发展之后，当其他文化传播功能迅速恢复迅速发展之后，特别是大众传媒对社会生活神奇覆盖，文学的辉煌和作家的功能也随之走向了终结，文学也理所当然地回到了本体，而那些曾经是作家铁杆的读者也找到了新的代言人，这些读者所要求的认识、教育、审美诸功能有了更好的载体，这就是以电视为主体的大众传媒文化，他们心中的吁求和困苦能够借助新的代言方式得到解决和宣泄，比如这些读者关注的某一社会问题需要解决，若由作家写作一百篇小说所产生的效应远不如中央电视台在《东方时空》一个栏目作一次纪实性"访谈"的效果，在这种情境下，读者当然要亲电视而疏小说了。有人曾把文学读者的减少归结为实验文学、探索小说的"先锋意识"，现在看来其实这一说法失之偏颇，因为那些在八十年代富有实验意识和先锋精神的作家和小说至今也没有被读者淘汰，反而倒是那些缺乏创新意识的作家过早被人们遗忘了。

第二类读者是在新时期文学中被遮蔽的对象，由于往昔的作家要为认识功能、教育功能、审美功能写作，文学作品自身的娱乐消费性被忽略了，那些纯粹为消费而阅读的读者群在新时期文学终结之后便迅猛地膨胀起来。这种读者就是在前面说的那种畅销书的购买者，他们要求文学作品的可读性，这种可读性正是罗兰·巴特蔑视的可读性，他们是把文学作品当作一种消费品来对待，是满足视觉感官的刺激，而不是用心在阅读。他们是严肃文学的潜在杀手，也是诗性的天敌。由于这种读者已经成为转型时期文学、文化读物的阅读主体，不少的作家也自觉不自觉地转向畅销书和亚畅销书的写作，文学在市场经济的冲击下很难像以往那样无视这类读者的存在了。这样一些并不是作家的心目中真正的读者，他们只是一群文本的消费者，作家的作品只是和所有商品一样的消费品。这样一些貌似读者的人，其实正是文学的杀手，是他们和大众传媒一起掠夺了文学读者的生存空间，当然也挤压甚至掠夺了小说家作为个性创作的文化空间。

我要说的读者之死主要是指另一种读者的消亡，这就是我们曾经为之欢呼的"读者神话"在中国的无情破产。罗兰·巴特的主张曾是那样的激动人心，"文学作品中（在作为文学的作品中），至关紧要的是使读者不再是本文的消费者，而是本文生产者"，然而这是要付出代价的，"读者的诞生必定以作者的死亡为代价"（作者之下的着重号并非我所为而是罗兰·巴特自己加的）。与巴特的理论差不多同时进入中国的一度几成显学的接受美学和阐释学也让"读者"的位置上升，虽然姚斯等人的"读者"取向与巴特大相径庭，比如姚斯是从研究者的角度就文本的生成乃至文学史的生成意义上来肯定读者的地位和价值，而巴特则从写作者的角度强调文本和读者同时共生，在巴特看来文学史已不单是读者的接受史，文学史还是读者的创作史。不论"读者"的理论如何有分歧，但"读者"的诱惑力还是对中国当代作家产生了作用。他们开始注意面对新的读者写作，有意淡化"可读性"，追求"神秘的可写性"，不再以请君入瓮的指令性方式将读者强行纳入自己的叙述通道，而是采取渴望对话的姿态努力给读者留下可写性的空间。一些作家不约而同地放弃了原先的精英立场，以非启蒙的面貌进行小说的叙事，甚至在王朔的小说里，作家已经与"流氓"画上等号。然而作者的死亡并没有能够让文学重新辉煌起来，作家把"叙事权""生产权"无条件拱手让出之后，并没有造就出真正的"读者"。王朔的走红，在某种意义上确实是意味着作者的死亡，因为在王朔的小说中作家已采取大大低于读者的姿态进行叙述，遗憾的是王朔小说的热潮并没有产生出罗兰·巴特所期望的"读者"，而是迎合并滋生了一大批的文本消费者、语言的挥霍者。作家们在放弃对"兔子"的"射击性"的灌输行为之后，读者之兔并没有如期来临，厄普代克说，兔子，跑吧！读者在"可写性"面前仓皇出逃，那些痴情期待读者光临的"作者"成了韩非子笔下守株的宋国农夫。

这就让我们对罗兰·巴特和接受美学理论家营造的"读者"神话产生怀疑，他们在强调作者的消失，要瓦解作者的主体功能，目的仍是要让读者成为文本的主体，文本的生产者，这种对他人主体性的极端恭敬与虔诚维护，在本质上是一种移情，是自我主体愿望的另一种方式的实现，当我们沉浸在"读者"这样的新语境自得其乐时，只不过是自欺欺人，这样美好的"读者"只存在于理论设想和文本期待之中，从未被生活验证过。

由于中国文学特有的载道意识始终让作家（文人）以神的使者或者圣的宣谕者进入文学的运作，而中国的民众又始终是优秀的听众，心甘情愿地接受各种各样的教诲和灌输，真正意义上的阅读只产生于文人之间唱和一类文字的交流之中，更何况中国的文人还有秘不示人这样孤芳自赏的至境呢。在新文学近百年来的进展史上，民众也只是处于"听"的位置上，"视"和"思"只是"作者"的权利。而现在要求文学读者从听众变为"作者"，实在是强人所难，对刚刚摆脱灌输开始"享受"消费的当代读者来说，比让他回到安分守己的听众老位置上还要难受。因为阅读从来都不是一种消遣行为，从来都是验证一种价值结构，或者预设一种价值结构，只有在这样的意义上读者才能成为"作者"。很显然，"读者"这样美好的神话，在中国一出笼就像无菌室里培养的生物来到尘世一样，很快便消亡了。即使在罗兰·巴特的家乡，读者说也受到了挑战，法国著名学者 J. 贝尔沙尼等编写的《法国现代文学史》就发出疑问："这样的读者存在吗？问题不在于知道理论上是否有可能设想一种不只是对一部作品的再创造，而是，如果可以说的话，对一部作品的共同创造的阅读……从人们让读者如此紧密并如此大规模地参加一项如此艰难的事情的合作之时起，考虑谁培养这种读者。"①

显然，读者之死在中国当代文化里只是符号的死亡，因为它只是作家和理论家共同幻想出来的理论飞碟而已，从来没有被实实在在地把握过。再这样自作多情地去和"读者"对话，错把读者当作者，便会导致作者真正的死亡。在罗兰·巴特那里"作者之死"并不是作家消失了，而是转换了，作者的角色由读者来扮演了，可现在的状况是读者拒绝阅读，拒绝担任作者，也没有能力来充任作者，文学面对是一大批的消费者，是畅销书的顾客。逃避畅销便成为新状态文学写作的内在动力，逃避畅销说白了就是逃避读者，逃避读者并不是取消阅读，而是为了更好的阅读，作者身兼二职，他既是本文的写作者，又是本文的阅读者，他既是本文的生产者，又是本文的创造者，罗兰·巴特渴望的"读者"在这里真正诞生了。新状态代表作家之一韩东在为其同伴朱文的小说集《弯腰吃草》所做的序言中这样写道："把

---

① ［法］J. 贝尔沙尼等：《法国现代文学史》，孙恒、肖旻译，湖南人民出版社 1989 年版。

握住自己最真切的痛感，最真实和最勇敢地面对是唯一的出路。朱文的方式就是要不断地回到自己，他从不间断地考察和追问自己的写作动机和文学热情是否真实和纯粹。与其说是完善自身的需要，不如说是把自己当成了一条道路、一座桥梁或者一块铺路的石子，那流淌于天上地下的精神洪流从此经过，伤及自身、流血流汗，甚至被完全碾碎也在所不惜。这样的写作显然是献身性的。但不因其献身的意义而变得悲壮，同时它也是坚实而痛快的。其中的奥妙谁又能解呢？朱文曾这样对我说：真实的写作将和你的生活混为一体，直到我们相互交织、相互感应，最后不分彼此。这和那些杜撰悲哀和绝望的作家是截然有别的。他们的写作不伤皮肉、名利双收，一面侈谈崇高之物，既虚无又血腥，一面却过着极端献媚和自得的庸俗生活。他们把写作看成了成功的一种方式，如果能从其他方面获得更多的成功和回报，放弃写作又有何不可呢？"[1] 韩东的"献身"一说是对新状态的一种具体描述，也进一步表明对那些假悲壮、伪崇高的写作方式的抛弃，"要不断回到自己"。张旻则明确从阅读的角度来阐释写作的意义，"写作是否是一种虔诚而又勉强的阅读？我也许无法读懂心灵这部天书，不过我的写作证明了阅读的勤奋和专心，我的写作使我处于一种状态，这实际上是关于阅读的状态"，这般公开宣称"写作"与"阅读"的同等关系，在我们过去是不多见的，视写作的状态为阅读的状态，这或许是新状态的"状态"所在。虽然这样说有些简单化，压缩了很多的信息量和可能性，而且可能会引起更多的误解、不解以致嘲讽与唾沫，但将写作的状态和阅读的状态复合处理本身就是一种冒险的尝试，就有它的"可写性"。在这一命题之下，知识分子叙事人的问题、

---

[1]　朱文：《弯腰吃草·序言》，华艺出版社 1996 年版。

自传和纪实混合的问题、个性化书写的问题、精神凹度的问题、告别新时期的问题、反象征反小说元小说的问题等等有关新状态的话题都可以找到一个契合点，都可由此作为切入口展开讨论与敷衍。

把小说写作作为阅读的一种方式在其他具有新状态意向的作家那里也有类似的说法，像王蒙在长篇《失态的季节》开头的那些"互为"的精彩之论（"我们互为历史，我们互为博物馆的展览、互为寻找和追怀、欣赏和叹息的缘起""我们互为长篇小说"）也是一种自我阅读的体现，事实上王蒙的多卷本长篇"季节"系列便是以反畅销的姿态出现的，这是他对个人的历史和历史的个人的一种"清算"方式，这种带有"私人账本"性质的"清算"虽充满了时代和历史色彩的细胞解剖的意味，可个人性的自我审视与回溯与小说的语言叙事行为是同步的，是不可分割的。另一位青年小说家刁斗干脆以小说的读者自居："也许我能算一个好的小说读者。不过我得先申明一句，某种不可更改的客观存在，多少模糊了我的读者形象。作为一个小说读者，我同时又兼任了小说作者，这样一种双重身份，使我的阅读有功利的嫌疑。好在我还善于摆脱作者的角色，换副嘴脸去说读者的话。"①这篇发在《作家》1995年第2期上题为《小说阅读一得》的文字表明他对自我阅读的潜在向往和默认，从作者走向读者的变化正是新状态最不可缺少的内容。朱文是用另一种方式来表达这种自我阅读的愿望："在写作中，我和自己交谈，讨论一些我所关心的问题，借优孟之冠，浇心中之块垒。有时只是用写作来克服自己难以克服的某种情绪，为了更好地生活下去"②，"和自己交谈"，是一种对话，也是一种

① 刁斗：《小说阅读一得》，《作家》1995年第2期。
② 朱文：《片断》，《作家》1995年第2期。

阅读，这已不是一种过去曾经有过的独语和自白，而是有了"我""自己"两个对象出现在小说之中，"写作"和"阅读"两种叙事行为在同时进行，它们共同的状态就是小说的存在。

新状态的自我阅读方式很容易让人联想到早期浪漫主义的某些特性，特别是五四时期郁达夫、郭沫若等人的一些"私小说"的叙事形态，这里面是否有某种具体的承继和脉连尚不可断言，但作为对"诗性"这样一种在中国当代文学屡屡被放逐的文学精神的显现，新状态与郁达夫等人的取向是有某些相同之处。这倒不单是因为新状态的很多小说家都是由诗转向小说，而是知识分子除了坚守诗意、诗性这样的栖息之所并以此来对抗以畅销排行榜特征的文化消费时代以外，知识分子还没有更好的说话方式，这是知识分子叙事的立足点，也必然是其结穴点。但新状态并不是五四浪漫主义的简单回归和重复，而是一次跨世纪的超越。这里没有篇幅去比较两者的差异，新状态"自我阅读"这一特性就是对浪漫主义的一次反动，因为自我阅读不是纯粹的自我宣泄，也不是纯粹的自我表现，而是在共时性状态下的一次自我超越的完成和实现，是个性化话语和个人主义叙事的穿越多重文化限制和文化时差的自由游走。

新状态自我阅读的书写形态颇有一些孤芳自赏的清高和"弦断有诗听"的悲壮，其实这只是写作时的一种姿态，面对读者之死的一种自我保护的叙事策略。他们并不能做到真正的拒绝读者，而是写作的目标是非读者化的，非他者化的，至于作品发表出来，还是要接受读者各式各样的阅读方式。一是他们的作品不可能与世隔绝，二是在他们的小说变成印刷品以后他们还是希望有一些读者的，这和那种自我阅读的书写状态并不矛盾，这个时候希望读者是因为处于非书写状态，朱文的表述很能说明问题："我希望我的小说能有一些读者，不要太多，但有那么一些，我为他们写作，虽然这个'他们'更多的只存在于我的期待之中，但是我不会同意让我的写作成为一件完全孤立的事情，那样毫无意义。小说只有被阅读时，它才是小说，不然它就是语言垃圾、印刷品。"因而新状态文学对"畅销"的逃避和"阅读"的自我主义是写作前的心理准备和写作时的写作姿态，并不是要故意对着读者来，也不是一种小说理想，更不是什么终极关怀。事实上，一个作家的作品能否畅销能拥有多少读者，并不是他一厢情愿就能把握住的。重要的是不要为了畅销而写作。

3. 放逐评论：文学找回失落的草帽

在 80 年代的文学进程中，有一个重要的现象特别引人注目，这就是文学评论的地位和影响空前的提高。曾经有人援引外国人的话说二十世纪是文学评论的世纪，为文学评论的繁荣和热闹作注，其实这种繁盛也是特定历史条件形成的，某种程度上说是非常态的，因为作为文学评论这样一种文体并不需要有那么庞大的群体在那里专门从事这项带有即时性和随机性的操作，因文学创作本应是人类的业余活动，文学评论则是业余的业余，所有的从事人文科学的人都可以从不同的角度进行这项业余活动，事实上一些报刊的记者、出版社编辑直到现在还仍是文学评论队伍的中坚力量。在大学里从事文学研究的教授、学者，是不能把他们当作评论家来看和"使用"的，因为他们主要的任务和使命是文学理论的探讨和文学史的写作。让他们从事评论这种提供瞬间性阅读感受的工作，很可能是大材小用，或者吃力不讨好，因为当代文学是一条流动的河，它的非经典性使得它的学术性削弱，它的时效性会不可避免带来浮躁一类的个人化的情绪，而情绪恰是学问的大敌。但由于"文革"之后，文学的使命空前的伟大而沉重，文学评论作为社会舆论的间接呼应和反馈，有时反而显得比文学创作肩负的使命更重大，文学领域一度成为整个社会文化的热点，必然会有更多的富有才智和激情的人卷入其中。以至于文化大师钱锺书也要站出来为"伤痕文学"辩护①，而美学家李泽厚也专门为朦胧诗读懂读不懂这样的低级问题著文表态，在这样的情境下不但出现了一些富有个性的评论家，甚至还出现了一些富有个性的评论刊物，像《当代文艺思潮》《当代文艺探索》等正生逢其时，早生必不存在，晚办绝不会有那般风光，90年代的文学评论刊物举步维艰的命运足以为证。

在新时期文学的发展中，文学评论的功绩无疑是卓越而灿烂的，它在开拓文学禁区、推动文艺思潮、造就文学新人诸多方面做出了贡献，或者说圆满地完成了自己的使命。到了90年代以后，由于整个社会文化的格局发生了变化，作家和评论家这种在计划经济时期的特殊分工已经丧失了它的活力，评论家在文学没有什么"禁区"可以以理论家的勇气和良知来冲破的状况下，他们对文学保护神的效用已经不存在，而另一些青年评论家（这是特别耐人寻味的命名，不知道最初命名者是谁，也不知道真正的动机是什么）在西方文艺思潮被大量反复介绍之后在实验文学和先锋文学们陷入困顿并开始向现实妥协之后便也显得无所事事。事实上到了90年代以后，评论家的队伍特别是青年评论家的队伍也发生了巨大分化，有的重新回到讲坛上和书斋里各归原位各司其职，不再越位操作，有的则直接下海做生意，或半下海地为老板和导演当高参或副手，还有的则出国求学或讲学，向世界"介绍"中国文学，有的则改变评论对象，写作畅销书评论、影视评论、美术评论，正视大众文化的存在，还有的

---

① 钱锺书：《诗可以怨》，《文学评论》1981年第1期。

则写起了散文随笔，其作品与那些作家相比并不逊色。虽然还有不少人继续从事评论工作，但多半是由于工作岗位的职业需要，或是对文学的痴情难改和惯性作用，可这些评论的效应与80年代已不可同日而语。曾有评论家对批评展开批评，说是评论参与"炒"作家"炒"作品这类商业活动，实是可笑可叹，评论家过于看重自己了。且不论有多少评论家参与此类活动，即是有也未见得就是一件大逆不道的事，倘若评论家本身已转为新的身份（比如经商），他从事文化性商业活动属于务了正业，是一种敬业精神。问题在于，今天的有影响能畅销的作家和作品，岂是评论家能点头认可便"成材"的？当今走红的作家几乎都是与影视结下"姻缘"之后被市场认同的，记者的一篇百字报道有时甚至要比评论家的万字长言更能产生"炒"之妙用，海外的认同"转内销"之后也会产生"热"效应，大众传媒实际上取代了文学评论在八十年代向社会推荐文学作品的功能。也不要低估大众传媒的鉴赏力，如今操纵大众传媒的不少就是做过文学梦和评论梦的青年人，当然大众传媒与文学评论的价值取向不大一致，可在时效性上它们是没有差异的，而这一点上评论家则永远望尘莫及。失去了时效性的评论既难以与新闻抗衡，又不能当作学者的学问储蓄起来，评论家只剩下空洞的符号，随着新时期文学的终结，这个符号的价值一日一日地贬损下去，成为漂浮的泡沫，多余的局外人。

在这样的意义上说评论家已死，未见得就是一个悲剧，这是一个必然的结果，既然"新时期"这样的母体已名存实亡，寄生在母体之上的生物也将难以生存，所谓覆巢无完卵也就是此意，我曾在"引言"部分中将新时期比作温暖巢穴，应该说这个巢穴是作家和评论家共建的结果，如今被一阵恼人的商风和无形的风摧散了，也该各奔东西自寻出路罢了，何必作苦苦相恋白头到老的单相思呢。奇怪的是作家对这一现状大多处之泰然，有些评论家比作家要贪恋这个"家"，他们不肯告别这个温暖的巢穴，认为告别是一个时间神话，似乎要在这个暖巢里繁衍后代培养接班人才肯罢休。然而，这种单性繁殖的梦想只不过显得悲壮缠绵和自作多情而已，评论家的消亡已无可挽回，当然这种消亡是功能意义上的消亡，并不是肉体和物质意义上的消亡，连它的符号也依然存在。事实上评论家的功能的消亡并不是一件可怕的灾难，它对文学回归本体在自身的轨道上正常运作有益无害，在一个文学平缓发展的年代里，评论家对文学的"干扰"越少越好，作家的写作心态会更加自由而健康。对评论家来说，也是提供了一次新的选择的机会，不少的评论家也是"误入"评坛，只是借评论这种特殊的容器来装载（当然亦是抒发和表达）他们的才情和思想，现在容器已碎，他们便寻找新的载体来重新定位。前面我描述的今日评论家的种种情态，便是重新定位的状态。

不必担心没有人从事文学评论的写作，文学评论本是作家的分内事，不用说在古代文人既是诗人又是诗评家，就是在西风东渐以后产生的中国现代文学史上，有几个纯粹的评论家？他们都是身兼二职善使双枪（说二职只是沿用旧的说法，对他们来说评论和小说不过是不同的兵器罢了）的好手，王蒙把这称之为作家的学者化其实是以新中国成立后作家队伍和作家心态的非知识分子化作为参照的。现在作家的叙述确立在知识分子的立场上，他们完全有能力也有兴趣展开文学评论这一文学创作的另一种方式的创造性活动。一些具有新状态特征的作家，像王蒙、刘心武、王安忆、朱苏进、史铁生、韩东、鲁羊、陈染等都写作过不同数量、不同类型的评论性文字，王安忆还以兼职教授的身份专门到复旦大学中文系开设小说叙述学的课程，颇有学院派作家的风采。

值得注意的还是新状态小说中评论文字和拟评论文字的大量出现，他们以一种传统文体学里称为"夹叙夹议"的方式来写作小说，作家同时以评论家的身份出现在小说里。西方把这种小说称为"元小说"或"后小说"。"元小说"方式是新状态小说中经常使用的小说伎俩，但"元小说"只是新状态的一种类型或一种方式，是其不可缺少的有机体。小说家的这种理论化评论化的迹象一方面是对评论的一种放逐和调侃，另一方面也表明小说家对理论批评的热情和修养。新状态小说中出现的种种理论和批评并不是为了强化作品的理性深度，恰恰是放逐抽象的理念和理性，是为了感性的解放。感性的解放并不是一个"欲望化"叙事的问题，感性的解放不是为了解放欲望，感性的解放在小说中就是语言的解放。只有语言的解放才能获得小说的解放，才能获得小说的新状态，评论性的文字进入到小说的叙述，一边叙述一边消解，就是语言解放的一种方式。美国学者作家洛奇的《小世界》以学者"罗曼司"这一传奇来面对文评理论可以说以毒攻毒，他在小说的导言中说："我想以一种狂欢的精神来处理形形色色互相竞争的文评理论，那时这些理论正使文学界生机勃勃而又四分五裂；处理学术研究、文学创作、出版界和传播媒介之间错综复杂的关系，这是当代文化中一个极为突出的特征。"小说还借人物之口，以挪揄的口吻对传奇文学进行学术性探讨："传奇文学也是叙述的'脱衣舞'，它不停地引导读者往下读，不断地推延最后的真相大白，使它永远不出现，或者说，一旦真相大白，文本的欢悦也就结束了……"徐坤的《先锋》等小说可以说是中国知识界的《小世界》，她对文学评论术语和文学潮流的谙熟表明她对文学评论这一行曾经有相当时间的投入，她亦是以学者身份来写作小说的，她在小说中对"先锋"和评论的放逐和消解，正是新状态的价值取向所在。叶兆言的《关于厕所》不仅是对小说的一次彻底放逐，也是对评论的一次消解，他以随笔这种非小说非评论的叙述姿态撕破了蒙在小说和评论之上最后一层薄薄的温柔面纱，小说的新状态便诞生了。

小说的新状态不受年龄、性别、地域、文化和当下所处的"身份"（所谓"先锋派""新写实"之类）的限制，关键在于作家能不能真正解放了自己，真正面对小说而不是面对其他的背景进行写作。事实上，先锋派和新写实的有些作家与新状态只有一墙之隔甚至一纸之差，他们有的已经有意无意地闯进了新状态的柴扉，只是昔日的"包装"遮蔽了他们，比如我上面举到的叶兆言的《关于厕所》，还有苏童的《离婚指南》《肉联厂的春天》，北村的《最后的艺术家》《回乡》，方方的《随意表白》《行为艺术》《无处逃遁》，刘震云的《故乡相处流传》等都是告别新时期文学的产物，都是自身艺术蜕变的新状态，只可惜被他们原先的形象吞没了。

我这样说无意把新状态无限扩张，因为新状态本来就不是专指某类作家的一种状态，而是文学回归自身重新找回失落的草帽的一种标志。新状态显然不是一顶桂冠，将它视作桂冠或企图当作桂冠为自己加冕，都会陷入价值的误区。处于边缘之境的知识分子不能无限期地失语下去，总是要发出自己的声音的。当年鲁迅"破帽遮颜过闹市"，如今的作家和文学则可以头戴草帽坦然过市，这顶草帽就是知识分子叙事的可能性，就是复活了的诗性。

（载《钟山》1994 年第 4 期、1995 年第 5 期）

"新状态"是各种文学关系的总和

——答记者问

记者：听说你最近提出的"新状态"的说法，在文学界引起了沸沸扬扬的议论，你怎么想起来的，也就是说为什么要提"新状态"？

王干：有这回事。"新状态"经《钟山》和《文艺争鸣》两个文艺双月刊共同推出，在文学界确实引起了一些反响，多种多样的说法都有，赞同的，反对的，附和的，调侃的，都有。这没什么不好，一种新的文学现象，一种新的批评方式，一种新的思维维度，一种新的阐释代码，都会在不同范围内产生不同的反应，如果没有反应，只能说明这种说法没有任何新意，它可能是真理，但是众人周知的陈词老调。还有一种情况也会没有反应，就是整个文化界、理论界已经麻木不仁，任何新鲜有力的观念的、思想的、方法的、语言的刺激都激不起它的反应。"新状态"能引起反响，说明我们的文化界、理论界、新闻界还很有活力，还没有一潭死水，没有"清风吹不起半点漪涟"。

"新状态"的提出，既是我提出来的，又不是我提出来的。说是由我提出，是因为它通过我的笔最初将它呈现出来，这种呈现并不是心血来潮，随意性很强的即兴创作，也不是编辑部为了扩大刊物影响的一种宣传策略。1989 年以后，很多从事当代文学的朋友都不看当代作家的作品了，我则始终追随着当代文学潮流的脉动，即使它细弱到快要停止跳动的时候，我也没有放弃对它的关注，始终投入大量的时间和热情。"新状态"便是长期追随、阅读、思索的结果，是对"新时期文学"终结之后的文学现象的一种尝试性阐释。在这之前，我曾提出"中国当代小说多种可能性"的说法，亦受到不少人的注意，但我后来发现，这一说法仍局限于小说内部，并不能从更大范围上去把握当代作家的心态与当代文学的脉动。

说不是我提出来的，是因为"新状态"作为一种文学现象早已客观存在，就像螃蟹能吃一样，它能吃作为现象早已存在，而不是谁发明制造了一种新食品。我也只不过是个吃螃蟹的人。从另一个方面讲，我并没有想到在某年某月某一天要提出这样一个新概念来，只是冥冥之中有一只手抓着我握笔的右手让我写出"新状态"这三个字。它是一种缘。我和张未民称为"新状态缘起"。最近我在贵阳和何士光大师进行交谈，他有句话，我听完以后感到有一束强光穿越了我的心脑，他说：我的文采其实不是我写出来的，谁写出来的，我也不知道。我只能借助永恒的神力来解释，佛说要有新状态，就有新状态。

记者："新状态"作为一种理论主张，它的核心是什么？或者作为一种小说创作方法，它的主义是什么？很多人对此非常关注。

王干："新状态"首先不是一种理论主张，也不是一种创作方法，更不能称之为什么主义，"新状态"并不是一个完整的理论大厦，也并不是一个可供具体操作的小说创作图纸，"新状态"是一种现象，是一种我们思维的新维度，如果一定要具体化的话，"新状态"亦可体现为一种阐释代码。

很多人将"新状态"误解为一种理论体系、创作方法，就在于囿于旧有的思维维度，仍按照习惯的定式去追究"新状态"的理论体系、创作特色以至语言风格，这些不是不可以追问，也不是不可以探讨，在涉及具体文学现象时也是必须谈的。问题的关键所在，是在于"新状态"并不是旧有思维模式生产出来的,"新状态"的核心恰恰要挣脱这种既有的思维模式,寻求一种新的思维维度。"新状态"努力从整体上去理解把握描述当代文学、当代文化的当下状态,它是当代各种文学关系的总和。

"新状态"努力实现这样几个双重超越:对中西文化局限的双重超越,对精英文化和大众消费文化的双重超越,对"先锋派"和"新写实"的双重超越,对启蒙文化和反启蒙文化的双重超越……对这样一系列相互对立、相互对应、相互对抗又相互依靠的诸多文学关系的综合与融合,就是"新状态"可能性产生的基础。过去我们长期纠缠于某种文学关系的是非,比如人道主义与民族文化传统,本来都是一家之言,各有道理,但"打"起来而且非要分出个高低是非来,就容易都变成谬误,因为都会夸大自己"真理"的绝对度。这样的文学关系随处可见。很多人固守一方,津津乐道,倒也可爱。问题是文学要发展,理论要发展,各种文学关系也在变化,这几年雅俗的变化就是很多人意想不到的事情。"陕军东征"的作品在文学书摊销售一空,为1994年的"长篇热"提供了一个契机。而其他文学关系的软化、淡化、同化以及激化、恶化,也在人们不经意当中黯然滋生,另外就是新的文学关系出现,也为"新状态"提供了新的佐证。比如上海"重建人文精神一族"与"海马歌舞厅顽主们"的对立,《渴望》和主流文化的合谋,都是按照旧的文学关系难以进行解释的。前者的对立,是因为文学观念和人生价值的分歧,后者的合谋,却离不开经济效益和商业杠杆。在这种新的情形下,如果我们再恪守旧的思维方式、按照旧的文学关系来理解,就会手足无措,或者差强人意,最有效的方法也便是采取抵抗批判的方式,像吴亮的"批评的缺席",就是以否定的方式出现的,但这种批判只是在关系之中,是诸多关系的一种。

而"新状态"则容纳各种文学关系，顺着各种关系的自然流向，从宏观上把握文学的当下状态，这里面还包括作家的心态在里面。因为是各种文学关系的总和，所以我们很难说它是某种理论、某种主义、某种方法、某种流派。

记者：难怪有人说看了一些介绍"新状态"的文章包括阁下的宏论，好像一下子把握不住似的，有点虚，不像你以前提"新写实"那么实在。你对某些报纸的批评怎么看？

王干："新写实"并不是我一个人提出来的，最初我将"新写实"称为"后现实主义"，但好像中国人喜新厌"后"，改为"新写实"以后很快流行开了。"新状态"也同样不是我一个人能独立完成的事业，它依旧像"新写实"那样要借助《钟山》的力量来推动，这一次我们还与长春的《文艺争鸣》携手合作，共同为"新状态"齐心竭力。云南的《大家》、贵州的《山花》等对"新状态"的发展也充满了信心。到1995年，"新状态"可能会以别人意想不到的方式出现。对一些批评意见，似在意料之中，但这些批评意见都是表态性指导性的，如今党和国家领导人对文艺问题不轻易表态了，可一些报道性的文字常以表态的口气说话"何必什么什么""必须什么什么"。这倒也罢了，这种表态往往有惊人的提前量，比如《钟山》第四期的"新状态文学特辑一"尚未出刊，上海某报便有"讨伐""新状态"的文字出笼，那种振振有词的"批判"和数落，仿佛他对"新状态"作了深刻而全面的研究似的。其实，他连一篇作品也没有看过。对于这种"表态"，我感到痛心，为如此浮浪的学风痛心，这算什么？"后现代"？他也玷污"后现代"。"新民间"？他也玷污了"新民间"。"重振人文精神"？他也玷污人文精神。"先锋派"？他也玷污了"先锋派"。"伪现代派"？他也玷污了"伪现代派"。"顽主"？他也玷污了"顽主"。不知道算什么好，以后会有人给他"命名"的。至于作家的表态可以理解，则不可相信，作家毕竟囿于一方，对文学的整体把握更多的是从个人的角度出发。作家殷切告诫评论家不要标新立异，要扎扎实实做学问，则是可以理解的，因为批评家也经常告诫作家要甘于寂寞，耐住沉默，不要和影视通俗文化沆瀣一气呀，不要打官司呀，不要以名人自居呀，不要做××导演的枪手呀，不要轻易找"娘家"呀……这是一种对等的交换。评论家和作家的关系，其实就是猫和老鼠的关系，老鼠英勇狡猾，猫才有价值，老鼠不堪一击，猫也就显得平庸。有猫的时候，老鼠觉得可怕可恨，可等真正没有猫的时候，老鼠又感到寂寞，"嫦娥应悔偷灵药、碧海青天夜夜心"。可现在呢，猫也寂寞，老鼠也寂寞。

1994年9月8日下午于鸡鸣寺侧

（原载《作家报》1994年10月8日）

老游女金

——90 年代城市文学的四种叙述形态

城市文学的概念和 90 年代文学中的许多概念一样，是一个新的正在生长的概念，人们对它的理解，本可以仁者见仁、智者见智。早在 1994 年 6 月的时候，在南京举行过一次城市文学的研讨会，现在看来那次研讨会是带有前瞻性质的，因为当时城市文学还是一个"新"概念，人们对它的理解还带着原有的"题材"性的习惯观念。很显然，按照一般文学的分类法，城市文学概念的产生多少带有原始性，就如同 80 年代的"伤痕文学""反思文学""寻根文学"的分类一样，它们都带着某种"脉点"的性质，是一个时代文学中与社会接触面较为广泛而又频繁的一个文化块面。与"伤痕文学""反思文学"等文学潮动有所区别的是，城市文学并没有迅速形成一股巨大的带有席卷性质的大浪潮，而是带有渗透性质的。这一方面是表明 90 年代文学的某种成熟，作家不再轻易地追逐时尚，另一方面则说明城市文学的发展正依照自身的规律行事。1994 年的那次城市文学研讨会是国内首次召开的，且德国哥德学院北京分院加入了这样的讨论，但会议形式的国际性并没有让中国的城市文学创作具有国际性，研讨会上争论较多，且都较为审慎。四年之后，作为那次会议的筹划者和操办者之一，我觉得现在有条件来重新探讨并可以深入地研究这一问题。

我们首先碰到的第一个问题，就是：什么是城市文学？这个问题不仅在城市文学的研究中碰到，在其他文学问题研究中也会碰到，几乎在一些社科类的讨论会上都会遇到这一定义的纠缠，比如关于这些人文精神的讨论会就始终没有超出概念的层面。不能说这种纠缠就是人文科学的特点，但当代文学特别是对当前文学的研究却始终要与这个"敌人"打交道的，因为当代文学不像其他的文学门类，是在已经定型的或者说已经终结了的"历史"事实上进行勘探，它面对的事实虽有增补但不会发展，而当代文学研究所面对的对象却是流动的变化的，研究者既要置身其中又要超出其外，打个比方说吧，当代文学是一条永不停止流动的河，而其他文学则像一座静止的山。这就决定当代文学研究带有某种冒险性，因为当代文学的无序流动使研究者往往会陷入尴尬，比如人们给予某部作品极高的评价甚至封为传世之作时，可没有过多久这个作家或作品就被人们淡忘了。而且当代文学的"覆盖率"极强，新的作品覆盖旧的作品，新的作家覆盖旧的作家，只是当代文学的一大特点，假如没有这些高频率的覆盖，就意味着当代文学进入某种僵局和枯萎。而这种无穷无尽的覆盖使当代文学的研究变得没有边界，因而"命名"式的研究变成当代划分边界的一种办法，因为只有确认边界之后，研究者才有可能进行有序的阅读和归类，否则便会淹没在作品的汪洋之中。很自然，这种命名和划界又使研究者陷入二律悖反之中，当代文学的发展呈多元趋势，命名和划界又是以一元的方式进行的，这就造成了某种不确定性。就像多年以前一位作家说的那样，所有的概括都是以牺牲文学的丰富性作为代价的。因而命名者本身就首先使自己陷入一种围城之境，虽然他本想为城中的人开辟一条突围之路，可没想到他自己首先必须被围困。

这种命名的困惑、定义的困惑成为人们质问当代文学研究最有力的证词，比如有人问我什么是城市文学，就会让我很为难，不是我不能回答，而是我的回答本身首先要说明命名的必要和可能以及局限，而这一回答远不如回答其他的问题那么简单明了（比如我们要回答什么是文学，最多将几家观点复述一遍，再加上自己的看法）。因而如果在概念上纠缠下去，会越说越糊涂，反而不易于问题的探讨。好在我说的城市文学是有时间限制的，已经有了一个自然边界，至于具体的城市文学的概念，我想从叙事人的角度来论述，也就是说不仅作品内容以城市作为背景，作品的叙事者也是站在城市的视点上进行叙事的。我想就城市文学的叙事者身份来描述一下 90 年代城市文学的诸种叙事形态。

一、老城叙述者

城市有各种各样的形态，中国的城市与美国的城市不一样，30 年代的城市和 90 年代的城市也不一样，80 年代的城市和 90 年代的城市的区别也是很大的。虽然当代文学关注城市的变化，但描写老城的作品更像陈年老窖，更加耐人寻味。老城显然是一个说不完的话题，文学似乎对老城有一种特别的偏爱，狄更斯的《雾都孤儿》对伦敦城市的描绘至今还有价值，而雨果的《悲惨世界》对巴黎城区各个社会层面的揭示使冉阿让的悲剧更具有生命力，中国作家老舍笔下的京城风情至今还为人们津津乐道，这是老城的魅力，也是老城的悲剧。

90 年代的城市文学也出现了一股"老城热"，这种"老城热"在当时是用"新历史小说"和"后历史小说"等名目进行概括的，它往往被视为对现实生活的回避，而今天我们从城市文学这样一个视角去看待的话，这些作家实际是以老城叙述者的身份去勾勒旧日的生活，来抚慰今日的创伤。这些小说都出现在 90 年代初期，与当时作家的心理状态有极大的关系，当作家无力去关注当代生活时，他们往往躲避到历史的陈迹中去寻找一种保护。苏童的《红粉》出现在 90 年代初，这部小说可以说是 90 年代老城故事的一个重要开端，它与以往的同类小说有一个重要的区别，就在于小说的叙述者发生的变化，作家不是以一个我们惯常见到的那个代言人形象，而是一个老城叙述者。苏童在讲述这段创作经历时说，"从 1989 年开始，我尝试了以老式方法叙述一些老式的故事，《妻妾成群》和《红粉》最为典型，也是相对比较满意的篇什。我抛弃了一些语言习惯和形式圈套，拾起传统的旧衣裳，将其披盖在人物身上，或者说试图让一个传统的故事一个似曾相识的人物获得再生，我喜欢这样的工作并从中得到了一份乐趣，同时又怀疑是否有价值。"① 苏童说的老式方法和老式故事，便是一种老城情结，从小说中不难读出《红粉》的背景，就是当年陆文夫《小巷深处》的苏州城。苏童自然无心也无力去展示苏州城的兴衰史，但你通过妓女小萼和秋仪的命运悲剧，不难想象这个城市的面貌发生了多大的变化。苏童在此之前的小说都是通过某种被遮蔽的视角来讲述故事的（他喜欢从人物的视角来叙述小说），而在《红粉》里，他采用了过去不怎么使用的全知全能的叙述视角，这就是他说的"老式方法"。这是因为作为一个老城叙述者，局限在一两个人物的角度是难以描述城市的整体状态的。这种全知全能的视角后来在他长篇《米》里有了更为明确的表现。小说写乡村流氓五龙到城市的发迹和失败，虽然小说中也穿插了一些乡村生活的场景，但这些乡村生活更反衬了城市的险恶和莫测。虽然五龙作为 30 年代率先进城的农民身上并不具有多少城市意识，但作家贯串始终的那种冷视的目光，显然是一个

---

① 　苏童:《怎么回事》，小说集《红粉》跋，长江文艺出版社 1992 年版。

现代人才具有的。

应该说叶兆言比苏童更具有老城意识，他对南京这座六朝故都的熟悉和特别的迷恋，使他的小说在外在形态上更显老练和从容，但他有意识地作为一个老城讲述者，则是在他写作系列小说《夜泊秦淮》时才确立的。与苏童的诗性虚构不同，叶兆言擅长借助史实进行虚构，他往往在大历史框架真实的基础上虚构具体的情节，因而他小说的老城形态在叙事上尤为老到，他作为一个老城叙事者也极为称职。如果说他最初的《状元境》还追求某种市井气和话本味，到了《1937年的爱情》就充分显示了老城叙事者状态，在长篇《1937年的爱情》中，老城只是一个叙事的框架，城中人荒诞的爱情故事是老城的精神。叶兆言在小说的《写在前面》的一段话可作为这种老城叙事者的旁证："我的目光凝视着故都南京的1937年，已经有许多年头。故都南京像一艘华丽的破船，早就淹没在历史的故纸堆里。事过境迁，斗转星移，作为故都的南京，仿佛像一个年老色衰的女人，已不可能再引起人们的青睐。这座城市在民国年间的瞬息繁华，轰轰烈烈的大起大落，注定只能在落满尘埃的历史中，让人感叹让人回味。"①虽然小说中丁问渔痴情雨媛的故事在1937年特定的历史时刻是那样的不合时宜，但小说家叶兆言老城叙事者的才华却得到空前的表达。

近年来被人们看好的《长恨歌》该属于老城叙述者的代表作。王安忆写作这部长小说之初动机就是要为上海这个城市写传，她要通过一个人物来写一个城市，以一个人物的精神来表示一个城市的精神。因而她在《长恨歌》的开头，就用了一个"冷笔"，以散文化的笔法大量地介绍上海城市的弄堂、片厂以及流言，甚至在介绍王琦瑶时也

---

① 叶兆言：《1937年的爱情·写在前面》，时代文艺出版社2002年版。

只是将她作为整个上海文化背景中的一个细节来处理，这显然决定了作家的叙述态度。虽然王安忆并不是整个上海历史的见证人，但在《长恨歌》的叙述者却是以历史的见证人全知全能的叙述视角来进行的。《长恨歌》通过上海小姐王琦瑶一生的描述，展现了上海这个城市的演变，特别是上海城市文化精神的形成。虽然王琦瑶在整个城市中只是一个边缘化的人物，她在整个城市的精神生活中只是一种补充和点缀，即使她被选为上海小姐之后也因为成了大人物李主任的金丝鸟，过着与世隔绝的生活，并没有占到城市的主流位置，而1949年以后的生活就自不待言。但就是这么一个无家无业甚至无固定单位的女性，恰恰代表了上海这个现代老城的精神肖像。虽然早在30年代张爱玲就以目睹者的身份描述过旧上海的繁华与迷离，但王安忆以一个城市的见证人来重新讲述这一切的时候，不仅有了一种沧桑之感，而且还将30年代的上海与90年代的上海连接起来，最终王琦瑶这个旧上海的象征却死在长脚这个流窜在城乡之间的掮客手下，是很有意味的。王琦瑶身上的美丽、虚华和寄生都带着浓重的旧上海气息，而王安忆在叙述时是一半带着凭吊的情绪，一半带着剖析的心理，创造一个城市的符号。

二、城市游走者

我曾在《新状态小说文库》的序言中用《游走的一代》作过标题，不论人们如何评价"游走"的态度，但"游走"作为90年代的一个文化动作，它是客观存在的，它是90年代多元文化形态和价值必然导致的一种选择。在80年代一些描写城市冲突的小说多以农村作为背景，多以农村的价值观被冲击被创伤作为小说的结穴点，因为这些作者都是游走在城乡之间的各种价值观念的代言人。而 90 年代出现的这样一些城市的游走者，首先是对各种价值观念的码头都不停泊，他们认为"精神家园"这种小农时代产生的堡垒文化概念在今天有招摇过市之嫌。这种怀疑主义的方式使得他们在城市里放弃那种所谓的"道德理想"，不再以一种固定的现成的价值观去观照城市里的事物和人生。这就是一些被称为"新生代""晚生代"的一些年轻作家，像韩东、鲁羊、朱文、张旻、何顿、邱华栋、吴晨骏、述平、刁斗、李大卫、东西、鬼子、李冯、赵刚、丁天等人（女作家另列）都是以城市游走者的面貌出现的，虽然像何顿、鬼子、东西的小说仍不时地回望一下昔日的乡村生活，但他们与 80 年代的知青小说有了本质的变化，乡村生活只是他们观照城市的参照物，是他们连接新的空间的此岸。

在这些游走者的小说中，韩东、朱文的小说尤为引人注目。韩东有一篇中篇叫《三人行》，几乎可看作这一代人的写作宣言。小说写了三个看似无所事事的年轻人，他们在新春佳节到来的时候既没有回老家过年（或许就没有老家，或许因为放弃了这个家园），也没有在这个城市里成立新家，他们从三个不同的地方聚集到一起是因为三个人都不想在家（有的因为没有家，有的是腻味在家）过年。这三个人在一起的日子，发生了一连串的事，这些事情都没有让他们特别地激动或愤怒，他们的生活是悬浮的但又是自在的，让人想起了逍遥游的故事。在以前的小说中也曾出现过这些游走者的形象，像徐星的《无主题变奏》也是写一个青工的游荡生活的，但这个青工的孤独和愤怒都是有所指的，往往都来自于具体生活对它的压迫，徐星主要是写他的反抗和抵触。而《三人行》中的游走者是自我放逐的结果，并没有具体的世俗事件让他们感到难堪或孤独，他们的游走本身就是生活状态的写照。朱文的小说中老是出现一个兴高采烈的小丁的形象，这个小丁对生活兴趣盎然，整天像一只蜜蜂一样在城市里到处飞翔、访问，他接触生活的各个层面，同时也接触到人性的各个层次。对生活状态的关照使他们的小说摆脱了多年以来形成的代言人模式，他们对城市的把握某种程度上达到了新小说所说的那种现实主义真实。

和韩东、朱文、鲁羊等人侧面城市的方式有些不同的是另外一些正面城市的人，他们或多或少带着原有的文化惯性来对待 90 年代的城市，像何顿、述平、刁斗、鬼子、东西、邱华栋这些原先或多或少与城市产生过距离的人，他们的小说中欲望化的倾向突出，这些小说的城市色彩往往显得特别强烈，这是由于反差造成的效果。这些人当中，邱华栋的作品是以表象化最为引人注意，他的长篇小说《城市战车》可以说是这类表象性小说的一个极致。他在小说里这样写道："在我的周围，昆仑饭店、京都大厦、希尔顿酒店、长城饭店、亮马河大厦那豪华而又庞伟的躯体矗立着。我猜想那里面也装满了十万个闹闹哄哄的人，他们连自己都不知道自己在忙些什么。可现在有谁知道自己在忙些什么呢？每一个人都像无头苍蝇一样忙忙碌碌。在一条发臭的河流边上，我发觉所有人的面孔都像我呕吐出来的脏东西一样在越漂越远。城市！这个盲目的人，这个自大的瞎子，你让每一个到你面前的人都无地自容，呕吐不止。"[①] 这种诅咒性的描写，显然是带着艺术家的个人情绪，有趣的是在这部小说里，作家描写的主人公便是一个盲流艺术家，它与作家惯有的外省人视角自然重合，更便于作家的"第一人称"叙述。

第一人称叙述是 90 年代小说文体变化中最值得注意的现象，它

---

① 邱华栋：《城市战车》，作家出版社 1997 年版。

是"新状态"美学的一个重要支柱，这也是"个人化"写作的审美形态。所谓个人化写作，实际是作家从原先的群体化的代言人方式中蜕变而来，中国文学发展到今天，始终是以个性来代替个人的，当然在"左"的思想发展最极端的年代里，个性这种文学最基本的生存依据也被封杀了。

中国文学这种个人化写作未能得到发展，甚至被扼杀在襁褓之中，是与中国文化自身的先天条件有关，中国文化的重群体、轻个体的特性，使得中国文学在民族意识和国家观念上都有明显的忧患意识，但作为个体的存在，往往都会用一种隐晦、委婉的表达方式甚至用言情的表象来替代。因而李商隐、李贺、吴梦窗式的诡秘难解与其说是风格的原因，还不如说是个人表达的困惑。新文学的发展本来应是个人和个性发展的契机，但因为中国新文学是在特定的历史条件下产生的，民主、科学、自由这三者本应是启蒙的三要素，但由于国情的原因，民主和科学逐渐淡化了自由的力度，民族的自由解放远远高于个人的自由解放。抗战和内战的相继爆发，使文学的发展更加群体化，更加非个人化。

80 年代的文学基本上是一个恢复个性、发展个性的阶段，但个性的真正发展在于个人的充分的发展。不用说 50 年代 60 年代个人化写作难以存在，即使在 80 年代那样的经济条件和文化条件下也难以出现真正的个人化写作，80 年代初的朦胧诗主要是因为政治上的朦胧而非文化的朦胧。个人化写作只能出现在 90 年代，这主要是个体经济在整个社会取得了合法地位，也与自由作家的出现有关。而城市作为个体经济和自由作家最适合的土壤，生长出这种个人化文学也是自然的事情。他们之所以选择城市游走者的形式，还是与个人和自由这两个因素有关。

三、都市女性流

90年代城市文学的写作队伍中还有一支非常重要的力量，这便是一支娘子军。女性文学在90年代以一种"畸形的繁荣"繁荣过，在1995年世妇会前后出现的女性文学丛书多达十种，这股力量以其特有的性别优势和强度几乎将那些男性作家的光辉遮隐掉。这也正是我为什么要单独对其进行论述的理由。虽然中国女性主义文学的历史并不长，但因为起步较迟一开始就以加速度的方式进行，因而在90年代不到十年的时间内就经历了三次浪潮：第一潮，仍然是那些在80年代就已经火红的作家的"第二春"兴起，铁凝、王安忆、方方、池莉等人写作有了自觉的都市意识，铁凝的《无雨之城》、王安忆的《我爱彼尔》、方方的《定数》、池莉的《太阳出世》都能找到城市生活的新的兴奋点，但她们对城市的介入仍然是旁观的，依然是情感的零度。第二阶段在1994年前后，陈染、林白、张梅、徐坤等人以强烈的个人色彩凸现，她们小说的个人化色彩和自传性极其强烈，她们对城市的感受完全是个人经验和诗性的诉求。这股女性主义潮流一直持续到今天，还是社会和文学的热点。到了1997年以后，另一股都市女性流开始发端，并开始陆陆续续形成一股小小的气候，这就是一大批70年代出生的女作家开始出现在城市文学的舞台上，卫慧、棉棉、宁岛、赵波、戴来等新生代的小说开始在一些刊物出现，《人民文学》《小说界》《山花》《作家》开始用专栏的形式来集中发表这些作家的作品，虽然这些作品的质量参差不齐，但她们的出现表示着一个新的信息，城市文学的创作又出现了新的更当下的写作方式。笼统地论述她们有些难度，我将就后两个阶段的几位代表性作家作些论述。

在90年代兴起的女作家中，陈染的写作时间可以追溯到80年代的中期，但她的写作真正获得成功并获广泛认同还是在 90 年代中期以后。这主要是她写作了《与往事干杯》和《无处告别》这两部有影响的中篇小说，奠定了她在 90 年代文坛的地位。后又写作的长篇小说《私人生活》更加把女性私人化写作的特点作了充分的表现。陈染的小说以一个封闭的年轻女性作为视角，将主人公的心理幽闭症表现得真切而深切，城市和白天一样在她的小说中是一个巨大的敌人，她的孤寂和沉郁都是城市的写照。

林白和陈染一样以前都是诗人。林白与陈染的区别在她是以都市局外人的身份来展现都市的隔膜与冷酷，她并不是出生在城市之中，因而她的小说大量出现那个南方小镇的意象，但她个人的情感记忆和生命体验又有因为都市的种种表象而变得那么脆弱和敏感，由于她在《一个人的战争》中塑造了多米那么一个惊世骇俗的形象，使她成为当代作家中"最严于解剖自己的人"。鲁迅这句赞语用在林白身上，在一些道德主义批评家看来无疑是一种对鲁迅的亵渎，但林白解剖的力度与当年的鲁迅是一样的。

张梅与陈染、林白的梦幻般的女性内心独白方式相比，张梅的小说显得有些老成，这种老成使她具有一份老城叙事者的气质，她在 1997 年出的一部中篇叫《老城小记》。张梅的气质使她具备另一种叙事的能力，这就是她对南方都市生活的熟悉，让她在写小说时放弃了那种梦幻式的诗性独白，而用一种亲历者的态度进行叙述。可以说张梅的小说在女性作家中都市意识和都市色彩是最为自觉的，她的一本小说集书名别有意味，叫《酒后的爱情观》，最近发表的一部题为《随风飘荡的日子》把这种都市女性的漂浮感和游走感表现得更加到位。

徐坤的出现使女性作家的写作的色彩丰富了许多，徐坤虽然经常著文表达女性主义的思想，在一些公众场合（比如电视台的读书节目）也以女性主义作家自居，但徐坤的写作本身却是以非女性的态度来展现城市之中知识分子众生心态的。用戴锦华常用的一个词，就是她是用一种花木兰从军的方式写作的，也就是说徐坤盗用男性惯用的方式来对男性话语进行解构。城市当中的知识分子是城市中最古怪的一群，而徐坤则通过对这个群落的反讽性的解构，来满足她的女性理想。中篇小说《游行》是徐坤将女性意识、城市意识、知识分子意识结合得最好的小说，《游行》是 90 年代一个政治寓言、文化寓言和女性寓言。

卫慧的成名与她那篇石破天惊的中篇小说有关，《像卫慧那样疯狂》在短时间内被人们反复议论，虽然褒贬没有朱文的《我爱美元》明显，但她的这篇小说已经刺激了 90 年代的文化神经，和朱文的《我爱美元》不同的是，她的这篇小说是以诗意来展现这种语言的放纵和思想的放纵的。在之前，卫慧写过·篇《梦无痕》，这篇小说作为她在校时的习作，显然留着过多的青春校园色彩。从《像卫慧那样疯狂》开始，她写得很"酷"，她着重写她在城市的伤痛和焦虑，而种种焦虑不像陈染、林白那样富有苦难的记忆，她的焦虑都是当下的、非意识形态的甚至是身体的，没有记忆的写作，是 70 年代人带给文坛新的困惑。

棉棉的本名叫王莘，这个女子本身的故事就带有强烈的传奇性。她高中毕业之前就写过一篇小说，当时由她的姐姐转交给陈村，陈村看了之后觉得很有才华。但当时的棉棉想当一名歌手，毕业之后就只身前往广州、深圳闯天下了。多年之后，棉棉也当过歌手，进过两次戒毒所，还当上了音乐经纪人，这些复杂的经历使她比同时代的女作家有了更多的写作资源，因而她的小说不仅是表象化的城市，而是展现了城市另类人的生活方式。她的小说本身是非小说的方式，她的语言有一种"飞"的旋律感，她的故事也是城市隐秘生活的隐秘故事。多年之前，刘索拉以音乐人的身份写小说轰动了文坛，现在棉棉的出现将是对她的超越和终结。

四、淘金者传奇

90 年代的经济大潮，造就中国大陆的新移民浪潮，这一次移民不是从国内移向国外，而是从经济不发达地区向发达地区流动，从内地向沿海移动，这一人群的移动，形成了城市的新的社会群体，一些以淘金为目的的人出现在他们所陌生的城市里。当然有的是为了圆白领梦，有的则是渴望成为企业巨子。因为这些作品大多带着强烈的理想色彩，往往都运用传奇的手法，讲述一个丑小鸭变成小天鹅或穷孩子变成大富翁的故事，它们成为当代打工族的童话。一些评论家曾呼吁文学中的理想主义，而这类作品恰恰是最赋予这种乌托邦色彩的。这种以经济活动为特征的作品，也可以称之为"个人奋斗小说"，但称之为打工文学或白领梦文学或许更为准确，因为他（她）们的奋斗的性质，奋斗的理想和梦想都是为了挣钱，为了过上白领化的生活。他们作品的调子一般都是浪漫主义的，故事都是现代都市传奇。

这种淘金者传奇在 90 年代被反复书写，成为一道有趣的风景。最初的传奇来自海外，最早出现的是周励的那本《曼哈顿的中国女人》，当时曾引起了极大的轰动，连余秋雨先生也要著文称赞，甚至将它称之为一种新的文学的开始。虽然后来引起了另外一些批评家的不满，但周励的海外传奇还是将读者的胃口吊了起来。而随着电视连续剧《北京人在纽约》的上演，淘金梦越演越烈，直至近日在中央台播映的《绿卡族》也是这种海外传奇的余韵。到 1995 年以后，这种传奇便开始国产化了，一些以深圳、海口、广州和珠海为淘金背景的文字陆陆续续出现，虽然在此之前也有类似的中短篇涉及此领域，但这一次却是大型化并有系列化的趋势，这些作者都以长篇的形式，有的还以系列长篇的形式来表现这种淘金生活。1996 年我在《钟山》当编辑时曾编过乔雪竹的《女人之城》，后来又看到她在《小说界》上的《男人之城》，这两部长篇显然有上下文关系，都是写深圳这座城市的发展史，也写了活跃在这座城市里人们的发迹史和衰败史。乔雪竹作为作家中最早下海闯特区的人，她的叙述里有着更多的女作家色彩，但毕竟仍是淘金者传奇。

如果说乔雪竹到达特区的动机还带着文学家的冒险和好奇的色彩，至少并不是全冲着淘金去的，那么一些直接以淘金为目的而下海经商作者写作的作品就显出了另一种不同的风貌。因为乔雪竹这类作家有直接的经历，但在作品中多少还是旁观者的姿态，因为她没有忘记自己的作家身份。而真正的淘金传奇，是叙述者忘却了作家的身份，以一个纯粹的淘金者身份说话，虽然这些淘金者中原本的社会角色就是作家，一些并非作家的叙述者也以作家的口吻讲话，但在叙说淘金生涯时他们就是彻底的商人和打工族，或者是冒险家。就像周励在《曼哈顿的中国女人》中不断出现诗歌和哲学，甚至不时流露出那种爱国的情愫来，但并不能掩抑住渗透全书之中的那种淘金的喜悦和烦恼。这也是这类文字所特有的禀性，正是这种叙事者精神气质的差异，使这种文字有了论述的价值。我在下面列举四个不同类型作者的作品来说明这种差异。

文夕的《野兰花》和《罂粟花》是当代文学中描写特区女性生活的异笔，她小说中的描写总让人有第一手材料的感觉，但仔细阅读就不难读出篇中大量虚构的痕迹，她写了女性在深圳生活的成功、失败、喜悦和悲凉；在写作手法上，文夕并没有太多的讲究，她的小说主要还靠独特的材料和独特的女性视角取胜。她的书有一阵在内地销得不错，读者关心的还是她小说中的女性命运。虽然她的文字努力不露出她的叙述身份，但她还是很难拉开她与生活的距离，也就拉不开与小说的距离。

王庆辉的《钥匙》是男性下海成功的故事，与文夕的命运形成某种对角线。他的那份简介或许很能说明问题，"1991年于中国人民大学毕业后，即投入我国第一批股份公司的设立及上市运作，历任财务、监事、董事、总经理等职，经营涉及金融、地产、文化艺术等领域"。他笔下的陈奥伦多多少少有他个人奋斗的影子，在这部长篇小说里他除了展现那些新的生活现象之外，还着重于个人理性的思考和诗性的发现。有趣的是，王庆辉在这部小说里还运用了后现代小说的一些手法，甚至有点魔幻色彩，但不知为什么它好像并没有增加小说的虚构成分，至少没有增加小说的荒诞色彩，没有改变小说的写实基调甚至纪实倾向。这或许也是由于身份所决定的。

同样以海口生活为背景的长篇小说《海口干杯》比之王庆辉的《钥匙》就更像我们习见的"文学"，或许是年龄的原因，或许是经历和感受的差异，当然更主要是文学准备的不一样，郭潜力是以"作家"的身份去闯海南的，王庆辉则是以打工者的心态去海南的。《海口干杯》以我们常见的现实主义的笔法去展现海南创业的酸甜苦辣，侧重刻画了几个个性特征鲜明的人物，在行文和观念上依然保存着内地之风。但也不难看出郭潜力某种观念上的老气和叙述上的陈旧使得这部原本可以向更深处发掘的长篇有浅尝之缺。

实事求是而言，就我读到的以特区淘金背景为文字的好小说并不多，倒是另一部以北京为淘金背景的长篇让人刮目相看。王刚原本是新派作家中写得不错的一位，90年代初下海之后，于1995年写出了他的第一部长篇《月亮背面》。与所有的淘金者传奇一样，王刚自然在这部小说里也不可避免地洒进了自己的甘苦。书中的男女主人公牟尼与李苗是闯荡京城的两个小人物，为了生存，为了改变自己下层人的命运，"他们不惜付出尊严、情感乃至肉体的代价，包括与某些'大人物'在内的各色人物的委屈周旋"，他们骗人，被骗，以致这部作品被《北京青年报》称为"骗子文学"。有趣的是王刚在这部小说里也写到了海口，写到了牟尼与王志在这里盖楼、买楼、卖楼的悲喜剧，与王庆辉的忧闷、郭潜力的热诚相比，王刚的笔调是调侃的，这或许是局外人与局内人的视角所限。王刚在这部小说里的最大成功之处就在于运用冷叙述、冷幽默的笔调，与刚刚发生的现实生活保持一定的距离，使得人物行为有了足够的心理依据，达到一定的心理深度。当然，这种"冷"还是作家冷峻反思的外化，城市也好，商海也好，人性的深度才是小说的真正主题。

淘金、经商、下海这些新的城市现象无疑为文学提供了新的素材，但作家们大多对此类生活较为隔膜，而写作这些文字的人大多是亲历者，这些作品往往是现身说法的产物，是这些作者"深入生活"的结果。但这类文学作品一般不为作家和评论家注意，他们很难进入主流文学的视野，这倒不是主流文学的作家和评论家们不谈经济和金钱，而是这些作品与生活贴得过紧，缺少应有的距离，会让人误以为是纪实性的文字，与我们惯常理解的文学有明显的差异（职业作家创作的小说有些例外），大多属于畅销书的性质，进入不了主流文学的视野也不奇怪；但在城市文学的家族中，这样一些新的小说无疑为城市文学开辟了一片新的领地，它们在反映城市的迅疾变化和毛边形态上，有着天然的优势。

附注：

　　本文论说城市文学的诸种形态中，由于各种各样的原因，势必有一些遗漏，比如就将前些年很热的王朔放过了，虽然王朔的作品主要形成于 80 年代后期，但他对 90 年代城市文学的影响和贡献还是巨大的。这主要因为人们对王朔的议论太多了，本文又没有足够的篇幅来对他的创作进行具体的论述，说得不透，不如不说。其他的一些有影响的作家和作品未及论及的，也是基于此。

（原载《广州文艺》1998 年第 9 期）

成长的烦恼

——90 年代女性文学的一个情结

90 年代女性文学的蓬蓬勃勃的兴起，已形成了足以与男性作家抗衡对峙的局面，这些女作家的独特的视角和深切的体验以及不拘一格的表达，让那些高喊拯救的卫道士们显得亢奋和虚脱，让那些沉迷于历史和语言游戏之中的男孩们显得稚气未脱，她们貌似有些惊人之处，其实并不惊人，只不过是把中断了多年的女性写作传统延续了下来，这就是：成长的烦恼。

从 80 年代中期开始，苏童就开始写作这种富有"成长的烦恼"色彩的小说，他的那本题为《少年血》的小说集可以说都是这种母题的延伸和变奏，他的那本长篇小说虽然题为《我的帝王生涯》，依然写的是一个少年的成长史，只不过这个少年的身份是一个帝王而已。而在 80 年代描写女性成长的小说几乎读不到，即使有的话也很可能被其他声势浩大的话语遮蔽。而到了 90 年代，一批女作家以一种不可商量的执着来抒写这种"成长的烦恼"，王安忆的《纪实与虚构》，陈染的《与往事干杯》，林白的《一个人的战争》，迟子建、海男、张梅等人的部分作品，都以个人的成长史作为小说的支点，笔者曾以"新状态"来概括这一小说现象，由于当时的出发点是以 80 年代作为参照物，觉得是"新"，其实如果把视野放到整个新文学的范畴就会发现这是一种延续和继承。

在 50 年代曾经有过这种女性的写作，杨沫的长篇小说《青春之歌》便是这种典型的成长小说，虽然这种小说有强烈的政治色彩，然而这部小说独特的女性视角和鲜活的精神自传倾向还是成为新中国文学的重要经典。有一次我在翻阅一本中学语文课本时，发现杨沫的《青春之歌》（节选）和伏契克的《绞刑架下的报告》（节选）是编排在一个教学单元里的，这是一个很有趣的现象。我想，不管将来的世界发生什么样的变化，这两篇曾经记录了一个时代不同国度青年的心态的作品会成为一个中外文学史上不可或缺的文本。

比之杨沫的《青春之歌》，90 年代的女性写作更接近 30 年代的文学传统，陈染、林白等人的小说与丁玲的《莎菲女士的日记》和冯沅君的《隔绝》以及庐隐的《斯人独憔悴》这样一些叛逆性很强的小说有着明显的血缘脉通。只不过丁玲们当初呼吁的是个性解放，而陈染林白们要求的是女性解放，丁玲们展现的是特定空间里女性的成长的图景，而陈染林白们抒写的是个人的"漫长"的成长史。

限于篇幅，这里想重点谈一下林白的《一个人的战争》和陈染的《私人生活》这两只 90 年代女性文学的"麻雀"来窥斑见"豹"。陈染和林白是 90 年代女性文学一对互文性的作家，这种互文性，不仅在于她们的相互补充和相互模拟，还在于她们的相互对应和互相消解，更表现在她们的相互依存和相互照耀，设想一下，如果有林无陈或有陈无林，这"梦幻组合"便没有今天那般诱人的光彩。我对陈染的认识始于《与往事干杯》，这部中篇小说当时发在 1991 年《钟山》的女作家小辑里或许是一个误会，这种误会表现在陈染与其他女作家的作品格格不入上，正是这种"格格不入"给人以深刻的印象。我对林白小说起初的评价并不高，我觉得她早期的小说仍有混同于其他所谓先锋作家的可能，而她的《一个人的战争》横空出世之后，我对林白刮目相看，这不仅因为她的长篇与我的"新状态"设想暗暗吻合，更重要的是她和陈染一起把90年代的女性文学推进到一个真正的"女性"时段——成长的心灵史。

《一个人的战争》和《私人生活》像一个镍币的正面和反面，而这种正面和反面你是根本分不清的，它们相互混淆，互为表里，但还是显露了足够的差异，"一个人"与"私人"之间在个人化的语境里有着同一的指向，但"一个人"并不就是"私人"，而"私人"又不仅是一个人，它是一种抽象的所指，而"战争"和"生活"的选择则表明陈染的理性能力和林白的感性取向。虽然都是抒写"成长的烦恼"，但两人的成长的内容却不可同日而语，林白虽然也写少女到少妇的性别生长过程，可她更多是她事业（文学创作）的奋斗史和精神的回忆录，而陈染的《私人生活》则侧重写少女的成长的曲折过程，小说主人公的幽闭症是一种象征，也是一种消解，《私人生活》出现的禾寡妇便是作为女性的另一种"镜子"存在的。在大的地域文化氛围上，《一个人的战争》和《私人生活》也有着质的差异，林白的《一个人的战争》始终以一个外省人的心态来看待北京，她的边缘性叙述是和小说的人物的边缘命运联到一起的，而陈染的《私人生活》没有这种从边缘到中心的烦恼，她的烦恼似乎是身处中心的烦恼（由于被中心裹包，因而幽闭），但她的政治性敏感和政治性话语对小说话语的纠缠又使她的小说将政治和性这一复杂的女性主义主题进行当下化处理。

90年代女性文学的生长也必将遇到很多的烦恼，还不可避免要遭受一些卫道士粗暴的拳脚和肮脏的痰沫，但她们的"长大"是不可阻遏的，祥林嫂的时代毕竟已经过去了，鲁四老爷们已无法再随心所欲地控制她们的命运。

话说"小女人散文"

缘起:"小女人"没有还手之力

"小女人散文"的说法最初好像来自上海,这是因为以黄爱东西为首的一批广派女性作家在沪上"登陆"以后,获得了一大批的读者,黄爱东西们在《新民晚报》上狂轰滥炸,上海的市民们爱不释手,上海的出版社也接连推出了她们的散文集,上海的传媒有人用调侃的口气戏称她们为"小女人散文"。我记得第一次听说这个名词还是在成都,当时我们在开长篇小说研讨会,上海《文学报》的李连泰问我对"小女人散文"有什么看法,我当时一下子没反应过来,等老李说出这些作家的名字之后,我笑笑说看得不多。

之后又看到上海的报纸发表文章,是批评性的文字,态度比较明了,也比较尖刻,说小女人散文的作者都不是小女人了,以小女人出现,且招摇过市似乎是有假的嫌疑。1995 年是王海打假最火的年头,想不到"小女人散文"也遭到了质疑。当然这是调侃,是对"小女人散文"的不满意。这些谴责性的文字出来之后,好像也没有人去应答,这些"小女人散文"的作者不知道是心虚,还是不屑于去应战,或者是缺少论战的理性能力,总之给"痛击"了一通之后,便不再燃起战火,不像这几年的其他论争喋喋不休的。但因此"小女人散文"的定位也就"搞定"了,这些作者也还是继续写作和发表,当时这个话题回避或躲避不禁让人想起了那句名言：女人啊，你的名字叫弱者。

自己的文字遭到别人非议，不能出来辩明，这是不是一种胆怯？或者认为这个命名并不合适自己的文字，那么对这个错误的命名，就该站出来更正；我不是一个女性文学的研究者，但对"小女人散文"的遭际，还是为这些作者以及那些从事女性文学研究的同志感到一种悲哀。

何谓"小女人散文"

"小女人散文"作者主要是指这样一些人：黄爱东西、黄茵、张梅、石娃、素素、南妮以及莫小米等一批报纸副刊的女作者。上海人民出版社曾以"都市女性随笔"专辑出过二辑她们的散文集，1995年春天组织这些作者在上海签名售书，报纸上说卖得很火，这家出版社还准备在1996年底或1997年初再推出第三辑，可见市场行情看好。诚如那篇批评文字所说，这些作者都已过而立之年，说小女人本来是有些牵强，但为什么这个名词会不胫而走呢？我想有这样几个方面的原因：一是这些散文说的都是一些小的事情，都是一些小的感触，又都是一些身边琐事，小的感伤，小的悲哀，小的欣喜，小的向往，甚至有点家长里短的嫌疑，又大多关心女人的事情，女人的事情在一般人的心目中是大不起来的，所以说是"小女人"。二是这些文章的特殊的载体让这样一些作者显得小。"小女人散文"几乎全都发表在晚报上，而晚报的文化快餐特征使她们的文章很难以大的篇幅出现。你会发现这样一些作者的几篇文章经常挤在一块，不可能以大特写的大篇幅出现，她们的文字大多在一千字左右，有时候只有几百字，这种特定的篇幅对其他作家是一种限制，可她们却能游刃有余，并不显得局促，因为她们能够自由地把握这种小散文。她们也与这种文体融为一体了。三是在中国传统的旧观念里，对女强人总是排斥的，对小女人即有几分特殊的偏爱，再加上很多的人对她们的实际情况所知甚少。"小女人散文"叫起来就有一种莫名的亲热。可以说"小女人散文"一词的流行是男性话语中心这个"场"起了作用。

"小女人散文"存在的可能

虽然"小女人散文"受到种种不公正的待遇，可"小女人散文"不会被封杀，至少有三种理由能够让"小女人散文"继续存在下去：经济的发展需要小康型散文，走向成熟的家庭文化和文学的多样化也给了"小女人散文"一席之地。

"小女人散文"的作者大多来自经济发达地区，所以广东籍作家在"小女人散文"的阵容中占绝对的优势，黄爱东西、黄茵、张梅、石娃等几员主力都是地道的"粤菜"，而素素、兰妮以及莫小米虽分别来自上海和杭州，但亦是中国目前经济最发达的地区之一。俗话说，经济基础决定上层建筑，优越的经济条件使得这些女性关心的是富起来怎么过的问题，说得简单一点，就是她们的文体属于小康型的散文，或是对小康到来的喜悦，或是对小康到来的种种遗憾，或是对旧日艰苦生活廉价的思念，或是对豪华型生活方式的向往。这种小康型的散文对大多数没有过上小康生活或向往小康生活的人来说有它的存在价值，至少她们的散文可以讲述过来人的感受，有某种认知功能。

中国家庭文化的待发展也为她们提供了空间。照我看来，"小女人散文"大多数属于家庭散文，她们的笔触虽然也会涉猎到宾馆、商场、美容厅、影院、歌舞厅、广场，甚至有人还会怀念一下当年做工人或在知青农场的经历，但这一切都是以家庭为圆心的。以家庭为圆心来展开她们的笔墨，这是"小女人散文"的一个审美结构，虽然这些文章充满了自恋性的文字和白日梦的幻觉，但毕竟出现了以家庭作为主体的写作话语。我们提倡人文关怀，人文关怀既是抽象的又是具体的，它是形而上的终极精神支柱，也可以化为对每一个人群乃至每一个人的照拂。"小女人散文"作为人文关怀是具体的形而下的体现，是对家庭这个群落的一次有力的书写，尤其是对现代都市里出现的太太群心理疾患的治疗有着意想不到的效果。

文学发展的多样化使"小女人散文"有了存在的依据。"小女人散文"作为一种特殊的文体，可以说在中国文学史上乃至文体史上也是新生的，需要发展的，而90年代中国文学多样化发展的态势为"小女人散文"的发展提供了足够的理论依据。"小女人散文"在文体上虽归入散文这一档，可如果按照散文的具体要求和已有的格局来衡量，又会发现"小女人散文"实在是难以归类。现代散文的历史虽近百年，但基本是文人化和文学化的。现代散文史上的大家都是优秀的作家或著名的学者，他们以一种叫小品或随笔的方式进行写作，虽然他们的文章也发表在报纸上，但特殊的传统文化修养还是让他们与新闻拉开了距离，他们的作品还是与中国传统的笔记有血缘上的联系，可以说30年代的散文还是印刷文本时代的文本。而"小女人散文"可以说是典型的晚报文体，而90年代的晚报与传真、因特尔网络、激光照排这些最新电子技术是鱼水相融的，"小女人散文"这种文体与90年代传媒的发达有着密切的关系，它剥离了30年代的文人气息，而带着更明显的报纸特征，有着新闻的敏感和浅白，多了更多的市民气息和女人气息。在这样的一些文字中，个人的涵养不如个人的趣味突出，语言的功力不如语言的时尚化讨人喜欢，与"小女人散文"相类似的或许可以扯上流行歌曲，它们都是 90 年代文化无法拒绝的新现象。最有趣的是在"小女人散文"作者群中除了张梅是晚近走红的小说家外，其他人居然都是报刊（非文学报刊）的记者或编辑（张梅早前亦是编辑出身），这些传媒人边缘性的文体给四平八稳的散文界一个猝不及防的冲击。90 年代报业的空前繁荣，让更多文人进入传媒的同时，传媒人也以他的优势和思维特性改变着报刊文体和文学样式，这是很多文学研究者无法想象和预料到的，甚至是无法接受的，"小女人散文"只是一个表征。反过来说，单就文体实验和发展的角度，"小女人散文"就有了它足够的生存空间。

局限："小女人散文"还是"小"

"小女人散文"可以有这样几种理解：

1."小女人散文" = 小 + 女人散文

2."小女人散文" = 小女人 + 散文

3."小女人散文" = 小 + 女人 + 散文

4."小女人散文" = 女人 + 小散文

根据前面的叙说，第二种说法不攻自破，那么无论第一种还是第三种"小女人散文"都是以"小"作为前缀的，第四种或许更能贴近我们评说的对象本身，但"小散文"的小还是小，总之它的属性是"小"，这是确切无疑、无须论证的。事物的大小、高低或长短都是依照一定的参照物进行的，"小女人散文"之所以小，它的第一个参照物是主旋律作品，由于主旋律作品都是以我们时代的最强音作为作品的基调，又是以当代生活的大事件作为题材，大手笔，大气魄，大建构，成为这些作品的崇高主题，比之这些"巨型叙事""小女人散文"当然相形见绌，是"小"。

与张承志和余秋雨的男人化了的文化散文相比，她们就更见其女性，当然也更见其小了。小说家张承志近几年的散文作为90年代抵抗通俗文化的宣言，充满了斗士精神，也充满了男性风采，像海明威一样的公牛英姿和凡·高式的痴狂映衬了这个时代文人的平和与软弱。余秋雨的散文虽然不像张承志的文体那么雄性突出。但他这种典型的中国文人化的文体，亦是男性话语的权威的载体。张和余关心的都是天地山水人文景观，都涉猎到历史、地理、政治和文化，属于"大散文"的范畴。虽然贾平凹提出大散文是从文体意义上来拓宽散文的领域，但如果要推选"大散文"的代表作家，人们包括我在内都会毫不犹豫地将张和余放在最佳人选的位置上。这一方面说明某种稳定的价值观点在影响人的选择，另一方面也说明大气和大器仍是不可动摇的审美砝码。

"小女人散文"除了是大男人散文的天敌外，还有一个和它对应的存在物，这就是被传媒谑称为"老男人散文"的学人随笔，这些人的文章虽然不像大男人散文有过多的攻击力，少了些"力比多"，但"庾信文章老更成"，他们卓越的学识和深厚的阅历让他们的文章既有宽度又有深度，既有见解又有学问，"小女人散文"在他们的大作面前只能是"浅薄"和"率真"。虽然"小女人散文"有着这些学人无可企及的现代生活感受和不遮掩的人生性情，可毕竟是小女人的。

"小女人散文"的缺陷是很显然的。通过上文的比较中看得出来，更重要的是"小女人散文"之所以产于广东而兴于沪上，有点像前几年的粤货北伐。得力于香港经济文化的南风北渐，"小女人散文"与港台的一些报纸上的太太文化是一脉相承的。它很容易滑入小市民习气的庸俗泥淖，也容易流露伪贵族气或作富婆状——这是"小女人散文"需要警惕的。

（原载《东方文化周刊》1996 年第 12 期）

边缘与暧昧：诗性的剩余与溢涨

——近年来文体实验研究报告之一

　　文体实验曾是新时期文学一个激动人心的区域，以至于有实验文学的说法。虽然实验文学曾被人误作先锋文学的代名词，但先锋文学与实验文学还是有着本质的差异，先锋的概念往往是针对某种被视作传统的文学而言的，而实验的文学更多的是停留在文体的层次。一个观念、一种思想是无须实验的，哪怕这种思想和观念极其惊世骇俗，它的存在是不需要以实验作为依据的。而文体则是一种可以生长、可以观察、可以调配的语词资源，它的实验性可以伴随着思想的生长，也可以逆着思想的步伐前行。六朝时期的中国文学被人们记下的好作品并不多，但那时期文体的经营可以说到了登峰造极的境地。反之，五四新文学运动的革命首先是从文体的解放开始，却不仅是一个文体的变化，而是呼应着帝制的结束和一个新的时代的开始。设想一下，如果没有辛亥革命的成功，如果没有科举的废除，以白话文为表征的新文化运动何以立足。90 年代的文体实验是在一种复杂的文化情境下进行的，它不只是思想的载体，也不是逃避思想的方舟，而是特定的文化选择。本文在对 90 年代文体实验进行背景的分析之后，重点探讨的是一些诗人在"新散文"名目下所进行的种种尝试。

一、文体的模糊与多元的鼎立

文体实验在 80 年代已经被人反复提及，但当时的文体的概念多半还停留在美文的层面，还停留在文学向本体回归的层面上。到了90 年代，随着文学新状态的出现，文体实验也出现了新状态。记得1994 年《钟山》在推出"新状态文学"特辑时就曾有意识地将小说和散文混为一体，朱苏进的《最优美的最危险》一文便是一篇长达 3万字的大散文①，事后朱苏进告诉我，这篇文章中的一些内容已经在他的长篇小说中出现过。这让我当时颇为费解，长篇小说的一些"零件"被组合成一篇文字之后，反而产生了另外一些阅读效应，这或许正是文体实验在今天能够被接受的原因。

文体的形成是自然的，又是人为的。我们习惯的文体划分，又有很多是人为的因素。我们的文学概论将文体分为小说、散文、戏剧、理论四大块，很多是来源于苏联文艺理论的影响。至于西方有人将文学分为叙事文体和非叙事文体，中国传统文人又将文体分为韵文和散文两大类，都是特定时代的产物和人们写作和阅读的要求所致。一般说来，在一个思想相对解放的时代，文体的表现形态要相对活跃一些，文体的界限也相对模糊一些，而在一个思想沉闷、观念闭锁的年代里，文体的自由度要受到限制，文体的格局也更单调一些。不要说"文革"时期的文体简单而呆滞，"文革"前的"十七年文学"在文体上也以赵树理的乡土风格为正宗。丁玲在写作《莎菲女士日记》时文体感是何等的强烈，但在《太阳照在桑干河上》这部长篇小说里，很难找到当初的语感和语体，简直判若两人。当然这两部小说在文学史

---

① 朱苏进：《最优美的最危险》，《钟山》1994 年第 5 期。

上各有不同的价值，但丁玲在《太阳照在桑干河上》显然放弃了文体的追求和实验。在十七年间，文人腔常常被当作小资情调来批判的，茹志鹃的《百合花》只不过在当时流行的小说文体里添加了一点诗意，就引起那么大的轰动和反响，由此可见人们对新鲜的文体的敏感和热爱。

文体的单调和思想的贫乏几乎是同义语。而丰富的思想和复杂的感情往往会撑破文体的局限。记得80年代初王蒙写作了《夜的眼》《春之声》等一系列有争议的小说，引起一阵非常热闹的争论。虽然有人将王蒙的这些小说视作"意识流"，但王蒙本人对意识流小说却所知甚少，他只感到当时的感受很复杂，用过去习惯的文体不足以表达，并泥沙俱下地依照内心的真实感受行于所当行，止于不可不止①。很显然，新时期文学的文体革命最初是服从于作家的内心要求的。90年代文体实验的兴起，是文学发展的必然，也是作家内在的要求。思想的解放，必然导致文体的解放。90年代文体实验的一大特征，就是文体的模糊，这种文体的模糊并不仅仅出现于小说的领域，而更显现在小说以外的文体。一种类似"四不像"的文体出现了。就大的形态而言，它类似散文随笔，探讨的话题往往又是学术性的，甚至非常专业的，具体行文又是反学术的，以一种抒情的笔调来描述概念和事物的特征、形态以及本质。但文章的最终结穴点又是作家的内心。这些模糊的文体大多带有私人笔记本的性质，有着很强的随意性和即兴式，很多是片断，甚至是我们以前文学作品的素材，但这样一种素材性、卡片式的文学堂而皇之地作为一种新的文体大量出现在各种刊物上，有的被结集出版，成为当前文学的一个新的生长点。

---

① 汪溪：《王蒙小说语言论》，花山文艺出版社1998年版。

这一现象，是与 90 年代表达的困惑相关联的。90 年代的话语空前膨胀，话语与话语的冲突、交锋、对峙，又新生了新的话语源，而这些话语源又派生出很多小的话语空间，形成了真正的多元。在这样的情形下，作家和诗人要表达自己的思想，要陈述自己的感受，自然要寻找到新的载体。纯叙事性和纯抒情性的文体固然可以装载这些感受和思想，但因为文体的局限，也因为交流的间接，还因为小说、诗歌这些文体需要一定时间的沉淀，有碍作家当下表达的迅捷。采用这种相对快捷而容易表现个人化特性的自由文体，可以说是最好的选择。正像程光炜在论述庞培和张锐锋的作品说的那样："他们都是在文化价值分崩离析之际开始散文创作的，文化的崩溃不仅没有使他们像某些人那样人格萎缩，相反，使他们进一步意识到来自写作者本身的危机。文学从来就不是行为的艺术，而是发自作家生命深处的切身之痛。"① 虽然用"文化的崩溃"来描述当前的文化情态不够确切，但用"来自写作者自身的危机"来说明张、庞的写作动因还是很有见解的。

二、暧昧·边缘

1994 年诺贝尔文学奖获得者日本作家大江健三郎，有一篇很有名气的获奖演说，叫《我在暧昧的日本》。"暧昧"这个词，较好地概括了作家的处境和心境。其实，在大江的演说原文里，"暧昧"的重心修饰并不只是在日本这个国度，还在"我"上，直译应为"暧昧的日本的我"。将它翻译为"我在暧昧的日本"，可能与中文的习惯有关，

---

① 程光炜：《怀旧、伤痛与童年记忆》，《大家》1998 年第 1 期。

但实际上还是轻个体、重民族的思维逻辑在起作用，因为大江在文中叙述的主要是"我"的"暧昧"①。大江的演说词使我们想起了日本第一个诺贝尔文学奖获得者川端康成题为《我在美丽的日本》的演说词，两者同一句式的使用不仅是日本文学在世界文学地位的延续，还充分说明文学审美意识的嬗变。大江与川端的演说的题目只有一个词的变化，但从"美丽"到"暧昧"却记录了诸多的时代的差异。

在川端的小说里，我们确实看到了"美丽"，当然这种美是烙着日本文化印迹的东方美。他的《雪国》和《伊豆的舞女》等小说中体现的那种唯美主义倾向，正是那个时代的审美风尚。而到了大江的《性的人》《万延元年的足球队》里，这种唯美的格局已经不复存在，确实只有用"暧昧"来表达最为合适。暧昧的人生，暧昧的语境，暧昧的情绪，让我们看到文化失范之后的真切状态。

中国当代文学显然不是日本文学的翻版，但自80年代以来，中国文学直面世界之后，在外在的文化视域上也就与日本文学有了相似的语境。虽然中国文化没有"暧昧"的传统，但90年代的文学"乱花渐欲迷人眼"的纷繁，使选择失去指向，许多价值失去了明确的规范，以至有了"集体失明"这种夸大其词的说法。人们的视线难以聚焦，看不清，说不明，道不白，人们的处境尴尬，人们的趣味暧昧。我们习惯的说法是"多元的困惑"，这"困惑"的背后便隐藏了很多的"暧昧"，远不如80年代那样明朗和清晰。虽然我们在很多文体实验的作品中看到作家的身影，能够听到作家的声音，但当我们把这些声音排列在一起，这些身影叠加到一起时，你就会发现，当代作家的声音是何等的"暧昧"（混乱？）和芜杂。甚至我们在一些作家的

---

① 大江健三郎：《大江健三郎作品集·广岛札记》，光明日报出版社1995年版。

单篇作品当中，都能够看到这种模糊和混乱。"哦，没有什么像诗能救我的命——这水中的鲨鱼，既使我危险，又使我浮出水面。没有什么像诗，使我流放，又在最暗的角落召回我自己"。① 这样悖反的命运落实到诗人身上形成了如此复杂的暧昧情绪，或许是当前作家的一个精神写照。

在多元观念的并存导致作家审美意向多极的同时，也产生了审美的真空地带——一种暧昧的情绪暗暗滋生。在一个审美统一或二元对立的时代，是不允许暧昧存在的，作家不可能逃脱当时观念的制约和牵制，当多元审美观念和价值观念共存时，才会出现"暧昧"，也才可能容忍"暧昧"的存在。与"暧昧"紧密相关的一个词是"边缘"，这些年很多人喜欢用边缘这个词来修饰自己的身份和作品，表示远离中心的倾向，以至于边缘化成为一个很时尚的热词。但真正的边缘只是一种姿态，它是两股以上话语势力范围的交叉地带，是多种观念的结合部。在一种话语占据绝对主动的时候，可能会有真正的边缘者，而几种、多种以上的话语的思想互相冲突和对峙的时候，所谓的边缘必然是暧昧的。当众多的人宣布自己是边缘者的时候，实际上的边缘已不复存在，每个人都以自己的话语为中心，也同时成为别人的边缘。

文体实验的边缘性则体现为对主流文学话语的非承接状态，它打破传统文体的诸多界限，在文体之间找到一种边缘的胶着的形态，能够充分容纳作家的思想和情绪，尤其是那种暧昧的感受和体验。一些学者摒弃惯用的论文方式，而以一种随想的抒情方式表达自己对生活、对人生、对自己领域的真切感悟，一些诗人则打破分行的

---

① 鲁西西：《明天见》，《大家》1999 年第 1 期。

界限，在一种叙事的文风中扩大诗的感染力和冲击力，一些小说家则从虚构的世界中走出来，脱去叙述的风衣，论证、评述那些实在的语词和事物。这种跨文体的行动，是作家对写作自由的渴望和热爱，也是作家另外一些潜能的释放。作家在写作这些文章时，其实忘记了他们的身份——而记住身份则是我们多年来写作的一个原则，这种身份感会提醒你是一个诗人或是一个小说家，——忘记了身份才会进入真正的边缘，也才会写出那种让我们读起来欲说还休的暧昧的文字。我记得老作家汪曾祺在写作《受戒》时，文末注有"四十一年前的一个梦"。这表明汪先生当时的写作状态是有些暧昧不清的，而从文体上讲，《受戒》虽然被视作短篇小说，但如按照文体学的划分规则来看，《受戒》作为一篇散文似乎更为合适。由于汪先生的创作美学始终徘徊在小说和散文之间，因而以鲜明的文体感区别于同时代作家。有趣的是，汪曾祺先生的作品虽然得到很多赞誉，但他的身份却直到去世都只是北京京剧院的一个普通编剧，连住房也没有，一个真正的边缘人。在当代作家中，汪曾祺的文体意识最浓。

三、诗人的舞蹈

在一些被称为"新散文"和"跨文体"的作品中，我惊讶地发现，这些作品的写作者，很多是前诗人（其实有多人还是现役诗人）。于坚、庞培、张锐锋、朱朱、钟鸣等都是富有个性的诗人，他们在"新散文"或文体实验中所表现的巨大热情和实验成果，又唤起了另一些诗人的对这一新鲜文体的写作热情。可以说，90年代文体实验的主力军特别是"新散文"创作者主要来自于80年代成长起来的诗人。有些诗人在文体方面的影响甚至超过了他们在诗歌创作方面的成就。

这或许与诗的命运有关。到了 90 年代以后，几乎所有的年轻的诗人都开始了长诗的创作，即使写作短诗，也是以组诗的方式出现，而不像 80 年代的人都写那种 20 行左右的诗篇。如果说 90 年代的长篇小说的繁荣与市场机制和官方提倡有关，那长诗的出现，正好与此相反。90 年代出版社出版诗集极少，因为不好销，长诗不用说卖了，连发表的地方都很少。诗歌刊物的不景气有目共睹，一些刊物勉强能够生存，也不会花大量的篇幅去发表几百行的长诗。诗人这时候的写作长诗的动力完全是出自内心的需要。针对这种"长"风，有一次我和韩东谈论起这一现象，韩东认为是内心要表达的内容太丰富了，短诗表达不了，自然会向长的方向发展。和很多人一样，韩东选择了小说创作。80 年代中期，有一批诗人曾经转向小说创作，像苏童、叶兆言、格非、孙甘露、北村等先锋小说家，都是弃诗从"说"的。90 年代以后，一些在诗歌创作上有影响或有成就的人转入了小说创作，韩东、朱文、鲁羊、陈染、林白、海男、邱华栋、李大卫等被称之为"新生代"的作家将他们在诗歌上积蓄已久的能量释放到小说创作中，产生了新的冲击力。我曾经把这种现象称之为"新状态"。而另外一些诗人则把笔触投射到非小说领域，于坚、庞培、张锐锋、钟鸣、朱朱等开始了"随笔"的写作，逐渐形成了我们今天看到的文体实验的潮流。如果说那些诗人小说家们更多的是将诗的外在形态在小说中隐匿起来，而让诗的内在品质和现代小说取得某种交融的话，那"新散文"的写作者们，则毫不"隐瞒"自己的诗人"前科"，他们在文中大胆而毫无顾忌地使用诗的语码，诗的句式，诗的结构甚至诗的断行方式。张锐锋在《让隐匿的事物发亮》一文中，这样说明自己的文体实验："我所能找到的一个重要的理由是，散文从本质上可以跨越种种类型的界线，它不具有小说、诗或剧作的特定要求，它既可以恣肆汪洋地从它们之中汲取某些成分，又可以是它们种种要素的创造性综合。"①张锐锋在这里用了"恣肆汪洋"这个词，让我们一下子想到庄子，庄子是中国古代为数不多的大哲学家，他的文字又是卓越无比的美文，是古代最优秀的文体家。庄子的文风恣肆汪洋，今天的诗人们不能重复惠特曼式的汪洋恣肆，但可以越过文体的樊篱尽情展现这一理想。因而，可以把"新散文"为代表的文体实验看作诗人的自由舞蹈，诗人的"自动写作"（布勒东语）②，这些诗人原先在诗中装不下的思想和情怀可以溢出来，尽情地流淌。或许这一日，可作为诗人表达的狂欢节来庆祝。

四、于坚、庞培、张锐锋

要谈论 90 年代的文体实验，这几个人的名字不能不提及。

于坚的名字是和诗歌连在一起的。昆明有很多条街道，但我最先知道并能记住的是于坚诗中反复写到的"尚义街"，几次在昆明的尚义街，我都极力寻找于坚诗的痕迹和气息。到了 90 年代以后，于坚的名字又和《0 档案》连在一起。《0 档案》在 90 年代被贺奕称作一次"诗歌事故"，"事故"本身往往意味着碰撞或爆炸，说明这首诗的某种冲击性③。另一方面，《0 档案》的极端饱满和充实，也说明于坚被诗本身限制到某种极致，在《0 档案》里他已经撑破了诗的形体，进入超文体写作的境界。《0 档案》给文坛带来的巨大冲击除了"日常生活"

---

① 张锐锋：《让隐匿的事物发亮》，《大家》1998 年第 1 期。
② 柳鸣九主编：《西方文艺思潮论丛》《未来主义超现实主义魔幻现实主义》，中国社会科学出版社 1987 年版，第 198 页。
③ 于坚：《0 档案》，贺奕：《90 年代的诗歌事故》，《大家》1994 年 1 月创刊号。

状态的高清晰度呈现外，还在于它的文体实验性，将索然无味的"档案"与"诗"结合到一起，这是一次勇敢的冒险。后来我听说牟森将《0档案》改编为话剧演出，更说明《0档案》的某种跨文体功能。有趣的是于坚的散文并不像他的诗那样平实和生活流，他用一种平静的语态、智者的语式去叙述他笔下的人和事，有一种大师的风度。他那组关于西藏的文章，是诗，是散文，也是哲学。我不知道诗人们的文体实验上所追求的境界是否要将诗意、散文的肌理和理性的光芒融合到一起，我个人的感受是于坚的散文已经达到这一目标了。1998年初夏，我到西藏去旅行过一次，有很多感受想写出来，但读过于坚的那组散文之后，我觉得我不必再赘言了，我想说的他说得比我更好，我没有想到的他也说出来了，而且那么到位。

庞培的文章明显带着南方文体的痕迹，他的文章明显带着"肖像"的特征。他的文集叫《乡村肖像》，里面倾注了他对生活的真切热爱和深沉眷恋。很多的小说家写过江南乡村，很多的诗人也吟唱过江南乡村，至于散文家笔下的江南乡村更是随处可见，但庞培"画"出了江南乡村的肖像。细究起来，庞培的文章并没有什么惊人的"发现"，那些情调、那些场景、那些韵律、那些气息，我们可以从现当代作家的小说里、随笔里、诗里都能找到，但庞培还是能给我们新的审美冲击。庞培的魅力在于他独特的文体，他的那些文字几乎全是场景描写，我第一次读他的文章时，还以为是一部小说的开头（有古典倾向小说的开头），我一直在等待人物的出场或者是故事的演绎，但庞培只是描写，一直将场景描写"透明"为止，让我们看到场景的每一根"汗毛"为止。当然，庞培在这些场景中总是灌输着他作为一个诗人的见识、感悟、理念，有时大量引用书本的格言和警句，因为与场景的契合，并不显得浮躁和卖弄。沉思和旁观，是庞培的写作姿态。它的文体与其说是实验，还不如说是"挖掘"或者"打捞"，他用那些碎片的语段使文字闪闪发亮。

比之庞培南方化的细腻而近乎忧郁的文字，张锐锋的文体有一种北方的宏阔和广大，他喜欢做从抽象到抽象的语言编织。庞培的描述都是从具体的事物和意象开始，他手中是一把小提琴，声音是弦与弦之间发出的，而张锐锋操着的是一把刻刀，他一刀一刀地切开那些抽象事物，揭开那些事物之间的"真相"，"一个字原来是一个血淋淋的真相。文字差不多是一种历史图谶，其所暗示的几乎都是某种不易发觉的不详"①。他的《世界的形象》好似一部文字学的著作，但不是段玉裁、王念孙的经学和小学。张锐锋用诗人和哲人的双重目光考察中国的文字，在那些我们司空见惯的文字背后切出了让我们惊讶的内涵。这种诗性化的"说文解字"文体明显是借鉴了段玉裁的那部名著，就像多年以前汪曾祺先生借用古代《月令》的方式写作《葡萄月令》一样，说明文体实验的资源并非来于西方，更有深厚的民族文化土壤。听说张锐锋正在写作一部《黄河传》，不知道他能否写出郦道元《水经注》那样的文字来。张锐锋、庞培等人的文体都带有"注"的性质，而"注"和"传"正是我国古代最常见的文体，"六经注我"也好，"我注六经"也好，中国文人借着"注"来表达自己的学识、思想和经验，大多有做学问的性质。钱锺书的《管锥编》言及古今中外，也是用"注"的文体。而现在，诗人们用"注"的文体来消化那些淤积过多的诗的素材，文体上就出现了新的状态。

这种状态，主要体现出的是一种古典主义审美倾向的回归，这些写作者都以一种优雅（连于坚也不例外）的姿态来叙述、议论某种场

---

① 张锐锋：《世界的形象》，《大家》1998 年第 1 期。

景、某个语词、某些片断，有时候称得上是"抚摸"，小心翼翼而亲切温馨，既有中国明清书房的家具气息，又有 19 世纪欧洲沙龙夜晚围着壁炉读小说的甜蜜，对当前浮躁而虚泛的文化泡沫现状显然是一种逃避和抵御。

五、走出"崇哲"的沼泽地

当前的文体实验在充分展现作家自己的艺术个性和审美趣味的同时，都不约而同地在文章中表现对哲理的崇拜，对哲学的敬仰，都希望在自己文中能够达到某种哲人的境界。因而我们在这些作家的文本中，大量看到的是一些闪烁着光芒的警句和格言，是一些美丽语词的项链。庞培在回顾他写作的过程时，这样写道："1992 年，那是我最孤独的年份。那年夏天和秋天，我无意中记录下一批半催眠状态下写的文字——一部分随笔和札记"，"它是一系列有关音乐、儿童、地域风景、绘画作品的冥想，一些片断，我仿佛航行在一条大河上，突然发现了它宽阔的水面——水上的鸥鸟和水波的闪光（我笔下的文字我必须看到它的闪亮我才写）"①。而张锐锋则以《让隐匿的事物发亮》为题说明自己的文学观。"发亮"也好，"闪亮"也好，都说明"新散文"的实验者需要一个支点，这个支点便是诗人的智慧、哲人的思想。失去了诗人的智慧和哲人的思想，"新散文"也就失去灵魂。诗人不是哲学家，他们在文字和冥想之间能碰出一些思想的火花，但没有兴趣将这些火花建构成哲学的框架，他们的兴趣和才华是发现那些生活和历史的闪光点，在散点透视之中完成对世界的把握。这些思想的碎片

---

① 庞培：《我对散文的理解》，《大家》1990 年第 1 期。

和哲理的碎片使一些写作者在结构上也都用断简的方式，从这个问题跳跃到另外一个问题，从这个时空急转到另外一个时空，从这个语境变到另外一个语境，主题被不断地替换，也在转换中自行增殖或削减。

这种写作情形某种程度上也对应着当前文化的语境，这就是对信息最大值的索取到了近乎贪婪的地步，而信息本身也是有负值的，它们相互之间的吸附并不一定就增加文化的内在分量，有时恰好是削减。当文体实验者在文本之中将各种感受和信息量追加到一定值的时候，就会出现意义的负增长。哲理之于文学，犹如精液之于生命，理应自然地喷发，倘若强行使之产生，如服药之类，就会影响人的生态平衡。在近期文体实验的文本中，个别的文字已被哲理纠缠得步履蹒跚，陷入语词的沼泽而不能自拔，或是发不出光亮，或是强光刺眼，有"为赋新词强说愁"之感。文体实验的脚步大都在边缘之间行走，自然不是坦途和大道，就像美丽的碎片大多出现在废墟上一样，过分地迷恋哲理，弄不好就会陷入语词的废墟而被淹没。他们当中有清醒者说：我们在生活里引入了蛇的意象，也引入了我们对于生活的向往及理想的观念，然而那理想之中也因蛇的存在而渗入了毒性①。

1999 年 3 月 10 日完稿于广寒居

（原载《大家》1999 年第 3 期）

---

① 张锐锋：《世界的形象》，《大家》1998 年第 1 期。

孤岛，非卖品，乌托邦

——90 年代文学走向刍议

时间的流逝，年代的交替，并不足以构成划分文学的标准，但是中国当代文学在告别 80 年代进入 90 年代之际，适逢整个社会经济文化的转型，因而"年代"在这样的情境中就超出本身的时间含义带有特定的价值。曾有人用"后新时期"这样的模拟概念来表述 80 年代以后的文学动态，但似乎不能覆盖更广阔的社会面，也没有为更多的文学工作者所接受。但意识到新时期文学的终结，本身就是一个了不起的发现，可惜由于迷恋"新时期"加"后"的方法实属一种无奈。

我倾向于暂不用"后新时期文学"这个概念，因为这多少有点"主题先行"的味道，用简单的概念去套复杂的、流动变化的丰富多彩的文学现象，难免会进入一种误区。谈论今后文学的发展，讨论当前文学的动向，则是一种比较务实的做法，也是迫切地要解决的理论问题。因此我在这里对 90 年代文学的走向作一点臆测，旨在抛砖引玉，引出更多更好的宏论和高见，希望能有更多的理论家和创作者在面对新的社会文化客体时，既不要沉湎于对"逝水年华"的追忆和感叹，也不要为现实的世俗的特别是经济的障碍所迷惑，重新认清"我们的形势和任务"，及时调整文学的罗盘，按照文学的自身规律，在新的历史情境给文学重新"定位"，既不要过于"高蹈"而陷入空洞，也不要过于媚俗而沦为艺妓。

在谈论 90 年代文学走向之前，有必要对 80 年代的文学也就是常言的"新时期文学"作简单的回顾。发源于思想解放运动之际的新时期文学以它的忧国忧民的忧患意识，以它的超出文学功能的特殊参与意识，以它的不断创新、不断突破的实验意识，在新文学史上留下灿烂辉煌的一页。但"新时期文学"的醒目与辉煌，主要是由于一个巨大的阴影的映照，这个阴影就是十年"文革"这样特殊的文化背景。由于"文革"诸多扼杀"常规"的非常做法，因而当新时期文学打出"人""人道主义"这面非常普通的古老旗帜，就异常地激动人心，就异常地凝聚了众多人的目光。而闭关自守的结果，使得西方的文艺思潮一涌进来，就让人新奇，就让人竞相仿效，"现代派"一度成为不少青年心目中渴望的一顶桂冠。但 80 年代中后期，"人"的神话的逐渐破产，实验文学的困顿，新时期文学所特有的美丽光环和不断翻转的形式也逐渐黯淡下去。这个时候就出现了"新写实现象"。"新写实"小说的热闹，可以说是新时期文学最后的晚钟，它是依照"新时期"方式制造出来的，但它又无意之中冷酷无情地宣布了"新时期文学"的终结。在"新写实小说"中，"人"的精神的淡化和疲软，"文的自觉"的丧失，都是与"新时期"精神背道而驰的，也让文学从原先"凸"的状态中进入"凹"的腹地之中。90 年代的文学并没有携带"新时期"的生气和雄风，而充满了挣扎感和孤独感，文学这种自身起伏的现象并不奇怪。

早在 60 年代初期，美国著名的社会学家丹尼尔·贝尔（Daniel Bell，1919—2011）就提出了著名的"意识形态终结论"，认为意识形态为人们提供的往往是动听而又行不通的办法，无法解决人类的困境。在经济主宰社会生活、文化商品化趋势严重、高科技变成当代人图腾的压迫局面下，变革缓慢的文化阵营步步退却抵抗，强化自身的专利和自治能力，但文化本身的积淀性和扬弃性，完全不同于科技的革命性和创新取代性。贝尔在《资本主义文化矛盾》一书中提出："技术—经济体系的变革是直线型的，这是由于功利和效益原则为发明、淘汰和更新提供了明确规定。生产效益较高的机器或工艺程序自然会取代效益低的，这其中的含义是进步。但在文化中始终有一种回跃，即不断转到人类生存痛苦的老问题上去。人们对问题的解答可能因时因地而异，他们采取的提问方式也可能受到社会变革的影响，或干脆创造出新的美学形式，但是其中没有一项清楚无误的变化'规矩'。波莱兹代替不了巴赫，新音乐、绘画或诗章只能成为人类扩展的文化库存的一部分，丰富这一永久的储藏，以便其他人能够从中汲取养分，用新的风格重塑自己的艺术经验。"中国当代文学虽然没有完全脱离意识形态，但经济建设中心轴心原则的确立，文学自然要从原先的位置隐退到边缘，最终被隔绝为一块孤岛，文学自身的属性不能为提高生产力做出丝毫的表示，它不能附到经济这块"皮"上去，而意识形态的淡化使政治社会形态无力去率领文学这一重负，"孤岛"便成为文学的最好栖息地。

生活在"孤岛"的人们首先要有一种"顶住意识"，要顶住孤独寂寞，要顶住金钱和其他的诱惑，甚至要顶住贫困与死亡的考验。"顶住"本身不是目的，"顶住"只是一种必需的姿势，一种心理。事实上，90年代的文学也未成为真正的孤岛，它与整个社会经济、文化、政治、法律、道德、伦理、人情、世故还保持十分密切的联系，这种联系一方面是承袭着80年代新时期文学特有的传统，另一方面也是转型期文化的混合现象。当"他"的这个脚跨出门外，另一个脚还滞留东门内，文学的脉络仍千丝万缕通向社会各个角落和细胞。文学的孤岛感的产生，主要是由于一种被抛弃的感觉越来越强烈，"暮去朝来颜色故"，"老大嫁作商人妇"，颜色已故，门前冷落，但又不愿为"商人妇"，这正是文学的悲剧所在。

文学一直呼唤摆脱种种干系，冀求天马行空独住独来，但一旦没人"管"文学的时候，文学又无所适从无所事事，茫然而急于寻找新的"主管"，我们所神圣化了的文学真是既高贵而又卑贱。面对这种困境，90年代文学的策略将有可能在雅俗两个极端的层次上发展自己、完善自己。

（1）与影视界"通婚"。电影和电视虽然也是文化范畴内的"作品"，但由于它们是高科技革命的产物，它们的出现本身就意味着工业革命和后工业社会对旧有文化传统冲击的合理性。应该说，虽然电影电视带有强烈的大众传播性和现代科技性，但是在80年代文学圈内的人们无论是作家、评论家和编辑，对影视文化都持有一种审慎的态度，一般的作家都不愿意"触电"，尤其不愿涉猎电视剧。这实际上是源于一种审美观念的偏见，作家总是认为文学是"雅"的，而影视是"俗"的，影视特别是电视是不可能产生真正的"艺术"的。而90年代初的实践证明，这种审美观念陈旧而迂腐。名著《围城》改编的成功，丝毫也没有影响钱锺书先生的学者风貌，反而在更大范围内扩大原著和作者的影响，以致在很大一段时间内钱先生的各种著作都成为畅销读物。不论这种"畅销"的背景并非真的"学术"和"艺术"，但购买钱著本身就意味着"纯文学"和"雅文学"的一次胜利。

如果说《围城》的轰动还依赖于钱先生的道德文章，就像电视剧《红楼梦》的收视率之高，是因为在电视剧拍摄之前就有一个"积淀"储存在那里，也就是说名著的改编主要还是满足观众的一种"期待"，但后来王朔的走红，就不是因为"积淀"，而是电视的特有效应所致，由于《渴望》和《编辑部的故事》的爆响，王朔一下子成为中国最热销的作家。王朔也成为"追星族"追逐和模拟的"青春偶像"之一。王朔的各种选集和文集被当作最优秀的当代名著被人们购买、谈论和收藏，王朔式的话语成为流行的"青春语汇"，连王朔自己也被这种莫名其妙的"宠爱"弄得有点不好意思。

还有苏童。王朔作为一个写作"个体户"，他天生的侃劲和"我是流氓我怕谁"的赖相，本身还有些新闻性和新奇感，腼腆的苏童几乎不善辞令，经历也苍白得像没有恋爱史的少女，他的小说一直是优秀的，他的早期小说比他现在的作品要精致圆润，但他的名字主要被新潮理论家们和新潮编辑反复提及外，并没有跳出文学圈外。他的第一部小说集（其中有很多精品）发行量极低，所亏资金则是通过赞助的形式来解决的。但他的《妻妾成群》被改编成《大红灯笼高高挂》之后，张艺谋、巩莉、苏童颇有三驾马车之势为众人所瞩目。苏童的小说被印成种种选本被人们大肆地乃至疯狂地购买。一些出版单位也因出版苏童的小说而名利双收。王朔、苏童小说的热销，甚至带动了整个纯文学作品的走俏，长江文艺出版社出版的"跨世纪文丛"原拟赔本经营的，但由于收有苏童、余华等新潮作家的选本，竟一反常态，销得奇好，差不多可算作近年来的一个"奇迹"。

文学这般依靠于影视而生存的情态并不是说明文学的衰落，而是文学载体的陈旧和古老。由于现代科技的高度发展，印刷业从原先的被垄断神秘状态走向社会化乃至家庭化，我们每天阅读的大量印刷品百分之百被当作一次性消费的物品处理，难以统计的报刊更像垃圾一样困扰着我们，"铅字"的权威被自相残杀掉了。而文字电脑处理机的出现，就意味着家庭和个人"出版社"的成立。"铅字"作为一种权威话语的载体已经彻底贬值，人们对"铅字"崇拜也自然被自己打制出来的"出版物"消解殆尽，从而产生对"铅字"的漠然乃至不信任。这种对"铅字"的漠然和不信任势必影响到对文学作品的阅读和欣赏。文学在一大堆铅字垃圾中是很难显现出它的高雅姿势来的。文学在这样的情形下只有通过新的媒介和载体顽强表现自己，而影视作为文学的近邻有着说不清道不完的"暧昧"，选择其作为通婚对象，可谓天赐良缘。

预计今后的日子里，将会有更多的作家投身到影视剧本的创作和影视本身的制作中去，影视业的兴旺和繁荣将与这批文学弄潮儿有着不可分割的联系，他们将给影视界带来新的活力和生机，改变影视界目前的结构状态，但是影视界特别是电视的制作是以大众传播为本质，它的传播性能与原先文学的内质是相悖抗的，文学在与影视联姻的过程中，是被其俗的形式所腐蚀而异化，还是保持其雅的品性以改变"夫君"的面貌呢？看来被腐蚀的可能性极大，因为大众传播已是以"商"的方式进行，而"商"对文学的腐蚀性和制约性，只要身陷其中，就几乎不可抗拒，在这种意义上说，90 年代的文学前景不容乐观，需要有一部分人逃离这种屈辱的"婚姻"制度。

（2）非卖品文学的出现。今天我们在谈论文学商品化的时候丝毫也没有脸红，更没有被玷污的感觉。但是文学最初出现时，肯定没有被卖的经济性能，它可能起源于劳动，也可能起源于情爱，也可能起源于游戏，还可能起源于政治和战争，但与经济和贸易绝对没有关系。它是用经济价值无法测定的一种精神存在，它是人类灵魂对茫茫生存空间的呼吁和解答。至于文学商品化并非自今日起，千金购得司马相如的《长门赋》，既是对文学价值一种世俗性的重要肯定，同时又是文学本性的巨大否定。在过去的时代里，文学并不是纯粹的独立存在，它虽不屈服于经济势力，但往往献身于某种意识形态。作家亦言钱，但都羞于或遮遮掩掩地言。这主要是钱和经济并不是作家心中的目标，作家往往是在某种精神价值的鼓励和召唤下进行写作的。社会转型以后，畅销与否便成为衡量一个作家知名度大小甚至作品优劣的试金石。销售量、发行量、读者数和稿酬标准这些作家不屑一顾的"非文学"因素被用来衡量文学的质量，来判断作家的写作水准。这显然是不公平而荒谬的，但"你别无选择"，除非你逃离整个文化市场，逃离这样一个非文学化的文学活动场所。你想保持文学的纯粹，保持艺术家的凛然个性，只有躲进沙龙去自怨自艾，只有精神的象牙之塔。

长期以来，"象牙之塔"始终是一个贬义词，它往往用来否定某一作品、某一作家和某一文学现象。这本是法国19世纪文艺批评家圣佩韦批评同时代诗人维尼的话，后来则几乎成为唯美主义的代名词。在战火纷飞、民族存亡的关键时刻，公然提倡脱离社会生活的唯美主义的文学观念，显然不适时宜，遭到进步的文艺家的批判甚至摒弃，也不足奇怪，但是在我们今天这样和平盛世的建设岁月里，文学在它的意识形态功能被淡化和软化之后，我们有什么理由非要文学家成为商品的生产者而不能坚持艺术的纯粹性呢？

提倡一种非卖品文学并不是为了抵抗时下日益泛滥的大众文化消费浪潮，也不是发起某类运动来扫荡或剥夺什么，而是为了巩固和稳定艺术家心灵仅有的那块绿洲不再受污染，不再被侵犯而沦为商品的殖民地。所谓非卖品只是一种比喻，也并非真的不发表，古人的"藏之名山，传之后人"就是这样一种非卖品意识，它要求作家写作是由于心灵的需要，艺术的召唤，而不是出于一种商业动机，这种商业动机可表现为畅销倾向，也可表现为模拟某类导演的脚本，或揣摩某项奖赛的评选标准等等。中国文学自古就有"自娱"的传统，这种"自娱"既带有游戏性质，也是一种唯审美的要求。非卖品也并非脱离大众满足少数人的口味不可，它只是一种写作态度，一种不与媚俗潮流妥协的姿势，非卖品有可能是大众都能接受的，也有可能只是小圈子里能够容忍的，也有可能只有作者一人解得其中味，甚至作者在完成写作之后也茫然不知所云。用读得懂或读不懂来划分卖品与非卖品是习惯思维的误区，如果把读不懂与非卖品画等号，那将是对文学精神的根本歪曲。

事实上，在当代文学的发展过程中，在80年代与90年代交汇之际，已经出现了小小的群体，他们往往被人们称为"先锋派"，这主要还是从文学技法实验的超前性来理解的，而"非卖品"则体现为一种写作姿势一种写作精神。像张承志近期的作品，像孙甘露那种非诗非小说的语言实验，像格非、北村、海男、鲁羊等人执着的探索精神，都是与商品化格格不入的非卖品。这些作家并不像那些流行的腕儿为大众传播媒介反复提及，他们作品的经济效益更是微不足道，但他们洋溢在文本之中的那种独立的艺术精神，预示着文学没有完全被金钱腐蚀，也没有被经济彻底沙漠化。今后，这些人当中也可能从"先锋"转折到"排行榜"写作当中去谋取某种生存的必需之物，也有人我行我素，顽强保持这一不合时宜的秉性，还会有人加入到"非卖品"行列之中，他们可能是一贫如洗的艺术家，也可能是经济生活的富有者。贫穷和富有都有可能成为非卖品文学产生的基础。

（3）重返"乌托邦"的可能。面对文学日趋商业化、卖品化的挑战，整个艺术领域濒临精神信仰危机，尼采曾理直气壮地宣布"上帝死了"，精神价值终极关注的第一道防线被摧毁。二次大战以后特别是60年代以后，"人"也死了，执行终极价值的依据也随之溃灭。90年代的文学是在没有任何神圣感的情态下展开的。亵渎与反讽是人们只能使用的武器，崇拜与信仰已经没有存在的必要，他们是亵渎和反讽的对象。但是，不论怎么尽情地亵渎一切神圣与不神圣的存在，不论怎么反讽最后连反讽也被反讽亵渎，这不是人类精神的常态。人类精神需要向前进步，文学也不能陷落在这样自虐与施虐的泥淖之中。人类总有自己迈不过去的界限，丧失了信念就是丧失了根基，必然出现无法承受之"轻"。

米兰·昆德拉在谈到小说存在的理由时说过："如果说小说存在理由是，让'生命世界'处于永久的光芒之下，使我们免于'存在的遗忘'，那么，小说在今天应该存在不是比任何时候更有必要吗?"（《被贬值的塞万提斯的遗产》）昆德拉这里所说的"永久的光芒"自然不会是亵渎和反讽，它显然不是世俗的、商业的、可触摸的，在同一篇文章，他又说，"如果小说真的必将消失，它的消失不是因为已耗尽了它的力量，而是因为它存在于一个日益与它疏离的世界"。这样一个与文学疏离的世界在 20 世纪 90 年代已经慢慢形成，文学将必须重新寻找新的支撑点来结束目前的这种精神流浪。丹尼尔·贝尔企图用"新宗教"这样的药方来整治西方后现代社会的文化痼疾，在没有宗教传统的中国，提倡"新宗教"显然不合国情，反而会导致更多的精神价值紊乱。但重返"乌托邦"的可能性在 90 年代文学却大大存在。

"乌托邦"虽是一个外来词，意为乌有之乡，与陶渊明的桃花源不谋而合。作为精神的"乌托邦"，在今天有着比"新宗教"更恰切的语境。"乌托邦"的意义在于它首先不存在，它不是一个理想的蓝图可以实施，它只是一种精神的家园或语言的宫殿，但可以抵抗世俗的平庸与腐化，它能慰藉心灵的孤寂，滋润灵魂的干涸。

"乌托邦"本来应与文学共生的，但由于过去我们竟把乌托邦作为具体的方案去操作，从而导致对人类所有终极价值的怀疑与摧毁，重建精神家园是 90 年代文学挣脱世俗、回归本体的方式之一。事实上，一些作家已经开始进入"地狱"的门洞，他们以心灵和语言抵抗着种种亵渎的风雨，张承志的身影伟岸而孤独，步履坚定而沉重，他近期小说的宗教色彩越来越浓烈，一部《心灵史》，圣谕的意味而使所有流行的小说都苍白无色。而年轻的孙甘露，他不可能承受到、感受到张承志那种历史和民族赋予的"重量"，但他文笔天生洋溢着一股贵族高雅之气，这种气质让他的小说彻底摆脱了时下流行"话本""传奇""演义"风格，在小说的本体内独自逍遥。女作家海男原是一位诗人，她小说里那种生命存在的沸点一样充溢的情绪与灵魂的汁液，都是像昆德拉所说的是与现存世界的疏离。正因为这种疏离，张承志、孙甘露、海男以及北村、林白等各种类型的"怪异"小说家并没有在较大范围内引起反响和注意。

没有必要让人们像过去一样谈论《伤痕》《乔厂长上任记》《新星》一样，谈论这些具有"乌托邦"倾向作家的作品，他们的存在，只是表明文学没有消亡，至少还没有全部沦为世俗酱缸的杂物。

（原载《文论报》1993 年 8 月 12 日）

平面人与精神侏儒

> 解救的道路不是通向左边，也不是通向右边，它通向自己的
> 心灵，那里只有上帝，那里只有和平。
>
> ——黑塞

当我把黑塞这段话抄录于前作为本文的题记时，一定会有人觉得古老不堪：上帝已经死了，已经死了快一百年了，还提什么上帝？是的，上帝死了，尼采死了，人死了（福科语），知识分子也死了（利奥塔德语）。人们对永恒、深度模式的追求所形成的焦虑文化被幻化成消解式的"无深度的平面"，一切无须选择，一切无须确定，生命的价值和世界的意义消泯于语言的游戏与操作之中。

这种"平面化"的文化思潮源于西方人对资本主义的彻底反动和批判，它所具有的怀疑精神与"毁灭"姿势，它削平所有精神建构与价值承诺的策略，显然是一种走极端的做法。对思想的恐惧、对价值的怀疑、对深度的仇恨、对文化的亵渎，是"平面化"的惯用手法，但削平所有价值堡垒、文化支柱的结果，迎来的不是人的解放，而是人的失重与瓦解，语言的狂欢节与人的神话葬礼在一个夜晚同时举行。而当罗兰·巴特宣布作者死亡之后，语言诺亚方舟也在消解的狂涛中倾覆为支离破碎的舢板与飘浮不定的稻草，一片世纪末的景象。于是同时，大量的反文化和伪审美的精神垃圾在市场走俏成为社会文

化的消费主流，成为危害和瓦解人类价值和本真灵魂的伪精神活动。这是西方文化的"艾滋病"。

很奇怪，中国当代社会文化思潮竟在有限的时间瞬间里（相对于几千年的中国历史文化传统）被"平面化"的思潮裹挟以至于产生了很多的现象的复制品（这种复制实际含有篡改的成分，甚至有本质上的差异，后文论述）。20世纪以来，西方各种文化思潮进入中国的频率在加快，但中国社会对西方文化思潮的接受除了少数激进分子外基本上是怀疑的、缓慢的，从未像"平面化"思潮这样在社会生活各个领域被如此迅速接纳而得到推广。为此，一些人高呼后工业社会文化的提前到来，中国人的精神文化消费水平已经赶上了发达国家的水平。地摊文学空前发达，大众传媒传播着各种平面化的观念与形式，支撑新一代青少年文化信仰的是流行歌曲和流行歌手的青春偶像。一位敏锐的青年学者发现罗丹那幅震撼人心的"思想者"坐立在中国美术馆门前的落寞感和荒诞感，而在西方"平面化"浪潮中充当"文化守灵人"的知识分子在中国当代社会则纷纷撤离，逃离文化与精神的制作现场，有的是告别文人的身份投身商海，有的则是羞于提及过去的"守灵"历史，并用各种方式来洗刷自己。这更加快了"平面化"的进程，顽强抵抗者凤毛麟角。只要打开电视和报纸，你就发现，社会大众对世俗明星的热爱取代了对价值信仰的关注。被传媒叫得很响的作家几乎全是以牺牲深度为代价来获取世俗的认可，一些原先富有实验性的作家也被迫放弃原有的精英主义立场在一个平面的视角与生活对话，流氓成为对作家最美好的礼赞，电影导演可以肆无忌惮地亵渎、收购、贩卖作家的感情与纯洁，"文稿竞价"使文学艺术迷失了本性，伪作家们在媚俗的话语中贩卖各种精神赝品（因为没有深度参照），文学在平面的泥淖中艰难跋涉。

这一切都因为作家不在场。

有人把这种不在场归结为知识分子"代言人"位置的丧失。诚然，在过去的文化时代里，作家曾肩负着"启蒙"的重任，担负着引导全民走向价值彼岸的历史使命，一个时代的精神状态是以文化创造者的生存意义为标志的。这种以深度模式为特征的人文景观在现代科技与商品经济的合谋下惨遭扼杀，文化人从社会中心被搁置到社会的边缘，启蒙者成为边缘人，文化的神圣性、精神的崇高性成为任何人都可以调侃几句、诋毁几句、亵渎几句的交通规则，"红灯绿灯一起亮"，谁来制止这场混乱的运行状态？作家自然无力手舞指挥棒来疏通秩序。但处于边缘的作家是不是一定加入这种秩序混乱之中乃至为这种价值的紊乱大唱赞歌呢？难道作家就不能坚守在自己的孤岛上（文学在哲学的意义在现代社会生活状态中已是孤岛不可改变）坚持操守？

作家也是生活在现实生活之中的凡夫俗子，他也需要食用人间烟火，在市场经济的横流中他也无法不正视商品经济铁的法则。但是，在社会不要求作家去做超人一等、先知先觉的精神引路人之后，作家未必就有理由去充任小市民情调、市侩哲学乃至痞子文化的代言人，如果打着反文化、反价值、反意义这类堂而皇之的旗帜去干媚俗、从俗、庸俗的勾当，还不如地摊文学的摊主坦率可爱。一个作家，一个文化人，一个知识分子，可以不做民众的代言人，也可以不做真理的传教士，也可以不做文化的守灵人，但作家却不可以一个平面人自居，平面人是后现代社会生成的畸形怪胎，没有思想的负荷，没有价值的规范，没有灵魂，没有灵智，不追求意义，不相信永恒，感官的浅层次刺激与审美的程式化、电子化、流行色是平面人的文化消费指向。总之，它是文化失范之后出现的精神侏儒。也许，渴望我们现在的时代出现思想的伟人和巨人已成为一种古老的神话，但精神的侏儒至少不应该成为时代文化的楷模，而以侏儒为荣的声音是那样的刺耳而无可回避，似乎文化人只能在巨人和侏儒二者之间选择，不做贞节牌坊就做娼妓，为什么不能做一个人呢？"在没有英雄的年代里／我只想做一个人"，朦胧诗人在1976年的表白至今还显得那么悲怆。虽然"人"的神话已经破灭，但当我们拥有做人的权利之后为什么不尽一尽做人的义务？做"鬼"就显得比做人更具有"先锋性"、更具有"超前意识"？

现在的文学界、批评界隐隐约约有一种对做鬼的文学、小人的文学、侏儒的文学激赏之意，对形而上精神探索漠视无形之中助长了更多的作家平面化的势头，人格的力量显得比任何时候弥足珍贵。精神侏儒的最大特点就是鄙视人的力量，而人的力量在今天的社会里已不是主体哲学上的神话的核辐射力，而是一种人格的追求与表现。对一个作家来说，人格的"格"就是作品的精神价值构造，用维特根斯坦的话，要"保卫形而上学"，但"不是为了把小说改造成哲学，而是为了在叙事的基础上动用所有理性的和非理性的，叙述的和沉思的，可以揭示人的存在手段，使小说成为精神的最高综合"（米兰·昆德拉《小说的智慧》）。这"精神的最高综合"应是对一个作家的最高评价，也是作家的"格"的灵魂所在。缺少这种"精神的最高综合"，作家往往只能是平面的游动，作品也势必患上缺钙的软骨症。

很多人以法国新小说派对深度模式的拆除来证明平面化思维的合理性、必要性、新潮性，这实际上是对新小说派的一种误解。以罗伯—格利耶为代表的新小说派作家确实把"铲除关于深度的陈旧神话"作为他们的理论前提，他们对小说物象的推崇与精细的描写也委实有一种平面的视觉语言效果，可这丝毫并不影响他们作品的"精神的最高综合"，罗伯—格利耶在《未来小说的道路》一文中明确宣布："我们必须制造出一个更实体、更直观的世界，以代替现有的这种充满心理的、社会的和功能意义的世界。"也就是说新小说派的作家们始终没有放弃他们自己对世界的看法，更没有放弃他们对生活的哲学的精神的观照，只不过他们把别人对世界的看法、别人对生活的观照方式称其为"深度"而已，可在哲学方法论的意义上，新小说派所要刻意制造出的"更实体、更直观的世界"又何尝不也是一种深度呢?!

本质的区别在于，新小说派的作家们虽然怀疑人道主义，怀疑悲剧，怀疑哲学神话，怀疑形而上学，甚至怀疑"比喻的语言"（罗伯-格利耶认为"比喻的语言"是"物我同心"的特征），但他们从不怀疑文学的反世俗精神，从不怀疑小说的实验性，从不怀疑艺术的创造性，更不会把自己的作品作为小市民文化狂欢节的装饰物。他们对人的深度的反弹依然是他们"精神的最高综合"的一种表现形式，与我们时下流行的那种平面化的文学有着天壤之别，如果把那种媚俗的、艺术上毫无创造力的简单重复的小说也冠之"铲除关于深度的陈旧神话"的作品，那不仅是对新小说派的最大亵渎，也是对评论者自身的最大讽刺。事实上，"平面化"正在成为一些庸人对抗智慧的一面理论旗帜，他们人格与学识的平庸满可以用不要深度的借口招摇过市，而一些实验性作家在面临创新的困境时也可以顺着"平面化"的滑梯滑下来从事大众化的写作方式。"平面化"在当代中国与市侩哲学、庸人方式、侏儒状态、无赖文化实际上是应该画上等号的。

"平面化"在瓦解文学作品的说教意识时不愧是一剂强硫酸，我在这里列出"平面化"的种种弊端并不是希望作家在作品中重新以牧师的身份出现去进行布道，而是呼吁作家不要放弃那个"精神的最高综合"，不要心甘情愿地做精神的侏儒。如果我们要求每个作家都达到那个"最高综合"显然是不可能的，问题是在于我们的写作姿势，"最后的贵族"比"最新的流氓"谁更有知识分子精神？知识分子精神并不是排斥怀疑精神和叛逆精神，更不只是守灵人的角色，这是破坏也是创新，它在解构同时又在建构，知识分子作为传统的社会角色正如利奥塔德所陈述的那样已经死亡，但知识分子精神作为一种人格力量，作为一种非神非鬼的人的气质并不会过时，更不会消亡。新小说派另一位著名作家娜塔丽·萨洛特在《怀疑的时代》结尾时说得好："怀疑的精神虽然正在毁灭小说的人物以及所有使人物具有强大力量的种种过时手法，但这种怀疑精神都表现了一个有机体的一种病态反应，足以保卫自己的生存，获得一种健康上的新平衡。时代的怀疑精神使小说家不得不尽'他的最高责任：不断发现新的领域'，并防止他犯下'最严重的错误：重复前人已发现的东西'"。"我们的一些作家还会想起那个"最高责任"吗？

1993 年 10 月 24 日完稿于长江路畔

（原载《作家》1994 年第 1 期）

作者死了　　读者也死了

尼采说，上帝死了。

巴特说，作者死了。

王干说，读者死了。

尼采在高呼上帝死亡的时候是一种预言也是一种启示，在他动用如此惊世骇俗的语言暴力时，不知道是否畏惧冥冥之中神祇对他的惩罚。当尼采的意志哲学被纳粹头目希特勒盗用之后，第二次世界大战给人类精神带来的满目疮痍至今未能平复。人们发现，与其让魔鬼统治人类还不如让上帝活着好。然而，死去的上帝已不能在人类精神中复活，对秩序合法性的损害，对信仰的亵渎和对真理的消解几乎变成一种行为艺术，并有理论家为其辩护。因为真理和秩序都是典型地以一种"被置于中心地位"①的方式设想出来的。让旧日的上帝重新君临我们的社会生活和精神生活，只是现代都市生活里一支感伤的怀旧的田园牧歌而已。

法国学者罗兰·巴特将上帝之死演绎到文学研究和文学创作中就产生了一个著名的论断：作者之死。他说："在写作多重体中一切均可拆解，但一切均不可破译；结构在每一点，每一层次上都可被追溯，'被抽丝'（像袜线那样），但不存在底层的东西；写作不停地设定意

---

① ［美］约翰·W.墨菲：《后现代主义对社会科学的意义》，《第欧根尼》1989 年第 2 期。

义，为了不停地将它驱散，对意义进行系统的消除。文学（从此以后最好说写作），正是这种方式，通过拒绝将一个'隐秘的'、一个最终的意义赋予本文（以便赋予作为本文的世界），释放出一种可称作反神学的活动。归根结底就是拒绝上帝和其同体物——理性、科学、法则。"① 这显然是尼采余音在文本上空震荡产生的余波。罗兰·巴特的主张是那样的激动人心而富有诱惑力："文学作品中（在作为作品的文学中），至关重要的是使读者不再是本文的消费者，而是本文的生产者"②。作者的死亡与读者的诞生便成为文学理论界一时广为传播的佳话，阅读的自由与文本的非专利性使人们看到了一个民土对话时代的曙光。

这是要付出代价的，"读者的诞生必定以作者的死亡为代价"，作者之下的着重号并非我所为，而是罗兰·巴特自己加的。这意味着什么？福柯曾无可奈何地宣布"人死了"，利奥塔德则悲凉地告诉人们"知识分子死了"，而作者这样的在文本里的知识分子的符号自然也会死去。长期以来，作家（知识分子）始终充任一个启蒙者的角色，他一方面要作为意识形态的代言人，提供某种终极价值和思想工具，另一方面又受民众的委托来表达民众的意思。这样复杂的社会角色让作家蒙上神秘乃至神圣的光泽，成为一种神坛上的宣谕者与进谏者。遥想新时期文学发轫之际，作家不是扮演为民请愿的谏客形象，就是时常发出类似"救救孩子"这样忧国忧民的警世之言，他是凌驾于民众之上的传道士与精神执法者。但这一叙事激情很快遭到了阻击，一方

---

① ［美］乔纳森·卡勒尔：《罗兰·巴尔特》，方谦译，生活·读书·新知三联书店 1988 年版，第 92 页。

② ［美］乔纳森·卡勒尔：《罗兰·巴尔特》，方谦译，生活·读书·新知三联书店 1988 年版，第 91 页。

面是民众对启蒙理想日益陌生，而对"被拯救"语境的厌烦，对作家越显空洞的示谕失去信任，从迷信、迷恋的心理误区走出；另一方面社会生活发生了转型，市场经济，商业浪潮，淡化了意识形态，动摇了文化启蒙者地位的合法性与话语的权威性。作家已不大可能像过去那样至高无上旁若无人地宣谕真理播撒价值，也不能再以民众的代言人或民众委托者的身份去为民请愿了，他已不再是会场大厅中心的主讲人，虽然作家仍幻觉自己处于中心的位置，但听众的走失与拒绝已不可遮拦地进入视野，挽留听众与吸引读者迫使当代作家走下神圣的讲坛去寻找读者，这时候，原先笼罩着佛光的作者便消亡了。

读者，在西方阐释学和接受美学的范畴内有着多重而复杂的含义，形成了一种概念流。德国学者埃尔夫·沃尔夫在一篇题为《意向的读者：文学概论导论的思考与楷模》就提出了想象读者、现实读者、理想的读者、被理想化的读者和内在读者的概念。姚斯和伊瑟尔则赋予读者以"文学史的仲裁人"的历史重任（《接受美学与接受理论》，〔德〕H.R. 姚斯、〔美〕R.C. 霍立勃著，周宁、金元浦译，辽宁人民出版社 1987 年版）。罗兰·巴特呼唤诞生的"读者"与姚斯等人的"见证人"之说在取向上正好相逆。姚斯是从研究者的角度就文本的生成乃至文学史的生成意义上来肯定读者的地位和价值，而巴特则从写作者的角度要求文本与读者同时诞生。姚斯是一种客观性的假设与论证，而巴特则是主观性的要求与号召，他要把原先文本的消费者改为文本的生产者，文学史已不单是读者的接受史，文学史还应是读者的创作史。巴特的"读者"与我们今天"发行量"意义上的读者有一种交叉关系，后者大部分人是文本的消费者，也有一些人参与了文本的生产。一部《水浒》，从古至今有无数的"读者"，绝大部分是消费者，但有些人是本文的生产者，像那些续书者，还有那些添油加醋的读书者以及戏曲改编者，都不是被动地接纳文本而是参与创造。金圣叹更是一位了不起的"生产者"，他大笔腰斩《水浒》之后，七十一回本的《水浒》便成为作者和读者共同创造的新文本。这一经典性的著作的诞生，说明罗兰·巴特理论有他的可靠性。"消费者"与"生产者"还可与罗兰·巴特另外的两个术语进行互文性的阅读，这便是"可读性"与"可写性"，"可写性"实际便要求读者成为文本的生产者。

我最近撰文谈论"读者的诞生"实际仍是借用巴特的概念。① 显然，中国作家已感受到读者的存在，他在写作时开始注意到面对谁在写作了，而不像过去那样只是充当代言人，示谕者，传播器，以一种请君入瓮的方式将读者强行纳入叙述的通道，而是"期待接受者的出现"（伊瑟尔语）。这些作家的"期待"虽然还未完全进入巴特企盼的理想状态，但已由请君入瓮的指令性计划叙述方式变成了守株待兔的自由操作程序。请君入瓮虽是强者的话语，但是以权力支配尚方宝剑为前提，守株待兔不免笨拙，却是一种渴望自由对话的姿势。一些作家在不损害作者的前提下进行"可写性"的艰辛努力，努力给读者在作品中留下广阔的阅读空间，以提供"生产"的可能，几乎是一种全方位的开放，像格非便始终坚持罗伯-格里耶的叙述立场，"制造出一个更实体，更直观的世界，以代替现有这种充满心理的、社会的和功能意义的世界"（见《未来小说的道路》），他的《青黄》《敌人》《边缘》等都是以与读者对话姿势写作的经典性小说。

"新写实"也是寻找读者的一种文学话语。作为一种理论设想，作家、作品、理论之间缺少严密的理论构架与统一规范，但"新写实"作为一次写作态度的调整却是群体性的一致。无论是刘恒、刘震云还

---

① 王干：《新时期文学的晚钟暮鼓》，《天津社会科学》1993 年第 4 期。

是方方、池莉，无论是苏童、余华，还是王朔、叶兆言，他们都不约而同地降低了小说的叙述视点，放弃了原先的精英立场，剥去启蒙者的装甲服，以非启蒙的灰色面貌开始讲述故事。苏童以女性与孩童的视角交替出现在历史与现实的变焦图景之中，叶兆言则重新回到古代话本话语的操作程序中，刘震云虽仍穿着契诃夫的战袍，但契式解剖刀的锋芒在"一地鸡毛"面前黯然无光，刘恒虽有鲁迅的深刻，但多了阿Q的自慰与闰土的麻木，方方套用鬼魂，池莉学会了"流水账"。王朔则是用反启蒙的方式进行写作的（王朔把写作称为码字），在王朔的小说里，作者"已丧失了最后一点尊严和体面，变成了几个消费文化的痞子和混混可以自由使用的代码"①。"千万别把我当人"这样的"贱话"赫然成为长篇小说的标题，而"一点正经也没有""过把瘾就死"这类非启蒙反文化的词语则成为一种生活价值的新广告词。在《顽主》里，"作家"与"流氓"画上了等号，这已经不是巴特那种文本意义上的死亡，而是生活的格局。王朔寻求一种低于读者的姿势讲述故事，目的在于唤起读者的介入意识。原先的作者神话便委地如泥，自然消解了。

　　作者的死亡并没有能够挽救文学的颓势，作家在把"叙事权""生产权"无条件地拱手让出之后，并没有造就出真正的"读者"。王朔的走红没有诞生罗兰·巴特所期望的读者而是迎合并滋生出一大批的文本消费者、语言的挥霍者。作家们放弃"射击"的灌输行为之后，读者之兔并没有如期来临，厄普代克说，兔子，跑吧！那些痴情期待读者光临的"作者"在丧失原先的自尊之后反而成为韩非子笔下守株的宋国农夫。

---

① 张颐武：《对"现代性"的追问》，《天津社会科学》1993年第4期。

也许今天的文学已经没有读者，人们需要文学，其实需要的是一种畅销读物，像需要可口可乐、麦当劳、卡拉OK那样的消费品。人们对王朔的喜爱并不是出于一种阅读的热情，而是一种文化消费性的需要。人们对街头报刊书摊流行读物的购买欲是为了满足眼睛等平面化的感官刺激，不是解决阅读这样深层次的心理需求与文化创造。电视的迅速普及，培养了一大批观赏者、一大批以平面观赏为终极目标的消费者，人们已经懒得像过去那样从铅印的字里行间去寻找人生哲理和白日梦了。清晰的画面与清晰的声音让人的潜在心理与欲望昭然大白，无需再躲在铅字后面作创造状。因此不论作家怎样变换姿势与读者亲近，也不能使读者成为真正的阅读者。现代声屏艺术的发展，窒息了作家的创造力，也窒息了读者的想象力与创作愿望。现代社会是观者的时代，不是读者的时代。

名噪一时的法国"新小说"派也是著名的"读者主义"者，他们反对在小说中采取启蒙的人道主人方式来"强奸"读者。但他们最后被人们承认，不是因为出现了他们所期盼的喜好参与有创造力的读者，而是观众。他们参与电影的制作，而《去年在马里安巴》的改编成功，使"新小说"派在法国受到推崇，并继续使青年一代着迷①。在今日中国大陆，我们发现一些先锋作家的小说也因为某部作品被改编为电影之后特别是在国际上获奖之后会有相对应的销售量。苏童在中篇小说《妻妾成群》被张艺谋改编为电影《大红灯笼高高挂》以后成为明星作家，而另一部小说《红粉》也因为几家争拍，用苏童的话说，快成"世界名著"了。真正优秀的文学作品在改编为影视以后不可能

---

① 〔法〕克洛·莫里亚克的话，转引自柳鸣九编选：《新小说派研究》，中国社会科学出版社1986年版。

是同样优秀的，语言艺术的妙处只有通过阅读才能真正领略到。过去，往往因为小说是名著人们才对改编的影视发生兴趣，现在则颠倒过来了，电影出名了，影星走红了，人们才能对小说家发生兴趣。

这就让人们对罗兰·巴特和接受美学理论营造的"读者"神话发生怀疑。我们发现，"读者"理论仍是一种启蒙性的主体说。我们在强调作者的消失，在瓦解作者的主体功能，目的仍是要让读者成为文本的主体，成为文本的生产者。这种对他人主体性的极端恭敬与虔诚维护，在本质上是一种移情，是自我主体愿望的另一种方式的实现，当我们沉浸于"读者"这样的新语境自得其乐时，其实是自欺欺人，我们期望的"读者"只存在于我们的理论设想与文本期待之中，从未被生活本身验证过。倒是娜塔丽·萨洛特一语道破天机："现在的读者不能再在小说中寻求轻松的消遣——任何优秀的小说也往往不能满足这种需求。读者可以从电影获得这种消遣。既不需费力又不致浪费时间，而且他们对'栩栩如生'的人物和故事情节的爱好，从电影中就能得到满足。"[1] 当罗兰·巴特一厢情愿地要求读者放弃消费的立场成为文本的生产者时构想是极其美妙的，也是艺术创造的新的思维向度。可现在人们宁可跟着流行歌星后面鹦鹉学舌，也不愿在接受美学设立的"文本结构"中去充任一个耗智用心的语言建筑师。在中国文化的语境里，由于缺少深厚的逻各斯的理性的文化积淀，"后现代"在拆除深度模式的同时也在钝化人们的思想能力，在卸去人们神话信仰的负重包袱的过程中也滋生出顺从世俗、苟同平庸的惰性。中国文学特有的"载道"意识让作家（文人）始终以神的使者或者圣的宣谕

---

① ［法］娜塔丽·萨洛特：《怀疑的时代》，柳鸣九编选：《新小说派研究》，中国社会科学出版社 1986 年版。

者进入文学操作，而中国的民众始终是优秀的听众，心甘情愿地接受布道者的灌输与教诲，从未进行过阅读这种带有主体色彩的思考行为。真正的阅读只产生在文人之间的唱和与文字交流之中，更何况中国的文人还有"秘不示人"这样孤芳自赏的至境哩。在新文学近百年的进展史上，民众也只是处于"听"的位置，"视"与"思"只是"作者"的权利。而现在我们要求我们的文学读者从听众变为"作者"，那是强人所难，无异于让他们回到安分守己的老位置上去一样难受。因为阅读从来都不是一种消遣行为，从来都是验证一种价值结构，或者预设一种价值结构，也就是说是一种非平面的范式。现实生活里有那么多供人平面消费的文化载体，人们当然不愿从听众"进化"到"读者"这种充满人文启蒙色彩的结构之中，而是躲开"阅读"这样富有主体结构价值的范式，逃避到"观者"这样轻松的平面的文化消费结构之中。当一个观者，既不必像听众那么循规蹈矩、那么缺少自我意识，他可以介入其中，但又不必付出自己的灵智参与，更多的是一种身体行为和生理行为。观者可以拒绝一切富有建设性的理论蓝图，他们对罗兰·巴特说：千万别把我当人。而巴特、姚斯、伊瑟尔都是把读者当成人的前提下进行理论构想的，可在一群蔑视"人"的神话的文化消费者面前，"读者"一出笼就像无菌室里培养出来的生物来到尘世一样，很快便消亡了。

事实上，读者的死亡在中国只是符号的死亡，因为在新时期文学里它从未真正出现过，那只是作家和理论家共同幻想出来的理论飞碟而已，从没有被实在地把握过。也许有人要说，在中国有那么多的文学研究者、评论者，不是一种理想化的读者么？乍看也是，可一进入新时期文学结构内部，就发现这些富有激情的理论家、批评家仍是作者，他们对民众的启蒙姿势是出自一种模型。事实上，在整个新时期文化的进程中，知识分子都在扮演"作者"这样的角色，如今"作者"与"读者"的同归于尽，意味着一个时代的终结。而在一个以平面观赏为极值的文化消费时代里，"作者"的复活与"读者"的新生，将是文学从世纪末走向复兴的契机。未来还会有宁馨儿吗？我不禁又对自己这种人文的启蒙的"作者"的立场产生疑惑。

（原载《山花》1994 年第 6 期）

仪式的完成

——对"联网四重奏"有关问题的说明

1997 年 7 月 12 日，由《钟山》《大家》《作家》《山花》《作家报》共同发起的"联网四重奏"第三届年会在长春举行。会上制订了 1997 年至 1998 年的联网计划和名单，李大卫、吴晨骏等年轻人继续成为联网的主力阵容，四刊一报表示要将"联网"继续"奏"下去的同时，还要奏好。"联网四重奏"也引起人们的议论，称赞者有之，怀疑者亦有之，声讨者亦有之，这亦是正常不过的。作为"联网"最初策划的当事人和联络人，我觉得有必要将有些情况如实写出，以便人们在讨论这个问题时能掌握一些真实的背景材料，免得以讹传讹。文中所陈述的观点，只是我个人的见解，并不代表某家刊物的想法，更不是四刊一报的共识。这是要声明清楚的，因为文责自负。

"联网四重奏"这个名目最初出现在 1995 年的 3 月份，但酝酿这个计划却在 1994 年的 7 月份。贵州省作协的文学刊物《山花》从 1994 年 5 月起，由著名作家何士光担任主编，评论家何锐担任副主编，他们希望刊物能有新的变化。因而他们便在 7 月份召开了一次笔会，这一次笔会一共有八个人参加，老作家林斤澜，女作家赵玫、方方、毕淑敏，青年作家苏童、叶兆言，评论家罗强烈和我。这么说是为了强调他们各自的特点，因而故意犯了点"逻辑错误"，望读者原谅。

这次笔会开得很成功，好几年过去，参加笔会的新朋老友碰到一起还会提起 1994 年夏天在贵阳那么一个和谐的、自在的聚会。会上谈论了好多的文学话题，特别就如何发现培养新一代作家的问题展开了讨论。我认为跨世纪文学新人的造就不仅影响到 20 世纪文学的兴衰，而且还关系到 21 世纪文学的繁荣，推出新的实力派作家意义深远。而 90 年代随着大众传媒的勃兴，文学期刊的影响不免显得式微，既然大家都把目光放在新人身上，孤军奋战还不如协同合作，联网势在必行，特别是一些远离"中心"的边缘期刊（缺少北京、上海、广州等地的一些天然条件）更需要进行联网。说者无意，听者有心，这番话引起了著名作家、《山花》新任主编何士光的注意，他充分肯定了这一设想，并提出了一些建议，为以后联网的正常展开打下了坚实的基础。

这里要感谢几位主编先生对我的信任和支持。首先是何士光先生，没有他的坚决支持和热情鼓励，可以说"联网四重奏"的计划只是一张蓝图，早就随风飘去。而《山花》的副主编何锐先生的激情更增添了这次行动的理想主义色彩。《大家》的主编李巍、《钟山》的主编赵本夫、《作家》的主编宗仁发和《作家报》的主编魏绪玉他们在互不相识的情况下，因为一个共同的文学目标走到一起来了。当初我打电话与他们联系时心里是有些担心的，万一他们不赞成怎么办？万一搞不好怎么办？后来发现这些担心完全是多余的。他们的工作能力和办刊热情使"联网四重奏"很顺利地进行。何锐和宗仁发为联网的具体操作做了大量卓有成效的工作，尤其是宗仁发率先与女作家斯妤联系，打响了联网的"第一枪"。由于当时未能统一看法，因而斯妤的联网作品有小说也有散文（这也就是有人所说的"短篇不够随笔来凑"），但万事开头难，从纸上谈兵到进入实际操作这一步是很难迈出的。1995 年 4 月 10 日,《山花》又适时地召集几家刊物在贵阳开了"联网四重奏"第一次年会,五家报刊坐到一起详细地讨论联网的规则和操作程序,基本上做到有章可依,有"法"可执。"联网四重奏"并不是某一个人操作的,它是几家刊物诸多编辑共同参与的结果。不论对"联网四重奏"评价如何,这几家没有上下级关系的刊物和报纸能够合作这么长时间,就在于有一个凝聚力,这个凝聚力,无疑源自他们对文学新人的厚爱,以及办好文学报刊的一腔挚诚。

曾经有人质疑"联网四重奏"是"创作还是操作",依我看来,当然是操作,文学刊物与文学创作是不可混淆的。一个作家,他的精力应该集中到创作上,力求写出好的作品来,不应该"功夫在文外",去"炒"自己的作品,甚至"炒"自己。这样的作家虽然有,但不应提倡,其他作家也不应仿效,更不值得刊物配合。文学期刊是不可能进行创作的,它是发表作品的园地,从它一开始的定位就带有一定的目的性(俗说办刊方针),一个刊物要实现它的目的和办刊方针,势必要进行某种操作。只是以前的操作带有"潜操作"的性质,比如召开讨论会讨论该刊发表的一部作品,或者请一些人来就刊物谈一些看法,目的都是让人们关注这个刊物上的作品,从而来关注这家刊物。只不过现在的操作特点更加明显也更加主体化,比如根据某种创作走向提主张,把相近的作家进行某种命名(贬者称贴标签),还有这种几家联网的共同合作的方式,目的都是繁荣文学创作、繁荣文学期刊,使之能够从茫茫刊海中"脱颖而出"。对这种操作提出质疑的人,实际上对文学期刊的性质存有某种误解,把编辑的活动与作家的创作等同起来了。其实,在今天,文学期刊也是图书的另一种表现方式,为什么没人对今天的图书操作提出质疑,反而对文学期刊的一点点操作就莫名惊诧呢?随着图书出版周期的缩短,文学期刊的时效性已经没有任何优势可言，在这种情形下，合理进行某种操作该是求变求异的一种方式。文学期刊既可有《收获》这样"大音无声"的模式，也可有联网的模式，当然也可有不联网的模式。事实上，种种"联网"的举动，已在一定范围内展开，《上海文学》与《佛山文艺》联合举办的"新市民小说大奖"，《佛山文艺》《作家报》《大家》联合推出的"跨世纪批评"栏目，都是带有操作性的活动，这丝毫不影响这些刊物的文学特性。

有人对联网作家作品的质量提出了质问，认为"在网上的作品不尽如人意"。这也是值得分析的，应该说，"联网四重奏"这三年的作品还是保持了较高的水准。但由于各种各样的原因，联网的作者不可能每个人都一定能拿出最好的作品来"上网"，难免参差不齐。就一个作家而言，也不能保证上网的作品每篇都是佳作，四篇作品中有两篇可能是上乘之作，有两篇可能是中等之作。而由于读者对联网作品的期望值偏高，产生了反差是不奇怪的。要一个作家在同一时期内拿出四篇以上高质量而不重复的作品是很困难的，几乎是不可能的。这也正是"联网四重奏"展开以来碰到的一大难题，四家刊物也采取了一些措施，比如提前通知作家，多篇择优选出，很多作家也兢兢业业地配合，双方都尽最大努力向读者奉献最好的作品来。有少数作品的质量较平，那也是难以避免的。联网只是一种发表作品的形式，它并没有点石成金的功能，个别作家由于心里紧张，竭力想拿出力作，反而有些失常。从这几年的联网实践来看，"联网四重奏"在发表这些实力派作家作品的同时，更重要的是对这样一些年轻作家创作成绩和创作地位的确认。进入 90 年代以后社会对年轻作家缺乏足够的重视，新一代作家基本上处于自生自灭的状态，很多年轻作家的"崛起"不是由文坛推出来的，而是借助于文坛以外的力量走上文坛的（比如影视），"联网四重奏"是想通过民间的方式来对有成绩和有潜力的年轻作家进行确认和推举，以促进和鼓励跨世纪文学新人的成长。当然，对建立刊物的作者队伍也是一项长远的"投资"。有人将联网当作商业化操作来进行批评，真是冤枉这几家刊物，第一，这些作家并不是畅销书作家，没有什么商业效应。第二，假如有的作家引起了市场的关注，刊物并不能获取利益。事实上，这三年来，几家刊物在"联网四重奏"所做的投入，都不求回报，也没有回报，是以培养文学新人为己任的使命使之然。那些以"商业化"来扼杀、棒杀一切正常文学活动、批评活动的人，内心里或许只剩下了金钱这杆秤了。

有人担心联网会不会封杀作家，这实在是多余的顾虑。第一，这四家刊物只是全国数以百计文学刊物中的几家，作家的天地广得很，此处不留爷，自有留爷处。第二，"联网四重奏"到现在为止，只是共同去推举一个作家，从没有去封杀过谁，即使有人不进"网"，刊物也不会就冷落他。去年联网的名单中，本有韩东，后来韩东忙于写作一本《爱情力学》的著作，就推辞了。几家刊物也没觉得韩东"牛气"，更没"封杀"之念，还是照样发他的作品。至于先后顺序，更是诸多因素造成的。比如江苏的年轻作家阵容整齐，但不能将"联网四重奏"变成江苏年轻作家的合唱，江苏有很多才华出众的作家便只能往后排，或许等联网活动哪一天结束了，他们也未能排上。这也是联网的又一大遗憾。

"联网四重奏"不是什么权威的独一无二的文学鉴定，它只是多元文学价值观中的一元，它只是几家文学期刊发表作品的一种方式，它可能发很好的作品，也可能发很一般的作品，它可能推出优秀的作家，也可能推而不出。在90年代诸多神话破灭的时段里，它不能成为新的神话，编者本身也没有想让它成为神话，读者就更不必迷信这一形式，还是要以平常心对待它。至于作家就更不要把它当回事，好的作品不在乎以什么样的方式发出，网上网外，圈内圈外，都是创作外的事。好作家靠好作品，好作品是包装不出来的。

1997 年 8 月 4 日

第二辑

个　案

历史的碎片与状态之流

——评王蒙的长篇小说《失态的季节》

继《恋爱的季节》之后，王蒙在 1994 年又推出了他的长篇新作《失态的季节》。在 1994 年的"长篇热"中，《失态的季节》显然不是最显眼的一部，它在商业化包装氛围浓烈的文化书市中保持了几分沉静和雍容，趋赶时尚的书评家和消费性的读者极容易将它忽略过去。然而《失态的季节》的价值并不是在当下的文化结构中能够迅速凸现出来的，它对历史颓象的状态性的呈现和对人的精神世界悲悯性的表现虽然会被一个浮躁而喧闹的商业文化所淹没、遮蔽，但当我们以平静的心气和文学史的视野来重新审视它和《恋爱的季节》这样的"季节"系列长篇小说时，就会发现它对于整个当代文学的贡献。

一、历史寓象的颓败

或许对我们更年轻一点的读者来说，《失态的季节》该称为"历史小说"。因为在《恋爱的季节》和《失态的季节》里所出现的生活场景和人物面貌是较为生疏的，对一个熟谙"四大天王"以及 MTV 的青年来说，就更为遥远，它有点像今年奥斯卡得奖影片《辛德勒名单》那般悠远和古怪，是一种耐人寻味的历史寓象。事实上王蒙也是带着历史的"眼睛"来面对小说的，小说的开头便作为这部长篇的"钥匙"："据说曾经有过这样的'科学幻想'，当人们移动的速度超过了光速的时候，人们会走——不，冲到光线的前边，会追上已经散失过去了的光线，追上昨日的、月前的、年前的、往昔岁月的光，回首，看到往昔岁月的图景，如追上了时间，如回到了往昔的岁月；正如我们在地球上看到的星星，与我们距离几万光年，几十万光年，我们所能看到的是几万年或者更长更长久以前的它们发射的光，我们永远不可能感知它的现在，我们只能生活在它们的古老的过往的微光里。然而，同样栩栩如生，如光的今日，如亲切的遥远，如正在做着的闪耀的梦。而那个星球上如果有人，有人一类的灵性，有超灵敏的高倍望远镜，他们将在今夜看到几万年以前的我们的地球，我们的太阳系，我们的老祖先——类人猿还是原始人？而我们的快乐，我们的悲哀，我们在地球上的胡作非为，我们的罪恶和忏悔的泪水，也只有在许多许多万年以后，在除了极少数极少数考古学家再没有任何人关心我们知道我们乃至相信我们当真这样生活过激动过哭泣过的时候，才能被那个遥远的星球上的智能人所觉察……他们想帮助我们……他们已经无法帮助我们了。"紧接着这样的"时间距离说"之后，王蒙惊人地写道：

我们互为历史，互为博物馆的展览，互为寻找和追怀、欣赏和叹息的缘起。

我们互为长篇小说。

在这里我们看到"历史"不再是一元价值观念控制下的单向尺度，而是一种"互为"的结果，这种"互为"的意义在于放逐了"历史"这样的神话结构，而在不确定的状态之中才能呈现。这种双向同构的思维维度同样也导致了长篇小说这种亚神话的消解，"互为长篇小说"，这恐怕是所有对长篇小说定义中最新鲜、最大胆的一种判断，这与王蒙在 1988 年提出的"长篇小说非小说"的观点也是一种呼应。这种"历史互为"的方式在《失态的季节》中主要表现为时间的对应——叙述者的现在时与事件的过去时的相互观照，在相互观照之中历史和人的状态被无遮无蔽地端现出来。

《恋爱的季节》里所反映的"历史"可以说是新时期文学曾反复出现的，这就是 1957 年那场"阶级斗争"前后右派们的生存际遇与心理状态。王蒙自己作为那场政治运动的受害者，在他以前的小说作品里从未完整出现过这段生活历史，往往是闪烁式的、片断式的、模糊的一两个场景，比如像《布礼》《蝴蝶》《相见时难》《春之声》那些被称为"东方意识流"的作品都有这段生活的背景，但它们是不完整的、非逻辑的、写意的。他的另一部中篇力作《杂色》展现作家心灵状态是极为饱满的，但曹千里这个人物生存的环境和时代却被淡化、抽象了。可以这么说，在以前的小说里，王蒙对反右这样的历史事件采取寓象化的处理方式，并未直接正面地去描述具体的过程和情状，它只是影响人物心理和行为的一个契机和动因。现在我们读到的《失态的季节》不仅在王蒙的小说里从未有过——它毛发毕现地细腻地不厌其烦地呈现了右派们的生存状态和心理状态，而且在整个当代文学的领域里也带有填补空白的性质。虽然王蒙的同辈人的作品比如《天云山传奇》《绿化树》《男人的一半是女人》《大墙下的红玉兰》《冬天里的春天》等都直接而正面地去描写过这一历史阶段的生活，有些作品甚至产生过巨大的影响，被视为"伤痕文学""反思文学"的代表作品，但这些作品基本上仍是一种历史寓言的模式。这种历史寓言，用美国当代文艺批评家和理论家杰姆逊的话说，"个人独特命运的故事总是第三世界公众文化与社会严峻形势的一个寓言"。在这些寓言化的故事里，人物往往被简单地分为善／

恶、美／丑两极，往往都是善良者的悲剧、正义者的挽歌，在这些小说中，那些右派们虽不是高大完美的普罗米修斯，但总是作为邪恶力量的迫害对象存在的，是作为"大写的人"而不是猥琐的人存在的。这些"大写的人"虽然也有种种不检点和欠妥之处（比如张贤亮笔下的章永璘），但很快便被女性温善的怀抱融化而升华为一个通体光明的人。

可在《失态的季节》里，这些通体光明的人一个也不见了，贯串《恋爱的季节》《失态的季节》里的重要人物钱文也不再单纯和纯粹，他甚至也会身不由己、不由自主地去揭发年轻的儿童文学女作家廖琼琼，更不用说萧连甲、郑仿、费可犁、章婉婉、洪嘉、高来喜、杜冲这些"凡人"了，他们相互告密而又相互保护，他们为了生存不择手段，为了填饱肚皮又无视廉耻，他们能够看到人性的卑劣的一面但又不得不在改造中将这一面膨胀起来，并视作一种正常的状态。可王蒙对这些右派群体中的每一员都表现了极为宽容的悲悯和化愤怒为调侃的反讽，甚至对小说中那个品质恶劣、专事整人的曲风明，作家也没有把他简单处理为一个恶贯满盈的邪恶典型，而是写出他人性卑劣与时代文化的联系，同时对曲风明生理上的致命缺陷还给予了同情。小说意味深长地写到曲风明最后也成为钱文和郑仿他们之中的一员，原先负责对钱文、郑仿这些右派进行改造的曲风明也进入了右派的行列（因反右办公室撤销，曲风明只好定性为右倾机会主义分子）。在这样荒唐的整人游戏中，整人者被人整，被整者亦整人，原先当代文学中关于反右斗争描写的二元对立的模式便显得有些戏剧化处理的人为痕迹了。长期以来被奉作历史寓象的神话结构在这些悲苦而卑劣的人物命运中轰然倒塌，在没有英雄的年代里，做一个人是何等的艰难，又要付出怎样的代价啊！

二、状态之流浮出地表

早在 80 年代中期，王蒙在一篇题为《创作是一种燃烧》（后收入人民文学出版社论文集《创作是一种燃烧》）的创作谈中谈到他创作有一个"毛病""至今也没有克服"，他说"在我许多作品中的人物身上，正面人物身上有我的某种影子，反面人物身上也有我的某种情感的寄托，有时候它的语言大致上是这个人物的，但到某种环节我实在憋不住了，就把我的话塞到里面去了。我明明知道这不符合人物的职业、性格、心理，但非塞进去不可"。事过十年之后，王蒙所称的这种"毛病"非但没有克服，反而"发扬光大"形成了一种独特的叙事形态，我在其他文章中曾称之为"新状态"，在《失态的季节》里主要体现为叙述坐标的浮动。在《失恋的季节》里，我们很难寻找到一个固定的叙事视点，叙述的视角不断变换、不断错位，既相互重叠又相互分裂，钱文的视角、郑仿的视角、叶东菊的视角、章婉婉的视角，甚至曲风明的视角都不同程度地以叙事的口径出现，它使得小说的价值定位处于悬浮状态，因为确定的叙事人往往意味着价值体系的存在，作者往往是通过对叙事人价值的认同或否定来表述自己的意思的。

《恋爱的季节》并不存在这样一个价值认同或否定的可能，因为作家将叙述语言分裂到每一个人物身上，尽管这个人物在叙述时仍保留着作家的影子，但作为个人的视角便使得那些史实不再呈一元释放的状态，而呈现互文共生的状态。这种"众声喧哗"的叙述的放射性方式，无疑加大了小说结构的难度，可王蒙运用起来却驾重若轻，游刃有余。在这部小说的最后一章，按照叙述的惯性理应由钱文来统率全部，卒章显志，在《恋爱的季节》里，便是由钱文的大段大段的内心独白和抒情来结束全篇的，《失态的季节》也出现了大段钱文式的内心独白，"他虽然鲁钝俗鄙，经过这个月夜，他也不会是从前的他了啊！"可细细看看，这月夜下的独白者却是郑仿，这种互文性的置换打破了传统小说叙述的平面化单向度的格局，在一种混沌无序中流动着精神和心灵的状态。这种叙述视角转换的自在状态，表明作家写作时的内心自由和对历史把握的自信。

很明显，王蒙的《恋爱的季节》《失态的季节》是以编年史的方式写就的，他想以钱文的命运为中轴去辐射他那一代人的历史命运和心灵历程，这显然带有回忆录的色彩。可它更是作家的精神自传，作家对那一帮右派群体的描绘，更多地烙上了作家个人生活的印记，他不惮去揭自己心灵的伤疤，是自我审视的痛苦之作。在《活动变人形》中，王蒙以倪藻的身份对倪吾诚进行"审父"的尝试，他看到了中西文化的巨大的不可调解的裂痕和冲突，而在"季节"系列长篇里王蒙对倪藻、钱文这些同辈人进行冷酷而悲悯的审视，发现了历史与人性的巨大对立，发现了人性在不正常的情境下失态的可怕与可笑。在《失态的季节》里，王蒙对人的精神角落的勘探涉猎到他以往回避的一个领域，就是人物的性生活、性心理、性行为的表现。"他们度过了结婚以来最为温柔缱绻的一夜。由于生疏，由于羞怯，由于对于肉体的亲近与燃烧的莫名其妙的罪恶感与恐惧感，也由于住在那可怕的大杂院里入夜以后他们的每一个动作和呼吸都似乎暴露在全院面前；他们每次只是偷偷地悄悄地静静地在一起那么一小会儿，昙花一现，电光石火，欲放还收，雨过地皮湿又干；然后静静地歇下大气也不敢出……有过还是没有过？曾经还是未尝曾经？是已经结束还是等待开始？他们不问，他们也无法回答。""而今天，今夜只属于他们"，"没有旁人。没有任务。没有请示汇报。没有组织。没有思想的分析。只有赤裸裸的本来的两个人。两个人交织在一起，成为真正的人了"。这种性与政治的对立在王蒙以往的小说中从未出现过，而对"真正的人"的解释在王蒙以往的文章也是视之为浅薄的，可它毕竟出现在王蒙的笔下，虽然此话是出自钱文的内心感受，可毫无疑问钱文是作家的影子，这"真正的人"的理解还要参照曲风明的形象，"曲风明对于这一切当然讳莫如深。只是在婚后，在一些流言悄悄地不胫而走以后，他的面孔变得更加严肃，他的脾气变得更加暴躁，他分析起问题来变得更加说一不二，势如破竹，他批评起一些人和事来变得更加铁面无情、凶悍凌厉。他的一个同事周自尊婉转地问他要不要医生看一看，并且告诉他，他的二舅是一位擅长治疗那种男人的病的老中医；曲风明回头就走，就像没有听到周自尊的话一样"。联系上下文的语境，我们便发现"真正的人"的真正含义，曲风明显然不是一个"真正的人"，他的变态与整人与他生理上的缺陷似乎有某种潜在的联系。

小说还写到这"真正的人"的脆弱之处，反映政治与性不可逆转的压抑与隐喻，同样是钱文与叶东菊，在厄运降临之后，他们的夫妻生活也变得尴尬起来："他们似乎在犹犹豫豫。他们的亲热变得轻轻飘飘。他们的身体变得怔怔忡忡。他们双方终于都失去了主动、自信、热烈和渴望。但是他们必须开始。他们不能取消停止。明天就分手了，再分手就不会那么快团聚，今夜应该是珍贵的。'今宵离别后，何日君再来？'据说这是一首反动的歌。没有轻松和调笑也就没有了开端的刺激。随后没有了过程没有了幸福和快乐的陶醉没有了淋漓尽致的享受。他们甚至感觉不到结束，结束了就像压根还没有开始。这是最最糟糕的，这事竟成了走过场。"这与前面我们所引的那段美妙的文字形成了鲜明的反差，"今夜"已不属于他们。可见巨大的政治阴影对人性的扼杀可以细微到每一个神经、每一个毛孔，人的生命意识和生命存在在历史的时光隧道中实在极易被忽略也极易被毁灭。这种描写是对人物隐痛的一种触发，它伸入到人最脆弱最纤细的神经末梢。

为了将历史的碎片与人性的碎片复合于小说的整体，更充分地展现状态之流，《失态的季节》在结构上还采用了"元小说"方式。"元小说"有这样一些特征：叙述者超出小说叙事文本的束缚，常常打断叙事结构的连续性，直接对叙述本身进行评论。这就使叙事性话语和批评性话语交融在一起，从而在语言操作方式和艺术形象的描写之间建立起一种有机的联系。由于作者在小说中直接表达对文本的艺术思考和质疑，使小说获得了不断反思自身并进行调整的机会，于是小说就产生了一种能动的"自我意识"（参见江宁康等人的论文）。在具体的组织结构上，它是以一种双线并列——作者和文本的对话方式写作的。在《失态的季节》第五章有这样几节文字非常有趣，脱离整个小说的进程之外：

如今的长篇小说写作已经是多么古板可笑啊。

然而有的写作仍然是快乐的。

写什么呢？

钱文与叶东菊的结合，纯粹是小说的神来之笔，是意外，是偶然，是陡发的奇想，是未解的缘分，是不知来自何处的冥冥中的旨意。

这种自我揭示的虚构、自我戏拟的夹叙夹议的方式显然游离在小说之外，但这些"画外音"在消解历史寓象的同时，也消解了小说的本体，历史的碎片和小说的碎片形成的状态之流，撞击着读者的阅读常规。这种"状态流"的写法，或许还可称为"王蒙流"，因为早在80年代初期的《夜的眼》到80年代中期的《来劲》，王蒙都以这种碎片化的方式来组合小说，只不过那时都是在短篇领域的尝试，而到了90年代中期，"王蒙流"显得老到成熟，"状态"不再是带有实验和尝试的"技法练习"，而是长篇的结构，甚至是长篇的思想。——一个新的美学思想正在诞生。

（原载《当代》1996年第2期）

苏童意象

一

　　苏童第一次见到我，或我第一次见到苏童时，是 1986 年的初夏，在运河边的小城高邮。当时，苏童吃草莓吃醉了。我不知道吃草莓吃醉了是什么滋味，那些鲜红而又有些毛茸茸的当地草莓委实让二十三岁的小伙子"醉"了，他倦慵地倒在床上，说一些美丽的胡话和笑话。他说他发在《钟山》的小说《白洋淀红月亮》是一次旅行的结果，我则暗想这红月亮与红草莓之间的隐在的联系链是什么，后来虽然没有读到苏童关于红草莓的小说，但他在枫杨树系列小说中反复出现的红罂粟以及晚近出现的红粉意象，便可明白苏童醉于草莓的必然了。

二

　　由此我也明白了张艺谋为什么要把《妻妾成群》改为《大红灯笼高高挂》了，虽然张艺谋是出自他内心的需要和他所擅长的艺术追求，但红色的选择亦暗暗吻合了苏童的审美趣味。我没有仔细研究过红色有多少种象征指向，但我觉得红色在中国可能是最丰富最有中国特色的色彩了。它是吉祥也是灾难，它是战乱的标志，也是平和的象征，它把青春／死亡、崇高／淫乱、热情／疯狂、智慧／愚钝、帝王／百姓、神圣／亵渎这些反差几近水火难容的内涵全都混合在一起。如果把"红色中国"的"红色"仅仅理解为进步或激进的"革命"的意思，实在是太肤浅，太不了解"红色"对于我们的民族有着何等的复杂语义了。

苏童的"红色"比之于莫言的《红高粱》，就有着迥异的意象潜流。莫言的红色浸透着酒神精神，生命、性、生殖、种族隐喻在茫茫一片如火的高粱地里。而苏童的红色则几乎全部散布着腐朽的美丽气息，红罂粟／红粉是土地／女人的代码，也是乡村／都市的象征，自然也可理解为腐朽／美丽的意象，"春天的时候，河两岸的原野被猩红色大肆入侵，层层叠叠、气韵非凡，如一片莽莽苍苍的红波浪鼓荡着偏僻的乡村，鼓荡着我的乡亲们生生死死呼出的血腥气息"（《飞越我的枫杨树故乡》），而在《一九三四年的逃亡》中，苏童则暗示自己的写作特性："冬天我和你们一起喝了白酒后打翻一瓶红墨水，在墙上画了我的八位亲人。……诗中幻想了我的家族从前的辉煌岁月，幻想了横亘于这条血脉的黑红灾难线。"

我不想令人厌烦地列举苏童小说对红色的敏感和敏感的文字，即使那些不出现"红色"的小说里人们依然会感到这一魔力的存在。我对苏童小说中的人物的名字略作考察，发现他们的名字居然大多是与"红"的韵母"ong"相同或相近的词。这在一般作家那里也许是一种巧合，比如同居金陵与苏童为邻的叶兆言便懒得给人物取名字，皆呼之为"张英"，而此张英与彼张英时常风马牛不相及。苏童说他创作最初起源于少儿时对人名的虚构热情，而现在写作的灵感往往首先被某个人物的名字（其实是一种意象）所激发。虽然我们不能由此去对苏童的作品作简单的判断，但至少它为我们洞悉这个艺术天地提供了必要的情调和氛围，依照这样的情绪和氛围的导引，我们便可领略较为全面丰富的景致。

颂莲（《妻妾成群》）五龙（《米》）舒农（《舒农》）灵虹（《井中男孩》）

冯敏（《已婚男人杨泊》）段红（《伤心的舞蹈》）红菱（《南方的堕落》）

……

这种被古人称为"中东韵"的"ong"韵母，是因其悠远、沉容和若有若无的惆怅以及并不尖锐的感觉获得了苏童的青睐，还是有其他的原因？这可能与他的种族记忆和童年经验有关，苏童，原名童忠贵（在他的小说里反复出现"童姓家族"的字样与意象），祖籍是位于长江中心的岛屿扬中县，他的第一个恋人也就是现在的夫人叫魏红。在我上述一连串的介绍中，读者自然不难发现"ong"韵母总是出现在最关键最让苏童难以忘却的人名和地名里。

三

苏童生于 1963 年 1 月 23 日，按照中国传统的纪年法，是腊月二十九日，再过一日，便是新年了。苏童属相是虎，所以有时他亦写为 1962 年出生。他在苏州读完小学、中学，在校期间，现在看来仍然有些腼腆和羞怯的他始终是学生干部，官至班长、团支书。他不是那种"学生王"，始终是老师眼中的乖孩子。

苏童很幸运，他生得其所，没有逢上三年自然灾难，中学毕业后也没有赶上上山下乡插队的浪潮，而是径直跨进了大学之门——1979年他考入北京师范大学，毕业分配时他选择了六朝古都秦淮河畔的金陵，先在南京艺术学院给一帮虽不是艺术家但艺术家气十二分足的学生当了一年多的"辅导员"之后，便到《钟山》杂志社当编辑，据说他马上离开《钟山》当专业作家去了。

他生有一女，叫天米，他写作长篇《米》，以为纪念。太太魏红，苏州人，说一口吴语韵味很浓的普通话，非常悦耳。

四

苏童小说主要由三大类意象群落组成：

1. 昨日的顽童（背景城市，从旧城香椿树街延续到都市）

2. 还乡者（背景乡村，以枫杨树为主体）

3. 红粉（背景城市，以女性命运为主体）

在《伤心的舞蹈》短篇小说集（台湾远流出版公司出版）里，苏童把那些以童年视角作为小说叙述人的作品，辑为"旧城少年"，我称之为"昨日的顽童"，并认为这种"顽童"方式并不限于他的少年题材的小说，也包括像《井中男孩》《你好，养蜂人》《平静如水》这样一些以"局外人"方式和"垮掉派"语调进行叙述的中篇小说，乃至于包括《已婚男人杨泊》和《离婚指南》这类纯粹的成人小说。这是因为在这类小说中，无论是尚处于青春萌动的少年，还是流浪街头的青年大学生，还是被婚姻家庭困迫的已婚男人杨泊，他们居于生活之中始终不是以一强悍者的面貌出现，他们懵懵懂懂地目睹或承受世界的种种变化无能为力无动于衷。

《桑园留念》标志着他这类小说的最高水准，对苏童来说有着一种经典性的意义。《桑园留念》最初发表在由青年诗人韩东、于坚等编印的一本油印文学刊物《他们》上，到1988年2月《北京文学》正式发表时，前后相距五年，中国的先锋文学或实验文学从半地下走向前台往往需要一段时间，五年不算漫长，也不算短暂。要充分认识和理解《桑园留念》的价值，也许还要在今天，当时《北京文学》发表该篇时，苏童已是被《收获》《钟山》等刊呼之即出的新秀了。《桑园留念》一开头便似乎暗示苏童的全部故事：

> 到桑园去要路过一座石拱桥，我们那个城市有许多古老或者并不古老的石拱桥，傻乎乎地趴在内河上，但是，桑园却只有一个。

在这里，苏童为我们提供了的重要意象，几乎浓缩出他小说的全部内涵。"桑园"既泛散着青春、爱情和性的气息，也是乡村生活的一种标志，同时还暗示着一种归宿地，虽然桑园飘逸着死亡的气味。"石拱桥"则隐喻着一种故事化的历史或历史化了的故事，作家在"石拱桥"面前加了"古老"和"并不古老"这样时间性的修饰，时间则是流动的历史。而这并不是意识形态范畴内的"历史"，它纯粹是一个过程，或是一段叙述流的展示。凸显在小说前沿的是那些少年奇异而又美妙的心理感觉和人性内涵。这一主题后来经《乘滑轮车远去》《伤心的舞蹈》《午后故事》《黑脸家林》反复渲染，在《舒农》(原名《舒农或南方生活》)发展为极致，以至于《舒农》带有浓厚的自传意味，舒农、舒工、涵贞、涵丽与苏童的身世有着互文性的阅读可能。

五

最让我动情而不肯释卷的是苏童的那些"还乡"小说。我不知道苏童竟会如此执着而一往情深地反复建构他的"枫杨树"故乡，顽强地虚拟他的自我家族兴衰史。现代人对于灵魂归宿地的寻找是起源于对工业社会的厌倦和失望，所以常常以对故地旧日风物的缅怀来重度田园诗式的桃花源生涯，所以"还乡"便成为 20 世纪文学家不断抒写的主题。苏童的"还乡感"可能与"根"的失落有关。"寻根文学"曾经喧嚣过一阵，但真正感受"无根"的作家并不多，苏童的祖籍是扬中，据史志记载，扬中原是长江中心的一座孤岛，扬中县邑的构成乃至今日的繁荣全是由于苏北农民迁徙的结果。苏童的父辈已从扬中移居到古城苏州谋生，苏童自然也无法直接感受到扬中这一孤岛的独有情绪，可祖辈们的移民意识渗进了苏童的血液里思维中，他无法摆脱对虚幻"故乡"的眷恋和描绘，这便构成苏童小说的一个重要的难以解开的情结：还乡者的梦游。

不过，苏童写得最多的还是逃亡。逃亡／还乡好像是对立的，其实不过是一个镍币的两面而已。在枫杨树系列小说中，人物的"逃亡"和叙述人的"还乡"构成了奇异的悖反，人物的逃亡是从乡村走向城市，而叙述人的"还乡"则是从城市走向乡村，双重逆向的时空移动改变了小说叙事的单一程序，可是《一九三四年的逃亡》和《罂粟之家》便以其繁复多重的叙述套层结构立体地传达了现代人的生存困惑和对过去历史的肤浅怀旧情绪。不知道为什么苏童在它的香椿树街的系列小说中并没有去写城市人的焦灼而又没有灵魂的心态，反而把一些关于生存困境带有现代哲学意味的情绪和故事放到枫杨树系列小说背景之中去，是乡村宁静的旷野更能映衬出生存的焦虑还是苏童认为乡村更应该具有"逃亡"意识呢？1991 年发表的短篇小说《狂奔》可以说是现代派风味很浓的小说，主人公少年榆莫名其妙的恐惧，莫名其妙的狂奔，有点像美国式的青少年，可这一切是被苏童置于一个幽僻的乡村环境中展开的，读起来难免有些突兀，可乡村男孩榆的奔跑增添了悲怆而凄凉的气氛，而不是塞林格式的无可奈何和无所顾忌。

叙述人和人物的情绪分裂（还乡和逃亡）加强了小说的张力，可以派生出许多枝叶茂密的意象团块，让思维处于辐射的状态。也许苏童觉得这样分裂得太久了，于是在他的第一部长篇小说《米》中，他让逃亡／还乡这两种情绪统一。主人公五龙从逃亡始，以还乡终。从那里来，还到那里归。在主人公五龙身上体现出的种种人性恶表面上看是乡村对城市的一种仇视的结果，而这种恶棍也只有在城市的腐烂的气氛中才会茁壮成长，在枫杨树最多也只能成为陈茂式的"狗"（见《罂粟之家》）。城市与人性恶似乎有着一种对应互等的关系，乡村则是一片宁静的停泊地。所以五龙仍要回到他的枫杨树老家，在整篇小说中，五龙令人憎恶，丑陋、龌龊、残忍、无耻、恶赖，可当他怀想故乡时却是那么可爱乃至有些诗意："他只记得他是在一场洪水中逃离枫杨树家乡的。五龙最后看见了那片浩瀚的苍茫大水，他看见他漂浮在水波之上，渐渐远去，就像一株稻穗，或者就像一朵棉花。"这样的情景在小说中反复重现，与五龙对城市的诅咒构成了某种同构，"城市对于他们是一口无边无际的巨大的棺椁，它打开了棺盖，冒着工业的黑色烟雾，散发着女人脂粉的香气和下体隐秘的气息，堆满了金银财宝和锦衣玉食，它长出一只无形然而充满腕力的手，将那些沿街徘徊的人拉进它冰凉的深不可测的怀抱"。五龙身上唯一不曾泯灭的乡村情感虽然不能算作人性善（动物也有恋巢的本能）的标志，却是人类由农业社会向工业社会转化时普遍的共同的情结，丧失了家园的五龙漂浮在城市的欺诈和谋杀之中，他成功了又失败了，他报复了别人，别人又报复了他，历史轮回，人性也在轮回，善善恶恶，恶恶善善，无始无终，无止无尽。五龙是苏童小说的一个极致，这是他在写作《桑园留念》《祭奠红马》时怎么也不会想到的。

　　苏童无意去消除善恶这样的界限，自然也无力去对这种畸形变态的人性现象进行伦理文化性的批判，对于美和美感的表现渴望让苏童在一些腐朽而丑恶的现象间纵情舞蹈，这有点像波尔莱特的《恶之花》，苏童乃借此来满足他对美的发现和表达，他跨越了他过去在枫杨树特定的审美区域，同时进入了危险之境——向前一步极可能丧失了自我。《米》如果作为"枫杨树"的终结，苏童是成功的，它整合了枫杨树零散的意象，同时又把笔端导向了新的陌生的疆域。当然，《米》并没有达到苏童所企望的高度，新意和变化当然比成熟对作家更重要。

六

苏童引起人们极大兴趣的不是因为前两类意象群，而是他后来结集为《妇女乐园》女性系列小说中出现的红粉意象群，获得电影界青睐的也是这类作品。张艺谋根据《妻妾成群》改编的《大红灯笼高高挂》获奥斯卡最佳外语片提名奖，而刘晓庆、姜文和其他一些电影界的少壮派纷纷看好《红粉》，争相搬上银幕。他的长篇小说《我的帝王生涯》也令诸多导演、演员摩拳擦掌，跃跃欲试。而迄今被文学界、评论界和苏童自己看重的《罂粟之家》（苏童写作时有意识地按照电影蒙太奇的方式去结构小说），却至今无人问津。这里面有一个文化消费指向的问题。因为不论是"昨日的顽童"还是"逃亡的还乡者"，基本上仍是一种"可写性"（罗兰·巴尔特）文本范畴的产物，必然依赖于阅读者的文学经验，人生经验乃至哲学经验才会最终完成，才会焕发出价值的光芒。而"红粉"系列则不然，它首先是以可读性征服读者的，无论是"妻妾成群"的旧社会景象还是改造妓女这种新社会的话题，总含有非同寻常的社会性意义和民族文化的特征，这便在消费文化的可能性上得天独厚。然而，题材只是提供了一个契机，苏童的成功还在于他对女性性格心理乖戾的敏感和惊人的把握。

记得 1989 年一次沙龙式的聚会上，叶兆言说过，在苏童的小说里总是飘荡一股少年男孩对成熟女性向往眷恋的神秘气韵。当时叶兆言是带有玩笑性质的，现在看来似乎泄露了某种天机。综观苏童的小说，写得最好的最富有典型意义的形象，是那些叽叽喳喳、聪敏而又尖刻、美丽而又淫乱的女性形象。应该说，苏童的长处不在于刻画人物性格，也不善于当然也不喜欢刻意去塑造典型，他笔墨的优势在于表达情绪和营造意象。但他的笔墨一涉及女性便时有生花之笔，《妻妾成群》的写作，最初起源于他对历史的解构兴趣，也起源于对旧式家庭的窥视心理。他说，这篇小说的灵感触点是青年诗人丁当的一句诗"男人有一个隐秘的幻想——妻妾成群"，创作动机显然不是去塑造颂莲这样的形象。似乎出于一种天性，《妻妾成群》和《红粉》中的几位女性形象在苏童的笔下一下子就"活"了，已不再是意象性的服务于作家主观情绪的符号，而是独立的生命主体，几乎脱离作家之外而存在了，女性好多隐秘而又复杂的心理状态自然而然涌现出来，颂莲、梅珊、秋仪、小萼等青年女性的性格心理深度几乎填补了当代文学的空白，可以说是一种"典型"。奇怪的是苏童在描写这些女性时几乎不用他所常用的写意性感觉意象性的主观化的抒情笔法，而极其简捷地使用起白描的现实主义体验性的写实技法，所以把《妻妾成群》《红粉》等作品列入"新写实"也就不难以理解了。

一般认为，作家有"想象型"和"体验型"两类，苏童应该说是想象型的作家，他的那些"枫杨树""香椿树"小说虽然不乏生活的零星感受，但仍是想象和灵性激活的结果。在《一九三四年的逃亡》和《罂粟之家》以及新近的《我的帝王生涯》中，苏童解构历史的热情和能力到了空前的地步，仍是依照非体验化的笔墨营造出来的。而《妻妾成群》的生活是绝对的非体验性的，而用体验性的写实的白描方式抒写出来，居然有一种仿真的现实主义效应，这一现象很难从我们现成的文学理论教科书中找到答案。

苏童笔下的红粉女子几乎全是来自江南古城那些美丽而腐朽的角落，她们在一种被压抑、被控制、被奴役、被改造的状态下施展自己的才能，她们的抗争方式并不一致，但她们几乎无不首先将锋芒和阴谋实施到自己姐妹身上，而对男人基本上采取一种妥协、迁就、讨好的方式。颂莲与大太太、二太太、三太太的争风吃醋，不过是为了获取在陈佐千心中稳固的中心地位。而《另一种妇女生活》中，酱园店里三位女人尔虞我诈，对店主任孙汉周却几乎不损一根毫毛，竭力维护他的"领导"地位。这样一种"窝里斗"的现象，很使人想到台湾某位作家的激进而偏激的"酱缸文化"说，酱园的选择就似乎有了某种隐喻性的指向。"红粉"意象一直与"红颜多薄命"的古谚保持同一价值取向，也就是以男人/女人的对立冲突表现女性命运的飘零和悲凉，而苏童似乎消解这种传统的冲突形式，以女人/女人的对立来结构小说，这就让符号的能指与所指发生了变异，开始超越具象本身，有了一种抽象的不定弹性的意义域。红粉不再是红颜风尘女子的别名，有了一种类的意义，它可以是一个团体、一个宗族乃至一种文化的象征，也可以是一种人格的化身。大概苏童自己也始料未及。

七

因为苏童使用的并不是一种象征（深度模式），他喜欢在语言的平面上自由而潇洒不受拘束地滑行，他认为"深度"对他来说可能是一个沉重的负担，他喜欢流行歌曲，喜欢穿品牌时装，喜欢到南京大大小小中式西式的餐厅去锻炼自己的胃口，还喜欢一个人眯着眼睛在大街上闲溜找风景，还特别喜欢逛商场、百货商店（这几乎是女人才有的习惯），喜欢在歌厅里卡拉 OK 唱几句半生不熟的英文歌曲镇一镇那些光有钞票没有文化的小老板，喜欢和朋友们没日没夜地搓麻将，喜欢看《扬子晚报》《上海译报》《青年参考》。在他的书架上，找不到一本黑格尔，也没有康德的影子。在苏童的生活里，没有理想主义，没有英雄主义，没有启蒙，没有哲学，没有绿党，也没有"红太阳"（一种录音盒带的名字）。

在他起居室的屋顶上，张贴着两幅同样的美国性感女星黑白照片，我实在说不出这位影星的芳名，有一次，我问过苏童，他也说不出姓名。总之，这位俏丽佳人以优雅的黑白容颜笼罩了苏童的天空，她每天端详着苏童睡眠的姿势，阅览着苏童从左边翻身到右边又从右边翻到左边的过程，聆听着苏童在梦中喃喃的呓语和梦魇的恐怖哭声。也许，当苏童与她对视时，小说便在刹那间诞生了。

八

苏童在《妇女乐园》一书的自序中声明："我总是变幻着笔下的世界，希望我的风格会流动，会摇曳，会消隐，也会再现。"而在《答问》（载《百家》1989 年第 4 期）中苏童就清醒地意识到创作最重要的障碍来自作家本人："一个作家在成功的同时也就潜藏着种种危险。成功往往是依靠作家的艺术个性和风格，但是所谓个性和风格很容易成为美丽的泥沼，使作家深陷其中，不能自拔。"

苏童显然没有陷入自我设置的美丽泥沼之中。1987 年秋天，江苏作协青年创作委员会破例为初露锋芒的苏童、叶兆言召开了讨论会，当时我在发言中曾杞人忧天，担心苏童在如此美妙的意象的河流中自我陶醉，像许多才华横溢的青年作家一样虽出手不凡可很快江郎才尽不了了之。其实，并不是那些作家愿意耽溺于自我的小天地当中孤芳自赏，每个作家都希望自己能够既大江汹涌千古风流又小桥流水婉约缠绵，都希望自己的色调更丰富一些，问题在于有些人无力砸碎自己的风格枷锁，而一些作家在瓦解原先的"旧我"之后，却再也找不到新的位置，建构风格与消解风格是一位作家的左右掌，当你左掌把自己的得意手法推出去时，你的右掌就必须有能力瓦解消除左掌的功力，这才是一位高手。

苏童究竟应该算怎样"段位"的高手，现在还很难说，他还很年轻，三十岁实在是一个太让人羡慕的年龄。他不愿也不会滞留在既有"段位"上，他有向"超一流"挑战的可能。这些年来，他像一条美丽而光滑的水蛇，当人们关注他在意象的河流上游动飘起的波影水痕时，他却悄悄躲在草丛中暗暗蜕下曾经斑驳陆离而不免有些苍黄的外壳，以一身新装让观者耳目一新因而游得更欢更快，一条小水蛇在翻滚腾挪之中成为颇为壮观的草蟒。

纵观苏童的小说创作，发现他经历着一个从"我"到"他"由繁到简的蜕变过程。在苏童小说创作的初期，"我"始终充任小说的叙事人，这个"我"或是"昨日的顽童"或是"逃亡还乡者"，都带有强烈的"自恋"心理，"我"对家族历史的耿耿于怀，"我"对少年时节的沉湎，都可以从弗洛伊德精神分析学说找到明确的理论诊断，少年忧伤的俄狄浦斯情结以怀旧的美丽形式出现。这里我想重点谈一下苏童的《祭奠红马》。苏童后来在江苏文艺出版社的一本短篇小说集也叫《祭奠红马》，可见苏童对这篇小说的器重。《祭奠红马》依然是讲述枫杨树的故事，讲述的是男孩锁与姐姐娴偷情的故事，少年锁的鸡儿长大了，可不知道穿裤子，成熟的十六岁的娴在出嫁前爱上了锁，让锁做了"骑手"。随着娴的出嫁和死亡，红马消失了，而红马的小情人锁也随着红马一起远去。很显然在小说反复出现红马意象，其实也是"我"的姑奶奶娴的灵魂的物化。"祭奠"在这里可以说是怀念和追忆，是从"我"的角度出发的，"红马"则是作为一种母性的图腾，在人物关系上，她是锁的"姐姐"，又是叙事人"我"的"姑奶奶"，《祭奠红马》可以作为《桑园留念》的续篇来读，《桑园留念》里"我"对姐姐丹玉（注意，"丹"又是一个"红"字）的向往、爱慕和征服仍是通过毛头这一化身来实现的，在《祭奠红马》里"我"演化为传说中的锁，直接进入到情爱和性爱的过程，而"祭奠"则是后代人对前一代人表达感情的一种方式，更具有俄狄浦斯的意味。苏童的第一部中篇《一九三四年的逃亡》里，自恋与恋祖（恋祖恋母归根结底也是自恋的形式，都是沉湎于自我的情绪中陶醉）错综复杂地胶黏在一起，"我站在城市的某盏路灯下研究自己的影子"，"父亲的影子在后面呼啸着追赶我"，这是小说的开头，小说的结尾写道："你们如果打开窗户，会看到我的影子投在这座城市里，飘飘荡荡"，"谁能说出来那是个什么影子？"典型的"顾影自怜"，是精神分析学说中著名案例，苏童写得那么美丽动人而又回肠荡气，向前一步，就是令人迷惘的病态美。

1989 年 3 月，苏童在《人民文学》第三期发表了《仪式的完成》。这个短篇也标志着苏童从"我"到"他"转变的完成。从"我"到"他"的转变，并不是苏童意识到作品在自恋的幽宫里已经走火入魔，也不是他对病态美的厌弃（后来他小说中仍有超常的反审美习惯的描写），而是源于对风格变幻的内心需要，我们几次闲谈时，他认为自己"童年视角"的路子过于圆熟表示要辟新路。《仪式的完成》实现了苏童的理想,虽然八棵松村里仍保留着较多的枫杨树乡村的风物和气息,但是以往在小说中自由穿行的"我"消失了,小说叙述的也不是"他"的故事,"他"的历史,"他"的语言。如果从叙事学的角度看,只是一个叙事人称的改变,可这个叙事人称的改变对苏童来说意味着凤凰涅槃之后的新生,苏童在一个新的时空中开始他新的艺术世界的探险。1989 年末,《妻妾成群》这部带有里程碑意义作品的问世,标志着苏童的小说艺术的圆润和清纯,苏童在"他"(她)的世界里依然游刃有余。《妻妾成群》虽然依旧是苏童所陌生的生活,依旧是对历史场景的想象和描摹,但"我"的情绪不再充盈其间,历史场景和人物不只是"我"的情绪的道具,"我"已无力穿插其中,"历史"按照既定的秩序前行,颂莲逼疯,梅珊被害,都是历史场景中规定经常出现也必须出现的情节,不以"我"的意志为转移。苏童干脆让陈佐千的四太太颂莲来充任小说的叙事人,以颂莲的视野来窥视陈家的腐败与女人之间的窝里斗,作家似乎被彻底地隐匿了,小说虽不是"情感零度"写作的产物(颂莲的视角中仍隐含着一定数量的作家叙述习惯),却是消解主体意识走向客观化叙述的优秀之作。

从"我"到"他"是一次成功艺术的转换,与之相适应的苏童的风格由繁复走向简洁、由花哨走向平实,中国传统小说的"白描"经其改造之后生成出新的光泽和气韵。苏童前期小说对形式有一种本能的敏感和热爱,他认为"一名好作家一部好作品的诞生在很大程度上有赖于形式感的成立",他的小说也展现了颇为花哨颇为新奇的结构形式,以一种繁复的意象叠加方式来强化小说的信息量和情绪性。像《井中男孩》里小说中套着小说的复调方式,构成了文本与文本的互饰与互蚀,《祭奠红马》中人称急遽而巧妙的转换,《舒农》里人物之间的对应结构，《一九三四年的逃亡》里历史文本与现实文本的交替出现，城市的"我"与乡村的祖先的意象交替，都在求得一种辐射性的开放的多重阅读审美效应。《罂粟之家》创造了苏童目前小说最优秀的形式，在这部中篇小说里，苏童熟稔地运用三种人称来叙述小说，这三种人称不是一般意义上的从人物各自的视角把故事重新再现一遍，而是力图把三种人称"他"（历史中的人）、"我"（叙述小说的人）、"你"（阅读小说的人）三者之间的距离缩小到最低的限阈，并企求重合。这一实验的成功，是令人振奋的，它为与读者对话的"阅读"理论提供了较为合理的文本，惜乎当时人们的心态普遍浮躁，只注意到作家对"土改"历史的意象性重写，而对作家惨淡经营的叙述之桥中所透现出的不凡尝试基本忽略了。这自然与苏童之后对这一尝试主动放弃和终止有关，苏童显然也不愿堕入形式的迷津流连忘返。

于是，他选择了简洁。

这期间，苏童曾非常迷恋美国"简单派"伍尔夫的小说，并一度企图寻找英文将伍尔夫的长篇小说翻译到中国来。另一方面，《妻妾成群》出人意料地在海内外的强烈反响，使得苏童对中国古老的故事原型（比如《金瓶梅》）刮目相视，唤起了他对中国故事原型再生的兴趣和自信。于是，一大堆话本小说出现在苏童的案头，这些沉重的古籍所通用的话语之流弥散在空气里，暗暗浸蚀着苏童的灵魂，与伍尔夫式的简约汇合之后，便消解苏童早先繁华丰盈的交响之梦。竭力简化小说的程序，省略小说多余的语词，便成为苏童小说新的叙事策略。在《妻妾成群》等小说中，苏童几乎全部采用顺叙这一传统而古老的叙事方式，很少出现那种颠来倒去的闪回、镶嵌、嫁接等错位、换位的变形蒙太奇手法，时间是一维的，空间是封闭的，叙述视角也是极其单纯，像《妻妾成群》《离婚指南》都只用一个人物的视角来展开叙述，其余的几乎都被遮蔽，长篇《米》则是回到"全知全能"的古典叙述模式，并无《罂粟之家》的多线条的复调结构的恢宏气势和叙述奇观，有一种"元小说"的状态。但是，苏童小说的内涵并没有因为形式的简化和结构的复古而受到削弱，反而产生了一种新的张力，一种对历史重新解读的潜在欲望。就我个人的阅读口味而言，还是喜欢苏童早期那些灵气飞扬的小说。事实上，苏童也没有排斥"我"的叙述进入，在新作长篇《我的帝王生涯》中再度使用了"我"，表明他对第一人称卓越的把握能力和与生俱来的异秉，当然这一次不是对过去的简单回归，而是一次新的综合。

我也有一些担忧，一直喜爱咖啡的苏童对中国绿茶的热情使他家的咖啡具处于尘封状态，对外烟近乎病态的嗜好已转为对国产云南名烟的推崇，这些生活细节虽不足以说明他的创作风貌，但窥其心态可见一斑。苏童始终不是一个激进的传统文化的对抗者，他对传统话语的妥协和认同也是以游戏的方式出现的，但愿不会因为话本小说的线装书气息霉变了他并不古老的心态使他成为秦淮河畔新的名士而沾沾自喜。

九

一个作家虽然可以不断变幻自己的艺术笔墨，可以让自己的小说以不同的风格出现，但作为作家的艺术个性却是稳固的内质，作家的价值不在于风格如何，而在于个性是否鲜明，是否充分发挥。亦即一个作家的独特性就在于他为文学提供了什么，文学因为他改变了什么或增加了什么。

苏童小说从"我"到"他"、从繁到简的几经变异，并没有改变他意象化美学追求。早在 80 年代中期，曾有敏锐的作家、批评家提出建立意象小说的设计，以充分张扬汉语小说的特性和优势。意象小说的提出，显然缺乏完整精确的理论界定，但无疑是为中国现代小说的发展设想了理想可行的思路。由于意象小说最初是从诗歌创作领域转借过来的，一些小说实验者基本仍以诗化的方式进行小说操作，苏童前期的小说仍然过多地使用诗歌营造意象的方式，苏童一些短篇小说都可以当作优美的散文诗来进行欣赏。他在小说中反复出现"枫杨树""罂粟""河流""干草""雾障""香椿树""逃亡者""还乡者"这样带有隐喻性的意象，旨在由此反射出具有某种难以归纳的象征意义，而贯串这一连串意象之珠的线绳则是苏童小说中那个虚拟的"我"的情绪自由流动，因而在苏童早期小说中抒情主人公的形象覆盖了所有的芸芸众生，比如《1934 的逃亡》中陈文治、环子、陈宝年等人，准确地说，都不是作为独立的人物形象出现，而是隶属于"我"的情绪之下的意象符号。诗情的泛滥和诗意的荡漾，使苏童意象小说中经常出现令人拍案叫绝的华章。

然而，现代小说不应只是向诗歌的妥协和认同，小说的诗化固然可以增强小说的造型性和情感性，但小说作为叙述的特定本性也会因此阉割萎缩而最终消失。这已经引起了一些有识之士的警觉。意象小说必须寻找新的方式摆脱诗化的阴影才可能具有新的审美特性。意象作为艺术视知觉的复合空间，意象派诗歌对其艺术能量的开掘可以说仍然是浅层面的，它有丰富的矿藏等待人们慢慢探索、挖掘。

苏童近期小说所做的实验，依然保持意象的特性，但把先前意象的零碎和闪烁不定，变成了叙事化的意象。意象的块面化让苏童小说有了叙事性（故事的可能），而叙事的意象化之后便使语言的单纯的叙事具有所指（能指的双重功能），人物开始有了写实小说所带有的棱角和立体感，但人物依然带有强烈的意象性色泽，而不是作为某种理性分析和时代精神的产物。

可以说苏童创造了一种小说话语，这就是意象化的白描，或白描的意象化。白描作为中国小说特有技法，可以说在"五四"时期经鲁迅的改造出现了新的气象，但后来被简单化和庸俗化了，一度被人作为细节描写的同义词。一些实验小说者因此而鄙视白描功夫，小说话语基本以引进国外的成品为主。苏童大胆地把意象的审美机制引入白描操作之中，白描艺术便改变了原先较为单调的方式，出现了现代小说具有的弹性和张力。"天已寒秋，女人们都纷纷换上了秋衣，树叶也纷纷在清晨和深夜飘落在地，枯黄的一片覆盖了花园。几个女佣蹲在一起烧树叶，一股焦烟味弥漫开来，颂莲的窗口砰地打开，女佣们看见颂莲的脸因愤怒而涨得绯红。她抓着一把木梳在窗台上敲着，谁让你们烧树叶的？好好的树叶烧得那么难闻。女佣们便收起笤帚箩筐，一个胆大的女佣说，这么多的树叶，不烧怎么弄？颂莲就把木梳从窗里砸到她的身上，颂莲喊，不准烧就是不准烧！然后她砰地关上了窗子。"

这显然是在叙事，是在表现颂莲秋日烦乱的心绪和越来越乖戾暴躁的性格，所用笔墨不加心理分析，也没有变形夸张之处，是纯粹的写实的白描，但整副场景却给人意象性的阅读感受，具有一种强烈的画面感。这一方面是由于落叶本身在中外诗歌中特有的意象内涵唤起人们的阅读经验；另一方面苏童将其场景与叙事进行定格处理，便形成了一种意象块面，这种方式延伸了意象的内涵，也为白描灌注了新鲜的汁液。因而当《妻妾成群》改编为电影《大红灯笼高高挂》时，小说里的生活场景乃至色彩几乎原封不动地搬入镜头。色彩本位论者曾认为张艺谋的电影艺术在于实现了故事的意象化，那苏童的小说则有异曲同工之妙。

　　为了追求这种意象的视觉效果，苏童在写人物对话时取消了引号和冒号，以充分发挥汉字方块字特有的意象性功能。加之苏童对色彩奇异的敏感以及他富有弹性的叙述语言，因而使小说具有一种造型功能。但苏童的造型感不似雕塑那么棱角分明，也不像张艺谋的画面那么富有力度，苏童用来营构意象的是他那特有的类似苏州丝绸的语言，飘逸，柔软，色彩丰富，虽不厚重但绵延而有张力。

　　苏童至今仍有一个唯一的理想没有实现，他想当一名电影导演，他对著名的导演和影星如数家珍，他认为这种记忆是他的一笔财产。遗憾的是他的导演梦恐怕只能在他的意象小说里全面彻底地完成了，作为一个超级影迷他活得也很愉快。

　　苏童对意象的创造可能与他的文学观念有关。苏童对文学的理解可用一个"光"字来概括，他把自己的创作活动称之为"寻找灯绳"的过程，这种温馨而又不免有些惶惑的感受表明苏童对光影的特殊感情。他说："小说是灵魂的逆光。"文学作为一种"光"自然不会有契诃夫那样解剖刀式的深刻与冷静，它追求的是一种影的效果，尤其作为"逆光"那种"影"的意识就更为突出，而"影"在其美学意义上是与"意象"一致的。它们都是艺术视知觉复合在作家灵魂空间的产物，都是凭借主观情绪摄取的人生现象，都是人性之光折射的结果。《圣经》开篇便有人类对"光"的追求的描写，光是人类创世纪的产物。以前亦有作家把文学比作"火炬"，那是一种殉道精神，是极为崇高和悲壮的。在苏童的小说里，"光"并不照亮别人，意象是客观的，最终的完成要依赖于读者的合作。诉诸读者的视知觉，这是意象小说不同于其他类型作品的重要区别之一。

　　还有什么要说的呢？

要说的自然很多,单是"苏童与美国文学"便可以洋洋洒洒地作一篇比较文学方面的长文。苏童对 20 世纪的美国文学始终怀有感恩心理,他曾著文谈过《伤心咖啡馆之歌》对他灵魂的震颤。那样写下去,将是一本著作的体制了。

在写作此文期间,我到苏童寓所去过一趟,在他的小阁楼上发现门前两棵石榴树在五月的阳光下开放着一簇簇燃烧的红花,仿佛空气也变得火红而有热度。我终于明白了大诗人埃斯蒂莉一首题为《疯狂的石榴树》中的"疯狂"之义。苏童并不疯狂,他笑起来仍显出孩子式的腼腆,说,秋天来吃石榴吧。

红石榴与红草莓一样诱人吗?我说。

1992 年 5 月下旬于广寒居

(原载《花城》1992 年第 6 期)

王朔的新京味小说

——《玩的就是心跳》及其他

　　长篇小说《玩的就是心跳》（作家出版社出版，以下简称《心跳》）上演的无疑是一出闹剧。像王朔的其他小说一样，在这部长篇里他依旧写到南方沿海城市的风光，故事的产生也是由于 × 年前在这座南方城市的一场游戏。但活动在故事之中的人物却无一例外都操着京腔，而且是时下北京最为流行的语汇和词汇，因此把王朔的小说称作京味小说是很自然的。

　　京味小说出现了像老舍这样的艺术大师，委实使一些追随者既喜又忧，喜的是"学有榜样"，有老舍这样的巨匠在前面拓开了一条道路，免去了草创的艰难，忧的是老舍像一座高峰一般，要逾越实在不易。事实上，在王朔之前也出现过一些以写京味为己任的中青年作家，但他们的思维方式，结构方式、叙述方式较多地受老舍模式的影响，除了充实一些新的生活现象外，较少真正意义上的突破。

　　与这类小说相比，王朔的作品可称之为"新京味小说"。所谓"新"，也就是他基本上摆脱了以往那种京味小说的结构程式和审美规范，王朔小说的新异之处最引人注目的便是他小说中的叙事人。在《心跳》中也是用"我"来叙述故事和人物，但这个"我"已不是一般的"我"，因为新时期小说中的"我"虽然未必都是高大完美的英雄，但至少不是那些油腔滑调、喜欢给正常秩序添乱子的"都市的老鼠"，而王朔却把这些中国式的"嬉皮士"作为小说的主人公，并作为小说的叙事人，这实在是一次恶作剧。《橡皮人》中的"我"是个违法乱纪的"倒爷"，《一半是火焰，一半是海水》中的"我"则是一个名副其实的罪犯，《心跳》里的方言是一个无所事事成天鬼混的赌徒。他们是在新的社会条件下产生的一批"边缘人"，玩世不恭看破红尘之类的套语似难用到他们身上。他们显然缺少明确的目标，不是为了什么信念而生存，也不是为了挣钱和女人，一切在他们看来只是游戏，一切都是为了好"玩"，他们是一群"顽主"，所以他们从不放弃任何带有游戏和冒险的机缘。《心跳》里方言有一句非常精彩的话："我是从不放过当主角儿的机会的。"为了充当主角，他们在生活中玩出了一幕幕恶作剧，令人啼笑皆非。

如果王朔按以往的小说叙事模式来处理，就会以一种批判性的目光审视他们或同时略带一种同情的态度来叙述这一群"痞子们"，并通过他们的"悲剧"来说明某种思想。但王朔就不会像今日这么引人注目，就不会是一种"新京味"。可王朔却让这些"候补罪犯"们以一种炫耀自得的口吻来讲述他们作案和恶作剧的过程和细节，仿佛那些英雄和标兵讲他们先进和不那么先进的事迹似的。于是，王朔便在人们面前展现了一派光怪陆离、乌烟瘴气而又五彩纷呈的生活场景，一个与我们所习惯的价值世界截然不同的天地，一个我们平常在报纸、电视和小说中所罕见的世界。"夜里我和几个朋友打了一宿牌。前半夜我倍儿起'点'，一直浪着打。后半夜'点'打尽了，牌桌上出现了偏牌型，铁牌也被破得稀里哗啦，到早晨我第一个被抽立了"。这种语言透露着特有的生活味儿，一些词汇和语汇更是近年内刚兴起来的，有的只是在一定圈子内通用，颇似"黑话"。

当然，无论是人物的新异还是语言的新异，都与整个小说的审美情调相关联。京味小说的审美特点是幽默，应该说这种北京式的幽默在老舍那里已经至善至美。但时代在发展，人们的审美心理和审美趣味也在变化，尤其是处于现代社会中的人们愈来愈感到生活色调既非悲剧亦非喜剧，叫你哭也叫你笑。一个时期内中国曾风行"黑色幽默"，出现了像《你别无选择》《无主题变奏》这样的小说，至于模仿它们的"第二次复制"就更多了。应该说这两部小说在当时还是开了风气之先的，但由于作家把生活领域和精神领域太"黑色幽默化"，结果以致让人疑心它们是海勒和塞林格的赝品。我并不赞成那种民族化的说法，但文学作品不论表达或宣泄什么样的情绪都应该是真诚的，真实的，而不应是装出来的，故意耍出来的。王朔的小说显然也有"黑色幽默"的影响，但不是简单移植《第二十二条军规》和《麦田的守望者》的情谓，传达的是中国土地上所特有的声音和气息，这就是以京味为其色调的幽默风格。但王朔在展示这种京味幽默的过程中，又注射了新的血液和成分，这就是以荒诞风格为特征的现代审美因素。《心跳》里的方言被高扬、高晋等哥们儿的恶作剧捉弄的故事，本是北京相声里常见的招式，但方言执着地去追寻过去的记忆，并侦探似的去解开团团云遮雾罩的谜，其结果却发现了自我生存的苍白和困惑。这种"真我"与"假我"的冲突便构成了对人的自身的关注与询问。

有人曾对王朔在小说里不厌其烦地耍弄故事悬念、情节迷障表示不满，王朔确实也有沉溺情节、卖弄悬念的嗜好，《心跳》里所精心营造的种种谜面般的悬念与伏笔本可以增强小说的可读性，但由于他这种悬念与伏笔放到时空错乱的整体背景中，其可读性反而不及原先的《橡皮人》和《顽主》。但是，这部长篇在艺术形式上所做的追求却超过他以往的任何一部作品，改变了王朔叙述故事平面化的格局，那种时空的错置与倒流充分强化了方言形象的荒诞性与心理化。在一些具体技巧上，他除了借鉴国外的一些优秀推理小说的手段外，还把那大段大段不带标点的意识流也纳入其中，法国"新小说派"所用的"穿插""复现""设谜""镶嵌""环合""跳跃"等手段也被他化入小说，我们已经很难把它打入到俗文学的范畴。

这表明一种新的小说诞生了，既传统又现代，既好读也不好读，既大众化也沙龙化，既现实主义又非现实主义。总之，它的缺点与它的优点共生，它是怪物也是新潮。这是时代产生的。

（原载《人民日报》1989 年 5 月 30 日）

路上　船上　马上

——朱文的游走美学

> 船在海上马在山中
>
> ——洛尔迦

一、出发便是抵达

我们在面对一个作家时，面对一部作品时，往往喜欢找出他的文学历程和叙述轨迹，文学历程和叙述轨迹是两个不太相同的概念，文学历程是指一个作家从事文学的过程，这一过程中也包括其他非文学因素对他创作生涯的影响，而叙述轨迹则是文本范畴内的，是一部作品"起承转合"的语言行动，虽然两者一在文本内，一在文本外，可它们都有一个共同拥有的线路，这就是它们都必须从一个出发点出发，最终到达某理想的终点。有些作家虽然作为人生的追求可能没有到达理想的终极地，但终点总是有的，可他的作品帮助作家到达了企求的目的地，这也是文学艺术生命经久不衰的原因之一，在生活中没有实现的或渴望实现的可以通过文学创作来进行补偿。文学之所以被人们视作"黑夜里的火光"，被当作人生的指南，都与这种乌托邦效应有关。

在唤起人们对理想的追求、对明天的向往、对终极的迷恋这一点上，文学的功德无量，它几乎伴随我们人类走过了全部文明的历程。在今后，它依然会一如既往地伴随人们度过困难和困惑。然而这并不意味着所有的文学都必须依照起点／终点这一模式运转，有些作家、有些文学也可以没有明确的起点，也没有明确的终点，呈现出一种"在路上"的状态。"路漫漫其修远兮，吾将上下而求索"，是一种文学境界，是一种很重要的文学境界，但不是唯一的境界，更不是说除此境界就没有文学的存在。

有目标的追求是一种比较容易坚持的理想，而目标不太明确的追求更为艰难和可贵，要在行走的过程中找到理想和目标，或许是彻底的理想主义者。因为并不是每个人都会坚持到理想的出现，也不是任何时候都能够有绝对理想存在，因而我们不能将那些在奔往理想途中而又看不到明确理想的作家和作品摒弃掉，事实上，文学史上的不少传世之作都产生于"在路上"的混沌状态，而那些过于明细的理想往往与宗教和政治有关。鲁迅奉"先驱"之命的"呐喊"固然可贵，"荷戟独彷徨"的心理未必就意味着鲁迅的不崇高，更不意味着"彷徨"的文学价值就逊于"呐喊"的意义。

虽然如此，我们在阅读朱文时，还是要有足够的心理准备。第一，朱文缺少那种具体而明细的理想，他小说的叙述行程是没有终点站的。第二，没有终点站并不是什么吓人的事情，问题在于朱文的小说压根就没有想一想终点站的意思，更不用说找不到终点站的那种"荷戟独彷徨"的苦闷了，相反反而有些兴高采烈，自得其乐。他的小说《尽情狂欢》可以说是一场无谓的奔走。先是一个朋友在"我"的 BP 机上留言：十万火急！请速来光华门。许强。这"十万火急"的信息让小说中的"我"狼奔豕突了一天，四处找这个"十万火急"的"许强"，然而等"我"找到这个"许强"时，许强说，没有啊，我没有找你呀。我说，什么？早上你不是给我打传呼吗？要我立即赶到光华门去。没有啊，去光华门干吗？我说，你少跟我啰唆，我已经为了你那个寻呼，在外面逛荡了一天了！许强奸奸地笑起来，好不得意。

我说：笑个屁！许强也有点急眼了，他说，天地良心！我确实没有呼过你，不知是哪个跟你开玩笑呢！这十万火急的事情就这样被一个玩笑打发了。而小说中的目的地"光华门"看似是一个终点，其实只是一个匆匆而过的站台。朱文小说中屡屡出现的士、公共汽车站牌、车站以及自行车等交通工具，既作为一种他人生行走的载体，又作为他小说叙述的重要工具，在《尽情狂欢》中这些交通工具的替换便是小说情节的推进。当然，作为一个游走者，他的真正的彻底的交通工具还是他的双脚（朱文有一篇小说叫《没有了的脚在痒》，就是对这种特殊人生工具的恐惧与自恋），于是在他的小说中时常出现这种奔走者的场景：

> 没有人追我，只有我自己在没命地向前奔走。我和我鲜血淋漓的心脏一起，在半空中没命地向前奔，在一颗子弹追上我之前，在一颗飞行的子弹的前方，在一颗子弹追上我之前，我仿佛知道这是我最后一次就要被结束的奔跑。这是我最后一次的奔跑，这是凝聚我一生的奔跑！我要在最后的几米中耗尽我所有的爱所有的恨，所有的理想所有的空虚，然后应声倒下去，在一阵天旋地转中坠往死亡之谷，但是我怎么总觉得自己漂浮着，坠不下去，我还没有死干净吗？我还趴在人世的地面上吗？

这种奔走与漂浮的状态就是"价值的悬浮"和"理想的空缺"的一种表征，毫无目的奔走，即使一个劲地奔向死亡也不能坠下去，这种悬浮的精神状态是因为丧失了终点站（在哲学的层面上或许可称为终极关怀），这种"坠不下去"的感觉使得朱文小说中的人物不停地游走、奔跑，难以在一个固定的点上滞留（所谓归宿或精神家园），因而那些被朱文命名为"小丁"的小伙子们虽然有飞翔、升华、净化的渴望（在朱文的小说里充满了飞、飞行、飞翔的意象，有一篇小说叫《我现在就飞》），但只能做纸面的飞行和梦中的飞翔，并不能真正脱离现实而像有些作家在天国中找到温暖的怀抱。

二、一路风景如画

作为一种游走者的小说，朱文总是将他的笔触放在他叙述行程的两侧，他的笔墨总是能够囊括他目光中的种种风景，他虽然时时将人物的命运置身在小说的叙述进程之中，但他笔下的人物仍然以一个旁观者的身份来冷观周围的人和事，仿佛真是一个局外之人。

《傍晚光线下的一百二十个人物》可能是朱文短篇小说中最具这种旁观意味的精品。在一般人的印象中，新状态小说一般是不大用精品、精致、精华这样的话语来对其进行评估的，因为状态本身是拒绝刻意修饰和剪裁的，那样会损害状态的完整和自在，它有可能枝蔓，也有可能冗长，还可能琐碎，但它在保存生活和精神的本真的状态方面却是"接近于无限透明"。《傍晚光线下的一百二十个人物》在完成这种本真状态的同时，却以一种清晰的洗练成为一种不可多得的短篇精品。

乍一看，《傍晚光线下的一百二十个人物》很像传统现实主义大师的风格，特别像莫泊桑笔下那种纷纭复杂各类人物登场的小说，它通过"傍晚"这个小店在傍晚时分七个场景的描述，貌似粗疏实则精细地展现了很有个性的人物形体和生活场景，小说不多的场景提示和人物语言以及适度的人物动作，具有很强的艺术表演力，有一位从事先锋话剧的朋友认为这可能是90年代最优秀的话剧剧本，虽然是从话剧的角度来评判的，但无疑说明这篇小说（关键在于它是一个一万字的短篇）的内在生活含量和艺术含量已经极为丰厚了。限于文章的篇幅，我不能在这里详尽地去分析这个短篇的每一个人物和每一个场景。需要说明的是这篇小说中，这些场景都被一双眼睛的视野所笼盖，这就是小丁的目光，虽然在朱文其他的小说中也同样存在小丁的目光，但这种目光是相当隐蔽的，直到小说的最后一个场景才出现，或者说，作为新状态小说中那个知识分子叙事人才以显性的面貌出场，"小丁准备往回走，但是他的头还是昏沉沉的。脑袋里散乱的思绪，就像这傍晚稀疏的光线，在那，或者在这，延伸或者熄灭，不由他来做主。日复一日没有变化的生活对他到底意味着什么？"接着小丁便打电话告诉他的朋友，他正在写一个短篇小说，叫《傍晚光线下的一百二十个人物》。这种元小说的作法，现在在一些作品中经常见到，但像这般巧妙而自然地将人物的生存状态和写作状态不露痕迹复合到一起的精妙之作，尚不多见。卞之琳有名诗句云：你在桥上看风景，看风景人在楼上看你。所以朱文在小说的题记中写道："我看到了傍晚，而我所能说出的只是今天的这一个傍晚，一个傍晚光线下的眼睛能够捕捉到的傍晚的影子，它什么也不是。"傍晚光线下的眼睛和傍晚的影子，便是阅读朱文小说的钥匙。傍晚光线可能不那么明亮清晰，傍晚的影子也可能不像清晨的阳光那么灿烂，有些暧昧，有些模糊，它可能什么也不是，但它依然是一道风景，依然是人类生存的图景。

朱文的游走的行踪，本身就充满着一种对距离的渴望，他常常自言自语地问：到大厂到底有多远？大厂本是一个实际存在的地区，曾是朱文的工作地和栖息地，可他还像陌生人路过那里一样要发出疑问。他是他自己的友人，他又是他自己的陌生人。在这篇题为《到大厂到底有多远》的短篇小说里，他将这种与生活的距离感放在一辆中巴（又是汽车）行驶的途中，"很多新鲜的地方，很多新鲜的面，那里的气候不同于这里，要寒冷一些，也要干燥一些。小丁觉得自己在旅行中感到了劳累，也变得苍老"，一直兴高采烈的小丁终于有所累了，他明白距离对他的真正意义所在。而《五毛钱的旅程》里距离变成了一连串的歧义，金钱与路程的距离，性与爱的距离，男人与女人的距离，语言与身体的距离，空间与时间的距离，然而这一切丧失了象征的可能，它只是叙述距离与时间距离造成的一个黑洞：妻子一边与人偷情，一边倾听丈夫在电话里对因五毛钱乘车过程发生纠葛的絮叨，当丈夫的唠叨完结，偷情进入尾声。语言与欲望如此统一于个人的载体，却因距离的存在变得合理而又荒诞。《三生修得同船渡》是一篇以船上的几日经历作为小说的线索，小说时时不放弃悬念，小说又时时消解悬念，莫名其妙的人事，莫名其妙的人生，煞有介事的紧张和不值一提的琐事，在《三生修得同船渡》中被安排得疏密有致自然如常。这种放眼两岸风景的结构方式，并不在深层次上找出人物行为的动因，而是以瞬间的直觉捕捉人物的内心本相，他是"马上"看到捕捉到的，这里的"马上"是一个时间副词，由于游走的状态对"路边"的人和事，他更多的时候只是"一瞥"，这无数移动的无序的场景是心灵的折射和模拟。

三、语言穿越身体

在朱文小说中有一个容易引起人们关注的话题，这就是他小说中不断泛起难以割断的一种无爱之性，这种无爱之性不仅摒弃了张贤亮在《男人的一半是女人》当中那种政治文化的纠缠——由政治的阉割到人性的阉割，由性的无能到人的无能，是这样一类小说中常见的结构方式，也摒弃了劳伦斯式的有爱之性或因性而爱的小说规范——在这类小说中大多以唯美的笔调来正视性的人性内涵和审美内涵，性是可以升华的，肉欲也是可以升华出人性的光辉。王安忆在《岗上的世纪》里曾经非常精彩地描写过那种无爱之性，力图展现在政治文化之外的纯性，在这一系列小说中王安忆以她的客观和冷静使无爱之性有了一分天然之真和本色之美，但朱文则从不用一种审美的目光去面对性，也不像王安忆那样以客观之态去展现，他对性的描写首先是消解性爱的神话，让性回归性自身。

在朱文小说中首先受到"重创"的便是爱情，爱情这古老而神秘的永恒主题，曾让多少痴情男女迷失了性灵，也让多少诗人、作家垂留史册，但在朱文的笔下，爱情只是一只小小的鸽子，一只可以煨汤喝的鸽子，在题为《像爱情那么大的鸽子中》，小说中主人公不仅把那只美丽的迷途的鸽子杀了煨汤补自己的身子，而且还分给他的朋友共享。我们很痛心地看到"爱情"这么一个伟大的精神存在，被小说中的人物小丁化为一个食品，爱情是如此的实用。对爱情的"物化"是不是意味着对性的美化呢？没有。朱文笔下的无爱之性丝毫没有被美化的可能，更体现为人的一种实用和需要，是功能化的产物。在《吃了一个苍蝇》《没有了的脚在痒》等小说中都是写的男主人公与有夫之妇的偷情，可这种偷情在朱文笔下只是一种苟且，与其美其名曰偷情乎还不如说是偷欲，是纯粹的性才让他们编组到一起的。这种爱情与性欲上的存在主义的逻辑让人想起了萨特的一篇名作：恶心。

朱文这样的小说态度和叙事结构对人们的阅读还是带有很强的挑

战性，由于文学作品多年以来都是为无性之爱和有爱之性大唱赞歌和挽歌，特别是对无性之爱的推崇到今日尤视为一种崇高精神的典范，在一大部分读者当中对描写有爱之性的作品和场景仍持保留和反对态度，而朱文却把无爱之性这样的难题公然而不羞耻地写到小说中，并没有加以批判和谴责，他可能没想到他会触犯到一个长期形成的性爱观念、小说观念和价值观念。韩东在为朱文小说集《弯腰吃草》写的序言写道："朱文的方式就是要不断地回到自己，他从不间断地考察和追问自己的写作动机和文学热情是否真实和纯粹。与其说是完善自身的需要，不如说是把自己当作了一条通道，这条通道通向更广阔的空间。他的写作是把自己当作了一条道路、一座桥梁，流淌于天上地下的'精神之流'将从此经过，伤及自身。这样的写作显然是献身性的。但不因其献身的意义而变得悲壮，同时他也坚实而痛快的。"作为朱文的好友，韩东对朱文的写作动机阐释得很明了，朱文自己也有类似的表述，朱文的小说带有强烈的自我拷问的意味，也是对人性的拷问，更不是个别人理解成的下流和堕落。有一点值得指出，朱文小说中的种种挑战都指向自身，而不是指向读者，更没有指向社会，所以说这种写作是献身性的，是"伤及自身"，旨在引起某种疗救。在朱文小说经常出现无爱之性这样的场景和母题，但朱文并不像一些作家对性的过程大肆渲染和津津乐道的细节描写，很少读到《废都》《白鹿原》里面那些正面的接触，他感兴趣的是双方奇特关系和人物心理，他在无法回避时也是用简略不认真的方式或较为隐晦的笔墨间接表达。这正是朱文小说的严肃之处，通俗文学和非通俗文学的区别并不在于题材，而在于作家的出发点，就像曹禺的《日出》虽以妓女为题材，但《日出》并不是妓女文学。同样即使朱文小说里出现流氓的形象，但我们不能就把朱文的小说称之为流氓文学，更不会把作家看作流氓。

朱文的小说在一定范围内引起的种种纷争，可以说是围绕"无性之爱"这样特殊的命题展开的，恩格斯有一句名言，说没有爱情的婚姻是不道德的，那么无爱之性就更不道德了。然而，在我们的生活中，不仅没有爱情的婚姻大量存在着，而且我们在今后也无法消灭，照我消极的看法，这就根本无法消灭，既然无爱之婚不可避免，无爱之性就会同样存在。面对这种"不道德"的现象，文学作品自然有可能正视这样的真实，正视并不代表认同，描写也不等于肯定，更何况朱文小说是指向自身、伤及自身的呢？

这并不是说朱文的小说已经无懈可击了，恰恰相反，朱文小说中常出现的随意性因为把握不住"飞"的冲动而失之过分，他在躲避生活的沉重的同时，也会同时丧失生活的厚实，很容易滑向浮泛和贫乏。作为游走美学的探索者和实践者，朱文的路还刚开了一个头，他还要走很久。

（原载《山花》1996 年第 8 期）

枪毙小说

——鲁羊存在的可能

一

鲁羊是我的一个朋友，很长时间内只知道他是一个青年诗人，但从没有读过他的诗，不知道是他懒得或是羞于或是不必让朋友们读他的诗，总之，那时候他是一个诗人，是一个诗人就足够了，不一定非看了他的诗才认定他是诗人。

忽然，有一天，鲁羊拿了一篇小说到编辑部，说请朋友们看看，这就是后来发表在《钟山》上的《仲家传说》，事后他解嘲地说我的初夜权献给了《钟山》。

这家伙出手居然不俗，后来又在《收获》上读到他的另一个短篇，我不禁感叹道："五年以后又是一个苏童！"好预言，好回顾，也许是评论人的职业病，不过像我预测这么具体的，也很少有人做。"又是一个苏童"不是说鲁羊在步苏童的后尘，鲁羊有自己的路要走，他手中的那支钢笔灌吸的也不是苏童牌墨水，而是其创作的热情和小说气势以及艺术潜力使人想起了五年前的苏童。常有人问你们江苏在苏童、叶兆言之后还有什么人，以前我的心中总是茫然有一种断裂感，说不出更响亮的名字和希望所在，现在则可以颇为自信颇为轻描淡写也颇自以为是地说："鲁羊算一个吧。"

叶兆言曾经开玩笑地调侃地说，你们这些评论家和编辑整天就是忙着洗牌，今天对这个作家腻了，就洗掉，重换一副牌玩玩。喜新厌旧用来形容爱情上的干杯主义是个贬义词，但在审美上喜新创新未必就一定厌旧，一个作家老是板着一副面孔没有任何变化提供不出新鲜的阅读情趣、审美风采，被读者、编辑、评论家、出版商"洗"掉是很正常的。但有些牌是洗不掉的，比如大王、小王，比如"主"（四十分打法中一种权威的象征），就是每副牌当中都需要的，因为它可以枪毙副牌。

　　鲁羊是不是"主"这是很难说的。但鲁羊有着一种强烈的"枪毙"意识。鲁羊对自己的这种"枪毙"意识并没有清醒的知觉，这次在组"钟山看好"这个栏目稿时，我说，"你在枪毙小说"，他一怔，说没想到你会用这个词，不过这是事实。

　　"枪毙小说"这样的说法是容易引起很多误解的，但我觉得不使用这样的语言暴力不足以警醒小说界，不足以刺激那些在甜甜蜜蜜地与世俗趣味度蜜月的小说制作者。新时期文学问世以来，经历了多种风波，经历了多次潮汐，从最初的"伤痕文学"发出的"救救孩子"的时代强音，到"新写实"呈现出的"懒得离婚""不谈爱情"的精神疲态，小说以各种各样的方式扩张自己的张力，寻求更多的可能性。当人们厌倦了文学的沉重的历史感、使命感、责任感之后，企图在形式的迷宫中寻找辉煌的语言交响，但很快又被阅读的困惑所遏制，"回到故事""讲好故事"又成为小说家们面临的最直接的问题。应该说，观念小说不是不讲故事，但它的故事往往是为了图解或宣谕某种思想主题，而"寻根文学"和"实验小说"中，几乎很少读到故事，在 1985 年，讲故事会被当作为一种低级趣味。而到了 1989 年以后，故事的价值被上升到小说本体意义上，写一个漂漂亮亮的故事一度成为新潮小说的终极目标。这期间，伴随着"新写实"对世俗文化无可奈何的认同，加之张艺谋通过改编这样善良的方式对小说创作进行的美好干预，再加之《渴望》和《编辑部的故事》的成功、王朔的走红，小说浑然堕入了通俗化影视化故事化的大潮之中。被"五四"新文学视为陈腐的话本小说方式卷土重来，高尚的、低级的、现代的、古代的、文雅的、野蛮的、中国的、外国的、男人的、女人的故事通过一些很有艺术潜力的作家之手炮制出笼，推向影视、推向市场。

是不是可以不写推向市场的小说？小说除了面向市场以外，在更多的时候是面向文字、面向语言、面向心灵。就像世界上最著名的电影大奖，除了奥斯卡这样面向市场的好莱坞模式与标准，还有更注重艺术效应的戛纳电影节的获奖规范树立在那里。就像中国文学除了有街谈巷议、演说历史的话本以外，还有自成一脉的文人的文章传统，虽然这样一种传统很容易被理解为现代文体意义上的散文方式，但中国文学尤其是中国文人创作的精神都是凭借这样的载体得以继承和发展的，中国知识分子心灵的黑暗与豁亮都显影在这样一条扯不断语言文字的长胶带上。郑振铎先生写过一本很了不起的《中国俗文学史》，充分肯定俗文学在中国文学发展史上的作用。但俗文学的发展需要纯文学、雅文学的参照、限制和压迫，如果通俗文学、市场文学、卖品文学处于整个社会文化的中心并以此成为判断作家成功与否的标志，那则意味着文学的消亡，至少也意味着文学中知识分子精神的死亡。

二

鲁羊的小说在回避一样东西，或者说追求一样东西，他在回避与时下流行小说所共同拥有的姿势，"来自乡村少年的朴实和木讷，阻碍着我成长为故事能手的道路"（《薤露》），他与其说是一种自谦，还不如说是一种躲避。事实上鲁羊的讲故事能力并不差，他在进行语言和文字的建构时也时不时地显示一下自己在故事方面的才华，他的《白砒》便是以侦探推理的方式在展示自己智性的同时表现对故事性的一种熟稔与自如。但他沉醉的是另外一种熔毁故事化的语言的火焰和文字的水流，他喜欢在语言文字之间来呈现诗性、智性、悟性、禅性这些在"话本"话语中难以生存的精灵，"祖母的脚非比寻常，似幻似真，一旦接触地面，便生出无穷数的美感，充满醉意的美感和搅乱宗教的激情。祖母的最后一个故事，摆脱了人类迷恋的口头语言，成为世界上最纯粹而凄厉的舞姿。祖母要我牢记不忘的不是语言，是舞姿，是那种激情和分寸拿捏到上乘境界的奇异舞姿"。追求这样一种语言和文字的舞姿，便是鲁羊写作的意义所在，而这种语言和文字势必要将故事冲击得支离破碎，只留下一个个闪闪烁烁的美的片断与诗的残简以及声音的痕迹在空中奇异地回旋。

三

这样评说鲁羊仍过于抽象而陷入某种印象批评的套路之中，批评之难不在于要有良好的感觉能力，如果仅有感觉就能成为优秀的批评家，那么批评家的存在就显得多余了，因为作家的感觉在更多的时候比批评家要更加敏锐而细腻。批评之准也不在于要有深厚的理论修养和结构（虚构）体系的能力，因为这是哲学系研究生所必需的基本功。批评之难在于"点穴"之功，中国文学批评缺少鸿篇巨制的体系之作，固然与中国文化思维的某种惯性有关，但中国文学批评的所有力量往往凝聚到一个焦点，驾重若轻，轻轻一"点"，便豁然开朗，恍然大悟。顿悟作为禅宗的境界在中国传统文学批评当中显得极为重要。

那么该怎么评说鲁羊的小说，亦即是鲁羊的独特方式是什么呢？听。——"侧耳细听"。

在《薤露》中，鲁羊写道：

> 我朝着事件发生的方向侧耳细听从时光彼端隐约传来了马、唐二人当年的语声。

听什么？在听祖母夜晚的讲述。"祖母的讲述是一种迸发奇异光辉的语言晶体，它不能转述、不能概括，任何精到深沉的转述都难以成立。它不能转化为任何方式的扼要、选粹、钩沉、类聚、通诂、释义。作为奇异的语言晶体，它不能不是自己。它又像时间边缘冒出的异草，有无穷数的柔嫩根须，牵扯联络着我童年想象的每一块砂粒，每一滴梦幻树上流出的汁液，每一小片终归散落的疼痛和欢喜。祖母的讲述已经融进我的童年身躯，随风成长发育，永无休止。"这是对"当年的语声"的具象化描写，也是鲁羊小说的最好的写照。

这里有必要把苏童扯进来，这不是为了论证我的"又一个苏童"的预断，而是鲁羊与苏童像两棵不同树上结出的南方硕果，放到同一盘里便会显出各自的色泽和光辉来。我曾撰文谈过苏童的意象，认为苏童的小说的贡献是将语言的视觉功能在当代小说里推到了一种极致，他是以"看"的方式来经营小说的。苏童小说的画面性达到了当代汉语文字所能企及的最高爬高度。"苏童意象"也许会作为一种小说话语被历史保存下来，至少也会成为一种小说的手段被后人继承下去。

鲁羊的小说自然不乏画面，但所有的华彩之章几乎全是对"语声"的捕捉，尤其是对"当年的语声"的"侧耳倾听"与模拟。他至少有两篇小说是直接诉诸对"语声"的追逐、捕捉和模拟,一是中篇《弦歌》,一是短篇《楚八六生涯》,它们都不约而同写到了中国音乐的瑰宝古琴,那种苍老而和润的弦音充满了语言的质地和人物的命运。"这是一种清水浸泡过很久的声音,从沿街的砖墙上纷纷渗出","当我毫无准备地受到那种声音的感动时,多种宿命的心情如同萧飒的冷风一样使我禁不住自己身体的抖动。那个时刻我难以分辨其中的内容,甚至像面临危险的迷路人一样感到畏惧。几十年过去了,我把几十年的生命交付给那种声音之后,才知道其中蕴含着我生来惧怕的东西,是孤独,是深邃"。鲁羊想来也在把他的生命理想交付给"那种声音"。

在鲁羊的小说里,"听"不仅是一种姿态,"听"不仅仅停留在对各种乐声以及自然界各种声响的敏锐知觉和超常把握上,这在鲁羊的前辈那里已经做得够超一流的,像张洁的《从森林里来的孩子》、宗璞的《弦上的梦》早在新时期伊始阶段就以其出色的音乐化将文字的视听觉转化得浑然一体,而王蒙的《春之声》里那种社会之声、自然之声、心灵之声的交响式的融合,折射出复杂的人情世态以及作家对声音的异秉天赋。而鲁羊所做的,则努力将"听"升华为一种小说方式,一种观察、理解、描绘世界的方式,这样"听"的结果,势必要造成他小说的声音化,或者说让世界浸淫在那种"清水浸泡过很久的声音"里。这在他的《佳人相见一千年》和《身体里的巧克力》里显得较为突出,《身体里的巧克力》是描写人的一种莫名其妙的痛感,已婚妇女阿蕾回到落城以后腹部说不清楚的疼痛,这种痛感像一股由远及近、由淡而浓、由弱而强的旋律在小说里被反复铺衍,来回演奏。《佳人相见一千年》在他惯用的复调结构方式里,写了两个女人的对称、处女与荡妇、古代与现代、节制与放纵,都是作为女性存在的两种极致。这部小说里没有出现现实的乐器，但作家的器乐化演奏情绪贯串小说的水气之中，"就像雨声由远而近，由细碎到滂沱。他把世间一切都当作乐器。他在我额上弹出清亮的泛音，这是乐曲的开端。他抚摸我细长的脖颈，快速地揉弦，这样的抒情细致绵长，动人心魂。我说，我是一件完美的乐器吗。他没有回答。他全神贯注，他是男人，他对每一个音符都负有不可推卸的责任。重复的是音乐本身，重要的是敲打和流动"。像小说中的"他"一样，鲁羊对语言是那样的"全神贯注"，他富有激情而富有节奏地敲打着语言的金属瓷片，让语言的清亮之声在暗夜里自由地流动。

四

"枪毙小说"的理论前提是设立在"语言游戏说"这一维特根斯坦著名论点的背景之下的，"语言游戏"之于文学创作是淡化作家意识形态倾向的一种有益的清洗剂，也是消解故事和话本这类大众通俗小说作法的无毒硫酸。"语言游戏"并非真的拆解所有的世界和所有的价值，弗洛伊德曾有一段精彩的话来说明游戏的意义，"难道我们不应当追溯到童年时代去寻找想象活动的最初踪迹吗？孩子最喜爱、最热心的事情是他的玩耍或游戏。难道我们不能说，在游戏时他创造了一个属于自己的世界，或者说，他用一种新的方法重新安排他那个世界的事物，来使自己得到满足"。

维特根斯坦后期语言哲学的最深沉的动因就是使语言回归人、回归社会、回归生活，唯有这样才能发现语言的游戏性、游戏的家族相似性、私人语言的谬误性，才能在长途跋涉的游程中画下一幅幅耐人寻思的风景速写。维特根斯坦就是要在活生生的日常语言里找到他朝思暮想的家园。"家园"便成为当代小说先锋作家共同关注的向心圆。苏童、格非、余华、孙甘露、北村、吕新都以不同的方式努力切近这个圆心并努力使之为这个圆所包容拥括，1985年以来的文学实验活动都可以称之为一种精神还乡的圆周运动，寻找、返还家园本是与现实相抗拒的古老的语言方式，它却显示着耐人寻味的新潮意味。

鲁羊也努力在向这个圆心运动，他谛听"当年的语声"无非是为了逃脱落城这座城市工业化世俗化话语之波的喧嚣，马余这个落城知识分子的心灵里浸润着鲁羊自身的精神的乐音和噪音。在《银色老虎》这样优秀的短篇里，"银色老虎"作为一种亘古永恒的诱惑，不只是一种童年记忆的象征，而是一座精神家园的城标。而《薤露》是对名作家方邻的模拟与探寻，其实是对城市通行话语一种冷酷的解构。乡村/城市在鲁羊的小说始终呈现为一种复调结构，就像心灵/现实始终不能吻合在鲁羊的文字一样，对昨日的遗事的美好的追叙，对昔日田园和先人的温馨抚摸，始终抵抗着"翡冷翠"这种酒店的杂乱无序和浑浊卑劣。"我希望能在翡冷翠打烊之前就结束往事的讲述"，这是鲁羊反复宣告的，可"翡冷翠"（城市生活）永远不会"打烊"，还出现"娜"和"宝新"这种新的生活方式，"小青楼"的昔日风貌就变得美妙无穷而难以穷尽。

鲁羊的"家园"不只是情感栖息的空间，他将语言之剑磨砺得雪亮是为了亲近另一种语言之外也是小说之外的气息，鲁羊自己把它称为"寓言"，并标榜自己的创作是"新寓言主义"（他当时树立起两面旗帜，一谓"新散文主义"），对于他的这种苦心，我是很明了的。"寓言"是追究一种语言平面之外升腾的哲思，或者是一种智性或悟性，一种对人类生存的精神关照，我曾用"后乌托邦"来形容，但似乎用"形而上学"来形容更为准确。语言哲学大师维特根斯坦有一句著名的口号："保卫形而上学"。"形而上学"一直是我们要摒弃的，但维特根斯坦很明白告诫我们，他老人家反对的是假形而上学。他对真形而上学是心向往之弥足珍惜的，他曾向弟子们倾诉衷肠："不要以为我瞧不起或嘲笑形而上学。相反，我是把过去的伟大形而上学著作当作人类精神最宝贵的成果来看待的。"维特根斯坦很明白形而上学正是我们"不可说"的内容，虽然"不可说"，但我们却可以接近它，去触及它，昆德拉在《小说的智慧》一书中说得好，"不是为了把小说改造成哲学，而是为了在叙事的基础上动用所有理性的和非理性的，叙述的和沉思的，可以揭示人的生存的手段，使小说成为精神的最高综合"。

鲁羊只是做出一种接近的姿势，这便是"寓言"的姿势，离"精神的最高综合"还很遥远，事实上，每个作家都不可能真的切进这个"最高综合"，无数作家的精神探索整合起来便会等于或大于这个"精神的最高综合"。但如果所有的作家都放弃"形而上学"这个"精神的最高综合"，我们的文学会苍白到何种程度是不难想象的，它有可能会比"文革"时期的文化还要糟糕，因为在"文革"中作家的写作是被迫放弃这种精神的内在追求的，而现在的通俗化的叙事过程则是写作者主动"投敌"的。现代美学对读者地位的肯定，不是对世俗审美情趣的褒扬，更不是鼓励作家去迎合业已腐烂发臭的小市民情调，而是要求读者积极参与小说的创造，要求作家留下空间给读者创造的可能。如果把淡化意识形态理解为作家主体精神的萎缩，如果把阅读的意义理解为对读者世俗倾向的认同，那么小说便的确像昆德拉危言的那样，走进了自己的末日，消亡了。

与其无意义地、不知不觉地消亡，还不如早日按照审美的法律宣布这种小说的死刑，将它绑送到"形而上学"的刑场立即执行。或许，按照这样的艺术刑法办事，在罪犯伏法之处，一棵新的小说之树会不由自主地诞生。

五

在鲁羊的文字里，不时可以窥见两位朋友熟悉的身影，一是东方的"诺贝尔文学奖"得主川端康成，一是南美的未能领到那个世界大奖的博尔赫斯。他们和许多朋友一起，微笑着陪伴着鲁羊写作的夜晚。

六

在写作此文的过程中，我在听鲁羊送给我的一盒磁带。这是一盘古琴独奏的个人专辑，自《吴门琴韵》复制，演奏者吴兆基时年八十，苍老古拙而有些枯涩的韵调始终抚摸着我的心弦，这是真正"清水浸泡过很久的声音"，没有半点虚火和做作的痕迹，在这样的参照下，我亦听出了鲁羊的年轻、热情、青春和执着，但他们仍要在清水里浸泡很久很久。没有办法，在一个东方的国度里，即使你具备所有大师所必须拥有的一切，但你不能拥有时间，时间的磨洗才会让一个写作者做到"人文俱老""人琴俱老"。歌德说过，年轻时每个人都是诗人，但只有到了晚年他可能写出一两句好诗。这条艺术原理尤其适用于东方，适用于以象形文字进行写作的中国人。歌德所言的"好诗"，我想大概就是那个"最高综合"。

七

我把张承志的《心灵史》借给鲁羊看。几天以后，鲁羊说，张承志抓到了那一点，我也要抓到，不过，我不用他的方式，我不赞同他的方式，但是他抓到了。

八

这就是有了《某一年的后半夜》的写作，我听了他的陈述之后，坚信这是一枚瞄准器没有发生故障的"飞毛腿"，即使未能到达目的地，它发射了，就是成功。

但一个人敲打接触某事物时，那事物同时在接触敲打他。鲁羊在枪毙小说时，小说也枪毙鲁羊。我在枪毙小说时，小说也在枪毙我。

不过，小说不死，我也不死，因为人类还存在着。

1993 年 5 月 17 日于鸡鸣寺侧

（原载《钟山》1993 年第 4 期）

寻找叙事的缝隙

——陈染小说谈片

很多歌消失了。

——汪曾祺

　　在阅读陈染的《嘴唇里的阳光》之前，我正好看过北岳文艺出版社新出的《麦当娜》，这是一本编译的书，它的非体系拼贴与互相重复的章节并没有影响我们对这位摇滚巨星的了解，虽然这种了解是透过语言的缝隙传递给我们的。麦当娜的成功自然是美国式的成功，但她成功的方式可以说是一种寻找缝隙式，她善于在传统与现代，文化与情欲，艺术与商业的缝隙之间利用某种禁忌和空白来叙述自己，展示自己，塑造自己，完成自己。麦当娜时代的到来，预示着中心话语时代的终结，不仅是男性话语中心的终结，亦是女权话语中心企图的幻灭。一个"播撒"（Dissemination）的历史时期悄然而至。

　　陈染不是麦当娜。作为诗人的陈染，曾经关闭了所有缝隙而去争取中心话语的认同，小说家陈染似乎已经没气力也没有兴趣再度步入中心话语的宫殿去欣赏他人的辉煌和昨日的辉煌了，她叙述的手指直插以往叙事所匆匆掠过或不能进入的缝隙，虽然她的插入带着更多的摸索性和试验性，可逃离传统中心话语的过程，让她的内心获得了极大的自由，让她的情感经验获得语言叙说的多种可能。在《与往事干杯》这篇标准陈染风味的小说中，有一段文字是描述"我"与"老巴"交流的情境：

> 我们用中文和英文混合的句子交谈，他说他是和祖父一起回中国探亲的，他说他非常想念中国，渴望学会说国语（即汉语）。他诉说他的想念和渴望的时候，眼睛里涌满了伤感。他说的话磕磕绊绊，实际上我们不用说什么，只消互相望着就会彼此沟通。
>
> 我教给他中文的时候，他看着我的嘴看着我的身体，他的眼睛永远思念着一种遥远的东西。

老巴与"我"的交流基本是在语言的缝隙之间进行的，中英文句式的混合丧失了中心话语的存在，而相互之间断裂留下的裂痕只好依赖"望"这样的特定情境之下的话语方式进行，"他看着我的嘴看着我的身体"，"实际上我们不用说什么，只消互相望着就会彼此沟通"。很显然，陈染对这种语言缝隙之间的叙事方式充满喜悦，也充满了得意。

《与往事于杯》就是一部在多重缝隙之中诞生的文本。小说的第一重缝隙便是父／子的夹缝，濛濛这样一个多愁善感的女孩，先是接受了老巴父亲的性爱启蒙，然后在几年后又鬼使神差地与第一个性对象的儿子老巴发生缠绵而刻骨铭心的爱情。父／子的夹缝又是欲／爱的夹缝，在这样双重的夹缝中，濛濛从父亲走向儿子，从过去走向现实，从诞生走向死亡。濛濛也许注定要成为一种夹缝人，她在亲生父母之间是一种多余，因为父母离异了，她丧失了家庭的完满与温馨。后来母亲与外交官重温旧情，她就只能一人独处，而与邻居有妇之夫的交往，更是一种边缘状态。濛濛在夹缝中叙述她的故事，在夹缝中展开她的人生。这种缝隙状态注满了她的整个心理空间。这就造成了濛濛特殊的时间观念："我的大脑把我抛到除却现在之外的任何时光，过去与将来纷至袭来，交相呼应，唯独没有现在。现在，只是一个躯壳在过去和将来、往事与梦幻的空白交接处踱来踱去。长时间以来的积习早已向我证明，我是唯独没有现在的人，这是我与生俱来的残缺。而一个没有现在的人，无论岁月怎么流逝，她将永远与时事隔膜。她视这种隔膜为快乐，同时她又惧怕这种隔膜。所以，她永远只能在渴望孤独与逃避孤独的状态中煎熬。""现在"对于时间哲学来说，永远是一种肯定，一种居中心地位的标准，正因为有了"现在"，才有可以滋生出过去和未来这样的时间区域，但"我"没有"现在"，"我"的"现在"只在"空白交接处踱来踱去"（着重号为评论者所加），这种"交接处"便是一种缝隙状态，陈染是在这样的空白处诞生她的小说的。

如果说《与往事干杯》是在利用时间的边缘状态来充分展示"我"的缝隙感的，那《无处告别》则在空间的挤裂状中让黛二小姐永远处于边缘无依的游移之中。《无处告别》表面上看很容易与张洁的《方舟》联系起来，都是描写三个女性的苦闷状的，但《无处告别》与《方舟》却有一种质的区别，是两个不同文学时期的文本。张洁的《方舟》作为新时期文学中的"女声三重唱"，标志着女权主义作为一种观念、一种价值以肯定的方式进入了新时期话语，这部作品所引起的议论和不安，都是整个"新时期"能够包容的。而陈染的《无处告别》则是新时期转型的产物，"无处"便是整个社会转型期人们心理丧失了所有依托的一种写照，因为在张洁的小说中，她要告别，要逃避要挑战的对象是那么明确那么稳定，而社会转型以后，黛二小姐虽然依旧独处，并时刻准备"永别"，但"跟谁别、别什么，她自己也闹不清。反正那两个字是一种情绪，一种挑战"。手持长矛的堂·吉诃德连风车这样荒诞的对象也遇不着了，只有"独自在雨街走着，她把自己几年来积蓄的各种毁灭感一件一件细细数来。……她没有哀伤，也没有悲叹。她知道自己永远处在与世告别的恍惚之中。然而却永远无处告别，她知道自己在与世界告别的时候，世界其实才真正诞生"。"无处"与"告别"构成的缝隙，构成了陈染的艺术天地，她的世界不断诞生着又不断消逝着。《无处告别》与《方舟》不同之处，还在于张洁是以呈现的话语方式把三个作为一种"类"的现象，"类"的文化来叙述的，而陈染则是将黛二小姐置于各种关系之中，比如"黛二小姐与朋友"，"黛二小姐与现代文明"，"黛二小姐与母亲"，"黛二小姐与世界"，这些章节的设置消解了中心事件，中心情节乃至中心情绪这些在新时期话语中必不缺少的小说因子，这些相互并列平行而又相互消解的语言片断形成的叙事的巨大缝隙，与张洁的语言表意板块形成极大的反差。陈染在这自我撕裂的缝隙之中游刃有余，不会承载"角色累赘"。作为《无处告别》姐妹篇的《嘴唇里的阳光》则在语意层次上对新时期话语结构进行了令人惊讶的颠覆，"阳光、沙滩、仙人掌"这些诗性词汇在北岛等人的诗里，永远象征着光明、正义、天使、真理和永恒。著名诗人白桦有一首得奖的诗歌，题为《阳光，谁也不能垄断》，是用来作为真理的象征的。陈染对"阳光"进行了至少二度颠覆，第一次颠覆以性／政治的方式将"阳光"亵渎了，阳光与嘴唇联系在一起但丧失了原先的意识形态隐含价值，而回归到生命本体意义上，它充满了热烈而长久的爱的气息与吻的色彩，但在小说的结尾"当年轻的孔森医生把两颗血淋淋的智齿当啷一声丢到乳白色的托盘里时"，不仅意识形态被亵渎了，作为生命本体的性爱以及相关的爱情也被年轻的孔森医生消解为一摊瘀血，"深匿在黛二小姐久远岁月之中的隐痛便彻底根除了"，深匿在作家、读者和评论家心中那种深度模式也被血淋淋地拔出扔在语言的托盘里制作成为标本或送进垃圾堆中。陈染便是成功地利用了语言自身的缝隙，在不断颠覆的过程中举行了"告别"的仪式。

陈染有一个短篇叫《空心人诞生》，便是"告别"的产物。"空心人"在后现代话语体系中，是一种非我的"耗尽"（burn-out）状态，就像从里面将一个存在（这种存在其实是借助主体哲学的肯定）的人掏空（掏空是一种策略，是对人在世界的中心地位和为万物立法的特权的一种消解）了，人没有了自己的存在，人是一个非中心化的"非我"，无法感知自己与现实的切实联系，无法将此刻和历史乃至未来相依存，无法使自己统一起来，整个人就成为一种乱真的蜡像。在陈染的小说中，现代人曾经拥有的孤独、焦虑、畏惧的情感被掏空了，人的历史感和现实感被抽掉了，成为一种没有根、浮于表面的人。这就失去了真实感，亦即失去赖以立身于世的根基，失去了生命的意义。但空心人外表的极度真实又造成了一种令人恐怖的非真实感，标明空心人成为真正意义上的边缘人，他们在自己的心灵中放逐了自己。"空心人"作为陈染小说的一种表征，在整个当代文学纵横交错的坐标系中是一个不会淹没的亮点，尽管他自身的色彩过于幽暗。

在陈染的小说中，像空气一样存在着一个人的影像，她像一道阳光照亮陈染心灵的角落，又像阴影一样深重地包围着陈染的语言。陈染顽强地抵抗着这种笼罩，又渴望地需要这种照耀，玛格丽特·杜拉斯以她宽阔的胸怀拥抱着东方的陈染，而中间的陈染以她独特的光芒反射出杜拉斯那些被遮蔽的空间，重新发现了玛格丽特·杜拉斯。从对东方的玩味到对西方的玩味，从杜拉斯到陈染，中国弥散着很多民族的色彩，文化的情绪，遗憾的是陈染过于绝望，在《与往事干杯》中，她把儿子老巴杀死，而把父亲留下，让未来呈现出一片苍白。

今天，我们正处在两个世纪交接的边缘上，整个社会都处于急剧而无序的转型之中，文学在脱离中心地位之后愈来愈缺少向心力，所有价值都面临新的评判抑或增殖抑或贬抑，如何在这巨大而空洞的缝隙之中进行叙事，不仅是陈染的难题，也是我们的难题。

（原载《文艺争鸣》1993 年第 3 期）

在风中言语　在风中倾诉

——关于《桃色嘴唇》这部奇作的一些札记

一

从 1994 年开始，我就开始为《桃色嘴唇》这部奇作而奔波，我到处向人推荐崔子恩这样一个人，《桃色嘴唇》这样一部小说。我开始竭力想在自己的刊物上发表这部小说，并约好崔子恩昔日的同事戴锦华女士撰写文章，小戴当时兴趣很浓，时隔一年之后，还问我，你说的崔子恩那件事怎么没有下文了？为了引起编辑部的注意，我跟编辑部讲，这是一部中国式的"娜丽塔"。我变换各种角度来陈述发表这部小说的可能与益处，但《钟山》最终没有能够发表这部小说，我的幻想始终没有能够变成现实。我当编辑以来最大的遗憾就是没有能够让这部小说见天日，有时候甚至觉得是一种耻辱而心灰意懒——想发的好稿不能发出而一些无关紧要的稿件却要一发再发。一部好的小说就这样从你的眼皮底下溜过去了，像一个猎人看着心爱的猎物走出自己的射程。用狩猎的心态来比喻一个编辑的心态或许是最恰当不过的了。编辑是文字丛林中的寻觅者，他随时要发现新的目标捕获新的目标，好的小说好的作品好的作家就是一个又一个的猎物。编辑在数以百万计的来稿中耐心地寻觅、跋涉，发现目标一箭中的，那种心情会万里晴空般的爽朗。

《桃色嘴唇》没能在自己的刊物上发，我就开始推荐给出版社，但出版社的处理结果也与编辑部一样。万般无奈，我就想到了推荐给热爱文学的书商，因为书商在体制外操作或许可以免得一些麻烦，书商倒是相信我对这本书的价值判断，但没想到书商在联系出版社时也同样遇到了麻烦，具体什么麻烦我不清楚。但我开始绝望，但我仍在电话里安慰崔子恩，你的小说会被承认的，只是一个时间问题。你现在继续写作，只问耕耘不问收获。崔子恩倒是不停地耕耘，又不断有新的小说问世，之后也陆陆续续地发表。但唯有《桃色嘴唇》无人问津。

二

我和崔子恩匆匆见过一面。

见面的缘由是为了这部《桃色嘴唇》。当时他专门带着这部《桃色嘴唇》飞到南京来见我，他觉得我会认可这部小说，甚至认为我会发他的小说，他的理由很简单，因为他读过我关于"新状态"方面的理论论述，他认为他的小说与我的一些文学主张有不谋而合之处。我感到很吃惊，他怎会如此关注我的文章，并且非常理解"新状态"？1994年，我正四处"推广""新状态"，我以为我发现了新的文学思潮，至少发现了新的文学新人，就像发现了新大陆似的惊呼"文学迎接新状态"。就在很多人不解，一些人唯恐株连自己正躲之不及一些人准备举起屠刀准备大砍大杀之时，崔子恩却勇敢地承认和理解"新状态"，我是感到惊讶的。而阅读小说的结果，我发现《桃色嘴唇》真的非常"新状态"，但是"新状态"所要言说的一些都被他做了极限处理，可以说他超越了"新状态"。因为"新状态"作为一种概括的方式，它只能是局限的，它在言说具体作品时总会因为人为的规划而难免干枯而线条化，而崔子恩在叙述小说时，又是那么的血肉丰富浑然天成。可以这样说《桃色嘴唇》的出现，淹没了"新状态"，"新状态"的小说主张，崔子恩都把它发展到极致，"新状态"没有主张的以及没有意识到的一些主张，崔子恩也将它表述到充分而饱和的状态。我心中有些悲哀，为"新状态"而悲哀，一些人认为非常复杂难懂的命题，被崔子恩的一部小说毫不费事地击破了，它就像一道光穿过玻璃那么简单，而透着玻璃看世界的人永远会觉得玻璃外的世界不真实，看不懂。

很多事情你想不到，我和几个朋友在构思"新状态"时，崔子恩正写着他的第一部长篇《桃色嘴唇》，他不知道这个世界上有"新状态"（就像我不知道有《桃色嘴唇》这部小说一样），待他写出这部长篇之后，他知道有"新状态"这个东西存在，他觉得他手中的这部小说就是"新状态"。但他不知道这部小说却从此"枪毙"了"新状态"，因为《桃色嘴唇》大于"新状态"。一部好的文学作品永远大于一种文学主张，一部好的文学作品可以改变很多文学的定论，这已经被无数事实证明。这些年来，我发现一个又一个自以为是的文学主张常常被作品本身弄得哑口无言，比如我从来就没想过朱文的《我爱美元》会成为"新状态"的代表作品被人们反复提起，而我认为的那些可以"代表"的作品反而被人们淡忘。原因很简单，《我爱美元》被批判过，批判的力量是巨大的，它比表扬更容易得到历史的确认。

三

看过《桃色嘴唇》之后，我把它推荐给朱苏进看，我觉得朱苏进的一篇小说《接近于无限透明》与《桃色嘴唇》有某种相似之处。它们都是从少年的精神创伤入手来展现人的精神历程的，最终都克服了这种创伤而走向透明。朱苏进看完以后，说：这是一个美丽的毒瘤。

他说这话时，重音在"美丽"上，但"毒瘤"的比喻，还是让我有些意外，后来我接受了他的这一说法。

从审美到社会，是朱苏进。

从审美到审美，才是崔子恩。

四

《桃色嘴唇》不是一部通俗小说。《桃色嘴唇》很可能被书商和出版社当作通俗小说来操作，但《桃色嘴唇》是一部形而亡的小说，它所涉及的内容，可以达到昆德拉所说的"最高综合"，性爱、宗教、哲学这些最古老的话题在其中变成了思考的独白，这些独白本身是以一种尖厉的嗓音发出，但它的语调是低沉的，是压抑的，是在地下奔突的岩浆。"当思想对思想的目标穷追不舍的时候，目标消失在思想的大雾之中，思想的对象和工具偶一露形即立刻隐没。生是什么，死是什么，何为男人，何为女性，精神有形无形，肉体可灭而灵魂不灭吗？这些思想课题的答案纸上，始终留下宽大的'空白'：那是给思想留下的巨大空间。思想因空间那空白而获得驰骋的自由。"《桃色嘴唇》并不只是描述对"嘴唇"的思考，而是对那个巨大"空白"的思考和追问，是一次"思想"对"思想目标"的穷追不舍。难度在于崔子恩以小说作为思想的筏舟，去接近那个思想的目标。这使得思想的工具和思想的目标更加呈逆向性发展，当叙述者觉得越来越靠近那个目标时，目标本身反而觉得离叙述者越来越远了。"我开始自我欣赏，欣赏自己肉体的精辟和由这种精辟所衍生的另一种才能：思想和对肉体及肉体行为的哲学转化。"这种"哲学转化"正是小说的一根中轴线，它贯串起小说家的思想——对肉体及肉体行为的哲学转化，而小说家的叙述又是对这种哲学转化的另一种转化，因而小说中那些关于身体的描述和议论，就呈现为一种表象，或者便当作一个契机，是小说家要进行思想的一个切口——当然这个切口本身是一个伤口，是一种疼痛。就此角度，我有理由认为，《桃色嘴唇》是一部哲学小说，关于身体和身体行为的哲学小说。

韩东在批评美国作家卡佛时说，"他的目的设置在自身以外。他从外部描画这个世界。他从外部刻画这个世界，他的内部一直保持沉默。没有那种精神的洪流可洞穿，然后流泻在大地上、世界中"。因而，"他的写作是不伤及皮肉的"。而在为朱文小说《弯腰吃草》作序时，则肯定了朱文伤及皮肉的写作，"把握自己最真切的痛感，最真实地面对和最勇敢地面对是唯一的出路。朱文的方式是不断地回到自己，他从不间断地考察和追问自己的写作动机和文学热情是否真实和纯粹。与其说完善自身的需要不如说把自己当成了一条道路、一座桥梁或是一块铺路的石子，那流淌于天上地下的精神洪流从此经过，伤及自身、流血流汗，甚至被完全碾碎也在所不惜。"作为新状态的代表作家韩东对另一个新状态代表性作家的关于身体与小说的关系已经论述得非常明了（韩东有一小说集就叫《我们的身体》），他的这些话似乎更贴切地用作对崔子恩的这部小说的评价。这非常有趣，也从另一个侧面说明了崔子恩当初有理由拿着它来找我。

五

反复困扰我的一个问题，便是：

　　在《桃色嘴唇》中，崔子恩是站在哪儿展开小说的叙事的？他的叙事立足点的依托是什么？

　　小说是叙事的艺术。现代小说的一个关键问题便是小说的叙事人问题。是谁在叙事，谁在向我们讲述故事或哲学化的故事，这往往决定一篇小说的质地甚至内涵。传统小说的叙事人往往是一眼明了的，他们大都站在全知全能的"上帝"角度通谕一切、知晓一切而判断一切，小说的叙事者扮演的都是"导演"的角色，所有的人物命运和情节全装在他的口袋里，所有的意义也在于他的演绎，因而叙述的过程便变成了意义的演绎过程。现代小说与传统小说的区别就在于叙事人不再是一个导演，叙事人成了小说的参与者，成了小说的角色，现代小说不再是按照台本演出的舞台剧，现代小说变成了某一类人眼中的"视角"，它是成了通过语言来表达的视域空间。这里的视域不只是"看"的物理性的机械反应，这里的视域是艺术视知觉的复合空间。谁在"视"和怎么"视"成了现代小说艺术进行多种实验的核心问题。《尤利西斯》以降，小说家们便在这无尽的隧道中进行着漫无天日的摸索。

　　中国作家这些年的探索，已经为小说的发展提供了多种的可能性。从王蒙的《春之声》开始，单一的叙述视角被打碎，作家的叙述身份也逐渐被改变。但不论怎么改变，我们依然可以认清他们的角色特征。比如1985年以来的先锋派小说，小说的叙事人大多是在扮演西方小说文化的传播人，而寻根文学小说中的叙事人，则是企图以中国地域文化的代言人的身份去与西方主流文化对话，获取拉美文学的殊荣。90年代小说的一个巨大变化，就是小说家开始摆脱了种种角色的诱惑，慢慢回到自身。这也就是我为什么热衷于"新状态"的一个原因，因为作家开始回到自身开始写作了，他们真正进入"我"的叙述。我把这种美学的变化，称之为"第一人称美学"，以区分一般性的"个人化写作"。

但是，崔子恩的《桃色嘴唇》使我的阅读产生了间歇性的眩晕，很难在"三维"的空间里去把握叙述的脉动。尽管小说的开头还戏拟了传统小说的方式，以求"仿真"。"生命的最后关头，在痛楚的间歇，他向我讲述他的人生"，"苍白老迈而又稚气未脱的脸颊，桃色的妍丽之唇，连同他讲到一半便被死神打断的人世故事，仍浮沉于我的面前"。但一旦进入到小说的内部，进入到小说的肌理层面，崔子恩就忘了他在小说之初为自己设定的"界域"，他高度混淆了人物、叙事人和作者，这部小说的叙事人一会儿好像站在云端似的，一会儿又像站在地狱的边缘，从形而上到形而下，之间没有任何的过渡，让人捉摸不定，产生眩晕。我看不清一个具体的叙述者形象，小说的"我"是一个分裂的"我"，他是哲人，又是魔鬼，他是男人，又是女性，他是一个自恋狂，又有恋他癖，他是一个"空"的理想主义者，他又是一个务实的现实主义俗人，他是医生，又是犯人，他是一个被玷污的美少年，又是一个恶贯满盈的老色棍。说到底，这是一个没有依托的精神流浪儿，我拼命想寻找他的知识背景、精神背景只会落空，落到他的"空洞"的空洞之中。

"我"这个叙事人被塞满了很多的身份"染色体"，但这是一个丰富的空心人，他的身份我没法进行定位，因为他找不到自己的精神立足点，他只有在"风"中言语，在"风"中倾诉。

六

风之子。

风会毁掉他。

他在恣意地亵渎小说，小说也在恣意地亵渎他。

他有点像纳博科夫，但不会有纳博科夫那么好的运气。

等待他的将是亵渎。

他将在亵渎中死去，然后永生。

1998 年 3 月 18 日

（原载《南方文坛》1998 年第 8 期）

为了文本而放逐历史

——评叶兆言的中篇小说《夜来香》

叶兆言新近的中篇小说《夜来香》颇有些让人摸不着头脑。题作《夜来香》，很让人想起王蒙先生在《读书》杂志上对李香兰所做的议论以及香港著名导演李翰祥拍摄《李香兰》的行动。小说亦以《夜来香》的歌词作结，但小说的副标题又是"此文献给我的父亲"，李香兰与叶至诚先生有何联系？在《夜来香》里叶兆言到底想干什么？细细的阅读与猜析形成了我的这篇文字。涉及事实之处，我都得到叶兆言本人的证实，而从文本中读出的"意味"有些则可能不是叶兆言意识到的，正读与误读均由我负责。

一、故事新编：潜入父辈角色

叶兆言是一个很实在的人，他将这篇小说"献给我的父亲"，绝不是一般的游戏之作，虽然叶兆言的文字亦有游戏的时候。但对刚刚去世的父亲叶至诚先生的敬意爱意，兆言是相当珍视的。他在《收获》上那篇悼念父亲的散文可以说是叶兆言最好的文字，苏童同意我的这一看法，说"出自自己的血肉"。起初我以为叶兆言仍沉浸在丧父的悲悼之中，借《夜来香》来排遣浓重的怀念之情，可细细阅读小说，似乎可能从中发现叶文的某种痕迹，题材亦有似曾相识之感。我赶紧找出叶至诚先生赠送给我的《四叶集》。啊！《体育老师》！这是叶至诚先生 1981 年写的一篇散文："很久以来我想为体育老师写一点文字作为纪念，也因为担心不合时宜，搁下来了。可是每提到抗日战争，我总是想起这一对死在异乡的极平凡的夫妻。"时隔 12 年之后，叶兆言又重写这位体育老师来祭奠父亲叶至诚，本身就是一个故事。小说和散文中有些文字，也是一致的。散文《体育老师》中叶至诚这样写"我"与师母的交往："知道我家和她家相距不远，话就多了，说起那条街前的一条小河，河上的石板桥，桥头的酱园和糕团店。老师端来半碗泡饭，一碟泡菜，让她边吃边谈。她好像没有听见似的，又说到沧浪亭、拙政园、灵岩、虎丘，还有王废基的公共体育场和战事发生以前的一次运动会。老师笑着对我说：'那时候她还是个排球健将呢。'"小说《夜来香》里叶兆言几乎对父笔进行了毫无保留的移植："他们在苏州的家又挨得很近，简直都能算是邻居，因此有许多话可以说。他们可以说那条隔在两家之间的小河，说小河上的石板桥，说桥头的酱园和糕团店。也可以说沧浪亭，说拙政园，说灵岩和说虎丘，说王废基的公共体育场和抗战发生前的一次运动会。荀洪元不能想象蕙在抗战前，不仅参加了那次盛况空前的运动会，而且她还是学校的一位排球健将。"

很显然，《夜来香》带有某种"故事新编"的性质。叶兆言以叙事人的身份潜入父辈的角色，对父辈时代的生活进行了一次重温和猜想。叶兆言的小说一般不选择童年视角作为小说的切入点，他往往以全知全能的角度与小说人物的视角相互交错来模糊叙述的焦点。可这篇小说里除了最后一节跳出荀洪元的角度以外，始终维持着一个稳定的光圈，这就是荀洪元眼中的世界。荀洪元作为体育老师的学生，他目睹了体育老师妻子蕙的死亡，自己母亲被日机炸死，最后又耳闻体育老师阵亡的消息。在战乱与死亡气息中长大的荀洪元自有独特的生命轨迹。《夜来香》就是模拟这种似明似暗的生命轨迹与走向青春的奇异岁月。在散文《体育老师》中主要人物是体育老师，而在《夜来香》里，小说要完成的人物是荀洪元这样一个少年。体育老师和蕙帮他完成走向青春年华的过程，"夜来香"是一种象征，也是一种强大的力量，让荀洪元告别混沌少年时光，步入人生新里程，"夜来香"是契机，也是入口。

记得莫言曾写过类似的小说《透明的红萝卜》，也是写一个少年类似的心理状态。不过莫言那是回忆性现身说法，不是这种角色替换后的拟叙事。这种潜入父辈角色进行叙事的模拟，已成为近年来小说的一大景观。苏童的《一九三四年的逃亡》《罂粟之家》《米》，周梅森的《大捷》，格非的《青黄》，余华的《活着》《一个地主的死》都是以潜在或显在的父辈视角来营造父辈青少年时代的语言景观，以一种半怀旧半反讽的情绪来再现父辈生活的繁华、腐败与混乱。这种刻意寻求的做旧效果，在《妻妾成群》改编为电影《大红灯笼高高挂》时达到极致。因而对外在意象的逼真性模仿与抽象性夸张成为这类小说的惯用手段，而《夜来香》则努力以平淡的生活事实来呈现人物情感的深度，竭力回避那种戏剧化的效果，在新编"故事"时把握住人类那点灵犀相通永恒不变的情愫。

二、抑制高潮：调整情节节奏

期待阅读中高潮的来临，不仅是传统小说所刻意经营的艺术氛围，也为现代文本理论所认同。法国著名的解构主义大师罗兰·巴尔特在《本文的快乐》中反复论证的那种"愉快式阅读"，就是一种期待高潮的具体阐释。他说，在我们贪婪地吞下书本的时候，我们不仅体验了一种口头上的满足，而且下意识地同情节节奏一起动作，期待着"快感高潮"的到来。巴尔特所说的这种"本文的快乐"亦即是我们阅读所有叙事性作品所共有的过程，作家亦是为了配合出现那个阅读高潮在小说中反复铺垫反复渲染，将情绪调整到最佳时刻。叶兆言亦是具备这种铺垫才能的好小说家，他在《夜来香》中虽然借用他父亲叶至诚《体育老师》的一些内容，可那只不过是为了顺利进入历史叙事建筑的一种合适借口，等历史的缝隙洞开以后，叶兆言便在父辈书写的岁月里恣意表现他的小聪明和从档案上读来的知识，始终营造那样一个"快感高潮"的氛围，可等所有"高潮"的条件完全具备时，叶兆言却撒手不管，转向了另一个话题，去重新营造另一个氛围去了。"抑制高潮"便是叶兆言颠覆阅读最有效的手段，这是非常残酷的操作态度。

在《夜来香》里，至少有三次高潮被叶兆言冷冷地不负责任地平抑下去。第一次是苟洪元与蕙的交往过程中始终存在着爆发激烈感情冲突的可能，蕙是在少年苟洪元的心目中第一次不是以母亲形象出现的女性形象，蕙很自然地成为苟洪元性爱的假想目标，但儿时恋母的思维惯性又让苟洪元在蕙的身上投注了母爱的色彩，尤其是苟洪元的母亲去世以后，蕙身上的母性光晕更加浓重起来，给苟洪元缝童子军服这样一个细节，更加密切了蕙和苟洪元的关系。但蕙死亡以后，苟洪元的第二个"母亲"又消失了，而作为他懵懵懂懂的初恋刻骨铭心地留下来，这种初恋纯粹是一次假想和对父辈（体育老师）的效仿。战争、死亡、初恋让苟洪元度过少年时光。苟洪元对蕙的激情最终没有推向高潮，这也可能由于苟洪元对蕙的那种"隐性视角"所限制。第二次高潮也被叶兆言冷冷处理掉，蕙去世以后，体育老师和苟洪元的童子军们在"露营"活动中活捉日军俘虏，这在小说平常的生活静态描写之中本是一件激动人心的事件，可一切来得那么偶然，以至日军俘虏没有来得及反抗就将匕首扔下投降了，并没有掀起多少波澜，连血也没有流下一滴，皮也没划破一块就结束了。读者读到这里，可能以为作家是为了营造更辉煌的氛围，不让读者过早地进入兴奋状态而影响后面的内容，体育老师殷名扬之死正是这部小说的高潮所在。殷名扬之死是潜在的俄狄浦斯的实现。在整个小说的语调和氛围中，殷名扬的死已成定局，但不应死于安眠药，他应死得更壮烈豪迈一些，这样才对得起死去的蕙，也才对得起他的学生荀洪元，也才对得起始终关注他们夫妇命运的读者。体育老师最终死于缅北战场，但死因却不清楚，像一团阴云笼罩着读者的心头，让阅读从进入快感高潮的当口猝然滑落下来，萎然于地。而代之而起的则是《夜来香》歌声的响起……

叶兆言抑制高潮的能力与其说是一种创造，还不如说是一种躲避。他若淋漓尽致地铺写高潮时节的每一个人物每一个毛孔的状态，则可能与大仲马时期的作家别无二致，而且未见得就会比大仲马更加辉煌。与其重复别人，还不如另辟蹊径，这就是把所有的笔墨才华用在进入高潮前的那些内容上，这些往往被忽略被省略被淡写的生活场景成了叶兆言的主体，而通常小说阅读观念的华章部分高潮部分则悬置了。这种悬置看起来简单极了，但做起来则需要很强的艺术腕力。足球比赛总是最精彩的，也最易吟写出精彩的文字，避开射门不写而只是写一脚又一脚地倒来倒去的"日常生活"，极容易平淡、枯燥、无味，写出"日常"抑制高潮需要的是真正的小说功夫。再者，当所有铺垫都已经完成，只差临门一脚时，作家很容易经不起诱惑，去捅那一脚，但这一捅就让所有的"日常"变为累赘，让"高潮"成为世俗，因而对情节叙述的自制力便成为冷峻小说家的一种必备的素质。

三、寻求普通：小说就是日常语言

80 年代中期以后，中国当代小说曾出现了不少从精神痛苦中挖掘题材的作家和作品，像王蒙的《活动变人形》，张承志的《金牧场》，以及刘索拉等新人的一些作品都是从人的精神痛苦历程中来表现现代人命运的滑稽感、荒诞感，他们笔下的人物既远离生活又强烈地渴望生活。80 年代后期，个人的精神痛苦渐渐被淡漠了，而对生存状态的关注超过了对个性命运的思考，这便是以"新写实"为标志的一批抹平精神痛苦裂痕的日常生活小说的出现。叶兆言也被人们视为"新写实"的代表作家之一，但他与刘震云、刘恒、方方、池莉的作品又有一种淡淡的疏离感，这种疏离不是叶兆言有意靠近或疏远"新写实"造成的，而是叶兆言小说的骨子里所有的。从他的第一部长篇《死水》和中篇《悬挂的绿苹果》开始，叶兆言就始终与小说的人物保持距离，淡漠地以语言之墙隔离着与叙事人的关系，这与刘震云、池莉那样贴着人物的脉动以至作家最终也不由自主地与人物形成一种思维同构的方式就明显不一样。

《夜来香》里虽然充满了抗日战争中种种历史事件所蕴含的非日常性，本是可以导致出种种悲怆、雄壮、忧郁、痛苦一类悲剧性的审美效果，但被叶兆言处理成为无剧效果，烽火连天的非日常性与茍洪元的正常发育自然而然地消解可能产生的戏剧性，夜来香并没有因为民族的救亡运动而不开放，更没有因为前方战场的硝烟弥漫血肉横飞而改变芬芳袭人的气息，这是很残酷的现实。叶兆言在这篇小说里灌注着令人不安的消解历史的情绪。

评论界有人视叶兆言为"新历史小说"的代表作家，读了这篇《夜来香》之后，我觉得很有道理。所谓"新历史小说"无非是以过去的"历史"作为材料，但写出来的小说则是一种新的文本，恰恰可能是对历史的一次无情的消解与放逐。在我们已有的关于抗战的"历史"小说里，无论是《铁道游击队》还是《野火春风斗古城》，无论是《烈火金刚》还是《苦菜花》，它们都带着我们抗日教材上所书写的特有的历史意识，这种历史意识无疑是正确的也是必要的，它是特定历史条件下意识形态再生产的结果。这种强烈的历史意识容易遮盖和掩饰生活的另一面，它的日常性，它的普遍性，它的人类性。而小说家书写的不是历史教材，小说从古代走向现代的标志之一就是越来越脱离意识形态而走向日常语言。

　　早在 1988 年叶兆言发表的中篇小说《枣树的故事》《追月楼》里就显现出这种非历史的倾向。在《枣树的故事》里通过叙事人的变换对过去的历史做出怀疑性的叙述，而在《追月楼》里作家对丁老先生这样一种特定历史文化氛围的"民族英雄"的反讽式的叙述消解，而把丁老先生定位于书香门第的日常生活之中。可歌可泣的历史被还原为极为寻常的普通生活，悲剧性的审美话语变异为维特根斯坦式的日常语言，这就是叶兆言"新历史小说"的表征之一。

　　所谓日常语言是指把语言从形而上学的领地拉回日常用法的世界，维特根斯坦在晚年就是在日常语言里找到他朝思暮想的家园。对小说来说，小说语言便是摆脱了意识形态之阈之后的一种话语，它通过对父辈故事的改编，对历史高潮的冷落来寻求新的文本效应。这种审美上的淡出让作家更潜心"反讽"式的叙述。美国当代理论家伊哈布·哈桑曾把"反讽"分为三种模式，中介反讽（前现代）、转折反讽（现代）、"中断反讽"（后现代），并指出中断反讽是这样一种境况：

多重性、散漫性、或然性、荒诞性。叶兆言的小说显然属于一种"中断反讽"，他在《夜来香》里人物与人物、人物与历史之间表现出的多重散漫的或然性特征，让叶兆言步入一种"后现代"的尴尬境地。前面曾说到在"新写实"的阵营中，叶兆言与刘震云、池莉、方方等作家有一种疏离感，这可能就是反讽类型不同的区别，刘震云和池莉基本是一种中介反讽，他们对现实和历史的反讽与批判现实主义不同，却又并未划清明显的界限，方方的反讽则是一种转折性的现代主义态度。叶兆言在《夜来香》在叙述上体现出的反讽越来越隐蔽，越来越没有方向感，有时与传统写实的话语几近一致，可细细阅读会感到一种莫名的反讽让话语聚集不到一个完整的历史观念大厦之下。

小说回归到日常语言之后，历史之舟沉没了，形而上的宝塔也随之坍塌，语言在生活形式中获取了生命，可随之而来则是另一种巨大的失落感，人们不禁会问：我们要小说干什么？

1993 年 6 月于鸡鸣寺侧

（原载《大家》1994 年第 1 期）

为了历史而放逐文本
——评格非的《相遇》

格非与叶兆言的写作姿势显然不同，格非和苏童一样，使用的是纯正、地道、规范的书面语言，与叶兆言的芜杂相比多了几分单纯。叶兆言的小说语言在同辈先锋当中是最为芜杂的，既南北相糅又古今互用而且还雅俗并举，语言游戏的意味让文本在诙谐的轻喜剧氛围中达到了自足（见拙作《为了文本而放逐历史》），而格非的语言则是最为纯粹的，在追求语言幻觉时他没有孙甘露的拼贴画式的堂皇，在表现语言质地时也缺少苏童的甜蜜，他努力将博尔赫斯的精约与罗伯-格里耶的冷观融为一体，以一种知识分子的叙事精神进行小说的操作，对抗着日益商业化的亚文化的写作方式。《相遇》更为强烈地体现出那种自觉的知识分子叙事意识，格非的出现，意味着知识分子作为真正的叙事人（而不是一种代言人）已经出现在新文学的领域。

一、历史叙事的幻觉

第三代小说家（刘恒、苏童、余华、叶兆言等）对历史的叙事激情有增无减，他们对完全陌生的世界和事件的介入，显得那样的自信熟练，笔墨也显得那样的滋润和轻灵。苏童最初的《妻妾成群》

只是对女性世界的臆想，到《我的帝王生涯》《紫檀木球》则纯粹是历史的激情现象。刘恒本是描写现实生活的好手，他的《白涡》《虚证》都是无距离小说操作的最上乘之作，但近来也转向"历史"的虚构，《苍河白日梦》便回溯到苏童、格非、叶兆言恣意畅游的那个时间河流流域之中。格非虽然也写过《褐色鸟群》这般奇幻如梦的超现实的杰作，但他的真正功力还体现在《迷舟》《大年》这样的"历史小说"写作上。《迷舟》《大年》以及后来的《风琴》里都是重在写"故事"重返历史深处的经典之作。富科曾经谈过，重要的不是话语讲述的年代，而是讲述话语的年代，格非的《迷舟》《大年》《风琴》讲述的故事都是在《烈火金刚》《野火春风斗古城》《苦菜花》的"年代"被反复讲述过的"历史"，但格非努力寻找一种远离意识形态主体中心化的自我表白的新的话语，以个人的话语，以一个知识分子的话语讲述那段历史，以澄明的心境抹去蒙在历史之镜上的意识形态迷雾。

这种纯粹的远离意识形态的个性的话语对于被已经公认的"历史"肯定是一种幻觉，但幻觉并不妨碍小说的仿真性效果。在承认真实性仍是一种理念的仿真性效果的前提下，格非叙述的历史须从幻觉转为纸上的现实。在《相遇》这部小说里，格非步入了一个全然生疏的天地之中，这种生疏是时间和空间的双重生疏的混合物，首先是一种时间上的距离与隔膜，历史发生在 1903 年，而讲述这一历史的时间则是相隔近一世纪的 1993 年，格非站在世纪之末遥遥叙述世纪初叶的一场事变，"在遥远的过去，布达拉宫的大祭司曾经作过这样一个预言：1903 年，也就是藏历的木龙年，西藏将出现一场巨大的灾难。祭司曾在不同的场合详细地描述了这场灾难的性质，但没有指明它将来自何处"。"1903 年的初夏，随着一支由英国人，印度的锡克人和廓尔喀人混编而成的入藏远征军沿着蒂斯塔河谷悄悄潜入甘宗坝，情势终于渐渐地明朗了。"小说一开头以三重时间（过去、现实、未来）的套用，充分暗示了小说的时间长度和叙述的速度，对这种时间长度的把握与叙述速度的掌握，可以说是格非最得心应手的绝活。可格非并不满足这种谙熟和自如，他把自己放入了一个比时间还要生疏的空间之中，这便是神秘的西藏。格非可能是要存心考验一下自己的想象力的强度，完全不顾后果地置自己于叙述的悬崖。格非以往的小说虽然时常冲破时光的牢笼来展现幻觉的叙事，但他叙事的基点仍立在他生活多年的江南城乡的交界处，叙述视野也是一个乡村孩童与现代都市青年知识分子的混合。对故土的谙熟极大掩饰了他在年代"差"上种种的不便，江南气息浓郁的人物、风物及至语声甚至田野上那些格非能够道出名字的农作物和非农作物，都深化了小说的历史可能性和可信度。格非将他谙熟的时间跨度架设到一个全然陌生的空间之上，青藏高原的山水风物和藏族牧民的人情世俗在格非的记忆经验里是一片空白，他只能借助历史史料和书本知识和极其肤浅的感性知识，来捕捉小说的感觉和氛围。

这种古怪的时空差异可能是格非为了获得某种古怪的激情而故意设立的，作为罗伯-格利耶和博尔赫斯在中国最优秀的"学生"，格非在整个小说中又抑制着这种激情，他以一种智慧的方式进行写作。格非这种奇异的写作方式让人想起博尔赫斯笔下的中国花园，从依赖想象的驰骋到彻底的智慧的叙述，并把这种智慧毫无痕迹地变成了历史的幻觉与叙事的可能，格非并不满足于旧的叙事模式的圆熟与老到，他仍建筑新的实验性，以叙述的冒险来测量他智性的最大长度、强度以及对历史和空间的穿透力。

二、文化记忆的缝隙

格非应该说是靠写"战争"起家的，他的成名作《迷舟》《大年》都是以一场战争和战役来制造语言的迷宫的。《相遇》这篇小说如果按照取材的性质来说，依然是描写一场战争的始末与进展过程，是写英国远征军沿着蒂斯塔河谷进入甘宗坝之后最后攻占拉萨这场侵略战争的过程。"由弗朗西斯科·荣赫鹏上校率领的这支远征军在抵达甘宗坝之前，除了高原反应和瓢泼大雨所造成的行军困难之外，他们没有遇到其他的障碍"。虽然由弗朗西斯科·荣赫鹏上校率领的入藏远征军经历了"古鲁战役""江孜夜袭"这些战斗，但这场战争并不精彩，没有太多的戏剧性和刺激性，虽然扎什伦布寺的大住持精心策划的突击队行动颇具悬念，但仍然不堪一击，最后丢下大片尸体以失败而终结，以至于荣赫鹏上校不无遗憾地说："我愿意给西藏人配备现代的英式武器，以便两军能够在峡谷外开阔的平原上重新来一次真正的搏杀。"这场惊动整个世界的世纪之战如此平淡无奇，正符合格非内心的审美态势，即使这场战争打得百般壮烈、峰回路转、可歌可泣，格非也会按照他以往的方式淡化为一个背景，他关心另一场意义上的对抗，比之硝烟、火药、血肉横飞的战场要剧烈得多、深刻得多的冲突。

这便是文化记忆的冲突与较量。格非把这场战争始终称为一种"相遇"，很妙。这确实是一种未设防前提下的精神遭遇与文化记忆的邂逅，小说设置了这般多重文化（文明）在世纪初这样的语言峡谷的相遇。弗朗西斯科·荣赫鹏上校所率领的远征军是资本主义现代文明的象征，拥有先进的武器和完善的战争策略，他弱肉强食的逻辑在 20 世纪内直到前不久爆发的海湾战争都为侵略者所信服，但荣赫鹏并不拥有真正的文化，武力的征服并不能导致文化的驯服。传教士约翰·纽曼在荣赫鹏上校的远征军入藏的十年前便进行了漫长的文化远征，他要让基督教在西藏这块神秘的土地找到落脚之地，他认为，他在中国内地积累起来的丰富传教经验一定适用于西藏，但十年下来，他始终未能打动那些蛰居山野的西藏人。所以在英军发动进攻之后，约翰·纽曼断言："英国人永远也到不了拉萨"，这显然是宗教意义上的。

同样是"异族"的何文钦作为大清帝国的驻藏官员却不是一个征服者，他始终要做一个逃避者，他"时常梦见扬州城外的舟楫桅顶，幽深的街巷，一夜风雨送来桂子的芳香"，这种梦萦魂牵的思乡之情，就在于他心中汉文化的记忆难以抹去，他要逃离神秘土地上的神秘文化。他没有像约翰·纽曼去用自己的文化记忆（宗教信仰）去征服别人，但他也不能被其他的文化宗教同化或吞没，他必须逃避。有趣的是小说没有写他与扎什伦布寺大住持的交往，而写他与约翰·纽曼的友情，这固然是何文钦的逃避，也是作家的逃避。何文钦与约翰·纽曼的相遇到相知是颇具意味深长的一笔，这似乎表示两种文化记忆缝隙之间的一种共通与超脱。作为西藏文化宗教象征的是扎什伦布寺的大主持，"身材清瘦满脸皱纹，猩红的长袍空空荡荡"，"他彬彬有礼的举止和宽厚的外表与僧侣身份极为相称"，在小说里他是作为反抗者与文化的护卫者出现的，他高奥玄秘的哲学与文化曾让传教士约翰·纽曼臣服，但在荣赫鹏面前"秀才遇到兵，有理说不清"，这位大喇嘛居然未经拉萨方面同意擅自派人"偷营"（绑架英军将领荣赫鹏）。这是一位本土民族文化的忠诚者与殉道者。所以当他和苏格兰传教士约翰·纽曼、中国驻藏官员何文钦同时造访荣赫鹏时，荣赫鹏便"不假思索"选择了他，荣赫鹏明白谁是他进军拉萨的对手。

遗憾的是，在这场文化记忆的战争中，这四个人都不约而同地扮演了失败者的角色。最先遭到败绩的当然是苏格兰传教士约翰·纽曼，他的教义非但没有能够传播，相反受到令人震惊的反讽，扎什伦布寺的大住持临终告诉他：约翰·纽曼所信奉的耶稣基督乃是佛的子弟，他是在西藏修成正果之后才回到耶路撒冷传播教义的。大住持尽管精神上收容了传教士约翰·纽曼，但在英军的进攻面前失败了，他愚蠢的以己之短（暴力、武力）去攻敌之长，上千名康巴人的血等于白流。处于两种文化冲突夹缝之中的汉人何文钦也陷入了失败的境地，他千方百计想逃离这种边地，但最终仍然没有逃出。甚至连他的身体也被当作失败的信号由河流漂送到大住持的所在地。这是 20 世纪初逃避者的命运，到了世纪之末逃避者似乎也没有比何文钦更好的选择。

到了拉萨的英军上校荣赫鹏似乎是一个胜利者，他以武力捅开了布达拉宫的大门，但是他却"感到一种前所未有的心灰意冷""他仿佛感觉到自己的许多根深蒂固的观念甚至包括时间本身在进入西藏以后都发生了不可思议的变化"。约翰·纽曼的话又在响起："英国人永远也到不了拉萨"，荣赫鹏虽然身在布达拉宫，但他明白自己永远到不了拉萨，他无法真正占有这片文化记忆深厚的高原。

任何人也无法以自己的文化去取代另一个民族的文化记忆。

三、"后乌托邦"与知识分子叙事人

"后乌托邦"的命题是我和张颐武 1992 年秋天在常熟召开的文艺信息交流会上提出的。当时有感于严肃文学的困境与第三世界知识分子的精神焦虑，特别是面对大众消费文化的冲击，如何采用新的策略来维护文学的价值和尊严，来阻击世俗情调对知识分子精神的亵渎，便有了"后乌托邦"这张盾牌。张颐武后来撰文对"后乌托邦"作了比较具体的解释，他论述"所谓'后乌托邦'指的是承认对传统乌托邦幻想及神话的消解的前提下，进行新的超越的尝试"。这既是对旧的乌托邦式的理想主义价值的批判，也是它的复兴和承继。"后乌托邦"是旧价值断裂的表征，但又是它的回归和转世再生。这种"后乌托邦"应当是知识分子在批判中重新肯定的努力，"一种借助于语言与信仰获得的诗意，一种对外在世界的新的解释和理解"。

格非在先锋作家群中最先表现为"后乌托邦"倾向，他以小说的语言之剑去消解那些倾覆历史之上意识形态神话之后，又没有只是沉浸在语言的"狂欢"（carnivalization）的轻喜剧和荒诞剧中。"狂欢"作为后现代的特定情境，涵盖了不确定性、支离破碎性、非原则化、无我性、反讽、种类混杂等"一符语音"的荒诞精神气质（参见［美］伊哈布·哈桑［Ihab Hassan］的《后现代转折》第四章）。格非小说本质上是反喜剧的后悲剧风格，他消解蒙压在历史封皮之上的尘土时，并不期望撕碎封皮本身，更不想去撕毁历史本身，他仍渴求保存历史的宁静与和谐，他争取的是知识分子的叙事权利，为了这种叙事权他不惜去触犯通行的语法规则与构词方式，但也是有节制有限度的，他没有沉溺于语言游戏的愉悦之中而自得其乐，他顽强地寻找与塑造知识分子叙事人的形象。

叙事权利具体体现在独立叙事人身上。20世纪以来，知识分子始终扮演代言人的角色，没有真正的叙事权利和叙事能力。"五四"时期，鲁迅和同辈人担任启蒙者的使命，文学革命的旋风与社会革命的浪潮融为一体。抗战爆发以后，作家很快成为民众的代言人。而新中国成立以后在极左思潮的影响下，作家又成为政治语码的图解者。

粉碎"四人帮"以后，知识分子再度扮演启蒙者的角色。然而富有讽刺意味的是，由于商品经济浪潮的冲击，启蒙者最后心甘情愿地向被启蒙者认同，教育者反过来接受被教育者的教育，从众从俗成为知识分子不得不接受的事实。王朔的大红大紫，宣告知识分子神话与人民神话的彻底破产。实验文学在颠覆既有秩序瓦解现有逻辑时却找不到自己的叙事位置而渐趋式微。实验文学的制作者几乎全以艺术家的身份进行叙事，艺术家作为"狂欢"节的主角肯定是最为合适的，但"狂欢"之后便是"日常"，在通往"后乌托邦"的路途上，"狂欢"只能是一种个性的初级张扬而陷入停滞与沉湎，而确立知识分子的叙事人才有可能传播"后乌托邦"的话语，就像布达拉宫的大祭司必须拥有预言权一样。格非是唯一的依照知识分子的精神去进行叙事的，他撇开了一些具有迷惑意味的角色遮蔽，比如苏童女性视角与童年视角的混合，王朔以粗人与痞子腔自喻，径直地行使自己的知识分子叙事权利。在《相遇》中，叙事者又处于全能全知的位置，但这个叙事者已经不是宣谕真理、主宰万物的上帝，而是一个智慧的平和的知识分子在与读者对话，他无意把读者引向神祇，但他决不亵渎神祇，他在一种"后乌托邦"的氛围中捍卫着历史、知识、文化、宗教、灵性的纯洁与神秘。我们可以与"他"在语言中相遇，而不必在现实中效尤。这是知识分子在滚滚红尘中唯一的护身符。

1993 年 8 月中旬于鸡鸣寺侧

（原载《大家》1994 年第 1 期）

海上三巫

　　几年前我在与戴锦华的一次对谈中，以"老三巫""中三巫""新三巫"来概括新时期以来的几位代表性女作家，引起了戴锦华女士的"反击"，她说这是男性话语对女作家的蔑视。说实在的，我的本意并无歧视女作家的企图，但既然我是一个男性必操男性话语，想压低公鸡嗓子说雌语也不像。虽然如此，我还是认为，"巫"作为对艺术家的称谓并无贬义，说一个艺术作品有巫气，往往是一种褒扬而不是贬抑。何况，用今天的流行的词来概括巫的话，巫还是中国原始社会最早的人文知识分子，他们上通天文下通地理，测今世，知来世，融科学和人文于一体，是最早对大自然和人的灵魂的探索者。当然，巫先天的自身局限后来被民间化、世俗化之后成为一些人装神弄鬼的代名词，那是另一回事。

　　"海上三巫"的说法是受到棉棉小说中一句话的触发。她说：我爱上海。因为上海是母的。看到这里我马上要补充一句的是：我不爱上海，也因为上海是母的。其实这并不是棉棉的首先发现，王安忆就曾撰文说过，上海这个城市是女性化的。为了表达这么一个想法，王安忆用 30 万字写了一部《长恨歌》，塑造了王琦瑶这么一个上海的阴性符号。

　　上海是母的，所以上海拼命地出女作家，人们一说起女作家马上就会想到上海大本营。上海其实也出男作家的，但不知为什么却容易给人一种阴柔之气，这可能是地气的缘故吧。倒是陈村比较促狭（"促狭"，上海一带方言，类似北京话的"损"，但不能交换使用），说他也是妇女用品，言下之意他的作品是写给妇女看的。其实，陈村的话也道出了某种真实，现在城市里读文学和看电视剧的70%是女性，男人读小说的往往都是做过文学梦的或正在做文学梦的。或许今日文学的女性化色彩浓烈与"受众"成分阴性比例加大有关。

应该说，棉棉的小说并不是那么上海化的，她说话的方式也不像上海女人那么婉转、亲切，她是哑着嗓子说话的，而且她喜欢说普通话，喜欢用北方词汇，甚至有意淡化上海的地域色彩。但她的思维又是上海式的，这不仅是她笔下经常出现那些上海生活场景，也不因为她喜欢与洋腔洋调打成一片，还在于她那种对现实处境的奇异的近乎病态的细腻和敏感，恐怕只有地道的上海女人才有。人们都说上海人不好相处，其实就是不习惯这种过分的细腻和敏感。但这种细腻和敏感的思维用到了艺术里并不俗，往往还会有出彩之处。棉棉的小说出彩的地方，就在于她运用一个女性的直觉来叙说生活的感慨，而将小说的诸多传统置之一边。或者这样说，她根本就不懂得小说的传统，她写作小说就是想叙述她的那些细腻而敏锐的被夸张了的病态的当下感受。在棉棉的小说中，记忆是不被叙述的，她讲述过去的事情，也是为了现场感。严格意义上讲，她写作的是一种非小说，因为她不知小说为何物。她只想说一些好玩的话、俏皮的话和难过的话。

卫慧和棉棉不太一样，卫慧是面对传统进行写作的，在高校接受多年的文学教育，使她意识到文学的因袭是何等沉重，她要用她的写作去改变这些传统，她在主动性地写作，写作会成为她生命的一部分。因而她必须以一个叛逆者和反抗者的姿态进行写作，只有这样她才能找到写作的动力和书写的空间。《像卫慧那样疯狂》与其说是一篇小说，还不如说是她的一篇文学宣言。这有点像鲁迅的《狂人日记》一样，它是整个新文学的一篇宣言。当然，卫慧成不了鲁迅，20世纪后半叶的写作者注定成不了鲁迅那样大师级的作家，他们只能被笼罩在鲁迅的影子里。卫慧的小说或许可以看作是90年代的《莎菲女士的日记》，这是新一代文学女性的烦恼和苦闷。卫慧现在追求一种有速度的叙述，她太想洗掉传统小说的印记了，那些很有语感的句式无不显示她与传统决裂的勇气和才华，不过她将为她的这种决裂付出代价。

比起以上两位"叛徒"来，赵波更像一个上海的女作家。就从题材来说吧，卫慧也写爱情，但她的爱情是在"疯狂"状态下出现的，她的爱是与性同步的，而棉棉则喜欢写那种无爱之性，性与爱是分离的，性与爱不是一个概念，所以她的母亲看了她的小说会很不以为然。而赵波的小说则处处去建造一个爱情的乌托邦，她的小说眉眼之间不时闪现着张爱玲式的无奈和冷寂，当然更重要的是她的与生带来的温情。另外从行文也读出她对上海这片土地的文化传统表现出过多的宽容和理解，当然还有迷惑。陈村说她"知道东西要堆堆好，有头有尾的应该本分"。这是一个不低的评价。

赵波的小说本来作为都市里的"小女子小说"（原谅我又杜撰一个新名词）应该有一席之地，遗憾的是她的小说也被人迅速"克隆"了，一些模仿赵波的小女子小说畸形地昌盛起来，而编辑和评论家往往难分原创和粗陋的模仿，一律予以捧场，倒弄得赵波不知如何是好。

（原载《时代文学》1998年第6期）

难忘《长恨歌》

我在文学刊物当编辑的时间有十年的光景，和那些德高望重的编辑家们相比，实在是一个资历很浅的人，但当编辑所经历的一些事例也是蛮有意思的。

做编辑一定要有文学敏感和策划能力，特别是进入 90 年代之后，文学发展的动力好多是来自编辑部的热情和敏锐。当然这也是容易遭到非议的。比如为一部小说开作品讨论会，一般会被当作炒作，可是如果不炒作又不会引起人们的注意，这实在是一个两难的事情。我印象最深的就是《长恨歌》，现在《长恨歌》荣获茅盾文学奖，上海市专门开了大会庆祝这一代表上海文学高度巨作的产生，可谓好作品有好报。虽然王安忆的每一部作品都能产生很大的影响，但《长恨歌》却是慢热的。作为《长恨歌》的责任编辑，我以为是我编辑生涯中最成功的作品，也是我最喜欢的作品之一。好的作家的出现有编辑的眼光起作用，好的作品更多的时候是碰上的，虽然今后我还要继续做编辑，但很难再碰到像《长恨歌》这样的作品了。现在来说自己与《长恨歌》的关系，大有"搭车"之嫌，但其中有些还是能反映文坛的一些鲜为人知的趣事。

1993 年 11 月，我到上海参加中国文艺理论学会的年会，当时担任学会秘书长的张德林先生（现任会长）写信力邀我一定参加，说会上将有一些重要的信息。我向编辑部请假去上海开会。当时我在《钟山》编辑部担任理论编辑，并没有发小说稿的任务，编辑部却"及时"抓了我的"差"，要我找王安忆、陈村、李晓、格非等人约他们的小说稿。到了上海以后，我马不停蹄地找这些作家约稿，我住在华师大，很快和格非取得了联系，到李晓家是一天晚上，我跟华师大的研究生借了一辆自行车骑过去的，李晓和父亲巴金住在一起，到巴老家时，巴老好像刚过九十岁生日，家里放满了各界送来的花篮。我和李晓聊了一个多小时，李小林也过来坐了一会儿，她当时还和我开玩笑说，"《钟山》看好"，"看好《钟山》"，当时《钟山》开了一个叫"钟山看好"的栏目，是我负责组稿的。

　　和王安忆联系上以后，她听说我还要到陈村那里，就说，你先到陈村家去吧，我到陈村家和你们会合。我以前没和王安忆打过交道，但这一件小事给我留下深刻的印象。一个外地人一个下午要跑两家是蛮累的，上海的路七拐八绕，又不是很好找，王安忆都为人考虑到了。和陈村通电话之后，他说你找到妇女用品商店之后，就好找了。陈村有一次在电视台做节目，说他住在妇女用品商店后面，他自己也是"妇女用品"，因为他当时写作了大量的"小男人散文"。不过陈村指的标志性建筑——妇女用品商店，倒是找到他居所的好地方，我几乎没走什么弯路就找到了陈村。在其他城市找人，往往要费很多周折才能完成，而陈村指路明确足见其聪明和工作的高效率。

　　陈村的嘴巴不饶人，在文坛是出了名的。但陈村为人却是非常热心的，我们编辑部有几次在上海找人约稿，便是请陈村召集的，他一点也不厌烦。1992年我刚学会下围棋，陈村和上海的作家到南京打擂台，我根本上不了台，他看我一个人很无聊，就主动提出和我下一盘，他很温和地和我一手一手地下，下到中盘以后，我想投子认输，他阻拦我，并告诉我：你想长棋艺，一定要坚持收完最后一个官子。

陈村当时是电脑的发烧友，正在倒腾各种软件，我到他家的时候，还有一位软件发烧友在哩。

我在陈村家坐了一会儿，王安忆就来了，她给我带了两本她的书，一是她刚出的长篇小说《纪实与虚构》，一本是创作谈《汪老讲故事》。她说来之前刚看过我在《文汇报》上的一篇文章《平面人与精神侏儒》，她说挺有意思的。我有点惊讶于她的阅读量——如此关注文学评论！我把来上海找她的意图说了，希望她能给我们写点中篇小说，她说不行，她在写长篇。我问她什么内容，她说是部关于旧上海的小说，她说她要写一个上海小姐的故事。我说，那好。王安忆说，有三十万字。能发吗？我说，能。其实，我当时只是一个普通编辑，按理说应该请示一下领导，但当时的气氛不让你请示，你请示就可能让这部小说飞了。王安忆又说，不能删，《纪实与虚构》在《收获》发时删了，效果不好。我说，不删。我当时一口气答应下来，是因为刚刚看过她的长篇《纪实与虚构》，非常喜欢这部小说。王安忆知道我很喜欢《纪实与虚构》，仿佛考验我似的，又说了一句：和《纪实与虚构》风格不一样。我笑了起来，你每写一部小说都会有变化的，我希望比《纪实与虚构》要好。她保守地说：那很难说。我也觉得很难，因为《纪实与虚构》已经写得相当好了，要能达到那样的水平就非常好了，哪能企求超越。一个作家的作品是很难不断超越自己的，她心里可以想超越自己，但做起来谈何容易。我问她什么时候能交稿，她说已经写了十万字了，1994 年的上半年能完成。我说写好了就寄给我，她说好，不会给其他刊物其他人。

到 1994 年 8 月份，我打电话给王安忆，问她小说写得怎么样，她说才有十万字左右，我说去年年底不就有了十万字吗？她说不满意，我重新写了。我一听，不禁有些感动。像王安忆这么认真的作家，虽然不是绝无仅有，但把十万字推倒重来，只能用对艺术的执着和对自己的负责来理解。因为《钟山》当时特别缺好小说，领导希望能先把她的长篇连载起来撑一撑，另一方面也是圈地的方式，各个刊物为了抢稿也是使尽招数，如果先连载了就断了其他编辑部的念头。王安忆在电话里坚决反对。虽然我用《阿 Q 正传》也是连载来说服她，但她轻轻地否定了：那样太缺少照应了。1994 年底，《长恨歌》第一部寄来，她当时还没有用电脑写作，娟秀的字迹清清爽爽，近乎一丝不苟，编这样的稿件特别舒服，而小说的内容更是让人惊叹，我读完之后，连连称道：经典，经典！小说一共三部，我们便分三期载完，她也是一部一部寄来的。发第二部的时候，我被医生怀疑有心脏病，住院检查期间，请当时在编辑部客串的鲁羊看了校样，所以后来茅盾文学奖发的证书上写的是我和鲁羊的名字。鲁羊也对《长恨歌》极为称赞。

　　奇怪的是《长恨歌》发出之后，并没有引起太多的注意，也没有产生强烈的影响，评论界当时正忙着讨论人文精神这样重要的关系到中国文学何去何从的大问题，小说已经没有作家的言论重要，没有那些危言耸听的宣言引人注目。我问过好多的评论家，他们居然都没有读过，尤其是上海的评论家居然也有不少的人不知道这部重要的作品。我有些着急，怕这部作品被埋没，那就太对不起王安忆，也对不起文学史，和编辑部的同志一商量，决定到上海开《长恨歌》的作品讨论会。说实在的，讨论会本身是有些蹊跷的。你打开现在的报刊，发现几乎所有的讨论会都在北京举行，在上海的作品讨论会是凤毛麟角，这是一；讨论会当时是以三家名义举办的，但另外两家是挂名的，经费是由《钟山》编辑部出，据我所知，近十年来，《钟山》为作家的一部作品开讨论会好像绝无仅有，而《钟山》是江苏作家协会的刊物，王安忆是上海作家协会的专业作家，这是二；《长恨歌》由作家出版社出版，出版社是最直接的受益者，但出版社缺席，这是三。

到了上海以后，曾有一位上海的作家朋友跟我开玩笑说，你们编辑部的钱还不少哩，我说，《长恨歌》确实写得好。

1995年10月10日下午，《长恨歌》讨论会在上海作协的会议室举行。这可能是我参加的最朴素的作品讨论会，会场上没有拉横幅标语，也没有现在讨论会上常见的官员，更没有官员的套话，发言者也没有麦克风扩音。没有电视台摄像机的强光，也没有领完红包就走人的媒体们坐在"边缘"。没有纪念品，也没有审读费，奇怪的是会后居然没有安排工作餐，我们事先曾做了便餐的准备，但上海的朋友谢绝了。上海《文学报》在报道这一消息时，也比较客观，同一版面上另一个规格高的会议占据了显眼的位置和重要的篇幅，但现在人们早就忘了那个作家的作品。虽然会议极为简朴，但上海评论界的大腕们一个也没落下，这说明上海评论界当时的风气没受污染，更主要的还是王安忆的号召力，她的人缘，她的人格魅力。会议开得比较热烈，女作家陆星儿、王周生由衷地感慨，读了《长恨歌》，觉得没法写作，更没法写上海了。当然，会议也有缺憾，就是好几位评论家没有看《长恨歌》，影响了讨论的深入。我在会议结束时，开玩笑说，如果我们的讨论会能让大家去看《长恨歌》，就完成了任务。

虽然会上没有轰轰烈烈，但会后还是产生了一些小小的"轰动效应"。一是由张爱玲引起的，因为讨论会前夕，海外传来消息，一代才女张爱玲悄然离世，这自然引起了人们诸多的议论，而《长恨歌》与张有着暗暗的承续关系，也自然成为有趣的话题。有人说，《长恨歌》是一部比张爱玲还要张爱玲的小说，在读《长恨歌》的过程中，听到张爱玲去世的消息，也觉得张爱玲可以去了，因为有了比张爱玲还要张爱玲的传人。复旦大学教授陈思和认为王安忆取得的成绩已在张爱玲之上，张爱玲文学的主要成就在早期。这在会上引起了关注，王安忆自己说她和张爱玲不一样，张爱玲是达到了虚无的边缘，而以往的作家是从虚无出发，走向享乐主义，张爱玲是进入虚无的境界，可我不喜欢她抵抗虚无的方式。我不觉得我比张爱玲好，但理想比张爱玲高。王安忆说她想在《长恨歌》中用最写实的东西表达最抽象的东西，在《米尼》中曾试图用实在的东西去表达抽象的东西不太成功，《长恨歌》带有一定的妥协性，向故事妥协。王安忆与张爱玲的高低，会后的余波未消，陈村后来在《新民晚报》发表文章调侃说王安忆直追张爱玲，有点像浦东房地产直逼徐家汇似的。还有一句便是我说《长恨歌》出现之后，写旧上海的小说暂时可以画上一个句号了。后来山西韩石山在《文学自由谈》撰文说我评价过高，"前无古人"尚可，"后无来者"就不免夸大了。我在会上说王安忆的《长恨歌》是"三重挑战"，一是对题材的挑战，因为《长恨歌》的生活内容不是新的领域，过去有人写过（比如张爱玲），现在也有人写，还有人在拍电影，张艺谋、陈凯歌、陈逸飞都拍过，可以说是时髦的老题材，王安忆不怕"崔颢题诗在上头"，既表明她的自信，也表明她强烈的挑战意识。二是对自己的挑战，张爱玲的小说基本上是在写自己，或与自己相关的人与事，而《长恨歌》脱离了"自己"，王琦瑶是王安忆生活中未曾有过的记忆，但王安忆写得很精彩，从40年代写到90年代，时间跨度很大，对当下的把握甚至比40年代还要精妙。三是对文体的挑战，写长篇而放弃描写的客观叙事法，以带有阐释性质的叙述贯串始终，是自我设置障碍，这种写法很难把握叙述者和人物的关系，《长恨歌》写得清爽，功力非凡。《长恨歌》之后，写旧上海的小说，会暂告一段落，因而很难超越王安忆。这话如果细细分析，是有些绝对化，人家没写出来怎么就可以说不如呢？但一部好的小说也是多少年才能产生一部的，尤其是写一个地方、代表一种城市精神的作品更不是轻易能产生的。

2000 年年底，茅盾文学奖在浙江颁奖，我因为离开编辑部没能去参加，感到很遗憾。不过，又感到很欣慰，就是当初的努力得到证明，"炒作"《长恨歌》是有预见性的。当然，这多少有自作多情，或者沽名钓誉的成分，或许王安忆的作品根本就不需要什么讨论会来证明价值，《长恨歌》生来就是天生丽质，任何涂脂抹粉都是多余的。

（原载《青年文学》2001 年第 5 期）

冰洁：透明的流动和凝化

——评迟子建的散文集《伤怀之美》

　　大约在十年之前，在《小说选刊》上读到了一篇迟子建的小说，叫《沉睡的大固其固》，后来又读到了她的《北极村童话》等一些小说，我便留心这样一个萧红的"后人"。她从哪里来？要到哪里去？她是谁？

　　或许这种追寻的念头让我写了关于她小说的第一篇评论文字，这"第一"的说法当然是事后迟子建告诉我的，我没有想到我会在她活着的时候能够见到她，我想她有可能像美丽的萧红一样突然飘忽而去，在现代文学史上留下一个回味无穷的感叹号让历史在那里徘徊不已。这种"活着"还有另一种含义就是文学生命的茁壮，很多早慧的文学才人往往来也匆匆去也匆匆，处女作是成名作，也是代表作，然后便每况愈下，或离文坛远去，或虽有新作问世但常不堪卒读，虽生犹逝。迟子建不然，她不但活得健康美好，而且文学的身躯越发高挑和丰腴。我后来读到她的长篇、中篇、短篇，发现她在不断发现自己、不断调整自己、不断提高自己，蔚然成为一片茂盛的小树林。近来我又读到她列在云南人民出版社"她们"丛书中的散文集《伤怀之美》，我惊异地发现，迟子建的所有美学追求在她的散文里有一种超水平的显现和优美的表达。把这种浸透在散文里的诗学意识和文化情怀揭示出来，或许会更有利于我们对迟子建文学理想的理解，也更能确认迟子建在当下文学进程中所处的方位。

一、冰的精神与寒冷美学

中国古代文学对女性的审美理想中有一项叫"冰肌玉骨"，记得苏东坡有一首《洞仙歌》，是这样写的：

冰肌玉骨，自清凉无汗。

水殿风来暗香满。

绣帘开，

一点明月窥人，人未寝，

敧枕钗横鬓乱。

起来携素手，庭户无声，

时见疏星渡河汉。

试问夜如何？夜已三更，金波淡，玉绳低转。

但屈指西风几时来，又不道流年暗中偷换。

苏东坡这是描写蜀主与花蕊夫人夜凉摩诃池的情景，但在这首词里无疑寄托了个人的审美理想，也是研究中国美学的一个重要侧面。中国文人以美人的冰肌玉骨为美之极致，同时又反过来以洁冰和寒玉来自喻自身的清白与高尚，所谓"一片冰心在玉壶"之类的自白都是此意。这既说明中国文人的审美的阴性特性，也反映了文人对透明无瑕乌托邦幻境的向往。

而迟子建的寒冷美学则不是建立在乌托邦的前提下，她的寒冷美学来源于她自身的生存环境和现实空间。她出生在漠河，那里每年有多半的时候被冰雪笼罩着，零下三四十度的气温是司空见惯的。她外婆家的木刻楞房子就在黑龙江畔，每年八九月份，雪便从天而降，这时节林中和江面都是一片白茫茫的。奔腾喧嚣的黑龙江便结满了厚厚的冰层，只有极深处的水在河床潜流着。这些情景都是迟子建通过她的小说和散文告诉我们的，她虽然不是终年累月生活在冰天雪地里，可她对冰天雪地的感受和体验不是像苏东坡们借助想象的翅膀来实现的，而是在冰天雪地里长大的孩子。说迟子建是文学上的冰雪之女，不仅是风格学意义上命名，也是对她生存的大自然与她的关系的质朴的描述。

这种寒冷美学首先表现为一种苍凉而透明的境界。中国古代的美学有很多苍凉的诗篇，但大多以浑厚沉实取胜，或许是她生活在与俄罗斯相望的黑龙江畔的缘故，迟子建的美学源头有些接近俄罗斯文学那种苍凉而透明的风格，可又没有俄罗斯文学那种令人压抑的忧郁和阴冷，而是一种暖性的乐观的寒冷美学。她在《冰灯》里这样写道：

冰是寒冷的产物，是柔软的水为了展示自己透明心扉和细腻肌肤的一场壮丽的死亡。水死了，它诞生为冰，覆盖着北方苍凉的原野和河流。

这或许可用来概括迟子建的散文审美内核，追求冰洁的美学品格和人格力量，"柔软的水"死了，死得并不凄切和悲楚，它的死亡是为了"展示自己透明的心扉"，当然还有"细腻肌肤"——这"细腻肌肤"很有意思，它一方面说明女作家独特的审美视角，对美好肌肤的热爱，另一方面又表现作家对外在美和内心美完美人生的执着追求。但这种完美又不是独善其身式的自我欣赏，而是有一种博大的情怀和人生价值，"覆盖着北方苍茫的原野和河流"，何等壮丽的死亡，何等壮丽的人生，但这种壮丽是用柔软和透明来实现的。这种冰的精神不仅可以用来概括迟子建小说的面貌，也可以用来表达她的整个文学取向的口味。

　　迟子建把自己的散文集取名为"伤怀之美"，并说，"伤怀之美像寒冷耀目的雪橇一样无声地向你滑来，它仿佛来自银河，因为它带来了一股天堂的气息，更确切地说，为人们带来了自己扼住咽喉的勇气"。迟子建把她钟爱的伤怀之美以"寒冷耀目"来概括，是"来自银河"，并说"带来了一股天堂的气息"，说明她对这种寒冷美学的偏爱，而且从中不难感受到我们在前文所引用的苏词的寒凉气息，"时见疏星渡河汉"，也同样是伤怀之美。

　　为了说明迟子建与这种寒冷美学的联系，可以通过她的访日札记的一段情节和文字来说明"冰肌玉骨"是怎样让她充满喜悦而又难以忘怀的。作者在访问日本期间，到露天温泉沐浴，"这一推我几乎让雪花给吓住了，寒气和雪花汇合在一起朝我袭来，我身上却一丝不挂：而我是不想再回头，尤其是人望着我的时候，是绝不肯退却的"。"我全身的肌肤都在呼吸真正的风、自由的风。池子周围落满了雪。我朝温泉走去，我下去了，慢慢地让自己成为温泉的一部分，将手撑开，舒展开四肢。坐在温泉中，犹如坐在在海底的苔藓上，又滑又温存。只有头露出水面"。"我呼吸着新鲜潮湿而浸满寒意的空气，感觉到空前的空灵。也只有人，才会为一种景色，一种特别的生活经历而动情"。苏东坡的意境是"他者"，是带有窥视性质的，而迟子建的"冰肌玉骨"是自我体现的，是坦然地与大自然融为一体的。这里不是一般的人体美，也不是一般男性笔下带有观赏把玩甚至带有潜在意淫趣味的女性之美，而是"一种神圣的不可侵犯的忧伤之美，是一个帝国的所有黄金和宝石都难以取代的"。这种神圣不可侵犯就在于，它是由冰的精神升华出来的苍凉而透明的寒冷美学。

　　在迟子建的散文中，那些充满亲情的文字又是一种伤怀之美，像《灯祭》《悼三姨夫》，都是缅怀亲人的动情之作。我在迟子建小说《北国一片苍茫》中曾看到那样一种父亲的形象，说是一种"俄狄浦斯"可能不够确切，那是典型的"审父"之作，对父辈的怜爱与悲悯以及批判都包容其中。在《灯祭》里我看到的是一个带着伤怀心绪的晚辈对生命消失的惋惜，对父辈养育之恩的感激，使"灯"成为一种人性光芒、真情的化身。而《悼三姨夫》里那位老实巴交的普通人，着墨虽不多，可依然浸透了苍凉的人生之情。《挂雪的树枝不垂泪》就直接把这种哀思化作寒冷美学的具象，作家对林予老师的思念，就变成了动人的树挂："我又一次想起了初冬松花江岸那些美丽的树挂。如果是雨落在树上，树就会垂泪。而如果是霜雪落在树上，树就仿佛拥有了无数颗雪亮的白牙。能让人看见白牙，那树必定是灿烂地笑着"。在她寒冷美学的观照下，挂雪的树枝便不像流雨水的树枝那样哭哭啼啼，有一种宽敞的情怀。

在《伤怀之美》中有一篇叫《年年依旧的菜园》，是写作家小时候和外祖父外祖母生活的情景，写与外祖父外祖母一起侍弄菜园的往事，写菠菜、生菜、白菜，写香菜、水萝卜、土豆，写豆角、倭瓜、黄瓜，还写茄子秧、柿子秧、辣椒秧，还有外祖父那句话："别小看我这片菜园和自留地，它可以养活城里的几十条人命呐。"作家在成年之后，远离了外祖父、外祖母，也远离了菜园，"我就很自然地用手拿起笔回忆那些让人感觉到朴实和亲切的消逝了的日子。回忆那菜园，菜园中的蚂蚱和蜻蜓；回忆麦田，丰收后有稻草人屹立在麦田里的情景。我便觉得那田野的风又微微吹来，我的心头不再是一潭死水，我生命的血液又会畅快地在体内涌流起来"。在此文的结尾，她写道：

> 我的手是粗糙而荒凉的。
> 我的文字是粗糙而荒凉的。

　　说自己的手和文字是荒凉，并不是一种自谦，而是有一种自得和自足。在另一篇《女人的手》里，她又发现"菜园"的奇异效果："女人的手为什么不容易老呢？我想其中的一个主要原因是由于它们经常接触蔬菜水果、花卉植物和水的缘故。女人们在切菜的时候，柿子那猩红的汁液流了出来、芹菜的浓绿的汁液也流出来、黄瓜的清香汁液横溢而出、土豆乳色的汁液也在刀起刀落之间漫出。它们无一例外地流到了女人的手上，以丰富的营养滋养着它们，使它们新鲜明丽。女人的手在侍弄花卉和常绿植物时也要沾染它们的香气和灵气，这种气韵是男人所不能获得的。"这种美妙的想象，实在是迟子建的"菜园情结"的又一写照。因为她的这一美妙的想象在科学上是大有疑问的，好在她写的不是科普类文字，她可以把她的菜园功能发挥到绝对极致。

　　这种"菜园情结"是建立在对大自然的挚爱的基础上的，对人与自然的密切关注使得迟子建的"菜园情结"慢慢转化为带有绿色和平主义的倾向，也由对故土的热恋发展为对人类环境的关切。在《哀蝶》这篇美文中，作家毫不避讳自己小时候，是个"扼杀蝴蝶的小妖魔"，她的心还在为二十年前的过失而颤抖，并在文中表示要"向着极北的童年生活领地鞠一躬，哀悼那些毙命于我掌心的蝴蝶"。多年之前的事情依然难以忘怀，为美的毁灭，为美的消失，为生命的早逝，为生命的永生，她文中描绘的种种美丽而透明的翅膀，正是她理想的美学表征。

二、阿央白意识与性别神话

　　在迟子建这本《伤怀之美》的散文集里，有一篇叫《阿央白》的很奇异，虽然依旧是她常用的笔法，但描写的对象和抒发的感情却是一种变调。一般说来，迟子建的思路与女权的策略相距较远，她的小说基本上是风格学意义上的女性文学，而不是性别意义上的女性文学。但这篇《阿央白》却越过了风格意义上的女性，有了性别意义上的女性特征。

　　它是如此安然地出现在我面前——阿央白。晨光弥漫了空悠悠的山谷，它面朝着鸟声起伏的山谷，把它惊世骇俗的美一览无余地展现我面前。

　　我远远地看着它，它的黑褐色的质地、轮廓分明的曲线、睥睨世俗的那种天真无邪的气质。我们就在那一瞬间温存地相遇了，阳光在它身上浮游着，它似乎就要柔软地莹莹欲动，就要流出一股莹白芬芳的生命之泉。

迟子建文中所说的阿央白是一尊刻有女性生殖器的石窟，是白族先民原始崇拜的特殊雕刻。阿央白赤裸裸地展现在庄严的佛教圣地，与周围石窟中的菩萨、南诏国王及侍从坦然相处，本是大理的一大奇观。虽然迟子建也对此作了一些哲理性的阐释，譬如"它跻身佛教圣地，是否提醒人们能做佛的思考该是由人开始的，而不是神。只有人才能思考宗教和哲学，而人是从母腹中爬出来的，阿央白是我们生命的窗口，我们的思想在做无边无际的精神漫游时，不要忽视生命本身的东西"。这固然是精辟的妙论，但这样的哲理并不是她一人所能发出，一些男性作家譬如余秋雨或许比她更深刻更有历史纵深感。在这篇散文中有意义的是作家"我"与阿央白的联系，在我们上述的引文中，第一部分里阿央白还是处于被看的位置：出现在我面前。而第二段的引文里，"我"和它相遇了，而且是"温存地相遇了"，"相遇"就意味着双方处于一个平等的境地，同为"看"又同为"被看"。这一点在后来的描写中更为明显："晨光涌动着，我和阿央白同样沐浴着光明。我走近它，仔细端详它，我其实是在端详自己。"把阿央白当作自己来审视，这是迟子建写作中的一个变奏。阿央白是一个物，而且是一个女性生殖器，迟子建做出这般认同，摆脱"看者"的身份，说明性别意识的觉醒。这种性别意识还表现在对阿央白的具体描写上，"它似乎就要柔软地莹莹欲动，就要流出一股莹白芬芳的生命之泉"，这样一段优美的描写，是女性生命欲动的升华，也是灿烂的大自然与人的灵性的交媾。在迟子建以往的小说中，她很少写到自我的女性愿望，而在阿央白面前她天真无邪地述说女性生命的性意识，并视为真正的美。这表明她的审美意识在悄悄地发生嬗变，从"冰肌玉骨"的男性"他者"转为自我意识明晰的女性自身。

当然，这是一个艰难的过程。迟子建将和许多女作家一样碰到很多巨大的难题，在《阿央白》这短短的文本中，对阿央白的称呼就该让她费了一番心思。阿央白作为一件雕塑，它首先是一件物，而物的称谓在汉语的指称代词是"它"，但作为生命的窗口，它又不是一件物了，尤其是作家对它进行赞美时，这又是一个人化了的它了，"我走近它，仔细端详它，我其实是在端详自己"，"它"与"我"的置换显然把作为雕塑的阿央白人格化了，但这里"仔细端详它"的"它"则应该是用"她"字，然而迟子建即使对阿央白的赞美达到最高潮最辉煌的当口，也没有使用这个"她"字。要是在男作家那里，虽然有可能全篇不用"她"字，但到了赞美时，必然要不由自主地改换成"她"字，我们在杨朔等人的散文中时常见到。而迟子建在全文中始终不变地以"它"进行指称，不论阿央白是作为一块冰冷的石头存在，还是作为生命作为作家的统一体出现，都没有发生变异。我想这一方面与迟子建严谨又不拘束的语法修辞方式有关（她做过师范学校的学生、老师），另一方面则是性别意识在文本中的显现。因为在女性主义的目光里，"她"与"他"的分工不同，"他们"对"她们"的涵盖，"她"对"它"的替代（虽然是在感情升华时才出现这种替代），都是男性话语中心的产物，都是对女性存在的蔑视。因而迟子建在这篇散文中采取的立场就似是带有某种性别色彩的选择。有趣的是迟子建又好像并不特别在乎自己的女性立场，她好像并不在乎"被看"的境地，更重视美的境地。在文中有这样一段话很有意思："阿央白诞生了，而且存在下来，并且将要获得永生。雕它的人没有留下名字，但我觉得当他用刀凿划出一道道痕迹时，他一定是敛声屏气用心在雕刻。雕它的人一定是一个心性很高、懂得温暖的人，也是一个真正懂得艺术之美的人。我与阿央白邂逅的一瞬，我便于无形中看见了一双手拂过它的痕迹。那只能是一双男人的手，只有男性的手才能使女性的美获得真正意义上的解放。"这里写到男人与女人的关系，本是很能表达迟子建的性别的时候，然而她却用这样的话来表达："只有男性的手才能使女性的美获得真正意义上的解放"，在这里有几个词值得注意，"男性的手"，"女性的美"，"解放"，就本文的语境来说这几个词是不会发生歧义的，可如果我们撇开阿央白石雕的语境，就发现"只有……才能"这样的绝对条件的关系句至少潜伏着两股相对的性别走向，一是女权意义上的，女人至今未得到彻底解放是因为男人那只无形大手的束缚，是男人那只无形大手遮蔽了女性的美、女性的天空、女性的阳光。另一种则是非女权意义上的，女人的命运最终还得靠男人解决，这又是缺少女性自我解放的意识，而简单地回到了男性文化的怀抱了。面对一个庞大的男性社会文化谱系，不用说迟子建这样并不以女权思想自居的作家，就是那些以女权主义为己任的"革命者"，也常常会掉入自我悖反的两难之中。

（原载《当代作家评论》1996 年第 1 期）

诗的生命

世界上好多生命在消失，而诗的生命永远不会消失。诗无需绿党来保护，诗不需要任何组织和任何个人以组织的名义来保护。诗永远存在于精神之中，精神不死，诗亦不死。

1988 年夏天，我认识了青年诗人海子。1988 年秋天，我认识了青年诗人骆一禾。他们永远是青年诗人。与一禾只有一面之交，没有深谈，现在已经记不清他的模样，假如在地狱中天堂中重逢，不知道还能不能在众灵魂中认出他的形象来。和海子很熟，88 年夏天我们几个经常在水碓西里那幢楼上一起喝酒。海子每次总是喝醉，喝醉了还要喝，因为我喝酒从不谦让，海子喜欢跟我喝。海子谈得最多的是艺术，是诗歌，他南方型的身材并不魁梧，甚至显得有点精致，滔滔不绝的话语不容人置疑，后来我读他的诗才明白为什么海子讲话时语言老是迸发出一种金属的声响和阳光的锋芒。

海子的诗与梵高的画在本质上是一致的，他们都能让人感到生命燃烧时的状态是多么辉煌与炽烈。海子诗中那种滚烫的浪漫主义激情实在令人惊心动魄，那种对史诗的痴迷追求也实在是惊世骇俗。现代人摒弃文学创作中的浪漫主义精神，与其说是文学观念的变化，还不如说是对世俗现实的巧妙认同。当越来越多的诗歌成为世俗生活的一部分的时候，海子的诗只能沉默。沉默有时是一种高尚精神的外壳。海子的浪漫主义精神是一种天性的自然的流露，不是刻意追求惨淡经营的结果。在世俗观念开始横流的社会里，追求并保持精神上的浪漫主义状态已难得可贵，而拥有这种天籁般的灵泉，海子可谓独天得厚，其命运亦是不难想象的。

海子并不孤独，他与骆一禾对角线一般构成了奇妙的超常的呼应。他们像两个星座互相照耀着互相构成着，他们在诗歌艺术上的共同性好像还不如他们的友情深厚，他们几乎有一颗共同的人类的心。在现代文学史，像这样"互文"的诗人关系极为罕见，像是传说，也像是神话。

海子的诗可用灼热一词来形容其风格，而骆一禾的诗始终是沉静的智慧的，在"倾向派"（1988年海子、骆一禾曾与友人编即《倾向》诗刊一期）诗人中，骆一禾总是以一种父辈的慈祥、宽厚和智慧显现出与众不同。同样写作诗论，海子基本上仍然是在用文字写诗，不分行而已，而骆一禾则是哲学性的分析性的，他在阐释别人时其实也在阐释自己，他在阐释海子生涯时也就是阐释骆一禾生涯。骆一禾与海子同样都是大山，海子是爆发的汹涌状态，骆一禾则是爆发之后的凝固之势，虽然表象是平静的，但依然是生命流动的痕迹。骆一禾的诗以其语句的绵长与从容表现出智者的风度，他诗中那种长短句协调的和谐是他智性与灵性交合的象征。

海子和骆一禾按照诗的方式写作，按照诗的方式生存，也按照诗的方式消亡。他们是纯粹的诗人。在通往现代史诗艰险的旅途上，海子和骆一禾显然不是第一人，也不是最后一人，他们的艰苦跋涉不会被人们遗忘。他们为史诗提供了一个重要元素，这就是"麦地"意象。

麦地

别人看见你

觉得你温暖，美丽

我则站在你痛苦质问的中心

　　被你灼伤

我站在太阳　痛苦的芒上

麦地

神秘的质问者啊

当我痛苦地站在你的面前

你不能说我一无所有

你不能说我两手空空

　　这两位同在中国农村度过少年时光的青年诗人已成为我们的"麦地"，我在阅读你们时"被你灼伤"，你不能说我一无所有，你不能说我两手空空。

　　1989 年 3 月底，我在长途电话里听到北京的声音说海子卧轨时，我不敢相信，1989 年夏，刚参加过骆一禾追悼会的马力途径南京告诉一禾的噩耗后，我没有惊讶。

　　（此文为《海子骆一禾作品集》序言，南京出版社 1991 年版）

第三辑

声　音

"东方"的没落

——与哈斯顿教授一席谈

时间：1992 年 9 月 20 日

地点：南京大学专家楼

对话者：哈斯顿、王干

约翰·哈斯顿教授来南京中美文化中心讲学月余，多次与笔者接触，谈及一些文学问题，今征得同意，略作整理，未经教授本人审阅，所有舛误皆由笔者负责。

哈斯顿：听人介绍说，王先生是青年评论家，我在北京、上海等地也与一些青年评论家打过交道，让我纳闷的是青年评论家这一称谓特别奇怪，这既不是一种职称，也不是一种社会组织，但似乎又兼有这二重意义，是一个流派？好像也不是。我想听听王先生自己的看法。

王 干：（笑）你的问题非常有意思。本来作家、评论家、教授、学者前面都不应加上青年、中年、老年这样的字眼，但在中国有时却有着特殊的可意会而不可言传的意味。因为，在 1976 年粉碎"四人帮"之后新时期文学开始的那一段时间，老作家便是一种很受人们注目的称呼，至少它意味着著述丰富、备受迫害、矢志不移乃至才华横溢这样复杂的人生内涵、政治内涵和文学内涵。而以后，就不一样了，有人会因被称为老作家而大惑不解。

哈斯顿：是不是与保守、固执、心胸狭窄等不那么动听的词有关？

王　干：这很难说，最主要还是搞文学的人总是希望自己永葆青春，永远保持年轻的心态，所以不愿"老"。

青年评论家最初是以群体的方式出现的，因为思维方法、艺术视野、文学观念和批评的操作方式都不同于一般的中年评论家，它代表着一股潮流，意味着一种新的文学力量，所以青年评论家的名声格外响亮。

哈斯顿：也就是说，青年评论家这一称呼本身带有反传统、反规范、反权威的意思。哦，我明白了，东方人比较含蓄，不愿称自己为"先锋派"或者"愤怒的一代"或"垮掉的一代"，而以"青年评论家"冠之。

王　干：哈斯顿先生，您脑子里那个"东方主义"的意识太强烈，随时随地都用这个既定的模式来套中国的文学现象和其他现象，肯定不能得出正确的结论，这也是没有办法的事情。

西方人受"东方主义"的影响太深了，他们总是用莫须有的概念和定义来理解一些问题和现象，有时非常幼稚，有时非常可笑，有时则让人愤怒，我觉得国际文化界和学术界特别是比较文学界应该清除"东方主义"这样一个带有种族主义色彩的思想框架，才能进行平等的文化交流和学术对话，要不然，我们依旧是在欧洲中心论的阴影下活动，并不能真正获取到人类共有的精神财富，也不利于世界文化的发展。

哈斯顿：对不起，王先生，您的民族自尊和文化意识让我钦佩。在近几年的文化交流，特别是在中国的几次访问和讲学，与中国文学界朋友的交往，我已经意识到"东方主义"虚幻，完全是一种"乌托邦"。正如您所说，"东方主义"从来就没有存在过，它是西方文化界和学术界杜撰出来的"阴谋"，其目的还是为了验证西方文明的发达和完美。事实上，这几年我在东方生活旅行的经验，发现东方并非整体一块，东方的区域文化更是色彩斑斓，形态各异，不用说把印度文化与阿拉伯文化等量齐观，即使把印度文化与中国文化放在一起也有惊人的差别，不亚于中国文化与欧洲文化的差异。尽管我已经意识到"东方主义"的虚伪性，但由于长期接受这种观念和思想的影响，有时已经成为一种思维惯性，一种潜意识，经常会自觉不自觉地流露出来，这太可怕了。奇怪的是，我在中国、印度、日本、韩国等地见到的很多学者、教授、作家，居然也是"东方主义"的信奉者，他们著文立说，向西方人展示种种"东方主义"的实在性和物质性。在这些地方，这些朋友还带我到一些纪念馆、博物馆、名胜古迹比如寺庙去"观赏"现代的"东方主义"。假若我是一个不了解东方文化或者仅从书本上认识到东方又是初到东方，肯定会对这些"物"的存在坚信不移并且大加赞赏。问题在于，我已经不是一个观光客，也不只是靠书本了解东方、理解中国的教授了，我在中国认识了各种各样的朋友，特别是像你这样的青年学者，应该说青年评论家（笑），还有很多的大学生、研究生，他们大多对这种人工化的"东方主义"不屑一顾，由于"观赏"多了，我也发现了这种"文化"的伪劣性和欺骗性。

王　干：作为吸引游客的一种旅游文化方式，这种"伪劣"和"欺骗"是情有可原，甚至无可指责。每个观光客都希望到一个新的国度里看到他没有看到的"风景"或他所希望看到的"风景"，这也是旅游最基本的心理出发点。迎合这种猎奇见异的心理，完全是商业经济所必需的。但如果把这种"迎合"的心理运用到文化研究、学术交流之中，就误入歧途了。事实上，文学界、文化界的不少人已经在"东方主义"的迷雾里迷失了"性灵"，比如有人建立的"东方美学"体系，有人撰写的"东方文学史"，有人鼓吹的"东方神秘主义"，辛辛苦苦地经营了多少年，目的就在于验证西方人提出的一个莫须有的概念。当然，也有人是把"东方主义"作为与西方文化进行对抗的武器，事实上，这个武器是非常脆弱的，因为"东方主义"就像左拉小说中的"陪衬人"一样，它本身就是贵妇人用来反衬自身美丽、高贵而设置的，怎么可能比倒主人？因而，"东方主义"的对抗愈是强烈，愈是显得东方的可笑和愚顽，愈是反衬出西方的高大、健壮和完美。

另一方面，对抗意识的产生，为一些人抱残守缺、故步自封提供了理论依据和天然的保护网，这反过来影响了中国与世界的对话，世界对中国的理解。在中国文学界，无论是创作还是理论批评，也始终游荡着"东方主义"这样一个幽灵。"东方意识流"的提出，便是这种产物，且不论"意识流"源于柏格森的心理时空哲学理论，带有很强的哲学思辨性，而哲学作为照耀人类的精神之光就不应有地域之差异。避开这一点不谈，如果我们将"意识流"当作一种生理现象、心理现象、意识现象来看，也很难分出东方、西方的区别。我们从来没有听人讲过西方解剖学和东方解剖学，却不断听到类似东方美学、西方美学、东方意识流、西方心理学的说法。与之相似的还有在诗歌界曾颇为流行也曾让人激动的"东方史诗"的说法，提出这一主张的是朦胧诗的一些主将以及追随者，不难想象，他们渴望中国诗歌和中国文学及早进入国际市场，与世界文学进行对话。但如何进入呢？唯有"东方"。西方文学的研究者和诺贝尔文学奖的评委们，衡量中国文学作品的标准撇开意识形态的因素之外，很重要的一条，就是像不像"东方主义"。这已经有事实证明，到目前为止，赢得诺贝尔文学奖的泰戈尔和川端康成都非常鲜明地体现了西方所冀望的"东方主义"特点。

其实，作为一种文学风格和审美情趣，泰戈尔和川端康成都有独特的价值，这本是文学作品所应有的，为什么偏偏要打上"东方主义"的印记？又反过来作为一种标准来选择和肯定东方的文学和艺术。这对中国的作家和艺术家的副作用很大。1985年前后，在中国文学界曾经出现过一次轰轰烈烈的"寻根文学"运动，几乎所有有才华的青年作家都卷入其中，而北京大学的著名学者金克木先生把它称为"挖根"，极有见地。"寻根文学"的得失我不想在此作详细的评价，"寻根文学"在强化文学的审美功能，促进作家民族文化素养的提高方面有着不可抹杀的功绩，在历史与世界这样时空的纵横坐标上来寻找中国文学的位置是极有价值的，但可以这样说，"寻根文学"一开始就误入了歧途，这就是因为"寻根"的动机在于表现那个"东方主义"。"寻根文学"产生的直接动因是拉丁美洲爆炸文学的影响，尤其是加西亚·马尔克斯《百年孤独》的成功使中国作家有了可以仿效的榜样。而国外沈从文热移到国内之后，也使文学青年对本土文化、非主流文化有了新的认识。因为在很长一段时间内，国际文学界对中国文学作品的取舍是依照意识形态的标准进行的，他们把中国的文学视为社会文本和政治文本。对庸俗社会学苦大仇深的作家很少愿意自己的作品成为非文学性的文本，于是，"东方主义"便成为最佳的选择。因而"寻根文学"一开始便有把文学作品变为"文化文本"的倾向，奇风异俗的反复描写，古色古香的文化古风，蛮荒原始的生存本能，文白相间的语言倾向，都在强化本土文化、民族文化的宗旨下走向了极端，很快便衰微了。

哈斯顿： 我看有人在《文艺报》写文章说寻根文学的衰微主要是脱离读者，这是不对的。每个作家都不能脱离读者，他可以更换读者，却无法脱离读者。"寻根文学"的作家只是从面向国内的读者转为面向国外的读者尤其是国际汉学界的汉学家。

王　干：我不知道哈斯顿先生怎么看待《百年孤独》这部小说，我一直也很喜欢这部杰作。但我最近重读时，发现小说居然有"东方主义"的痕迹。南美处于西半球不属于东方，怎么也会写出类似"东方主义"这样的文本呢？后来我翻阅《西方文学史》才恍然大悟，原来在"东方主义"论者中心，除了欧美之外，其余全是"东方"，就像很长时间内，我们中国的上海人把来自全国各地的人都称为"乡下人"，视上海以外的所有城市、地区都为"乡下"。他们是世界的中心，其余都是边缘，都是围绕他们存在的"东方"。明白了这一层道理之后，我发现原先阅读《百年孤独》的视点是站立在欧洲中心论这样的基点上，是以一种"看"的姿势进行阅读的。而现在我意识到我们处在"被看"的情态之中，我发现《百年孤独》依旧是一个"被看者"的文本，它虽然被视为魔幻现实主义的杰作而风靡全球，并不能改变"被看"的命运。遗憾的是，在东方，包括在南美，"被看者"往往以"看者"的规范审视文学作品，就像奴隶以奴隶主的目光和要求去看待其他的奴隶一样，这实在是最大的不幸。这是东方的不幸，也是西方的不幸。

哈斯顿：讲得好。这本是西方的错误，现在却导致了东方的错误。我最近看过一部中国电影，叫《大红灯笼高高挂》，我一看这名字，一下子就产生了那种观光客的感觉。因为灯笼作为中国传统文化特别是世俗文化的产物，是很有"东方性"的。我当时暗暗猜想，这大概又是一部"蒙老外"的片子，果然不出所料，与我在北京等地观光见到的"旅游文化"大同小异。虽然电影的导演、演员都极有才华，但由于是按照"东方主义"的逻辑构造出来，应该说他们高超的艺术才能和表演技巧被浪费了。因为他们出众的才智是为了虚构和杜撰出一个"灯笼文化"这样的"风景"，来向西方"展示"。我看完以后，心里说不出滋味，中国的剧作家、导演、演员太渴望进入奥斯卡了，那么真诚而热情地向西方人兜售他们的"国货"（很大程度上是国丑），为了获得西方的青睐，居然不惜杜撰民俗、编造"文化"来讨好奥斯卡的评委们，未免显得太急功近利而做法不那么堂堂正正。

王　干：事实上，《大红灯笼高高挂》还是获得了成功，它虽然最终没有获得最佳外语片奖，但呼声极高，影响还是很大的。这说明"东方主义"在国际文化艺术界依旧有着强烈的几乎不可替代的效应。

《大红灯笼高高挂》是根据苏童的中篇小说《妻妾成群》改编的。照我看来，电影可以说是篡改小说原作的精神，由于小说作者并不特别熟悉旧式家庭里妻妾成群的生活习俗，所以作者毫无卖弄国粹古董的嫌疑，也没有贩卖"东方主义"的倾向，作家企图窥视不正常婚姻状态下女性的变异心理和情感纠葛，毋庸置疑，小说里抹上一层淡淡的怀旧而又有些把玩的倾向，但小说最终和这一段古怪的"史实"被消解在文字游戏的愉悦和迷雾之中。而电影则是以文化批判的方式向"老外"展览中国的旧式"文化"。为了强化电影的戏剧性和东方性，便捏造了一个"灯笼"神话，将东方的性与政治完美地糅粘在一起，真可谓巧夺天工。这种匠心果然"蒙"住了你们这些"老外"，得到很高的评价。这也是种瓜得瓜、种豆得豆，不知道奥斯卡的评委们知道这场"骗局"之后有何感想。我个人还是不希望用这样的"东方"方式去获取国际性的文学金奖和艺术金奖。

哈斯顿：是的。这实际上是一种文化压迫和文化剥削，奇怪的是像中国这样的国度里一些作家和艺术家居然甘心接受"帝国主义"的这种压迫和剥削，说得刻薄些，有人正千方百计地想得到这种压迫和剥削。我实在是想不通中国一直是奉行马克思主义理论的，一直是坚持民族主义的，为什么这么在乎外国人的承认。

王　干：哪里有压迫，哪里就有反抗。反过来说，哪里有反抗，哪里就有压迫，这是因为 1949 年以来，我们国家一直以反抗的方式对待西方文化，其实是拒绝西方文化，而拒绝的极端化就有可能造成对西方文化无条件的认可。以前我们国内流行过这样一种思维方式：凡是敌人反对的，我们就要拥护，凡是敌人拥护的，我们就要反对。而现在则来个大逆转，凡是西方认可的，都是好的，凡是西方不认可的，都是孬的。西方承认，也就是世界承认，对于您说的这种文化压迫和文化剥削，很多人早已木然了，一些反对者恰恰又是些"凡是派"。"凡是派"的话自然不会有太大的市场，至少不会影响青年艺术家们走向世界的信心和决心，除非"凡是派"利用权力进行限制。要走向世界文坛、影坛、艺坛，他们只有信奉"东方主义"，也就是您说的甘心忍受"压迫"和"剥削"，其实，到中国来的西方学者都是扮演一个"剥削者"和"压迫者"，聪明一些的就扮演"投资者"的角色，其实都不过是一种文化投机而已。

哈斯顿：王先生讲得有些激烈了，至少我认为我还不是一个压迫者和剥削者，更没有投机的意思。在沟通东方文化和西方文化的联系上，我和我的朋友是愿意作为桥梁和纽带，使双方有更多的了解和理解。不过，我现在更加明白"东方主义"的危害性了，这种西方的错误已经成为东方的错误，而东方的错误会导致西方更大的错误。如果按照"东方主义"的逻辑来研究东方，那将会造成东西方更大的隔阂，这不仅会影响东方文化的发展，因为如果承认东方主义的存在，那东方文化就势必要按照西方人发明的东方主义去发展，那将是极其畸形，也是违反人类文明发展规律的。作为人类文明的一极，东方的衰落，也意味着世界的衰落。因为西方文化在失去真正的抗争和对抗之后，也不能充分发展而走向退化，那将是人类的末日。

王　干：（笑）没有那么悲观，历史不会按照某些人制定的逻辑和方式去运转，人类文明是人类共同创造的财富，是诸多合力的结果。今天，人们对"东方主义"的警觉，便说明历史总会调整自身的结构，在变化中发展。事实上，东方和西方是人为的结果。这种方向区域概念被人错误地赋予了不必要的内涵。第二次世界大战之后，东方和西方便分为对垒的两大政治阵营，不同的意识形态使东西方在人生观念和社会观念、文化观念乃至体育观念方面产生了极大的差异，而现在东欧剧变和苏联解体之后，两大阵营消失之后，原先对立的"东方"和"西方"又水乳般交融在一起，唯一的差距就是暂时的贫穷和富裕，这种差距到处都存在。而"东方主义"里的东方、西方与两大政治营垒的概念又迥然不同，也是一种人为的结果。所以，我觉得哈斯顿先生您所说，东方文化和西方文化抗争的说法，依然是一种虚构，还可以窥见潜伏在您深层意识的那个"东方主义"的幽灵，在干扰您的思想。

哈斯顿：这看来是没有办法的事情了，在我的思维里，已经用惯了"西方"和"东方"这样的概念，即使讨厌它也只好使用它。这可能是"母语"在起作用的缘故吧？

王　干：还是您始终以"看"的姿势来谈论中国文学和中国文化，因为您毕竟来自西方，是"看者"而不是"被看者"，不会注意和理解"被看者"的悲哀。

哈斯顿：还有"被看者"的愤怒。

王　干：如果没有这种悲哀和愤怒，意识不到被愚弄、被剥削、被压迫的痛苦，东方就真的完了。

（原载《作家》1993 年第 2 期）

小说问题

——与韩东、朱文、鲁羊的对话录

时间：1994 年 6 月 30 日

地点：南京韩东寓所

对话者：王干、鲁羊、朱文、韩东

一、新状态……一个真实的背景……文以载道……接通……文学的依附性

王干：我以为这两年小说写作在发生一场比较深刻的革命。这场革命是 1985 年以后开始的又一个比较重要的文学现象。1985 年左右小说的革命主要是从观念的层面上开始的，也就是说西方小说怎样了，所以我们的小说也必须怎么样。有一种比学赶超的情结在里面。今天，特别是 1989 年以后，由于对西方的失望以及对小说停顿状态的思索，迫使一些小说家重新对小说进行了认识。认识的结果是形成了一种新的小说观念和小说形态，我把它叫作新状态。也许这个概念空了一点。我们今天还是谈得具体一些。小说观念和形态本身的变化你们是怎么看的？有趣的是这种变化南方较之北方更为明显，特别是它的发源与江浙与南京有很大的关系。例如文体的变化，是否有某种南方的特性出现了？

鲁羊：现代汉语小说到了今天应该是自觉的，是个人使之成为作品形态的东西带来了观念。现在很少是由于观念带动作品的，那是比较生疏的。到了比较熟练的地步，通常是你做出一个作品形态来，这个作品形态本身可能带来不同的问题，甚至是不同的新的观念，带来仁者见仁，智者见智，很多观念建立在一种形态里面。相对而言这就是现代汉语小说的一种成熟。观念毕竟和写作是分开的。很难说有了一个观念就能写出相应的作品。通常是并行不悖，我的观念是这样的，我写出来的东西是另一个样的。很少有人在作品中彻底落实了自己的观点。

朱文：王干刚才从时间上讲到小说变化的某种进程，还有鲁羊刚才提到的一个词：成熟。不管是变化或成熟，我想首先是针对小说家而言的。就是说，这代小说家如果是不同的，是因为他更成熟了。作为小说家所应该具备的各方面的素质他更完善了，对小说的理解也能够自觉地把握住，不被意识形态的东西，不被那些表面化的、浮躁的东西所迷惑，有开始真正清醒、自觉的写作的可能了。

韩东：观念上的东西也不是不考虑，但似乎不能够单独地作一种分离式的考虑。我们不能把所有的希望都集中在那里，首先了解什么是小说，什么是高级的小说，最高级的小说，在此观念的引导下再去写作。这种方式似乎有道理，如果比较成熟就会知道它的虚妄，言之有理，但实际上做起来是有问题的。它可能没有逻辑上的漏洞，但在进行中大概是行不通的。比如从较大的范围来谈论此事，我觉得十年前的小说家就非常关心中国文学加入到世界文学中去这样的问题，似乎那就是他们的情绪枢纽所在，他们的焦虑所在，总是左右着他们。这种注视也可能是好的，也不会构成什么威胁。但由这种注视导致的行为方式和从中衍生出的一套写作原则肯定是有问题的。我们总不能因为知道什么是最好的小说，或者了解了中国文学和世界文学之间的差距有多大，甚至世界文学的格局和次序，它的内部结构是怎么回事，对这些了如指掌之后我们才能有所进步，有所作为。这样的结论我认为是不妥的。应该有一种最基本的真实。它是什么呢？我说不清楚，但能感觉到。总之，应该有一个真实的背景。帕斯捷尔纳克说："我们为什么声若洪钟？因为我们有话要说。"有话要说这一点我以为是特别重要的，它至少是一个作者在写作过程中面临的基本真实之一种。我们不能走到另一个极端，把文学作为一种毫无背景的东西，这是一种新的危险。

王干：文学总是离不开一个背景。不能认为文学纯粹是一种语言游戏。语言游戏说前一阵曾经流行过。现在看来纯粹的游戏说可能很好听，对瓦解原先的文以载道的观念也非常有利，但真的脱离了背景而进行语言游戏时，一来很难，二来这样的小说也不是小说了。韩东提出背景这样一个概念非常有意思。

鲁羊：文以载道这句话虽然后来有人批判它——主要是由于它比较褊狭地表现为问题的一面，但我其实很佩服文以载道这四个字。文所载的这个道，如果真是宽泛的、无所不包的那种自然之道、艺术之道、人生之道，那总归是要载的吧？有两个方面。一就是载你对人生的关注所得出的那个东西，很难言说，恍兮惚兮，仿佛有一点踪迹的那个道。二来文以载道还要载它本身，载文之道，为文之道，艺术自身的那个道。两种道都要载，而且它是同时的。所以文以载道这四个字我一直牢记心中。

朱文：在写作这件事情上，某一个因素一旦被强调了，我就觉得又不是那么一回事。韩东谈到背景，强调我们有话要说。再比如前一段时间对语言的强调，的确也产生了一种幻觉，语词的幻觉，但仔细一想又觉得不是那么一回事。一个小说家进入真正的小说写作以后，很多东西并不应该强调它的存在，但它在你的笔端，它会出现，很自然地出现，甚至你都不知道它出现了。我上面讲到，今天小说家们的素质更完善了，更有可能写出有意义的作品来。这里面有一个问题，就是接通。有很多因素，在以往的作家那里是闭塞的，渠道不畅，很多信息传达不到他的手，在他的笔端无法呈现出来。很多东西对他们而言也都是死区，都是误区。但真正能进入写作的那些作家，应该是天地人合一的，那种感觉就是各种信息都能通达，但他对于来自任何一个方向的信息并不是特别强调，只是保持接通的。（王干插话：接通这个词有意思。）在这种情况下，很多东西的出现就成为一种可能。

韩东：刚才王干用了"革命"这样一个词。我认为小说的变化因素肯定是存在的，但今天已不是以一种极端来替代另一种极端。像鲁羊所讲的文以载道，就是进行一种重新理解。还有另一些被抛弃不用的概念，比如意义，文学的意义等等。在原有的应用中也许它有某方面的偏激，但你寻觅了半天，要找一个合适的词，结果还是找到它头上去了。这是没有办法的。一种平衡，或者打通，一种全面的意识，我以为特别重要。用一种有利于自己的极端取代另一种极端，如果总是这样，方式本身也成了一种定式，非常单调。

王干：现在有一种说法，叫要众声喧哗，不要语言霸权。唯我独尊，只有我这样写才是小说，才是文学的，那样的气氛已不复存在。像以往的那种载道的小说也需要。目前的小说界有一种真正的宽容，以对方的存在作为自己存在的前提。这样有利于我们对文学的一些看似简单的问题进行重新思考。像意义、道、背景以及作为一个小说家的素质，这些问题好像都弄明白了，有的人不屑于谈。但等我们思考到一定层次的时候，你没法跳过去。比如小说的意义你怎么跳过去？还有诸如小说家的知识结构这样的问题，我们都无法回避它。

鲁羊：可能文学有它的本身的东西，有它自我演进的方式，现在我们更看重这个东西。但文学的依附性很难讲，比如托尔斯泰时期，一种道的、宗教的思考，它非常强烈地依附在那上面。因此也形成了伟大的艺术，因为它本身文学的道也把握得很好。但我们后来太过分了，把文学本身的道，也可以叫内道，全不要了，那自我演进就退步了，就衰退了。现在我们更看重这个东西。但将来我怀疑还要依附某种需求，人的某种想法。比如文学从来就没有脱离过哲学，它最非哲学化的时候就是它最哲学化的时候，因为这就是想法，就是哲学想法。

二、在那里……跨越时间……一个小说家在那里会滑动……双重绝望……

王干：刚才我们谈得非常好，一会儿在小说内部谈，一会儿跳到外面谈。我觉得小说的依附性特别有意思，为什么呢？因为你没法把握它，甚至小说家也没法把握。语词的幻觉和意义的诱惑把小说家推到了一个比较尴尬的境地。当他说我比较喜欢语言本身的质地，他又摆脱不了意义的诱惑。意义的诱惑像上帝之手一样，把小说从地平线上提起来的时候，小说家又觉得不对了，又担心自己会离开语言现实的土壤，虚起来。这很有意思。在两难和徘徊的情况下小说家诞生了，在上升和下沉之间他出现了。

韩东：作为小说家的理想也可分为两类。也可能他自己不是特别清楚，但我们阅读的时候可以持这样的观点。一类小说家不怎么相信比较形而上的东西，由形式、小说文字本身所构成的意义。他的理想比较世俗化，要做民众的代言人。比如像厄普代克，他能左右美国的公众趣味。他的文学理想在大地上实现的层面就是这样的：他的书有人读，有人照着他所写的去生活。无论这是否是厄普代克的意思，但就能够左右公众趣味这点而言我以为是一种衡量方式。另一些小说家的文学理想就不是这样的。他比较孤僻，可能他的作品在一个时代的大众那里阅读的面很小，能理解能懂的人也很少。那么他对于纯形式的，对于超越现实层面的东西自然特别关注。我以为不同的文学理想和作家的实际处境可能很有关系。坚持某一点的时候，他为什么坚持某一点，并非完全由于理解，很可能因为处境使然。话说得比较明白，一个作家他写作，他对文学理想有时候就是他作为一个人的理想，他文学上的野心有时候就是他作为一个人的野心。这两者最后就混淆不清了。刚才举了一个厄普代克的例子。再比如博尔赫斯，虽然他有自己的说法，但实际上还是比较倾向于形而上的东西的，有一种非常纯粹的感觉。看似相互对峙的两极，似乎形成了一种张力，把作家吸引牵扯在其间，悬浮在那里。

王干：如果作家被一方拉过去了，他就危险了。他被上帝之手拉过去，就会向非小说方面发展，他可能成为一个哲人，也可能成为一个宗教狂，或者成为一个修辞学家。但是，小说的理解和他的处境并不是完全吻合的，甚至是相互冲突的。处境会限制他对文学的理解。再具体一点，处境会限制小说的操作过程。他的理解是这样的，但是，当他回到"背景"中写作时是两回事，至少会被他的处境所修改和更正。所以，语词和意义之间，就像有一条泥鳅那样地滑来滑去。所谓的理解也不过是理解而已，真正进入写作理解是要打折扣的。

韩东：比如马原和王朔，我举这两个人作例子。王朔在某种程度

上可以说能够左右公众趣味。那么马原，可能就有一点小说家的味
道，在形式上对别的作家具有启发和刺激。这本身倒没什么。但他们
如此固执己见，我以为没有太大的道理。而且我以为，开始的时候野
心中的这两种东西都有，既要能左右公众又要成为最高级的小说家，
最后是不得已求其次，才被迫固执一端的。这是一个最终的结果，是
根据最后的实现来设计的。这个话不是开始的话，是结束之际的自我
辩护。最开始的时候他都想要，没有说他可以放弃一个的。

王干：汉语小说的困境是面对大众文化的大墙或屏障，是一个被
接受的问题。今天的写作是面对一堵空墙的写作。以前我们的写作老
考虑接受者怎么看怎么看……

鲁羊：旧文人的命运好像多么坎坷，多么不为人知道，怀才不
遇，哪里呀，随便一篇什么文章，只要写得好，那是众口传诵、洛阳
纸贵。冒辟疆写文章怀念董小宛，那还得了，谁人不知？现在的人没
有那个福气了。

朱文：不管怎么说，对一个小说家而言最紧要的不是这些问题，
包括被接受的渠道。最难的是面对自己，这是永恒的。

鲁羊：这也是在不断变化的。比如他在厅里觉得特别好，你来坐
吧，但没有人来，打开半年都没有人来。那怎么办呢？他索性把门锁
上了，干脆自己坐在家里自说自话算了。恐怕现在又到了独语时代，
自己把自己的话说掉，自己干点私活，流一身臭汗。人家愿不愿意来
看是另外一回事。你想他来时他不来，你不想他来时踢也踢不出去。

韩东：这方面的绝望也可能会带来另一个问题，导致作家的一种
不良心理。反正我在读者那里已经绝望了，现在我把门关起来。这样
也可能产生一种幻觉，以为自己与上帝接通了。悲凉感或悲壮感导致
了一种意气用事。反正我不能在大众那里实现，但我现在是在为神而

工作。两端的吸力或斥力，当你在一头绝望时会被一下子推到另一头去。人的依附性是很强的，对悬浮状态总是不适应，不能依附于这一端时总是要依附到那一边去，在力量的平衡下总是不由自主地滑动。他不能直接和神或上帝取得联系，那么他就会变相地和诺贝尔文学奖取得联系，和西方的文学秩序取得联系。我以为，要绝望两头都该绝望。你既不要指望读者，也不要指望你的东西在某种权威的衡量下是一种非常高级的东西，我在为准则、为神而工作，这个地方也要绝望。这个地方如果不绝望的话，还是会伤害一个作家，伤害他的工作。大众、上帝等等也不是概念上的事情。工作的时候，当你进入到它的中心去的时候，它是包容性很强的。在中心和在外围边界上的感觉是不一样的，某种看似很重要的区分在那里已经不怎么存在了。我们可以用一组排斥的概念，叫作对两端的绝望。在另一种情况下我们亦可以用一组肯定的概念，叫作对两端兼顾、平衡。我以为，我们所要指出的是同一件事情。

鲁羊：作家和工人、农民，那些直接生产产品的人不太一样的地方就是目的不明。工人生产一个螺丝或零件，它是直接派用场的，是对口的。农民生产的粮食，人不吃猪吃，猪不吃羊吃，肯定是要吃的。一个艺术作品，比如一篇小说出来了，它到底为了什么？在写的时候你没办法明确。但是，有一点，恐怕它总是给人眼睛愉悦的。所以你总是要考虑到人的眼睛接触到的时候它的形式感，它的一张一弛，它的开合。

韩东：也就是说这个感性的层面特别重要。

朱文：这也是个人化的。比如你觉得：我在感官上是给你愉悦的，但也说不一定。说到底这是个人习惯和一些没法改变的方式所决定的。

鲁羊： 但有一点，你在强调个人化的时候已经片面了，你认为人与人都是不同的。当然，我知道人与人不同。但起码一部分人是完全可以沟通的，比如趣味的问题、对某种形式微妙的感受，肯定是可以相互印证的。所以你所说的个体化的东西其实也属于小群体或大群体，也有共通性。当然，你只能把握你自己的趣味，把握你自己能把握的。一旦把握了，就不是你一个人的了，肯定不是太个人化的了。

三、分子……神圣和禁忌……假使……

王干： 刚才我们讲了很多作家的处境，文学的处境也是和知识分子在社会文化转型期的处境是有关的。今天作家所做的事情无论怎样费解也都是知识分子作为他存在的一个表征，就是说写作是把自身和其他行当的人区别开来的一种方式，这是他努力的最低限，最低目标。

韩东： 实际上我们也不是所谓的两头绝望之后就取其中段。有些时候在一些神圣的地方的确应该缄默。我觉得现在那些神圣的，或者貌似神圣类似神圣的东西谈得太多了，不懂得回避。包括知识分子这样的概念，在诗歌界就很流行，知识分子是一盏明灯啦又是什么的。我觉得说得太多，也不是那么回事。在谈论神圣的时候我们谈得太多，这样反而取消了某些感觉——当然，我不是指知识分子，知识分子没什么神圣可言。在神圣之地，我们应该空出来，或者要让它呈现出来的时候语词方式不是那样的。什么神圣啦高尚啦，似乎不这么说的人就多么低俗和没有感觉一样。我想并非如此，只是这种谈论本身是不能够达到要求的。

王干： 就是说神圣性一经谈论就会减弱。但我以为知识分子本身在我们原先的语词结构中是一个神话，具有一种被神化了的形象。我们今天这群人，这群操纵语言的人总得找寻一个庇护所吧？找来找去总还是回到了知识分子这样一个概念。我以为知识分子不是一个明星，也不是一盏明灯，更不是一种权威，它最后不过是我们精神上的庇护所。既然我们已经被括号括起来了，我们就得找一个庇护所或避难所。我理解的知识分子和诗歌界的那些人还不一样，他们是在神话结构中进行理解的，似乎知识分子是高人一等的，和精神贵族一样。

韩东：这种议论本身是有一些问题的。什么诗歌王子、诗歌烈士，这些词语方式本身就有问题。

鲁羊：韩东刚才说缄默仅局限于对神圣问题的讨论。我记得《圣经》里有一句话，大概意思是：上帝是不会接纳那些呼喊着他名字的人的。神圣落实到一点都不恍惚，那么明确的词汇里恐怕就完了。

韩东：对某种东西的感觉是免不了的，都会考虑到的。但如果你拼命地强调自己在这方面的发言权，甚至你写作的价值因此而变得与众不同，你有这方面的专利，我觉得那就大可不必了。

朱文：如果写作是你的职业，像王干所说的进入了一个庇护所，你可以认为自己被赋予了某种权利，但也不能没有某些基本的禁忌。对上帝的呼唤、关于神圣问题的没有休止的讨论以及大言不惭的判断，不一定是这些具体问题。有时候在行文当中，即使你不提上帝，通篇也没有感恩的东西，但你还是能感觉得出来。

鲁羊：评论贵在判断，但是，小说的天敌就是判断。比如对张承志，在某些地方我是非常佩服的，但在另一些地方我又觉得没劲，就是这个问题。当然，他不是以小说家身份来判断的，那我们也就无可厚非了……

王干：他需要，像北村、张承志都需要。他需要把一般人区别开来，那怎么办？只有举起神圣的旗帜。问题是今天举神圣的旗帜也需要勇气，哪怕把自己扮演成上帝也需要勇气。

鲁羊：但这种勇气还不如怀疑主义来得大。怀疑主义肯定需要最大的勇气。在抽象领域里我信不过任何东西——日常生活中是另一回事。

韩东：实际上在他们那里神圣似乎不存在。大家都很虚无，但他们从中受益。在虚无主义的这片废墟上充满了僭越的可能，反正没有上帝，我就是上帝，挟天子以令诸侯，就是这种感觉。真正的对神圣之物的那种卑微、那种诚信看不到。看到的就是这种僭越的欲望，太强烈了！

鲁羊：严肃问题到此结束吧。

王干：好，结束。

（原载《上海文学》1994 年第 11 期）

第三次浪潮：解构与拯救

——关于世纪末中国当代文学的谈话录

时间：1994 年 9 月 28 日子夜

地点：福州福建省画院 403 室

对话者：王干、谢春池

开完北村小说作品讨论会，第二天，朋友们就将各奔东西。谢春池与王干相约就"第三次浪潮"聊一番。一时无录音，谢春池只好笔录，故他无法完全与王干对侃，至多只能间歇地插话和简短地表述。后来在整理时他把当时一些想法以"自忖"补到谈话录里。

谢春池：我认为这个讨论会的意义已超出北村本人、北村的小说作品和这个讨论会本身。你在会上发言谈到，中国当代文学第三次浪潮即将到来，对此，我也有同感。我觉得这个提法不仅充满新意，而且，是从另一个维度来考察我们新时期以来的当代文学。

王　干：你说的不错。此次来福州开会，印象很好，福建的同行们，很努力也很认真地进行着当代文学评论的研究工作。北村作品讨论会从理论上确实提出很多值得我们讨论的问题。我以为新时期以来的中国文学已经涌过两个浪潮。

谢春池：这就是你在会上提出的，第一个是朦胧诗讨论引起的，第二个是方法论讨论引起的。这个论断使福建在中国当代文学的地位大大提高了。因为，朦胧诗的讨论引发者是福建女诗人舒婷，最初的讨论是在 1980 年初春的《福建文艺》上展开的，这年 11 月在福州召开了讨论会。方法论讨论会我记得是在厦门大学召开的，时间是 1985 年 3 月。

王　干：我以为第一次浪潮的意义在于文学的审美功能的恢复。长期以来，我们把文学的功能仅仅局限在宣传和教育两个方面，而忽略了审美这个最为重要的功能。以舒婷为代表的朦胧诗的出现，给中国文坛带来大冲击，记得当时争论最激烈的是"看不懂"这一个问题。

谢春池：其实，现在回头去读一读舒婷，还有北岛、顾城们的诗，已经不存在"看不懂"的困难了。

王　干：没错，朦胧诗的讨论和接着的寻根文学的讨论意义重大。此后，对于审美性的文学作品，读者们懂了，因为阅读的通道打通了，没有看不懂的了。有不少文学作品，是一种感觉或情绪的表现，其解读的语码不在于教育的功能。故而，我认为，朦胧诗的讨论为以后出现的现代小说做了一次铺垫，做了一个预告。

第二次浪潮的兴起以方法论热为标志。全国方法论热的兴起与新时期文学的人文主义、人道主义和启蒙运动是联系在一起的。新时期的重要特征和国情是实现四化。记得徐迟曾发表过一篇文章《文学与现代化》……

谢春池：徐迟的这一篇文章引起一场争论，赞同者有之，批判者有之，持中间态度的有之。

王　干：文学的现代化从某个意义上来说是对西方文化的认同。

谢春池：或者说是接轨。

王　干：接轨？也可以说是接轨。在这样的背景下，出现方法论热。后来很多西方哲学的引进，莫不与此有关。如尼采、叔本华、弗洛伊德、萨特等等。方法论的讨论已不仅是方法问题，而是进入了本体，亦即内容问题。这给我们提供了一个对世界新的认识的参照。比如，科学主义的方式出现，是启蒙的产物，方法的更新，思维的改变。此前，尽管论说的是新时期文学，但维度仍留在一元化的水平，只以认识论及意识形态或理想作为参照。运用的仅仅是历史的政治的社会的话语。但是，方法论的引入，给我们一个契机，一面旗帜。对一元论的否定，把思维的单一化改变了。与此同时，主体论出现，它是哲学的、内容性的。方法论和主体论之间发生了有意或无意的混淆。符号学或叔本华等人的东西，均以方法的名义进入文学研究的视野。大量引入西方哲学，总会被限制，于是，找到了一种转换形式。

谢春池：在方法论热的时候，我隐约觉得文学似乎在科学之中消失了。

王　干：幻觉，我要说的一个词是"幻觉"。不少人以为方法论热会解决许多文学的根本问题。文学毕竟是文学，其偶然性、突发性等等，不是科学能够简单测定的。不过，方法论热确实把西方文化哲学的这个领域打开了。这时，涌进了大量西方的理论著作和小说。

谢春池：我们有了许多新的文本参照。

王　干：中国文坛出现了许多热，最热的莫过于魔幻现实主义了。作家争相仿效，评论家纷纷评论，一时间蔚为大观。这就产生了双重效应，即作家与评论家的双重效应。当作家看不懂西方的文学作品，就读西方的文学评论，看西方评论家怎样看西方的文本——之后，就进入创作；当评论家看不懂西方的评论，就读西方的文学作品，看西方作家以怎样的文本被评论——之后，就进入了评论。这时候，西方给我们提供的主体是方法，客体是文本——各种方法与各种文本。我们在极度饥饿之时进入极度饱和状态，很多消化不良的文章问世了。可以这么说，1985年前后的中国文坛，是振奋、兴奋……

谢春池：是亢奋！

王　干：对，是亢奋！人们对中国文学充满希望。与此同时，文化寻根热出现。文化寻根热与引进西方的方法论和主体论完全不同，是一种对应。

谢春池：不仅是对应，而且是对立、对抗。

王　干：有对立，有对抗，但更是对应。文化寻根不是科学的产物。本土地域，民俗风情，痴迷梦幻，这都是反科学主义的。从文学的角度看，寻根文学对叙事方法的研究，使叙事发生本质性变化，对先锋小说产生了不可忽视的影响。当时出版了一本书，叫《走向世界文学》，参照拉美爆炸文学，提出中国文学进入世界文学的循环轨道。

谢春池：如此说来，寻根文学与方法论的本质是一样的。

王　干：本质是一样的，即走向世界。对象是西方文化，以西方文化为参照，批判也有这个背景，构筑了现代神话。文化要现代化，研究也要现代化，即现代科学化。这种浪潮的方向与改革开放的人文环境有关。寻根文学经过1985年至1988年这四年的发展，为先锋小说和实验小说的兴起作了铺垫。方法论热及至寻根文学热，影响了理论家，更影响了作家，特别是小说家。

谢春池：先锋作家自始至终参与这一阵阵的"热"之中。

王　干：不仅参与，甚至应用。文体的操作性改变了，从前和今天不一样了。不讲究叙事方法不行了。

谢春池：先锋作家无疑受到西方强有力的影响，这种影响是各方面的。

王　干：苏童受弗氏的影响很大，叶兆言有解构主义的影子。格非本人在大学教文艺理论，自然很重视书卷气、学者性和理论性。北村当评论编辑。可以看出，方法论影响巨大，它改变了作家的思维维度。从前的观念瓦解了，人们对世界与人生的看法变得多种多样。

谢春池：（自忖：不错，人们对世界与人生的看法变得多种多样，但，难道仅仅是方法论热兴起之故吗？似乎并非如此。中国封闭的大门打开，这不只是对外不再封闭，对内也不封闭了。对世界和人生的看法多种多样，其中有许多方面是对中国传统文化的恢复。）

王　干：不过，当我们回顾方法论热，就发现一个问题，即"赶""超"西方的意识过强。

谢春池：（自忖：这种"赶""超"与大跃进年代的那种"赶""超"有没有包含着同质，是否又是某种民族的劣根性在作祟？）

王　干：此种结构是：希望有理想模式，使民族走向世界。一时间，诺贝尔文学奖的作品最受欢迎。价值很明显，即对西方的简单的认同，简单的分析与解剖。

谢春池：对西方简单的认同、分析与解剖似乎是个必然的阶段，否则，是无法更丰富地化为己用，进入更高层次上的创造的。

王　干：但当初根本没有意识到这一点。来不及消化，来不及反刍，短时间里，对西方百年文化我们如何能很好地接受呢？ 1989 年以后，这一切似乎到头了，现代性神话不是终极，西方所有的话语好像都不能解决中国的问题。在文学方面，学西方既没有中国特点，用西方理论来进行研究，如语言学、符号学，也难以奏效。能指所指的问题没有解决。

谢春池：这个时候，就提反观自身了。任何丢弃自身的做法，都难以把对方融入自身。

王　干：汉语语言很复杂，有自身的特点。而我们的语言学发育不良，在应用语码和符号时，发生很多问题。我们发现自己对西方了解不透，学得不透，对不上号。西方那一套语码很快搞不下去，它很难进入作品文本分析。面对西方，我们终于明白有两个矛盾有待解决。（1）我们没有体系传统；（2）我们没有体系训练。因此，理解和应用发生障碍。当热情消退，也宣告西方神话的破产。张艺谋现象的出现，说明了一些问题。张艺谋所做的就是与西方接轨。他自认为按西方的话语、方式和程序即可接轨，然而，熟悉之后还无法接轨。

谢春池：为什么？

王　干：西方需要我们的是什么？是沈从文、钱锺书。

谢春池：沈从文和钱锺书并不能与西方接轨。

王　干：沈从文和钱锺书都是反西方的。

谢春池：这是否印证了"越是民族的就越是世界的"这一论断。

王　干：我们暂且不讨论这个论题。还是从张艺谋深入下去，猎奇性的，西方人是以"旅游性态度"来看这些影片的。张艺谋的《大红灯笼高高挂》、陈凯歌的《霸王别姬》是带展览性的。西方是看，我们是被看。

谢春池：（自忖：张艺谋现象窃以为是比较复杂的，很难一言以蔽之，而这个现象争论由来已久，我不能苟同这几位电影艺术家们的艺术追求是一种"带展览性的、猎奇性的"看法。西方是看，我被看，这没错，同样我看时，西方亦被看。问题是怎样看，怎样被看。如果从世界性和人类性的高度看和被看，情形又将如何呢？）

王　干：我们对西方的热情和理想消逝。加入大家庭，我们一厢情愿。

谢春池：反差太大！

王　干：我们渐渐明白，如此走向世界文学是不可能的，按照西方语码，西方要求我们的语码，是不能接受的。那些并不能代表民族的真正的东西，或许是我们正要抛弃的。于是，出现新写实小说。理想破灭，面对现实，就无可奈何。新写实小说不关注西方，逃离西方，亦不参照西方的文本，只是认同现状而对中国现实写作。

谢春池：（自忖：此说基本属实，但，新写实小说，难道就没有受到第一次浪潮和第二次浪潮的冲击，从他们的某些文本上看，难道就没有某些西方文学的影响在里面？）

王　干：当精神极度疲软，先锋作家出现了，解构，反讽，调侃，对历史采取怀疑态度。他们的作品为什么老是"年代不详"，因为找不到确定性价值。先锋作家把历史拆成碎片，在语言的迷宫里自我陶醉，放逐精神理想，成了其文学风貌。先锋小说拆除深度模式，没有激动人心的东西，有的是失望、绝望。不断的消解，后现代的出现正符合精神疲软的状态。

谢春池：（自忖：我总觉得新写实小说与先锋小说是那个阶段中国文坛两个互补的又难以割裂的层面，同时又是构成中国人精神空间不可或缺的两个部分。）

王　干：后现代是一种文化意识，完整的谱系，全方位的展开。中国人很快就接受，如王朔。对价值的亵渎，对传统的践踏。太相信之后，就什么都不相信，怀疑了。

谢春池：这是一个很奇特的文化现象，很值得探讨。不过，若以王朔论，还是有不少中国人无法接受的。

王　干：后现代的出现，与我国传统文化有关。老庄、嵇康等古代圣贤给我们带来一种天然的消解。后现代互为文本，互为因果，没有中心，互为消解。与打麻将极为相似。打麻将人人都得改变"叙述"

方向，其作为后现代文本极佳，它就是不断消解，且没有中心，打多少都经久不衰，娱乐中蕴藏文化性格，不执着，随遇而安。丧失指向，是最好的消费。

谢春池：这与商业文化的勃兴有极大关系。

王　干：且是主要的原因。它不是理论上带来的，大量的媒介出现填补精神空白。为对抗空白，对抗消解，就出现了另外一些人。一位有影响的作家张炜写了《九月寓言》，没有明确提出宗教问题，但对抗现时的思潮，对抗现代文明。

谢春池：与贾平凹一样。

王　干：本质一样。张炜这种逃避，是对绝对价值的含混，但指向明确：到民间去，到自然中去，找到心安。这也是一种与后现代方式的对抗。还有一个何士光，以《乡场上》闻名文坛，近期出版一本书，书名《如是我闻》，副题《走火入魔启示录》，完全的现实主义写法，从个人的体悟去写佛、写禅、写气功……

谢春池：一本奇书吧？

王　干：非常有意思。一本重新思考生存问题、心灵拯救的对抗世俗的书。讲的道理未必是先进，思维向度是新的，探讨当代人灵魂如何处置。其叙事文体亲切，不喧嚣，却又是载道的。文以载道久违了。

谢春池：（自忖：文以载道究其实质，并没有错，只是长期以来，被当成唯一的功能而排斥文艺最主要的审美功能，致使文艺走向极端。另则文以载道也得观其载什么道，倘若载的是"左"道，那么其祸害是不可估量的，历史已有明证。）

王　干：假如我们不认识已经涌过去的前两次浪潮，重新提出"道"，那么，我们就不会意识到第三次浪潮即将到来。

谢春池：重新提出的"道"，是什么样的"道"？

王　干：每个人提出的道都不一样，拯救灵魂的方式各人也不同，但一个共同的特点是对解构进行对抗与批判，相信有一个绝对价值，至少是寻找一个绝对价值。信一个"一"，这个"一"在北村那里是神性和主，在别人那里是其他的什么。不管其意义如何，对人的终极关怀，提到道的位置上了。

谢春池：（自忖：在这世纪末，人是走到一个尽头，这就必然呼唤一个新的起头，世界和人类该是一直在这大循环中吧。世纪末的中国文学是否也一样，是否也是置之死地而后生？走入宗教是一条路，不走入宗教是否就没有路？我认为路绝非只有一条，精神世界原比物质世界宽广。）

王　干：当下的文学创作，出现了对神性、佛性、对天地灵性的肯定和向往，在后现代的废墟上开出几剂药方，上述几位作家都有开药方的倾向。能不能对抗后现代的消解？能不能解决家园的问题？成为今后的焦点。这是世纪末的选择与价值的选择。这场冲突即解构与拯救的冲突。

谢春池：那么，在这一场冲突中，人和文学的基点在哪里？

王　干：一部分人认为神——真理可以拯救日益颓废堕落的文化现实，另一部分人则认为消解得还不够，还要不断消解。故而，我们提出"新状态"这一概念。其重要特点是"游走"。找不到价值规范、价值体系，不能轻易地相信某一个价值体系，也不能在脑子里消解，把自己消解，只好游走。对所有的价值都可以靠近，但不轻易相信，似乎是在路上的状态。需要价值但不知其在何处。采取游走的作家如王安忆，她的《纪实与虚构》是个例证。一边消解历史真实性，一边又看重心灵的真实；一边喜欢语言的游戏，一边又肯定抒写的重要性。后现代的那种守望与守灵不见了。

谢春池："游走"一词的确很准确地把世纪末的某种生存状态表达出来了，当下的中国文人的大多数似乎都处在这种困境中。

王　干：游走本身也是一种价值，无价值的价值。处于边缘，没有明确的背景，以价值走动去获得价值。

谢春池：如此看来，再一次关于价值的讨论势在必行了。

王　干：不错。近期一些同行对人文精神的讨论即对价值的讨论，但其视点的重建似乎站在旧时代之上，而那个旧时代又是虚拟的。我认为我们从来就没拥有过一种完整无缺的人文精神。

谢春池：我很赞同另一个说法，即我们所谈论的人文精神实则是文人精神。

王　干：若有，也是碎片式的，间断和瞬间存在式的。没有人文精神，重温旧梦，会使文学简单化、情绪化。找不到价值体系，就必须把价值的讨论序幕揭开。

谢春池：北村作品讨论会从这个意义上说，就不同寻常。

王　干：北村作品讨论会把精神向度具体化，把价值取向明晰化。听说北村作品讨论会已开过两次了。

谢春池：两次都在去年下半年，一次在北京，一次在厦门。

王　干：有了前两次，为什么还要再开一次？不仅是对北村小说的器重，更重要的是北村的小说确有话题可以反复说。也诚如你所说，所有的话题都还没来得及展开。正是在这样的时候，我提出第三次浪潮的。新的价值大讨论在解构与拯救之间。这个本世纪末的重要话题超越领域、年龄和性别。文化转型，价值规范，后现代通行无阻，"众声喧哗"是现象不是目的，更不是价值定位。

谢春池：在我看来，价值的定位其实质是人的定位，人的精神空间的定位，没有信仰的民族是可悲的，没有信仰的人呢？这个问题已经不可抗拒地摆在我们每一个人面前了。

王　干：总而言之，还是中国文学与世界文学的关系。走向世界，从宏观考察中国文学，如何做到真正意义上的与世界文学的对话，又不用西方的谱系、话语；如何使中国文学真正成为世界文学。目前，两者之间处在漂浮状态，互不接受，双重拒绝，只有这个状态改变了，才可能升起一轮新的太阳。

（原载《山花（上半月）》1995 年第 1 期）

90 年代文学的现状与展望

——《长江文艺》'95 三峡笔会上的对话

长江文艺杂志社于 1995 年 5 月 30 日至 6 月 5 日主办了《长江文艺》'95 三峡笔会，邀请部分省市著名作家、评论家、期刊编辑等三十余人聚会长江三峡，在参观葛洲坝水力发电厂和三峡大坝施工现场、游览三峡美丽景色的同时，就 90 年代中国文学的现状与趋势进行了热烈讨论，现根据录音，整理如下。（以发言先后为序）

汪　洋（《长江文艺》杂志社社长、主编）：

《长江文艺》最早是中南军政委员会办的刊物，面向全国发行，后来成为湖北省的文学刊物。我们想把她办得更上一个台阶，与全国接轨。这次我们邀请的有很受读者欢迎的著名作家，有对全国文学创作颇有研究的评论家，有鸟瞰全国的权威性期刊的编辑家，我们想请大家就 90 年代文学发展的有关问题发表些看法，以利于我们拓宽办刊思路，把握文学发展的大趋势。这次我们想就下面五个话题展开讨论：一、90 年代中国文学的发展现状与趋势；二、小说与读者；三、人文精神与道德主义；四、突围与误区；五、走出低谷，再创辉煌。这几个话题，我们将分别请王干、张韧、李洁非、尤凤伟来主持，现在就请王干先生首先主持讨论。

王　干（青年评论家、《钟山》杂志编辑）：

90 年代文学与 80 年代文学相比较，发生了很大的变化。现在，社会文化处于转型期，从宏观上讲，计划经济向市场经济转化过程中，社会发生了许多变化、错位，文学也产生许多现象，有令人激动的、欣喜的，也有令人愤怒的、困惑的。90 年代文学，泥沙俱下，鱼龙混杂，文学到底是寂寞还是热闹，到底是正在走向深刻还是走向肤浅，似乎难以说清。

在七八十年代，特别强调文学的社会作用，文学是匕首、是投枪，作家是人类灵魂的工程师，它适应的是计划经济的模式。而 90 年代开始实行了市场经济，政府把出版社、期刊推向市场，不再给办刊经费，那么刊物就必须考虑读者市场，文学的性质、期刊的性质、作家的性质都发生了变化。作家队伍也分化了，像王朔，他讲作家就是码字的，如同工匠一样，这是走向了一个极端。我没有觉得文学非常神圣，但也不认为作家就和工匠一样。与王朔对立的另一个极端就是张承志，他过于强调文学的意义，把文学神圣化了。他们二人共同点就是都把文学作为一种工具，只不过王朔强调文学世俗性的一面，张承志强调文学神圣的一面。

从 80 年代就开始呼唤文学的个性化，到了 90 年代，文学进入了一种多元的时代，90 年代的文学是真正没有主流的文学，王朔和张承志可以同时并存，张炜和苏童也可以同时并存，文学的包容性极强。90 年代为作家提供了自由宽松的创作环境，每个作家可以按照自己喜欢的方式去写作，也可以发出各种不同的声音。

作家可以写出三种作品：写给社会的、写给文学史的、写给自己的。如林白的小说《一个人的战争》基本上是写给自己的，陈源斌的《万家诉讼》是写给社会的，张炜的《古船》是写给文学史的，其《秋天的愤怒》是写给社会的。90 年代有为这三种目的写作的作家同时存在，在此，作家也是多元的。90 年代，文学要活着，还要活得更好。文学在 90 年代更加接近它本来的面貌。七八十年代是文学的神话时代，1978 年是科学救国，80 年代是民主救国，1989 年以后是经济救国，1995 年又是科教兴国，这似乎是一种轮回。托夫勒说有三种社会力量：暴力的力量、金钱的力量、知识的力量。过去曾经是金钱的力量战胜暴力的力量，在未来社会中，知识的力量将要战胜暴力的力量和金钱的力量。

90 年代的文学显得有些无所适从，茫然不知所措，而各种旗号、口号、操作也都有存在的必要，但总的来说，90 年代文学还缺少更有力度的作家和作品。

张　韧（中国社会科学院文学所研究员）：

《长江文艺》是一个很扎实的能经受住任何历史风暴的文学刊物，它不是轰动性的刊物，但一直是个有影响的刊物，有 40 多年历史的《长江文艺》今天更应立足湖北并和全国接轨。

我认为 21 世纪的文学、转型期文学的出发点就在我们今天文学的脚下，从脚下开始。从世界文学的整体来看，我们的文学每前进一步都受到些外来文学的影响，伤痕文学、反思文学是受苏联解冻文学的影响，后来又兴起的先锋小说是受西方现代派小说的影响。

对于未来的跨世纪文学，它有一个瞭望的窗口，这个窗口可以用两个字来概括："后"和"新"。为什么近年来"后"字出现得这么频繁？人们意识到这是评论界要和昨天告别。而"新"字的出现，如新市民、新体验、新状态，又是对未来、对跨世纪文学的一种呼唤。文学到了一个告别过去，呼唤未来的时代。

90 年代的文学、未来的文学都应是多元的文学，作家的选择和读者的选择都将越来越自由。在多元的文学中有几种模式值得研究、探讨。其一是旗号问题，为人生和为生存的文学应当并存；其二是亵渎崇高；其三是描写人与大自然冲突的文学，即环境文学，它是一种未来的文学；其四是描写人与自己内心冲突的文学。总之，未来的文学是多元的、多样性的文学，同时读者的选择也使市场呈现了多元化的状态。

李洁非（中国社会科学院文学所青年评论家）：

90 年代中国人面临的社会文化环境与 80 年代相比有较大的变化。80 年代后期我们对西方现代主义的艺术形式产生了极大热情，先锋小说的出现即是这种印证。人们开始淡漠意识形态，而着重探索文学本身的功能。90 年代以后，在一部分人当中，意识形态的东西正在慢慢恢复，如人文精神、作家对文学与社会的责任感以及理想主义的提出、探讨。这些问题在 80 年代被认为是文学之外的问题，现在重新提出、探讨这些问题，这表明了文学界对某种信仰的恢复。信仰问题在 80 年代一度被文学所嘲弄，因为中国人曾经被信仰所嘲弄。这个时代，物对人的压迫越来越强烈，使人对自身的某些东西和对自然失去了感觉。我认为，作为一个作家应对文明有所感觉，应加强对人自身的关注，不能成为物的奴隶。这也是文学界今天重新提出人文精神、责任感、信仰等问题的原因之所在。

现在说文学是"多元化"尚嫌早了，用"多样化"来表示，比"多元化"更准确。

王　干：中国文学发展的多种可能性还在挖掘中。90 年代没有主潮、中心，作家到了 90 年代多了几分困惑之外，又多了几分自信。

张　炜（作家、山东省作协副主席）：

90 年代从事文学创作，对一部分人来说很容易，对另一部分人来说比任何时候都困难。放松的人容易，他们可以利用这个开放的喧闹的时期尽情地吸收、借鉴。一般的操作、职业化的写作也容易，模仿的机会多，跟从的机会多，剪接组合的可能也多了。起码发表的园地比 70 年代和 80 年代多了几倍。那些认真紧张的探索者就难了。他们应该再放松，再自主和再封闭一些。真诚的然而是又轻信又热情的初学者就难了。

因为来自外部的干扰太大，人是不可能完全独立于外部世界的，不可能完全封闭。今天出现了各种各样的声音，显得特别嘈杂。嘈杂是活跃、自由、宣泄，也是玩兴大发，是恐惧，是寂寞慌张和不自信。

谁都会赞成文学的多样化、多元化，不这样就太奇怪了。实际上有十二亿人口，有大得令人惊讶的创作队伍，只要不是来自某种强力的统一制止，何愁不能多元。多元是不必呼唤的一个必然。各种声音吵吵嚷嚷，或愤愤然或和和气气，都是必然。失去多元的危险只能来自别处，而不会来自文坛本身。我们现在是为多而庆幸，倒不必为多元的失去而慌乱和疾呼。因为没有出现那样的状况，将来即便出现了，我们也没有迅速改变那个状况的能力。文坛自己想制止"多元"也制止不了。

"元"与"元"是不一样的。作为一个知识分子，大概应该同意：对世俗的批判和抵抗从来都是最重要的"一元"。不断用各种方式和方法，包括用一些舶来品，去反复诠释世俗的合理性，去投入世俗的大合唱，大概不能算知识分子的行为，更不能成为唯一的"一元"。

评论工作者、期刊，提出了一些说法，起了一些名字。目的是要使文学在品质上得到提升。这应该肯定。单纯为了热闹，为了吸引读者，也未尝不可。他们也许用心良苦。现在办期刊非常之难，经营不易。但作家作者自己不要在这热闹中糊涂起来，不要迷失。要知道这主要是热闹。任何热闹、花花哨哨的东西，在扎实的劳动面前都要退后一步。这个要心中有数，怎么热闹就是另一回事了。

文学仍然应该有自己的立场，要保持自己的批判品格。如果那些跟从、合唱、慵懒和呻吟、嘲弄的确应该算是不可或缺的"元"的话，那么对这种"元"的充满警觉的质疑和提问，甚至是严厉的批评、分析和指责，也是自然存在的"一元"。现在特别需要学习鲁迅。鲁迅是民族之魂。没有忧虑、批判，没有哀其不幸怒其不争，没有对国民性的针砭疗救，哪里还有鲁迅？

有人会问学习鲁迅有什么用？

有人不愿学习鲁迅甚至害怕学习鲁迅，就说明学习鲁迅有用。尊重别人，不干涉别人的生活，尊重他人的选择，这是最基本的。对学习鲁迅这一选择要尊重，学不起就不学，但要尊重。鲁迅应该成为当代文学的榜样和向导。有人既然选择了歧视弱者、传播苦难的道路，当代文学就更应该以鲁迅为榜样。这也算"一元"。（经作者补正）

王 干：张炜讲文学首先要有个格，即"资格"，就像世界杯足球赛要有预选赛一样。文学界也需要打假，要把那些不具备文学精神、不具备文学素质的伪作家、伪作品清除出去。还有多元化和宽容的问题，希望文学讲究质量、品位、档次。"宽容"最早是在80年代作为一种政策提出的，当时很受作家的赞成、拥护。到了90年代，"宽容"一词出现了歧义，这和环境的变化有关，也和作家心态的变化有关。实际上，作家与评论家是在文学大范围中的两个系统进行操作。现在的文学存在寂寞和热闹的问题，文学本来是寂寞的事业。王朔出现后，一些作家成为明星，和大众传媒结合起来，作家变得很活跃。文学的品位、档次以什么标准来划分，还不明确。我们这次游三峡、屈原祠，听导游讲有一条旅游线叫伟人—美人—野人路线，如从旅游角度看，我们看伟人、美人，也不妨满足好奇心去看看野人。文学也有伟人文学、美人文学和野人文学。伟人文学肩负着重塑民族灵魂的责任；苏童、林白的作品可算是美人文学；徐星、刘索拉的宣泄生命本能和自我情绪的作品可称野人文学，另有一些描写人与大自然关系的作品，如张炜的《九月寓言》，也是接近野人文学的，野人文学是抵抗现代主义、现代性或现代化的。

目前，文学界存在着生态平衡问题，如果乱砍滥伐，可能会造成水土流失，可能导致文学生态的不平衡。这是否就否定了文学的批判精神？不但文学，知识分子存在的一种功能是作为社会的批判力量存在，文学也毫无例外需要有批判精神。90 年代我们想找到一种说话的立场很困难，很难自圆其说，90 年代最大的矛盾即许多问题陷于悖反之中。

昌　切（武汉大学中文系文学博士、青年评论家）：

我想从历史的角度谈 90 年代中国文学、文化的现状。自 1985 年以后，中国社会发生了天翻地覆的变化。1984 年底经济体制改革由农村转向了城市，城市经济体制的改革改变了中国的社会结构，新中国成立后形成的金字塔结构开始松动，有一个市民社会或称大众社会站出来了，在原有的板块结构中打开了一个口子，它是一种在政治、经济、文化运作中具相对独立性的社会，它把原有的文化结构进行切割，分割成大众文化、精英文化、国家意识形态文化。支配这三种文化的价值轴心或者说价值原则是：大众文化的轴心是经济，经济是指挥它运转的发动机；精英文化以文化本身为目的，它的轴心是文化原则，即以文化本身的发展为原则，比如张炜的观点，讲究文化的质量、品位；而国家意识形态文化的轴心是政治。

在文化的三分格局中，我以张承志、王朔为例来说明作家的生存方式（社会角色）和文化人格的嬗变与文学自身的变化。张承志和王朔代表了两种趋向。王朔式的作家在新中国成立后是绝迹的。我考察作家的生存方式有三种：第一种是资助制，是靠资助者来谋生，同时从事写作，如古代的门客制，现在的作家协会制。第二种是兼职制，像法国的马拉美，中国的鲁迅、周作人。第三种是陶渊明式的隐士制，作家的写作活动与生存活动是分离的。王朔把他的生存变成了写作，把生存方式与写作方式完全统一起来了，社会角色也发生变化，不需要做意识形态的承载者，也不需要做启蒙者，它的价值轴心就是经济。他的文化人格也改变了，转向大众社会，王朔的出现是中国社会历史发展的必然趋向。王朔是商人和作家的合一，张承志则是闹市里的隐士，他崇拜古代的许由等人，生存方式是大隐，护守精英的文化价值，承载着很大的使命。学府、刊物、研究人员应该充分关注这种文化现象，而不是用西方的观点来套，而要作出中国学者对它的合理性的阐释，形成自己的理论。

陈源斌（作家、安徽省文联文学院院长）：

90 年代的文学逐渐回到了它本身的位置。自新中国成立后，文学和政治一直紧密地绑在一起。到了 90 年代，文学有种被冷落感。1984 年以前，过于注重国家意识形态，把作品上纲上线，因一篇作品可以牵连许多人。1984 年以后，工作重心转移到了经济建设上，文学也不像以前那样受重视，90 年代以后就不会再有因为一篇文章而掀起一场运动，或者把文学作为敲门砖来改变个人的命运。

马津海（《小说月报》执行主编）：

80 年代中期以后，对西方现代派的热衷，产生了先锋小说，声势很大，但读者却和文学疏远了，这是必然的。90 年代社会到了转型期，文化也到了转型期，文学必须走向市场。有些在小圈子里炒得火热的作品，读者却不买账。一段时间，有一种现象，认为可读性越强的作品，艺术性越低，越看不懂的越好，刊物也竞相发表这种让人看不懂的作品。

我比较同意张炜的发言，提倡多样化是好的，但要有主流支流之分。王干所讲的作家为三种对象写作的观点我不太同意。一部作品可能同时是写给社会的也是写给自己的和读者的，三者不能截然割裂开来。我认为作品首先是写给社会的，然后才是写给自己的。任何一部文学作品写出来都应该给读者看的，而不是让人看不懂的。现在有的导演公开讲他拍的电影是给下个世纪看的。这样的电影是否应该下个世纪再拍？作为现时代的人，就应该拍出现时代人看得懂的电影，文学也如此。

90 年代的文学在多样化、多元化之中，应该有一个主导力量（主流），文学的主流到了返璞归真的时候了，和其他文学样式并存。

林　白（作家、《中国文化报》记者）：

90 年代是一个大时代，现在还说不清它是什么样的时代，但我觉得我比较喜欢这个时代，这个时代容忍和容纳了我的小说，给我这样的小说提供了一个天地。我热爱 90 年代，感谢 90 年代。

童志刚（《今日名流》杂志社主编）：

1985 年以后，中国现代派作品在文坛备受关注。中国的现代主义用 10 年走完了别人 100 年走过的路程，我认为，现代主义退潮之后还是要回到现实主义的，新写实小说的兴起，就表明了回归现实主义的趋势。

文学的多元化是存在的，但主流也是存在的，此元与彼元不可能是完全同等的，我们在说法上不应很激烈，一元不会灭掉另一元，关键是作家要找准自己的位置。

刘继明（作家、《长江文艺》杂志社编辑）：

90 年代的文学不是单一的，而是多元的，要给它下判断、定位是困难的。中国社会结构从单一转向多元，失去了大一统的标准，在这种大背景下，怎样写作？怎样说话？很难求得一个完美无缺的权威性的结论。我个人觉得，在这个喧哗的时代，文学只能返回个人的内心，因为 90 年代读者的结构也非常复杂，文学不可能有 80 年代那样庞大的读者群体，期望获得以前的辉煌，那显然是一种幻想，一种虚假的自我安慰。唯一可以信赖的，找到自己存在的依据，那只能是返回个人的内心。一个清醒的写作者，如能成功地恪守心灵的一块领地，由此立场出发对人类面临的普遍的困境，发出一种非常个人化的声音，这就是一种很好的状态。这也是 90 年代后许多作家以一种非常平静、非常个人化的写作姿态出现的由来，也是 90 年代文学的一个重要特征。

尤凤伟（作家、青岛市作协主席）：

现在的文学状况比新时期文学是好的，从作品的多元、质量、色彩上看，和以前都不可同日而语。目前的文学还存在不容乐观的问题，文学还未形成主流，主流文学是对社会全景式的反映，目前要形成主流还很困难。作家还面临着共同的尴尬，无法尽情地反映社会，现在的社会环境还不是产生主流文学的环境。

诸多的旗号和倡导，使作家感到迷乱，但作家要有自己的立场、见解，写出自己的作品，不要急于把自己归入哪一流派，不要急功近利。总之，文学发展到今天很不容易，但不能过高地估计今天的文学现实。

方　方（作家，《今日名流》杂志社社长、总编）：

90年代文学与80年代文学有许多不同之处，80年代是一群一群的人在发声，比较单调，而90年代更多的人可以发出自己的声音，90年代更个体了一些，所提供的机会和环境（包括经济环境）更好、更舒服一些。我的小说被归为新写实，但我感到自己只是个看客，没有感到自己算是哪个流派。评论家可以给作家归类，而作家对此无所谓。80年代，作家写出作品后由评论家来归类，到了90年代，评论家由后发制人变为先发制人，先树旗号，引导作家进入其中，比如新体验、新状态、文化关怀小说等。这样做也是需要的，因为文坛有时是很寂寞，很没有意思的，需要给文坛增加些活力，或者说开发作家的某种潜力，使作家发现自己适合哪一种创作路子。但同时也造成了一种模式，作家加入其中容易写出来，同时一些难懂的或不好的小说也归为某种旗号下，把大家不懂的、不好的小说也说成是好的，加以炒卖，有主动地炒，也有被动地炒，这样的文学不是文学，是文字。对于普通读者来说，90年代的文学更难辨别其优劣、好坏，所以90年代当作家比80年代容易得多。80年代曾雄霸一时的作家在90年代要沉寂一些，90年代作家自由感更强，更强调个人的情感，对文学来说，这是一种进步。文学寂寞些也好，比文学太受重视还好一些，没有必要要求官方去扶植、关注，应当让文学自由地发展。

　　何火任（中国社会科学院文学所副研究员）：

　　今天我们讨论作家为什么人写作的问题。具体到每个作家、每部作品，情况都是不相同的。曹雪芹所写的《红楼梦》可以说是为自己的，也可以说是为他人的，恐怕没有哪一个作家主观上是为文学史而写的，这只是评论家和研究家的事情。歌剧《白毛女》当年就是为党的七大的召开而创作的。作家为个人写作的说法是说不通的，《白毛女》肯定不是这样。一部作品的价值应是它本身的内涵所包容的美学价值。生活是相当复杂的，有时很难概括。

现在要不要主旋律？我认为多样化是应该的，没有多样化的主旋律就是"文革"，那个主旋律是指政治，一切为政治服务。现在说的主旋律是指时代精神，应当有代表这个时代精神的文学作品，否则作品难成大器，这就像一场音乐会，既要有多种旋律，又要有主旋律。1989 年以前，文学上全盘西化，之后渐渐冷静下来了，现在又兴起了国学热，从一个极端走向了另一个极端，我认为西化和复古都是不行的。作家真正应该思考一下，我们 21 世纪的文学究竟是什么？应该是什么？

何启治（编审，《中华文学选刊》主编、人民文学出版社副总编）：

要实事求是地评价 90 年代文学是很难做到的，在市场经济下，作家可以有多种选择，现在作家可以选择刊物，刊物也可以选择作家。

文学现象太复杂，复杂到难以判断，作家面对时代，要扬长避短。现在很难有很轰动的作品，能真正做到雅俗共赏的作品是不多的。像《白鹿原》这样深受读者欢迎、发行量也很大的作品是好的，既有社会效益，又有经济效益。我觉得文学是可爱的，但文学还很艰难。

90 年代的文学绝对是多元化的，这是一种趋势，不是个人所能左右的。我同意方方的意见，这个时代作家比以往更自由，但编辑现在越来越难当，要面对经济问题和许多其他问题。现在人们可选择的机会是很多的，我们生长在中国，为什么要对它那么苛求呢？

文学要活着，而且要活得更好，文学要走向世界或与世界接轨，需要做一些实实在在的工作，不要太好热闹，不要太功利。作家不一定刻意追求自己在文学史上的地位，但在文学史上能占一席地位的作家应该是好作家，作家应该有追求，回归也是为了更高的追求。

昌　切：今年我们在《长江文艺》上搞了几个对话，其中就有一个关于旗号问题的对话。旗号在去年出现，有以下特点：第一，旗号主要是小说界打出的，使人联想到 1985 年以后诗歌界曾经打出的旗号，旗号有几百种，当时有句话叫"给我挺住"，但没有挺住，诗歌最后走入地下，许多刊物不发诗歌了。我们预感到小说这种原来读者面较大的文体可能会萎缩，可能会稳定到一定的读者面。目前打出的各种旗号都是商业化策略，目的是为了得到更多的读者。其二，在形式上，旗号有以性质分的：如新体验、新状态；有以文体分的，如新市民、文化关怀。各种分类的共同点是，都是商业化的因素，都有广告式的做法。旗号出现这么多，这是属于中国社会转型期文化分流以后继续分流中的一种表现。精英文化开始转向大众文化，如王干提出的新状态，很明显是商业后现代的做法。各种各样"新"字的重要特点就是商业化倾向越来越浓。旗号今天已衰落，它不会很长久，把许多作家组合起来共同操作一个同样的东西，对真正的文学只有害处没有好处，因为它是以抹杀个性为特征的，必然造成雷同化，而且，"新"的理论与实际作品有距离，二者很难吻合。我们提出"识别旗号，超越旗号"，文学评论界不要管旗号，要直接进入作品，在大量阅读作品的前提下对当前的文学进行些概括、分析、研究。旗号打得再好，名不副实还是不行，别人不理睬，今后文学史的写作，不会受口号的限制。

王　干：现在有一种很奇怪的现象，许多作家、评论家都不读小说，只有编辑在读小说，显得很浮躁。对某个作家进行肯定或否定时，根本没有读他的小说，如肯定张承志的《心灵史》，但没有看他的这部作品。对张承志的肯定是根据他的随想式的只言片语，他要以他的小说来抵抗滚滚红尘，这当然是好的，但对一个作家的肯定，主要应看作品，简单地肯定或否定，这是很糟糕的问题。再如对王朔的批判也是没有读过他的小说。

90 年代需要一个平静的心态来做研究，需要仔细地研究作家、作品，对口号也要仔细地研究分析。我看有几篇肯定新状态和否定新状态的文章，特别是否定的文章，发现他们没有看《钟山》上发的作品和理论文章，就说是简单地提口号，这是比较浮躁的。

张承志的存在能保持文学界的生态平衡，若文学界没有张承志的声音，文学界肯定是单调的；如果全部简单地肯定张承志，用张承志作为一种标准来否定其他文学现象，同样也会造成一种单调，影响文学界的生态平衡。

张炜讲的有句话很有道理，90 年代面对种种困惑，是不能讲明白的，90 年代的文学可以用两句诗来概括："抽刀断水水更流，举杯消愁愁更愁。"需要一种平常心去对待各种文学现象，要回到大学中去，用一种学院式的精神来研究 90 年代的文学现象。

80 年代是作家不断地提口号，到了 90 年代主要是编辑和评论家提出一些概括的方式，因为刊物有时也需要一种提示。文学的最高境界存在于作品的本身，不在于理论家的概括，也不在于文学史，文学史的版本很多，所肯定的作家、作品、文学现象都不一样。大的作家、理论家要有平常心和自信心，90 年代谁都离不开大众文化，即使是精英分子。

（何子英记录整理）

（原载《长江文艺》1995 年第 9 期）

女性文学与个人化写作

——与戴锦华教授对话

时间：1995 年 12 月 1 日

地点：北京国安宾馆

对话者：王干、戴锦华

一、女性写作脉络与男性视点

王　干：今天我们主要谈谈女性文学与个人化写作的关系。在谈女性写作与个人化之前，我想按照我这个男性的目光把新时期的女性文学简单地梳理一下。

戴锦华（北京大学中文系教授、博士生导师）：好。

王　干：关于女性我没有专门写过文章，我倒是在和王蒙对话时谈过"女作家的自足与不足"。现在过去了七八年，回过头去看，我大致把她们分作三个层次、三个阶段吧。我用这样一个词：巫。我把她们叫作老三巫、中三巫、新三巫。

戴锦华：巫？巫婆的巫？不能接受。

王　干：我后面再解释……

戴锦华：无论如何不能接受。

王　干：我这是男性话语。

戴锦华：明确就好。

王　干：我认为老三巫有张洁、谌容，再加上张抗抗。张抗抗年龄小一点，是知青族，但她的精神血脉和语言结构基本上和张洁、谌容一脉相承，是一个谱系里面的。张洁最早发表的小说，是《森林里来的孩子》《爱，是不能忘记的》；谌容是《人到中年》《太子村的秘密》等；张抗抗是《夏》《爱的权利》《北极光》。我认为这些人当时已构成了一个小小的语言联合体。其中有这么几个层面：在文学源上，她们接通了俄罗斯文学，像《森林里来的孩子》，就是俄罗斯文学在我们当代的变奏和回旋。像《人到中年》，处处可以看到俄罗斯文学的"公民意识"，为理想而献身。用王蒙的话说是"光明梦"。也像张抗抗的《北极光》——很遥远、很美丽，尽管不能到达目的地。这是她们共同的精神取向。她们早期的作品基本是呼唤健康的人性，控诉了当时的十年动乱、"四人帮"，写人性的扭曲。当时她们女性的意识并不是特别强烈，基本立场是社会的。当然其中有女人叙事的语调，但总体上女性特征不明显。她们基本代表了新时期女作家以女性特征进入文学的情况。

戴锦华：你所说的女性特征是指风格特征？

王　干：对，风格。也不是女性风格的那种，是文学上的那种细腻……

戴锦华：婉约？

王　干：对。比较抒情、缠绵，对感情比较执着的那种。男作家也能做到，比如白桦。当然她们后期有一点点变化，比如张洁的《方舟》，有点性别意识。这就是老三巫。哎，你别受不了，我会解释这个巫。

我说的中三巫，是指王安忆、铁凝、残雪。这三个女作家从文学本体看，她们对文学的社会性不如老三巫强，对语言文体的要求比较高。比如铁凝从少女时代开始写《哦，香雪》、王安忆写《雨，沙沙沙》，但到了1985年以后，王安忆有了"三恋"、《岗上的世纪》，铁凝有了《玫瑰门》，她们小说的性别色彩得到了比较特别的表现，包括残雪。她们小说的性意识、性心理开始有了比较多的展现。特别是女性性心理得到了自觉不自觉的展现。铁凝小说比较明显，尽管用了很多新时期小说的象征、寓言。作为故事的女主人公已不仅仅是一个人了，而且是一个女人了。残雪巫气更大一些，有点呓语的味道，断续，不像王安忆、铁凝那么流畅，有整体感，容易把握。王安忆的小说中女性的思维特别强，带了一种理智去写小说，比如"三恋"……

戴锦华：你认为理智地写是女性特征？

王　干：不全是。王安忆是很怪的，她写女性生活比较多，视角也是女性视角。

新三巫是90年代出现的陈染、林白、海男。她们和前面六个完全不一样了。她们操持的语言、描写的素材都不太一样了。她们是那种精神和肉体的自我撕裂。林白的《一个人的战争》，把自己的精神撕成一块一块的。带有一种展示的性质。带有回忆录、（戴锦华：自传？）自传色彩。陈染的《与往事干杯》也带有这种自己撕开血肉的特点。还有一些女作家的作品是一种拼贴。

戴锦华：拼贴？对了，我发现自从我们有了"拼贴"这个词，好像就不再有"拼凑"。好像随便将一些东西胡乱放在一起，就可称拼贴……

王　干：用一个美术上的词叫"装置"。

戴锦华：拼凑也可以称为装置？在我看来装置也是另一个意义上的拼贴，指的是在一种似乎极不和谐的、杂陈之中建立一个有机的、全新的表达。那是对艺术创造力的挑战，而不是混乱的堆放。这让我想到，后现代理论的引入，实在给某种文坛现实提供了救命稻草。使用者堂而皇之地运用其中的某些概念，甚至是几个术语。比如拼凑成了拼贴，复制掩盖了抄袭；你们倡导的"新状态"的"状态"代替了平淡乏味。

王　干：这很有趣。复制和抄袭、拼贴和拼凑，实在很难分开……

戴锦华：但无疑可以而且必须分开。否则它必然掩盖甚至助长我们现在文坛上比较严重的问题。否则，"后现代"就成了文坛某种恶劣现状的遮羞布。媚俗和媚雅都不能靠一句"填平雅俗鸿沟"而得到赦免。

二、反诘

戴锦华：我有两个问题：第一，你为什么称女作家为巫？你的巫是否可以通用于男人和女人？第二，你选择九个女作家来代表新时期以来——大概十六年中非常繁荣的女性写作，选择的标准是什么？是她们的艺术成就、社会影响，还是女性意识呢？

王　干：是两个标准，一个是她们当时在文坛上的地位和她们对其他作家的影响，还有一个是她们的创作生命力。她们是否依然活跃在我们当下这个屏幕上。

戴锦华：我明白了。因为如果从当时文坛的地位与影响的角度，从女性写作与表达上，我们绝不能忽略的是戴厚英、宗璞，后面是张辛欣、刘索拉、方方、池莉。那么请谈谈你的巫。

王　干：巫可能是一种男性话语。但在我的词汇里，巫并不是一个贬义词。巫，在我的印象当中，是很有才气，很有灵气，可以通天接地……

戴锦华：有点神秘？

王　干：神秘。这是一个女作家的高标准，不是一个贬义词。

戴锦华：我十分明白你的"巫"是一个高标准。我想知道的是，你为什么认定巫与女性或女性写作相连？因为"巫"这个词有它固有的意义，比如巫文化、巫婆、巫女、巫术。我想知道，你为什么不称我们有一位很有才气、灵性和成就的男作家为巫？这一定和你对女性的本质认识相联系。

王　干：在我的印象中，至少凭我的阅读经验和习惯——我的知识谱系来自于中国古代文学，说女人时，比如长相好，"近妖"也是一个高境界。是中国古代男人的性欣赏，比如《聊斋志异》中的性欣赏……

戴锦华：花鬼狐妖。

王　干：这是讲女人的美……

戴锦华：但同时意味着危险，意味着邪恶。

王　干：尽管危险、邪恶，但还是欣赏。

戴锦华：哦，很勇敢。然后就是男人形销骨立，面带巫气（大笑）……

王　干：对智慧的肯定，中国古代也喜欢"巫"这个词。当然到了形而下，它也和装神弄鬼、疯疯癫癫联系在一起。巫最早是知识分子的象征。

戴锦华：但在你这儿，显然是女性知识分子的象征。

王　干：对。

戴锦华：这里显然有你对女性的本质界定。你把它和女作家、仅仅和女作家联系在一起，比如女性的神秘，其中不言而喻的，还有女性的不可索解和威胁。

王　干：我主要是从灵气、神秘、不可理喻的角度，我也可以用"妖"……

戴锦华：哦，不可理喻。这好像不是褒义词。（大笑）回到正题。你是如何理解个人化？你认为在这三代女作家身上"个人化"问题是如何体现的？

王　干：在张洁、谌容、张抗抗这代人身上，个人化还只是一种风格。阴柔之美，细腻。到了残雪、铁凝、王安忆，个人化已不只是一种风格，她们从心理上展现女性。其实现代文学中有过女性的个人化写作，比如丁玲的莎菲女士、冯沅君……后来就出现了一个断层。到了王安忆这一代，女性的心理特征开始出现。到了新三巫就不同了。这就是个人化写作与女人的"被看"。

戴锦华：你所谓的个人化，是指个性风格，还是自传性写作？

王　干：是当下的，还是更早？

戴锦华：就女性写作的总体而言，你对女性的个人化写作的定义是什么？

王　干：这必须相对而言。相对她们的时代。

戴锦华：在我看来，"个人化"至少可以从三个层面上给予界定：一个是个性风格，比如鲁迅是一个在风格意义上相当个人化的作家。另一个层面，所谓个人化，是只从个人的视点、角度去切入历史。据我的理解，一个从颇为个人的视点切入的叙事，可能构成对权威话语和主流叙事的消解、颠覆，至少可能成为一道完整的想象图景上的裂隙。比如从王朔的《动物凶猛》到姜文的《阳光灿烂的日子》构成了对"文革"的个人化写作。最后一个层面，其实也是这个对话潜在的主题，是针对女作家的，个人化写作有着自传的意义。在我们当前的语境中，它具体为女作家写作个人生活、披露个人隐私（王干："私小说"。），以构成对男性社会、道德话语的攻击，取得惊世骇俗的效果。因为女性个人生活体验的直接书写，可能构成对男权社会的权威话语、男性规范和男性渴望的女性形象的颠覆。女性自传性写作以及对其的重视、研究，也确乎是西方女性主义研究的一个热点。但在当前中国的社会语境和写作实践中，问题并不那么简单。我记得，我们在以前的谈话中，你曾认为女性、女作家能贡献给文坛的、最独特的东西是她们的个人生活描写，说明白一点，是她们的隐私性经历。不知我是否理解错了？是不是你认为男作家们就不需要这样做？或是这样做没有意义？是否女作家的写作，披露个人生活十分重要？甚至重要到了是她们所能贡献给文坛的最重要的东西？其中显然有了你对男女作家不同的预期。

王　干：这可能是我的男性视点。中国文学有这么一个特点：写女性美大于男性美……

戴锦华：这可不只中国文学。

王　干：所有文学都是这样。女性本身就处于这样一种被看的境界。因此男人要看女作家写什么——这可能有一种不平等的关系——他们不希望女作家写许多政治、社会、历史，他们不希望她们对政治、社会有更多地介入参与，也不希望她们创作出对社会对历史有影响的作品。女人在我们这个社会中从古到今是处在被看的地位上，尤其是女作家是被看中的被看。比如舞蹈演员，男演员也被看，但女演员的被看，注意力是男人的多少倍的平方。看什么呢？……我认为我们中国社会个性解放不够充分，"五四"以来有一批女作家，《莎菲女士的日记》《隔绝》（戴锦华：《悲剧十年》《结婚十年》），带有私小说性质，但很快消失了。到了今天，中国不光女作家，还有男作家，缺少这种自我解剖、自我撕裂的精神。这个时候，女作家可能从女性的角度充分展现她的体验，因此很有意义。在我们生活中，男作家始终和我们的中性原则发生着联系，男性总是按照中性原则运作；而女性总是偏离这种中性原则，或者受到压抑、压迫，她们的体验不能通过传媒有效地透露出来，只有文学可能把女性受到中性原则的排挤、压抑充分地表达出来。比如丁玲最好的小说应是《莎菲女士的日记》。

戴锦华：首先你的论述难以成立，而且你的确暴露了一种货真价实的男性——不如说男权视点。在你的立论开始，在整个人类文明，准确地说是父权建立以来的文明中，女人被派定在一个被看的位置上，这正是女性的悲剧，是性别歧视的基本事实。女人仅仅是男人的文化、心理、生理，或者说男性目光的对象，一个永恒的客体。可到了今天，你仍认它为合理，并大加张扬。你仍认定女作家能贡献给文坛的最重要的、甚至她唯一的东西是她们披露自己的私生活。你显然将男性的文化心理需求，说得不好听，是先将男性的窥视视野设定在女作家的作品前面。于是，如果女作家接受了你的预期，那么她显然是屈从于，而不是反抗这一被看的位置。似乎她们只有暴露隐私的东西才会让男人满足。这显然是双重消解和放逐：首先，"你们"不要进入历史，不要进入"我们"的特权领域——尽管我们经历过一个不短的妇女解放、男女都一样的时代。直到今天，在众多的领域中男人和女人扮演着完全一样的社会角色，她们事实上早已介入了中国历史和社会。在如此深的介入之后，你是否仍认为她们最好不要写历史、写社会，只管写隐私？其次，女作家们的自传性写作，好像不是她们自身的需求和表达，而是窥视者眼中的大暴露场景。

请先不要反诘。你的第二个货真价实的男权观点是，中国是一个个性解放没有充分完成的国度，女作家的"大胆"写作可以推进个性解放的过程。那么，在你看来，这使命难道不是应该由男人和女人来共同完成的吗？如果男作家大胆地面对自己心灵的真实，不再化装成一个强大的、阳刚的男子汉，而是将自己内心的孱弱，他们的阉割恐惧与心理，不是以《男人的一半是女人》的方式，而是以真实、大胆的惨痛心路写出来，不是同样有助于个性解放与社会进步吗？事实上，一个相反的事实是，在当今的中国文化中，男人才代表人、人类，女人只代表她们自己。比如我从正在撰写的新时期女性文学这本书中很震惊地发现，王安忆并不十分女性视点的"三恋"曾被指责为"女子中心主义"，而与此前后张贤亮作品中赤裸裸的男权中心却至今无人抨击。如果说文学写作联系社会进步、个性解放，那么我想知道的是，为什么应该和女性大胆的、真实的、袒露的写作联系在一起，而不是与对男性的伪善的、自恋的写作批评与改变相连接呢？这是我的第二个反诘。

第三点，你说男人天生与社会的中性原则相联系，我认为这本身就是一种谎言。因为中国社会乃至人类社会从来无所谓中性原则。中性原则，其实完全是男性原则，或者说是化装成人类原则的男性原则。男人当然和它珠联璧合了。男人想当然地代表人类，男人的写作是人类的写作；那么，你们女人能写什么？你们写你们的性别，你们是"人类的别人"、他者。有意思的是，云南人民出版社今年出版的女作家自选集就叫《她们》，主编前言说："我们是我们，她们是她们。"不言自明的是，这个"我们"是男人，但也是"人类"。女性是"少数"，是他者；女性写作确实可以反抗男性原则，或者叫假中性原则。

王　干：我毫不讳言，我讲话的视点、立场是男性，我想改变它也不可能。

戴锦华：并非不可能，只是想不想。一个不幸的事实是，今日中国，主张进步、变革的少数优秀男性知识分子，同时公开地张扬自己的男权立场。好像社会民主就是解放自己、压抑女性，那么，这如果不是伪善，至少是愚昧。我想当男人说人、人类的时候，他至少要小心一点，至少要有一点反省：他代表谁？代表什么？而大部分男性经常地用他们亲切的、回护的姿态，或用他们俯视的态度，公开他们对女性、女性主义的蔑视和敌意。——他们至少要有一点改变自己的愿望吧。比如说女人是"她们"，她们应该暴露自己；这无疑是以男人为文化、社会的主体，女人是男人的文化、窥视之镜，让男人从中照见自己，满足自己的需求；而不是任何女人的文化表达和需求。

三、对反诘的反诘

王　干：我要反问你。1995 年是妇女年，文学界是女性文学、女性作品热。最近你们也搞了一个"莱曼女性文学书系"，这些丛书本身就置于一个被看的位置上。尽管你讲了许多女性的平等意识，而这些书，包括你自己的书，也是出在被看的位置上。

戴锦华：你根据什么这样说？

王　干：很简单，为什么女性要有专门的书系？按照你的观点，这本身就是一种不平等……

戴锦华：当然，所有需要标明的，都是一种弱势文化。如果不相对于女作家，我们不需要说，男作家。我们说作家和女作家，批评家和青年批评家。所有需要前缀的都是劣势、弱者。你必须注明自己的身份，主人、权威就不需要了。

王　干：这就是被看。被男性目光聚焦的原因……你是女性文化研究者，你怎么看——不出版男性文学、文化丛书？

戴锦华：因为不需要，因为所有的写作、所有的出版物都是以"人类"为名的男性文化丛书，"天经地义"是男人的。这就是"他"的文化，"他"就是主人，何须标明？

王　干：为什么《红罂粟》这样的丛书仍是在男人视点中？

戴锦华：首先，女性被置于被看的位置上，甚至在 1995 年，这一个如此火爆的女性文化年仍然如此，从某种意义上说，这是个事实；对这个事实的不同理解是，你在为它的合法性辩护，而在我看来，这几乎是女性在当代中国文化地位的曝光。这种被看的位置，正是深刻的、无所不在的性别歧视的显影。我的工作是揭示它。而另一个层面上，女人、优秀的女作家并不是为了被看而写作，她们为自己、为自己的性别而写作，你却要把一个先在的，或后添的男性视野加上去，好像所有女作家应该为给男人看而写作，如果不是为了消解女作家写作的威胁、竞争，至少是过分自恋了吧？

第三个层面，你的立论说如果不是为了被看，何以要注明自己的女性身份？不仅你如是说，女人也一度，或仍然在分享这种话语。你所谓的老三巫时期，女作家喜欢的一个说法是：我首先是一个人，然后才是一个女人；我首先是一个作家，然后才是女作家。这说法响亮，因为不愿意做弱者。不愿意以自己的女性身份出演自己的文化角色。但她们不仍然被你派定为老三巫吗？女性的超越是女性的反抗；但事实上是，在妇女解放多年后的今天，男性和女性仍是一个根深蒂固的文化本质主义的区分，是一种无所不在的权利格局。于是，一个弱者，在她表态的时候，必须标明自己的身份；拒绝标明，也只意味着一种"花木兰情境"——化装成男人，而不可能真正超越；文化的所有者无须标明自己的文化。美国电影不用标明，仍然风靡全球，而中国电影只有标明自己的国别，才能小试锋芒。你以为你可以平等地与强势文化对话吗？那是自欺欺人。因此，我们必须标明。女性文化一直被男性文化所遮蔽，我们的文化要浮现出来，这是一个艰难的过程。在这个过程开始的时候，标明是必需的。比如张洁，如你所说没有鲜明的性别写作特征，但她仍无法逃脱人们把她的作品和她的私生活混为一谈；因此她憎恨将她的作品和她的个人生活对号入座，因此巴金老人甚至必须写一篇《人言可畏》来为她鸣不平。而你所说的被看的位置，事实上，1995年这个"三八妇女节"揭示了，"被看"的这个老"戏法"成了市场的新发现。一如世界是男人的世界，市场更是一个男人的市场。世界妇女大会是中国女性的一个绝好的机会，但市场也看到一个一个绝好的机会：女人天生是被看的嘛，她们本来好看嘛。于是女性文学繁荣的背后，有一种男性的运用。于是所有男性染指女性文学的操作，用强大的男权文化逻辑改写女性写作。于是，所有的女性文学丛书都有一个男主编，许多女作家作品被男批评家的权威所阐释。真的，娘子军连要有一个男人来做党代表。而在我看来，到了今天，女性写作毫不逊色于男性，也无须男性的庇护和阐释。男性成为女性写作的领袖，女作家作品被置于男性视点之中，这是她们写作的本意吗？是她们的愿望吗？为什么女性出版物中到处是男性的主人姿态？其实在二十三本《红罂粟》、十二本《她们》、五本《红辣椒》中，有种种不同的女性话语、女性表述，许多男性大概难以容忍的声音。绝非暴露或私小说这样的说法所能概括或消解，但却被"你们"一言以蔽之地包装在男性的"被看"或女性的"暴露"之下。

回到我们的本题。90年代女性的个人化写作，有一个必须警惕的危险。我个人十分困惑的是，一方面不同于、不屈服于、不模仿男性写作的女性写作是我们一直期待的；女性不妥协于经典文学规范，进行近乎女性自传的写作方式，也是女性文学的出路和前景之一。但在至少 90 年代的文化现实中，一个十分引人瞩目的危险在于，女性大胆的自传性写作，同时被强有力的商业运作所包装、改写。几个鲜明的例子是，林白的《一个人的战争》被书商干脆安上了一幅春宫作为封面；海男的《我的情人们》的封面则是在女作家本人的照片上饰以若干着不同鞋裤的男人的腿；须兰、赵玫合集的长篇《武则天》，则是一幅被白纱裹着裸体女人的躯干——再没有比这更典型的了，女人无须头颅去思考，无须腿脚去行动，有一具躯干就足够了。在半裸女人的腹部是小小的一条金。人所共知，武则天是父权历史中唯一的女皇帝，龙是皇权的象征；但在这幅封面上却仍是暴露的女人，龙仍在它"应该"在的地方。女作家的身份成为构造畅销的卖点。同时的炒作还有不断标明自传性写作是女性写作的唯一正确方式的指导者。于是，一个男性窥视者的视野便覆盖了女性写作的天空与前景。商业包装和男性为满足自己性心理、文化心理所做出的对女性写作的规范与界定，便成为一种有效的暗示乃至明示，传递给女作家。如果没有充分的警惕的清醒的认识，女作家就可能在不自觉中将这种需求内在化。女性写作的繁荣，女性个人化写作的繁荣，就可能反而成为女性重新失陷于男权文化的陷阱。不是女性自己声音的出现，不是女性的反抗，而成了对男性心理的满足。不是女性文化空间的浮现，而成了男权的加固。写性，不是男性的特权，也不是女人的唯一与必需。

四、女性空间的争论

王　干：我的问题是，女作家中有哪些已可成为旗帜？

戴锦华：至少王安忆、铁凝是新时期屈指可数的贯穿性作家。

王　干：可王安忆的作品，包括《长恨歌》都是按照男性思维来操作的。

戴锦华：我不否认女性写作自身的花木兰情境。严格地说我们现有的文化甚至文字都是男性的，女性不可能彻底摆脱。而且在王安忆一代人身上也多少有接受你所谓中性原则的痕迹。所以称陈染的写作为"性别的复苏"。但王安忆的写作绝非完全接受男性思维，相反她曲折地呈现了新时期女性写作艰难成长的足迹。化装成男人的花木兰仍是女儿身、女人心。而你的性别身份、视点会使你对女性作品中的许多东西视而不见。在我看来，王安忆作品中女性写作的痕迹是显而易见的。在优秀的女作家的作品中，不期然的女性体验为她们作品中的"男性"表述造成了众多的裂隙。而自"三恋"开始，王安忆的作品无疑有着清晰的女性视点与叙述。在我看来如果一定需要代表，那么女作家才更有资格代表女性写作自身，而不是洪常青。

王　干：你刚才的论述有矛盾。你仍然是依照今天的男性原则来肯定王安忆的，而不是你所说的女性写作的原则；你自身就陷入了矛盾。

戴锦华：我不否认这个矛盾。因为从没有女性写作的经典可参照。花木兰式的情境无所不在。除非我们放弃，退入无言无语。我们不能在沉默中去期待一个乌托邦式的、纯粹、完美的女性写作的出现。我不接受男性的文化原则，但不可能不正视今天的文化现实，也不可能绝对避免借用、挪用男性的语言和某些逻辑。因为我们已不再沉默。我们都在男性规范下挣扎突围。

王　干：你说不说话，男性原则都会得逞。

戴锦华：但如果我们发言，他们——还是你们？至少不会完全得逞。我们至少可以揭穿种种谎言和自命的代言。研究女性文化对我很重要，但去解构男权文化同样重要，甚至更重要。

　　王　干：对，你可以去解构男性文化，但你不能去建构一个女性文化空间。

　　戴锦华：解构男性文化，就是建构女性文化空间的开始。

　　王　干：我认为，比如刚才说到的三幅封面，不仅是男性话语的问题，还有一个商业化的问题。

　　戴锦华：可商业化话语本身就是男权话语，它们必须充分合谋才会成功。

　　王　干：还有一个文学话语的问题。并非所有的男人都为个人化的女性写作叫好，很多人反对。我们——男批评家，是用文学话语来肯定女性的个人写作。文学话语本身是不是一定有男性和女性的话语分别？

　　戴锦华：在我看来，没有任何东西能超越性别秩序。所谓文学话语是一种超越性别的中性话语，是一种关于真理的话语；但所有关于真理的话语、文学的话语都是在几千年男权社会中产生的。我认为真正的艺术家，他们都多少有反映社会和现实的一面；所以文学的话语或许能在某种意义上裂解主流的男权话语，但文学话语仍是以男性作为唯一的主体和观点来建构的。

　　王　干：这话我觉得有点武断。我认为至少在文学领域中，不存在着男性话语和女性话语间的鸿沟。我们两个人之所以能坐在一起，就因为我们都讲的是文学话语。我要问你：在文学内部有没有一个男性和女性的空间？

　　戴锦华：我认为女性话语正在产生、浮现，从男性的话语中突围。海外的女性主义者认为女性自传中会产生出真正的女性的反抗性话语；那么，我们在今日中国的现实中却看到，类似的女性写作又被商业化纳入、消解了。但文化反抗毕竟开始了。

王　干：我再反问你，在文学话语内部真的需要一个女性空间吗？有必要吗？

戴锦华：你当然不希望你们的空间被分裂，当然希望拥有全部空间。

王　干：我认为至少在文学领域里男性和女性拥有一个共同的空间。

戴锦华：那也只是女人开始进入并分享传统男性独享的空间了。

王　干：那你戴锦华又是以什么身份？花木兰？

戴锦华：你可以这么看。

王　干：我认为，人类文明的空间、文学话语的空间是由男人和女人共同创造的。不存在着男性空间。

戴锦华：我太承认这一空间是由男人和女人共同创造的！但它又是由男人掠压女人的文化成果，抹杀和遮蔽、消解女性文化成就为前提的。

王　干：这个前提显然是你虚设的。

戴锦华：为什么是我虚设的？"内言不出，外言不入"、"女子无才便是德"，写作本身是男性特权，女性写作本身便意味着僭越；这难道不是文学史上的事实吗？为什么女人如此富于才情，如此天生是"巫"，却只留下了这么少的文学篇章？

王　干："女子无才便是德"，这不是文学领域。

戴锦华：但社会的规定便使女性根本无法扮演文学角色。女性可能有许多文学篇章，可它怎么流传到社会上，进入文学空间？

王　干：今天有这么多女作家出现，正说明男作家和女作家济济一堂，大家……

戴锦华：今天男女作家济济一堂，这是事实。但这是和妇女解放联系在一起的。今天的文学空间，男人必须和女人分享，而不能独占。比如说，女人是什么，女人天生如何？

王　干：你的文学上的男女平等怎么划分？

戴锦华：很简单。到了现代文学，才出现了众多的女作家，它无疑与五四运动相伴而生。今天的现实，无疑是1949年以后妇女在政治、经济、法律意义上获得了平等地位才能出现。漫长的封建历史中有那么多的闺阁写作，可有多少曾进入了文学史视野，进入你所谓的共同的文学空间了呢？

王　干：封建历史上的女作家也不少。

戴锦华：有谁？

王　干：李清照。

戴锦华：还有谁？蔡文姬？漫长的中国文学史，如此灿烂辉煌，就两个女诗人？你能证明文学空间一直为大家所分享吗？这不是虚设吗？

王　干：还有一个问题。我认为今天的女性没有必要化装成男人来写作。

戴锦华：我完全同意。什么是纯粹的女人——无非是为男人定义的女人。拒绝化装成男人，不意味着化装成女人。在今天，女人，不是一个简单的事实，而是一种文化角色。"做女人"，很容易被男性接受、吸收、利用。这正是女性文化的两难困境。我喜欢"镜城"这个比喻。女性在今日文化中遭遇的正是一座镜城。在男性文化的镜中，她要么是个花木兰——化装成男人，要么，就是在男性之镜中照出男人需求的种种女人形象，是巫，是妖，是贞女，是大地母亲。那么，在我看来，是在女性自身体验的忠实写作中，逐渐地打破所有的镜子。让它成了哈哈镜。

王　干：这是不可能的。或者化装成男人进入；或者化装成女人——从而被男性视野肯定。

戴锦华：它是今天的现实，但未必是永远的。在商业化的现实中，女性的情境变得更为突出而明显了。性别歧视愈加明显和赤裸，它迫使女性去正视自己的文化现实。

王　干：它使女性意识到作为自己性别出现的必要性。复杂正在于此，所以必须突围。

戴锦华：也许是镜城突围。我记得《阿丽斯镜中奇遇》的一段。在镜中，你想靠近自己目标的努力，常常使你远离了那个真实的物体。女人则经常遭遇这种镜城情境：她在从男性的一种规范突围时，远离了她原来的目标，落入了另一种男性话语和规范之中。女性经常在逃脱中落网。但毕竟可以在落网处再次逃脱。

（原载《大家》1996 年第 1 期）

没有预设的三人谈

——与苏童、叶兆言对话

时间：1996 年 3 月 9 日

地点：南京叶兆言家中

对话者：苏童、王干、叶兆言

一、时空、虚构与视角

王　干：今天来谈一个比较泛的话题：小说怎么写和写什么？这个话题听起来很大、很空，但也是一个很带普遍性的问题。它很容易被忽略掉。这么多年来，我们谈了很多高深的哲学思想，也宣扬了很多小说理论，还包括各种各样的时髦的小说观念，但说到底还是一个小说怎么写和写什么的问题。我觉得这个朴素的问题可以谈一谈。谈谈小说写什么、怎么写的问题，以前曾规定说领导出思想，群众出生活，作家出技巧。这当然是很可笑的，小说里的思想、生活、技巧并非可以割裂的，就像人的脑子、神经、皮肤般地连在一起。当然这并不意味着小说不可以讨论，事实上作家在面对这个世界时，无非是两条路，一是面对当下的生活，一是面对与自己生活毫无关联的过去的生活。所以，说到底就是现在时和过去时，当然还有未来时，但未来时大体属于科幻小说。

你们两位都是三十多岁的作家，都是"在红旗下长大的"，你们的一些重要作品都是写新中国成立前的生活，也就是三四十年代的生活，很多人都不理解，说没经历过那种生活却能够写得那么栩栩如生，好像置身其中的感觉，真有些不可思议。我想，小说写来写去，无非是两类生活，一类生活是过去时，即作家没有置身于其中，但可以凭借书本记载、传说、资料进行写作，这种写作是借助符号进行体验的。譬如，苏童的《妻妾成群》，叶兆言的《夜泊秦淮》系列，实际上并不是自己亲身体验的生活。还有一种就是当下生活，即所谓的现在时，把自己经历过或者正在经历的生活写出来。在我的印象当中，你们写当下生活的篇幅超过了写历史的篇幅。

叶兆言：差不多。

苏　童：大概如此。

叶兆言：我想说一说时间问题。对于我来讲，时间没有古今之分，虽然我的作品中此类比例一半对一半，但我不大考虑这个问题。我曾见到许多评论，我想是针对我与苏童讲的，说有些作家写作是为怀旧而怀旧。这样说很荒唐。我始终不觉得自己为怀旧而怀旧，"怀旧"本身之所以有"怀"，它是以今天的时态为世界的，不存在为怀旧而怀旧。作家写过去不意味着逃避，我也不相信作家写现实就意味着介入现实，虚构现实和我虚构历史是完全一样的，根本没有区别。从写作术语上讲也是一样的，大家都在虚构，不存在回避现实与历史的问题。

苏　童：我觉得小说空间是无形的，准确地说，也应该是没有什么时间的，对我来说，"创造语言就是创造一种生活"，好像维特根斯坦就这么说过。我觉得这句话点到了小说创作的本质。小说家创造一部小说时首先是创造一种生活，当然这个语言不是指语词，是一种话语。时间对作家来说并不是很清晰的，所有摹写现实生活的作家不一定介入、参与了现实，而所有经常把小说时间指向过去的作家并不是在怀旧。这是一个让人比较容易误会的事情。作家置身于一个广阔无垠的空间当中，其发生着的一切有意义的、有时间性的现实生活，有历史记号的生活，这一切对作家并不起决定作用。最重要的是作家想创造的那么一种语言，或者说是想描绘、创造的世界起决定意义。时间在小说中留下的痕迹并不是小说的本质问题。说到怀旧，这个词适用于人们对过去的真实生活的追忆、纪念。我和兆言都与怀旧没有关系，这只是我们营造的一种习惯性话语，指向过去，不指向未来。

王　干：我觉得你们的议论，实质上涉及文学创作的基本问题，即虚构问题。其实很多人以为写当代生活就不要虚构，以为写历史就是虚构，这是个误解。一部小说，不论它写当代生活，还是写历史生活，它的本质都在虚构上，至于采取什么样的话语、方式进入小说世界，都不是重要的。譬如，电视连续剧《宰相刘罗锅》，它显然是表现历史生活，也显然在虚构历史。刘墉这个形象与历史上记载的其人其事完全是两回事，但观众看了为什么能发出会心的微笑、大笑？其实它的指向不是历史，而是前进中的当下。小说与电视剧虽然有所区别，但虚构的本质是一致的。

多年来可能形成一个习惯，要求作家贴近当下生活，与现在流行的概念、思想或当下的某种风气保持同构的关系，却对虚构的历史生活不能理解。不能理解恰好说明了以前小说创作的巨大缺点，以前小说只能写现实生活，写历史生活必须与历史一样，如不与历史一样就觉得不可理喻。这很荒唐。

苏　童：对，百分之百的人都会感到奇怪。

叶兆言：一旦说透了，就没有必要争论了。小说是虚构的是假的。

既然是假的，就好办了，写历史、现实都是虚构。有一个老用的语汇显然干涉了文学，它就是纪实文学，我觉得不存在纪实文学；要么是新闻报道，要么是小说。对于新闻报道的要求，在于它真不真；而对小说的要求不是真不真，而是艺术不艺术，有什么创造，在创造中发现什么东西。至于说这个事情存在不存在，是真的还是假的，这非常次要。

苏　童：英文中就没有纪实这一说，它就是虚构的非虚构。

叶兆言：就是这么一个简单的问题：小说的本质就是要虚构。

王　干：下面接着谈的这个问题与你们两位都有关系，苏童与兆言的小说里经常出现女性视角，写女性形象与女性心理，而且写得那么细，那么到位，很多人也不理解。

苏　童：所谓的女性视角也是一种理解而已。采用这种方式只是技巧上的叙述。一个男性作家是不可能具备女性视角的。所说的女性视角也只是一个作家的技巧。

叶兆言：对。最多是技巧，或者说仅仅是技巧而已。

王　干：我所说的女性视角，是说你们为什么能把女性形象揣摩得那么透？

苏　童：我认为都是技巧的成功。

叶兆言：在写作过程中，我尽可能进入到那个角色，这是写作时的游戏规则。对于男性作家来说，这仅仅是一种操作、揣摩、想象……

苏　童：真正具备女性视角的男性作家永远是空中楼阁，因此不必要提它，它其实是不存在的。

王　干：对苏童小说的议论很多。有人认为是带有女性视角的，另一种则相反，认为带有男权主义色彩，把女性置于被歧视、被观赏的境地。

苏　童：这是不对的。说我故意丑化女性，无论如何我都不敢苟同，事实上只有美化。有这样感觉的读者往往认为我的小说写的是阴暗、龌龊的事。我以为之所以给他们如此强烈的印象，是因为以前有关性故事中的隐私、阴暗的东西有度与量，一旦过了这个度与量，即使它在现实生活中是可能发生的，已经发生的，人们还会带来主观印象：你是在故意丑化。说到底，女权主义的直觉却是非女权主义的。女权主义的基本观念是把性别、差距模糊化，骨子里是把性别模糊化。既然模糊，不妨考虑所有的人都没有强烈的性别色彩，如果这样，就没有什么受不了的。丑化只是一个限和量的关系，骨子里却是反女性主义的。

王　干：你可以这么说，但我觉得那些说苏童小说让人受不了的一面的人，倒不一定站在女性主义的立场。实际上苏童、兆言小说展现的另一面，是因为以前写人性恶、写人卑劣的时候，往往写男人之间的窝里斗。可现在这种界限却被打破了。

叶兆言：女权主义有自己的规则，这好比我们从足球规则谈到排球规则，如果混在一起的话，会令人无所适从的。

王　干：女人、男人都是人，人都有善恶的一面。从新时期文学发展以来，女性基本上有两种对象，一种是受压迫、受歧视的女性；另一种是张贤亮小说中的女性，女人是一种美，但却是男人的补充。

苏　童：传统文学中，这是一个规律，女性只是一个弱小的性别。假如说有些作品对女性的刻画让人受不了，它反过来恰好是一种拨乱反正。如果现在再把女性看成是弱小的对象，那简直太荒唐了。不要从女性的性别上考虑其特征，应从人的共性上来考虑，那么所有受不了的东西都不应该受不了，也没有必要受不了。当然，更不应该认为写女性要有一个底线、框框。写得好不好是明显的，好就是好，不好就是不好，没有过分这一说。

叶兆言：我写作时，只想把这个人写好，并不去想是男人还是女人。就像欣赏足球赛时，只欣赏漂亮的进球。写作时的追求亦是如此，尽可能写一个"好人"。这个"好"当然很复杂，不仅仅写得生动活泼，不仅仅有血有肉，他也非常痛苦……我看苏童写女人与女人互相争斗时他也完全沉浸进去了，我希望读者也能沉浸进去。过去讲"秀才碰到兵，有理说不清"，作家经常碰到"兵"，碰到一种靠理论来支撑言说的"兵"。

苏　童：如果用纯理论去理解、剖析小说的话，小说会支离破碎的。我希望评论家能降一格，首先应该以读者的姿态进入作家的小说中。因为他对理论的来龙去脉了解得太清楚。这当然是题外话了。

叶兆言：用理论套的话，经常使我们陷入尴尬的境地是，像弗洛伊德言说的乱伦，使人与人之间的关系变得很尴尬。评论家有时提出的一些问题也让作家无所适从。其实作家在写作过程中是不大考虑这些问题的。用术语对应的话，同样很尴尬。我想生活的本质并非这样。总不能弄得做父亲的不敢爱女儿，做母亲的不敢爱儿子（笑）。这很荒唐。

苏　童：用条条框框去剖析小说并不是真正理解小说的态度，我觉得理论家不能用理论的放大镜去照探。

叶兆言：就像用显微镜去看人是非常难看的。

二、窥视、超验与非法侵入

王　干：当你们写三四十年代的生活或者更遥远的生活时，是一种窥视吗？即对历史生活的窥视。

苏　童：说窥视不太好。别人的生活，或别人有你却没有的生活，在很多途径能让你有所触动。作家的动机到底是什么？我觉得不能随便找一句话来说，它是一种非常重要的姿态。

王　干：我觉得作家最初的动机可能与某种窥视的欲望有关系。譬如对三四十年代的生活感到非常有趣，带着一种好奇的目光去观察、探寻自己没有经历过的那种场景。这好像是"非法入侵"。不知你们是怎样进入的？

叶兆言：我感到自己很偶然。在历史与现实之间，我始终采取这样的态度，写一段时间的历史，再回过头来写现实。这是我个人的兴趣。

苏　童：过去的时间在小说当中是一种符号，现实也是一种符号，我觉得在写作的整个过程中就是不停地改变这种符号。

王　干：就是位置置换的问题，有时站在现实的立场，有时站在历史的立场。但为什么小说的兴奋点与敏感点恰恰在小说的叙述时空里呢？

苏　童：对于我来说不完全是，也许我的所谓的敏感点、兴奋点是童年视角，但其实是很难说的。要说怀旧，对童年可以这么说，但对未经历过的事，不好用怀旧这个字眼传达其中的奥妙。

王　干：用理论中的词讲，实质上是一种超验，很多情节是借助于符号想象、虚构的。

苏　童：超验这个词在一些作家的小说中是很重要的，关键是你如何去体会。超验的成分在文学史上许多作家的作品中占有相当的比例。

叶兆言：换一个角度讲，我觉得我可能有怀旧情结。有时我会对已逝去的某一个人、某一件事滋生兴奋点，但这个兴奋点一定对照着今天，没有今天这个立足点根本不行。我从未想去再现、再造一个过去，这是毫无意义的，如果我怀旧的话，其实是充满着对今天的感叹。历史、现实题材其实都一样。

王　干：小说时段是人为划分的。怀旧也好，抚今也好，其实都是站在今天的视角上。

苏　童：作家写作的出发点是复杂的，并不单纯。博尔赫斯说过写作就是幻想、自传、讽刺、忧伤。他认为这是小说创作不可或缺的四要素。我想他说得非常有道理，真正激发作家创作情绪的东西是混沌的，是诸多要素构成的，光是用一两种说法是说不清的。

王　干：真正伟大的作品也是混沌的，并不是一两句话、几个概念和思想就能说清的。

叶兆言：生活永远是混沌的，让作家来谈创作是永远谈不清的。

王　干：正因为不清楚才要谈。

叶兆言：谈到最后肯定是更不清楚了（笑）。

王　干：但不能因为不清楚就不谈（众笑）。我们再谈谈作家和艺术家的生活状态问题。比如你生活在甲空间，你肯定从甲空间角度反映乙空间，就是这么回事，所以我觉得小说也好，文学语言也好，它的魅力确实有它仿真性的一面，有时候也有虚幻性的一面。

苏　童：所以小说空间和现实生活是有差别的，我自己体验小说空间有它自己的妙处，当然也有些小说注重个人的生活经验，而我的许多小说空间并不是我的生活。我有一种奇怪的欲望：想闯入不属于自己的生活。

王　干：非法闯入。

苏　童：闯入某一空间东张西望之后，我体会到一种占有欲望，一种入侵的感觉。这跟我的现实生活有一个客观距离，而且在感情上又恰恰投合，兴趣和距离导致我去写，我觉得这样的距离正好激发我的想象力。

王　干：这种想象当然是一种模拟，看起来还像那么回事。在苏童的小说里面，比如《妻妾成群》的颂莲，她实际上就是一个窥视者，苏童通过颂莲的眼睛来窥视陈家多年的罪恶。作家本人也带着好奇的心理来窥视这旧式生活。

苏　童：还有一点，就是想到他人身上体验一种东西，这种体验写出来就是小说。

叶兆言：我觉得，我一旦写小说，就有一种进攻欲望，这种进攻带有一种拥有。作家不停地写，就不停地拥有。

王　干：窥视的欲望，人人都有，人不但对历史生活有窥视的欲望，对现实也会如此。当然作家写作的动因并不是只为了窥视，窥视只是进入小说空间的一种方式。还有其他的方式，它不是最好的方式，也不是最坏的方式。正像兆言讲的那样，窥视就意味着一种拥有，是精神上的一种拥有。作家写出来的这一段生活，既不是历史空间的，也不是他人的空间，这种空间就为作家所拥有，作家就是这个空间的"帝王"。苏童有一部长篇叫《我的帝王生涯》，这里的帝王，可以转换为这文字帝国的"皇上"，这是作家最有魅力的地方。

三、精品与文学生物链

叶兆言：作家只有全力以赴去写，也只能这样。一个作家的水平其实是不断磨炼出来的。他不可能想写好就能写好。

苏　童：说到底，除了极个别的写作特例外，任何一个作家都想将其作品写成精品。精品意识有几种可能，它使不怎么自信的作家干脆不要写，或者十年写一篇，假如这真形成误导的话，有可能使这个作家丧失了本来可能写几个精品的机会。

叶兆言：十年写好一篇是不存在的。

苏　童：也太计算化了。写作是无序的，每一个作家的巅峰与低谷状态是无法预测的。不能拿概念指导小说写作。商业化操作有着强烈的商业目的，而我们所有从事纯文学写作的作家是没有明确的目的和指向的。

叶兆言：为什么文坛不谴责懒惰呢？用一个简单的数字方式来计算，如果一天写一千字，一年就会有三十多万字，三十多万字不能算多产，但对今天的文坛来说，已经算多产了。我和苏童一年也就写三十万字左右，居然经常被戴上多产的帽子（众笑）。今天的作家远没有过去的作家勤奋，因为现在的诱惑太多了。

苏　童：一个作家如果仅仅被文学吸引其实是一种美德（笑）。

王　干：长篇小说的字数越多似乎才写得越好，这是长篇的误区，长篇小说的内涵与字数的多与少没有必然联系。有些作家动笔就是几卷本，好像单卷本就显得单薄似的。这其实与精品是相背离的。一个作家的作品是无意识的产物，想写写不好，不想写好说不定无意中写好了。写作与心境有关，不能拼命追求规模，并不是消耗的时间越多，小说就越能写好。

叶兆言：我觉得自己是应运而生，我现在的写作早二十年简直不可思议。这是作家与时代的关系，是没法回避的。我感到自己是符合这个时代的。为什么几十年只出了个梅兰芳？这与时代有关。不能以他的标准呼吁今日的京剧。小说亦是如此。

王　干：作家离不开一个时代，但作品也可能是超时代的，两者之间相辅相成。以前这个问题比较单一化。但进入 90 年代后，每位作家都碰到这样一个问题：即如何面对写作对象。

苏　童：我从不考虑谁来看。一个作家不管写什么，他总会找到一个对应点，总会有自己的读者群。文学会长久地发展的。有点像大鱼吃小鱼、小鱼吃虾、虾吃苔藓这个生物链。小说也是这么回事，永远不用担心，文学也有生物链，不可能失去读者。我原初的写作动机是非常小的事，那时候写东西完全是为了向塞林格致敬。

叶兆言：我的写作动机也非常单纯。

王　干：作家为谁写作的问题说到底是一个伪问题，不可以与作家讨论的问题。作家的写作动机是形形色色的，而且每个人在每个时段里写的东西也是不一样的。但作为文学现象本身来考察，是可以谈谈的。

叶兆言：我们三个人可能有共同点：都干过编辑。作为编辑，有时真的不知读者需要什么，我在出版社编过书，虽然很敏感，但根本不知道读者要看什么。反过来说，一个作家要想为市场写作是非常难的。所以与其多心，不如省心。

苏　童：好在现在没有指挥棒了，即使有，恐怕也没有人理睬。

王　干：80 年代呼吁的文学多元景观到了 90 年代已基本实现了。

叶兆言：一元是阻挡不了多元的。像在翻译小说短缺的时候，阅读翻译小说几乎成为一件时髦的事情。现在无所谓了。其实《追忆似水年华》《尤利西斯》的成功是商业操作的成功，与文学没有太多的关系。

苏　童：真正的纯文学也可能会引起商业热。

王　干：纯文学并不意味着没有市场价值，它总有一部分读者。今天的文学出现了比较有意思的现象：当初呼唤多元的人恰恰受不了现在的多元，他居然感到无所适从了。我个人认为目前整个文学的发展是好的。

叶兆言：我认为的确谈不上好得很但也不是糟得很（众笑）。有些作品还是不错的，起码今天的文学并不比 80 年代的文学差。

王　干：比 80 年代更平稳、更平实。可能少了分火气，少了分激情，但相对显得平静了。

苏　童：海水有涨潮期落潮期，涨潮时，所有的东西都会泛上来，一看便知，能对人的视觉产生冲击。落潮时却未必。因此发现一个好作家必须沙里淘金。浪打礁石石仍在，感官上的东西是不能抹杀本质的。

叶兆言：说是说不清楚的。

苏　童：写是重要的。作家没有必要冲上第一线去争论，这是评论家的事。作家要比的永远是作品。评论家说好与不好是正常的。

四、变换叙述姿态

王　干：一个作家写作的时候，其写作动机、题材都在不停地变化，作家本身处于生活、时代当中，不能用简单的标准去打分。这是非常复杂的文学现象。80 年代末期，作家与评论家很关心小说具体的运作方式，现在却怪了，评论家和作家对此毫无兴趣，甚至蔑视小说的本体问题。

苏　童：小说的本体问题似乎变成一个迂腐的问题。好像王晓明在一篇文章里讲过这个问题，他说许多评论家急于发言，对小说的问题却不考虑，这是不好的。（笑）

王　干：他们对小说的本体问题，也是一概漠视。有人认为你们的写作陷入了某种停顿，其实你们作为先锋小说家的探索性姿态始终没有改变。

苏　童：有文章说我卷入了商业化写作，好像说我投降了，很荒唐（笑）。

王　干：我觉得你们始终没有放弃探索，譬如兆言的《枣树的故事》、《夜泊秦淮》系列、《花煞》等小说做了很多的探索，小说叙事的变化也很多，有元小说、意识流、拼贴状态（如《关于厕所》）等手法。他始终没有放弃一个小说家的追求。一部分作家被一些伟大的口号所蛊惑，搞纯技术主义的东西，是不太明智的。小说发展到今天，对小说本体的研究太少了，像兆言的《夜来香》既进入父亲的童年，又有小说家的视野，它在其中不断交替、变化，距离似近似远，很有意思。我不知道兆言是以历史中的视野还是以当下的视野进行写作的？

叶兆言：很简单，更多时候是试试怎么写，没有什么野心。试试非常有趣，看看自己还行不行。

王　干：兆言主要变在什么地方？我看了这么多年，觉得他的风格基本上不变，从语言学意义上来说，基本上很稳定。他的语言芜杂，文白相间，略带一点苍老和玩世不恭，有时也带有一点小小的伤感。但兆言的小说叙事是极不稳定的。

叶兆言：用笔像磨刀，每一次写作都是练笔的过程，只有练，练很重要。精品我不赞成，似乎排斥了"练"这一过程。

王　干：苏童也在努力使自己的小说发生变化，他的小说叙事变化倒不大，风格的变化却很清楚，苏童的叙事是单线条的，风格却摇曳不定。他早期的小说写得很华丽、流动、奔放，如《罂粟之家》《一九三四年的逃亡》，可后来却写得质朴、内敛。像最近的《棚车》

写两代人的感觉，很微妙，简单得近乎没有什么内容；《三盏灯》写人在战争环境中的悲剧性本质。这两部作品看上去很明显，它们比以往的作品更单纯、更简单。我觉得苏童叙事方面基本上是稳定的，不像兆言，在叙事上不停地变化。而苏童对世界的看法，风格上有些变化，小说的色彩也发生了变化，有点中国画的味道。

苏　童： 我觉得作家的写作是极其辛苦的，对不理解我们的人我有怨言。作家越写会越孤独的，到最后仅剩下一颗心灵。如果他人端出来的话，可能有两种处境：一种是别人对此无动于衷，他们觉得没什么可看的，不当回事；另一种也有可能是置之死地而后生，这种处境不是坏事，真正是一种升华。像兆言说的练和思是非常有道理的，只有通过练和思，才能更好地把握微妙的人际关系，才能把体验到的细小的事情准确地表达出来，这与心灵有关系。

王　干： 所谓的"心有灵犀一点通"是很难的，作家写到一定程度时，心灵必然陷入一个孤独、寂寞的境地。但作家不可能时刻保持旺盛的写作势头，有一个调整、修理的阶段。

苏　童： 调整、修理是必要的，只要不是自我毁灭（笑）。

叶兆言： 一个作家首先应该为自己写作。他做的这道"菜"，不管别人愿不愿意吃，他只有这道"菜"。如果有悲哀的话，的确是你没能做好。作家只有全力以赴，首先要尽力。每一次写作对于我来说都使我濒临黔驴技穷的地步，但我愿意接受这种挑战。我想一个作家是不可能那么不堪一击的。

（原载《大家》1996 年第 3 期）

离我们身体最近的

——关于"城市与城市文学"的对话

时间：1998 年 4 月 16 日

地点：南京刘立杆新居

对话者：王干、刘立杆、韩东、黄梵、楚尘、顾前

王　干：今天请大家来，主要想探讨一下城市文学在写作上的可能性。

就中国现代文学而言，城市文学之所以没有真正发育起来，主要原因在于过去中国是一个农业化的小农经济的社会，虽然 30 年代有过短暂的写城市生活的时期，由于抗日战争的爆发，这类作品急速锐减。新中国成立后，这种反映城市生活的文学，基本被车间文学、工业题材的文学取代了。而新时期文学，我觉得成绩最大的，还是那些以乡村为背景的小说，比如那些五七年被打成右派的作家作品，知青作家作品，前者被打入过社会底层，被城市抛弃过，后者则是从城市到农村，所以他们小说的参照物是农村。他们中虽然也有人写城市文学，但基本上是沿袭五六十年代工业题材的路子，像《乔厂长上任记》等。真正写城市人心态的作品，在 1985 年倒出现过几篇，如徐星的《无主题变奏》、刘索拉的《你别无选择》。可当时无论作家、评论家还是读者，对这两篇作品的评判不是以城市文学为参照，是以现

代派还是伪现代派这种价值取向去判断的，因而对作品中描写城市人内心焦虑的内容视而不见。接下来的寻根文学基本上还是写乡村生活的，写宗法社会、蛮荒社会中人的心理结构、文化结构被异己的东西取代了。进入90年代了，才出现了一大批写城市的作家，如韩东、朱文、鲁羊、张梅、徐坤等，他们以城市为背景，描写城市人的生存状况和心理状况。再如，最近的棉棉等，开始写90年代的城市生活、城市人的精神风貌、心理负荷。

今天我想把讨论重点放在90年代的城市与90年代的城市文学的关系上，因为在座各位都很了解90年代城市文化人或知识分子的生存状态。以前虽然也有人探讨过，但很少是从90年代城市本身的发展，从90年代文化本身发展的需要这个视点出发的。

刘立杆： 我觉得城市与城市文学的关系特殊，已经形成了一个值得注意的现象，里面的东西发人深省。首先，城市给人们一种物的感觉，城市的物质是城市人必须面对的，在这个方向上它似乎给予了一种现成的写作背景，比如朱文的小说（可能不太准确），与物质是卿卿我我的、水乳交融的关系，正如有人讲的，"当作品中的人物走动时，他身上的物质闪闪发光"。另一个方向是，人在城市的压力下趋向内心，呈现个人化的写作面貌，作者对城市的认识、感受方式以及程度的差异，使这一类的写作千差万别。

韩　东： 用物质这个概念来描述城市文学的某种特征，对我很有启发性。但我觉得朱文的小说不是那回事儿，现在许多人有类似的曲解，说他的人物在一个物质化的商品世界里如鱼得水，好像在拥抱这个世界，这肯定不真实。的确城市在膨胀，信息在爆炸，我们处在一个空前的物质迅猛增加的时代里，面对此景，的确有一些作家，他们在唱赞歌，如鱼得水，但朱文恰恰不是这样。他作品中那些人物，情绪其实都很绝望。

如果非要把城市文学作为一个问题讨论，大概主要指的还是题材，或者说故事发生的背景。现在以城市为背景的小说多了起来，大家的兴趣集中到了这里，作为一种现象，我觉得至少说明了人们家园的丧失。从巴金的《家》到80年代的寻根文学，直至《白鹿原》，都是写家族变迁史或家园的兴衰，再往古代便是《红楼梦》。究其精神的根源，无非是大家觉得活得有根有据，活得不困惑，虽然面对未来尚有疑问，但他们知道自己是从哪里来的。而现在，我们不仅不知道往哪里去，也不知道是从哪里来的。我们和广大的土地失去了联系，和家族、宗法的联系都变得乌有。在城市中家族观念淡漠了，市区在变迁，许多人一次次地搬家，租房子住，没有固定不变的村落，没有世世代代在这里生长的感觉，一切都处于悬浮状态，但这些东西其实在心灵中已先于它们发生而发生了。

黄　梵：不知大家是否注意到，城市与城市文学的关系是可见与可读关系的一种有趣的现象。所谓可见，是人使用身体时遭遇到的物质。过去许多人把经过精心挑选的可见之物视为文学理想，甚至作为小说成立的唯一前提。他们热衷于采风之类的"文学生活"，明明生活在城市里，却一往情深地去写乡村。通过这种仓促而功利气十足的生活，他们的确充实了眼睛，但不是心灵。他们不是把文学筹码押在心灵的能见度上，而是眼睛的能见度上。由此心灵成了可以在生活内外搬移的东西，随时搬进或移出他们的城市生活。所以当他们回到城市中间，可以按照他们固有的文学习惯，对周围的一切视而不见，以为与文学相关的生活结束了，也许他们可以用实际的血缘现实来替自己辩护，许多家庭仅仅在一代或两代前，才从乡村搬到城市，但这并不符合心灵现实，他们忽略了心灵是永远跟随生活的这一事实。只有在我们自己独有的别人无法取代的生活中，心灵之门才会正常开启，它可读而不可见。从这个意义上说，乡村文学、城市文学的提法既有诱惑，也有危险性或虚幻色彩，除非是相对于我们必不可少的生活而言。

在城市中，对我们至关重要的，是对置身其中的生命状态的认识。一方面它摆脱不了一个古老的定数，好像体内藏匿着一个古老的探针，它受制于自然法则，反应的方式似乎亘古不变，比如性欲、私欲、自我保护等等，这些都源于人的古老的物质性，当它们被投入到这个人为的法则体系，受制于相关的法律、公共关系、城市人的准则等等，不可预见的摩擦、碰撞便产生了，结果或者是相互消解的，或者是相互激励的，文学应该是心灵对这些关系的最有力的捕捉。过去它们之所以被忽视，许多城市作家在作品中倾向于认同乡村，我猜测他们屈从于自然律的无上权威，殊不知人就是一切决定论的天然的反抗者。

王　干：除了城市与城市文学的这种内在关系，我觉得还有另一个理解的途径，即从 90 年代精神生长史的角度出发，它的意义绝对深远。为什么大家突然对城市感兴趣了，除了城市本身发展起来外，还有另一个原因，就是我在谈鲁羊小说时用的一个词：家园已废。我觉得 90 年代城市文学的兴起，与 90 年代的作家发现家园已废的精神绝望有关，与一种价值体系的崩溃有关，从而使我们必须正视当下，正视在城市这个怪物中的当下的心灵，例如邱华栋，他大写城市表象，超市、高楼、酒吧、时髦女郎、高级香水，对这种描写城市表象的作品大家可能不以为然，但至少他开始意识到城市这个怪物他已经不能回避了，必须接受和介入其中，因为家园已废，后面没有退路了。

楚　尘：我觉得城市只是一种场景，乡村也是一种场景，进入90年代以来，城市和乡村的界线越来越模糊，城市有的，乡村很快也会有。我注意到，比较活跃的作家都集中在城市里，而我的感觉恰如韩东所讲，没有家的感觉，不仅在乡村，在城市里也找不到了。我深深感受到城市生活所带来的无名的恐慌。现代城市与过去城市的巨大差别在于技术的闯入，人成了技术的奴隶，譬如流水线上的工人，他完全被机器奴役了，他没有自主性与创造性，这是人的悲哀。显而易见，人的自由正一步步地丧失，人里面属于人自己的东西越来越少了。你瞧，表面上看，技术的进步似乎有利于频繁快捷地交流，电话、电脑网络等已把人类生活建立在崭新的形式上。一方面有利于交流的物质基础在积累，另一方面人摆脱不了更深层面的孤独、悬浮和虚无感，人与人之间那种实质性的精神交流变得更困难了。所以现在提城市文学这一类的口号，让我感觉相当虚无，相反把它作为一种现象，倒是说明90年代的作家更加自觉，更加关注自己生存的那个空间，那些有天分的作家都已经回到了自己甩脱不掉的、刻骨铭心的体验之中，生活与他们的作品已经是息息相关的，骨肉相连的。这为一大批好作品的出现，造就了有益的风气。

刘立杆：我自己从来就没有乡村生活的经验，很可能我的祖辈也有乡村生活的背景，但这种背景对我不起作用。比如有人会乐意把乡村作为一种象征、精神家园、诗意的比喻，但与我毫无关系。从小我就生活在城市里，如果追溯自己写作的渊源，那只能是城市里的东西，我生活里的东西，我无法想象它还要借助我生活之外的什么。另外城市是一种不断膨胀的东西，它不仅在同化乡村的生活，而且在空间上也给予乡村无情的压力，许多村落现在都变成了城市。

韩　东：但80年代的城市和90年代的城市，我认为两者完全不一样。现在的城市越来越有意思了，作为一种符号变得更加有力，在揭示存在的真理方面变得更加有力。比如，在深圳那地方，男男女女一拥而去，没有什么永恒的感觉，大家的想法就是捞世界，完了后回到内地开店、办厂，在那里一切都变成了临时的，与世世代代在家乡的感受完全不一样。男女需要临时做伴，互相取暖，恰如人生如梦人是过客这一类真理协调一致。人生就是过客，就是临时的，没有什么是永恒的，这些认知给人的心灵以强烈的震动。像那些描绘城市表象的作品，我不太喜欢，也不赞同，因为他们把一种背景的东西推到了前景，这样的作品恰恰是没有灵魂的。说没有灵魂，不是说心灵受到了挫伤，不是说揭示了没有灵魂，而是就是没有灵魂。我觉得重要的，不是把背景的城市当成唯一的东西，而是考察在城市迅猛变化的加速度中，在与作为背景的城市诸种关系中，那作为古老的、进化极其缓慢甚至不进化的灵魂与之形成的张力。

黄　梵：如果把城市文学界定在对城市的浮光掠影上，恐怕与80年代一些采风式的写作，本质上没有什么两样，仅仅是对象变了，相互关系并没有改变。我觉得王干提及的后一类作品，才是真正直面城市本性的，在那里一切与我们相关的东西都会以各种方式出场，我们与它们的关系是人与风筝的关系，而不是相反。这与80年代说的"自我"不是一回事儿，那种方式是自闭的、不参与的，拒绝乡村也拒绝城市。那种自我仍然是一种符号，不能全面地代表人性。生活只能以人性为中心的半径展开，从这个视点出发，眼睛所看到的城市，与心灵所看到的城市便是两样的，它们之间的联系因而变得微妙，富于色彩和变化。比如，现在城市被赋予一种神话色彩，它代表进步，对乡村而言，还代表未来，尤其在中国，城市甚至把西方几百年的进程浓缩成十几年可见的巨变。如果文学仅仅是这些变迁的巨大的记忆库，它肯定是最不可靠和最不真实的，因为它隔绝了人性。到底是什么能给我们所没有的乡村生活提供本质上的巨大反差？我觉得就是说出自己拥有的，这包括想象和创造，这既是文学的自留地，也是想象力爆发的最有力的方式之一。

王　干：那些写城市表象或城市符号的作品，是城市文学的初期成果，还另有一类作品，城市不是作为一种巨大的标志性建筑或标志性符号出现的，没有出现地铁，但作品描写的那种生活不可能发生在乡村或 80 年代的城市，只有在 90 年代的城市这个大背景下，才能产生那样的故事、情感纠葛、心灵轨迹、灵魂碰撞等。

楚　尘：不管城市生活也好，乡村生活也好，总之我们面对的是变化，既迅猛、眼花缭乱，又意想不到，它越来越容易与我们的想象力发生脱节、冲突甚至相互混淆，为此我们必须保持清醒的意识，从一个属于我们自己的视角去观察它。我们无须去问自己能否接受城市生活中的诸多变化，能否接受技术或新的事物，是否以喜悦或恐惧的姿态凝视它，重要的是关注这种变故背后的深层根源，人和人的生活为何会变得越来越让人捉摸不透？

顾　前：人其实与植物、动物一样，乡村无非使人与自然更近了，城市与之是背道而驰的。许许多多描写城市的作家洋洋自得，在城市这个人造的物质世界里如鱼得水，滋生了优越感，他们津津乐道于眼见的东西，他们的确描绘出了城市，但没有描绘人。而另一类城市作家，他们写人，写作为一个人的新鲜感。只需我们回想小时候，人是怎样熟悉环境的，怎样与陌生的环境作斗争，就会明白人的新鲜感从何而来，就知道外部世界的物质每时每刻无不与人自身发生冲突。我觉得，城市文学不应该津津乐道于我是一个城市人，大城市的人，或北京人，而只应着眼于人，始终保留人的那种有点原始的新鲜感，因为城市世界对人来讲肯定是不对头的，甚至不适合人。刚才楚尘讲的，乡村中没有活跃的作家，我想原因恐怕是，人在乡村时的新鲜感以及与物质的冲突不很明显。相反，在城市里，人的新鲜感越来越强烈，如果我们不能关注这些，而洋洋自得我们是城市人，那我们就没有必要再写城市了。

刘立杆：我觉得是不是可以提出这样一个概念，当下的文学就是城市文学，现在我们到了城市文学的时代。归根到底，城市是人居住的地方，城市与乡村除了有生存环境的差异，人的密度、拥挤、摩擦、相遇和冲突是实质性的。

王　干：作家突然发现了城市，表面上看似乎是个题材性的问题，但我觉得可能是文学中的某种想象关系发生了变化。一方面，过去的文学想象的立足点是文化、宗法，它给想象提供了强大而稳定的支撑，但今天这个支点实际已被破坏，转而我们只能在自己的生存空间里寻求想象的立足点，如城市、当下，作家更关注自己的心理形态、心灵现实；另一方面，作家身份的改变恐怕也是原因之一，一大批城市自由撰稿人出现了，他们是最能感受城市痛楚的，同时他们与城市的关系又是疏离的，是城市的寄生物，这样他们便能以局外人的目光审视城市，叙事时保持绝对客观、冷静和虚无，这种虚无的态度无疑允许容纳比从前更丰富的东西。

韩　东：灵感源泉可能是城市文学中至关重要的问题。现在的写作与80年代的写作之所以不同，恐怕难说是以城市为背景写作，还是以乡村为背景写作的问题。我体会到的写作，是面对现实，写当下，写现在时。一些作家写作的动因，在我看来是虚假的。比如很遥远的故事，关在书斋里通过阅读产生的想象力，这类东西总让人感到有欠缺，贫弱无力，与我们的血肉之躯是有距离的，与生活赐予我们的东西不相称，这种写作绝对是病态的。虽然这种写作也是可能的，但与我们这一代作家不相称。在这个世界中我们感到了各种压力和破裂，有时是伤及皮肉的，直指灵魂的，对我们而言它们构成了一种力量。一方面我们受这种力量的摆布，产生了部分或全面的变化，另一方面它也是我们想象力的来源。由于有了这样的想象力，城市生活的险恶、无常、可怕——有时甚至体现为巨大的快乐，就像吸毒，在一瞬间就给你绝对的快感，接着跌入无限的痛苦中——这些变化本身，能量分布得不均匀，不稳定，由此引发的刺激比在书斋里、单纯的文学时空中产生的刺激要强烈得多。如果我们远离这些刺激，仅仅把它归结为现实生活，而去写另一类东西，我们无疑远离了一个非常强大的源泉。从这点上讲，这样的写作就不真实。放开那些能让你跳起来的东西不顾，说这些是非文学的，而去搞常规的、书本的、"文学"的东西，无疑是彻底的变态。从这个意义上讲，我们这一代作家的写作是真实的，敢于面对现实，把自己的生活与写作合二为一。我说的生活不是指过日子，而是打击和抵抗。

楚　尘：说到那些远离自己生活的写作，远离体验的写作，如果说法极端一点，这样的作家写得越多，制造的垃圾就越多。因为你在城市里不可能足不出户，光活着这件事，你就得被迫走动、交流，而对无时无刻不在变化着的生活，我们不可能无动于衷，除非你已成了一个废人。另外生活时常展示它新颖的一面，一代人眼中的怪物，成了另一代人自然接纳的东西，如果我们不写自己，差别从何而来呢？

顾　前：从小我们就受到勇敢、荣誉和善良的教育，但在城市物质膨胀的现实面前，这些仅仅是一厢情愿的理想，人之所以变得不对头，与人际关系的改变直接相关，它被物质冲得七零八落，面对这个日益扩大的距离，人其实非常苦恼，因为那些理想已经毫无用处了，最重要的是，那些文化已经一无是处了，但许多人还背负着。如果一个人真能活得跟动物一样，他肯定不会有问题，有问题的是文化。

黄　梵：对这一代作家来说，为什么提城市文学比提历史文学、宗教文学、乡村文学等更有意义，我想原因在于，历史、宗教等这些东西不具备利他性，它们都有自己的利己的通道，文学只是这个通道中的附属品，它的产生纯属偶然，要使它到达极致，完全要凭万分之一的运气。而城市文学则不然，它涵盖的东西就在我们身边，对我们来说是第一次的，不是二次或二次以上的拷贝，比如，历史的、书斋的，或者我们没有经历过的乡村生活，对我们而言就是二次的，是一种经过多次反射、折射得来的东西，因而也相当的不可靠（韩东插话：是一种自我循环），它已经远离了作为人的那种真实性，尽管这类作品中也有人的气息，但与构成生活的那个中心是远离的。对构成生命质量的这个中心，我们可以蔑视或引以为荣，或带着道德校正的眼光，但它岿然不动，与我们的态度无关，而当文学向这个方向运动时，文学就与我们自身的那种巨大的创造力发生了联系。过去在各种思潮中，对这种创造力的来源大家总是发生怀疑，满足于制造各种虚假的神话，我不否认 80 年代一批生活在乡村或有过刻骨铭心的乡村生活的作家，写出了优秀的乡村小说，但对我们这一代作家来讲，城市文学肯定是离我们身体最近的，它时刻关注我们身体的反应，因而它不再是一个概念了。

刘立杆：对我个人来讲，对城市文学我无法作出判断，因为我生活在其中，失去了参照物。其次城市对我来说是一种接触，而且这种接触不是一种全面的，一个面上的接触，它是断断续续的，是皮肤上扎针的那种接触，尖锐而痛楚，这种接触使得生活在城市中的每个人都被边缘化了，他不知道城市的中心在哪儿，他与城市的关系是，他好像在城市的边缘。

  楚 尘：对在城市中人的身份的变化无常，我也有深切的感受，我觉得自己就是一个身份不明的人，我越来越对自己在城市里担负的角色感到迷惑，我既融不进那种生活，又不能完全脱离开来。比如我对报纸的态度，上面尽管充塞着各种各样的城市生活，但我几乎不读，我几乎毫无兴趣，这些生活没有一个与我有关系。自己像被城市分离出来了，人走在大街上非常恍惚，感觉灵魂已经飞出了身体。我的写作肯定只能追随我的灵魂，而不是那种表面的生活，从而找到自己，确立人真正的存在。

  黄 梵：我感受到的城市肯定具有双重性。一方面那些摩天大楼、街景，这些表象的东西是确定的，符合几何和力学意义上的规划，它们企图让你相信未来是可以预见的；另一方面，城市又给我巨大的未知性，在这样巨大的居住密度下，各种关系中的未知性突然增加了，因为交流已经不是你自愿与否的问题，它简直变成了压迫，在城市中自我囚禁的可能是没有的，由不可预知的交流产生的大量未知，如艳遇、突发事件、瘟疫突如其来等等，这些无疑对我有一种吸引力，如果它与人心灵里的那些未知，即对人自身的探求等，通过某个事件发生了联系，我的写作激情就会喷涌出来。正是通过写作，心灵在城市诸多未知中为自己打开了一个空间，看到了人捍卫自身的种种可能性。

  顾 前：写作是我寻找宗教的一种途径，因为城市生活使人们远离了信仰和上帝，这并非是因为人们不需要它们，只需考察一下人类重要的活动，就会发现无处没有信仰的影子。我不是从好坏来判断人的，而是千百年来的文化已经使人过于自大了，也许我的写作就是矫枉过正，过去的文化太忽视人的这一部分，有粉饰人类之嫌，故而不完整，我绝不是出于仇视人类而写作，是因为我对人类中心说，各种文化的中心说厌倦了，不再相信。说得极端一点，人甚至不配用一种植物来形容自己，用花的美丽、山的雄伟来形容自己的人，肯定是没救的。

刘立杆：比照自己，有两个方向可以探寻，一个是"生活在别处"，别处是不确定的，但我向往着；另一个是我甩脱不了的城市，虽然它纠缠着我，但似乎与我又没什么关系，说得确切些，是对城市生活熟视无睹了，它造成了感受的丧失。所以场景与回忆左右着我的写作，一方面城市的各种东西附体在我的身上（韩东插话：是一个受益者），另一方面我怀疑眼前的生活，因为它使我麻木，而回忆给我的是时间伸缩的变化感，在对比和变化中给我以新的刺激。当然有时我写的东西很遥远，但如果没有当下作呼应，没有现在作对应物，它肯定是虚弱的。所以如果我写了唐朝，那只能是 90 年代的唐朝。

王　干：今天我们讨论了城市文学的种种可能，从城市本身、文学本身，从城市、文学的变迁等角度审视了这个论题。我觉得所有的话题都处于不确定的状态，只能视为当下的阶段性的认识，因为城市和城市文学还处在发展之中，很可能过了一段时间，在座各位的作品和言论会把今天的认识消解或全盘否定掉。所以关于城市文学，我想申明一点，城市文学不是一个旗号，只是一种概括方式，因为许多问题纠缠在一起，需要一个总体的审视，有时一个词便能发挥这样的作用，"城市文学"就是在城市这儿打一个阶段性的结，至于以后能否解开这个结或者又结上加结，谁也无法预料。因而今天的讨论不是为城市文学定一个性，或者定一种模式。

（原载《广州文艺》1998 年第 7 期）

后　记

　　《90 年代中国文学备忘录》一书，可以说完成 20 多年了。最早的文章发表在 1989 年的 6 月，最迟发表于 2001 年 3 月，是写给 90 年代的，也是写于 90 年代的。这些文章如今汇集成册，像一个迟到的作业本，虽然晚了一些，但自己重新阅读，不觉陈旧，甚至有几分新鲜感。

　　全书分为三辑：《专论》、《个案》、《声音》，共 34 篇，是我有关 90 年代文学论述文字的大部分，远非全部。《专论》是就一些文学现象和文学潮流作的专门论述，写于不同时期，理论色彩强一点。《个案》是对具体作家、具体作品的研究和论述，长短不一，风格也不一，我努力写出他们的个性和特点来。《声音》全是对话的实录，有两人对谈的，也有几个人对话的，还有多人座谈的，收录在这里想保存当时的观点碰撞、众声喧哗的文学氛围，也算 90 年代文学的一个背景墙吧。

　　收入书中的文章，这次成书，除了改正一些明显的讹错之外，一如当年的面貌，一些字词的用法也不求完全统一，也是保持一种"原生态"。我在前言中说到，此书具有一种散装特性，具有颗粒状的写作特点，现在也不去追求"光滑"，因而原来文章的一些时过境迁的概念、一些即兴而生的说词，现在看来不免随意和粗浅，也留此存照。这些痕迹也该是备忘的一部分。

　　老友邵明波先生为本书的编辑做了大量的工作，他查找了大量的资料，核对了不少信息，通校了全书文字。作为资深编辑和大学老师，他严谨而高效的劳动保证了本书顺利成形、出版。他建议我2001年以后论述90年代文学的文章不要收录，也是非常好的建议，保持了全书的"现场"性，"封存"了全书"90年代"的原汁原味。他奉行的"原生态"的编辑法，与本人提出的"在场"、"现象"、"颗粒"的想法高度吻合。在此，向他致谢！

2023年6月7日于北京润民居